LES DIEUX OUBLIÉS

1 . HADÈS ET PERSÉPHONE

KALYPSO CALDIN

LES DIEUX OUBLIÉS

1 . HADÈS ET PERSÉPHONE

Plumes du Web

82700 Montech
www.plumesduweb.com
978-2-38151-118-4

Prologue

Le couloir aux murs de briques n'en finit pas. Je marche pieds nus sur les dalles froides, la peau couverte de chair de poule. Le vent siffle à travers les rainures des pierres abîmées. Il parle. Il prononce un prénom qui n'est pas le mien, et j'ai pourtant la troublante sensation qu'il s'adresse à moi.

Perséphone.

Je m'appelle Coré Daniel.

Perséphone.

Coré, me répété-je, encore et encore. *Mon prénom est Coré.*

Je ne dois pas l'oublier, même si à mesure que j'avance, j'ai beaucoup de mal à me concentrer. Le vent redouble de violence à l'extérieur, le froid égratigne mes bras, me fait claquer des dents.

Un peu plus loin se dessine alors une once d'espoir. *Oui, une porte !* Je marche plus vite, le vent se met à siffler dans mon crâne. Dès que je m'arrête, essoufflée, devant le lourd battant en acier, le silence tombe avec la violence d'un couperet. J'ai juste le temps d'entendre une dernière fois un « Perséphone », lâché dans une lamentation discrète.

Je m'appelle Coré Daniel, j'ai dix-sept ans.

Je pose la main sur la poignée chaude. Trop chaude. Pourtant, je ne parviens pas à retirer mes doigts collés à l'acier. Un grondement monstrueux s'élève derrière la porte. On dirait les hurlements d'un fleuve en colère.

Perséphone !

Lui aussi, il s'y met. Je lâche la poignée tant bien que mal et recule de quelques pas. Le grondement s'amplifie, le sol tremble. Je baisse les yeux. De l'eau rouge sang s'infiltre à travers mes orteils. Je recule encore, incapable d'appeler à l'aide.

Tout à coup, le tintement d'une horloge résonne dans l'air. Douze coups. Je compte douze coups avant que la porte ne cède sous la pression du torrent derrière.

Tétanisée, incapable de bouger, j'observe cette colonne liquide fondre sur moi à la vitesse d'une flèche décochée. Je ferme les yeux très fort en plaquant les mains sur mes oreilles.

Je m'appelle Coré Daniel, j'ai...

Un coup monstrueux dans ma poitrine me ramène à la réalité. Je me redresse en essayant de ne pas mourir noyée, jusqu'à ce que je m'aperçoive que mes poumons fonctionnent très bien. Ce n'était qu'un cauchemar. Je ne suis pas dans ce couloir étrange, mais dans ma chambre impersonnelle. Pourtant, j'entends encore le grondement du fleuve.

Je tourne la tête vers la fenêtre. La lune argentée s'incruste dans la pièce, lançant des ombres sur les nombreux dessins accrochés aux murs. Je jette les couvertures au bout du lit et me glisse derrière la vitre. Le bruit vient de motos qui fendent la rue à toute allure. Je cligne plusieurs fois des paupières et balaie la transpiration sur mon visage. Soudain, un mouvement près de la haie du voisin attire mon attention. Mon cœur s'emballe, une chaleur étrange m'envahit et des fourmis chatouillent ma nuque. Un type me regarde, baigné par l'astre lunaire. Il se tient debout, les mains dans les poches, et arbore un air tranquille. Je détaille ses cheveux noirs mi-longs ramenés en arrière, ses fringues sombres ainsi que les nombreux bracelets argentés autour de ses poignets.

Perséphone.

Je me dissimule derrière le rideau pour ne pas qu'il me remarque. Peine perdue, j'aperçois son sourire amusé. Je me plaque contre le mur, ferme les yeux et prends plusieurs inspirations.

Je m'appelle Coré Daniel.

Coré Daniel.

Coré.

Pourquoi mon propre prénom sonne-t-il faux dans mon esprit ? Pourquoi est-ce que je me sens différente depuis mon réveil ? J'ouvre à nouveau les yeux. Une Ombre se tient de l'autre côté de mon lit, immobile. Son apparence humanoïde n'enlève rien au fait que ses bras et ses jambes sont bien trop longs.

— Je vais bien, soufflé-je. Va-t'en, je vais bien.

Elle reste là à me fixer puis, lentement, elle se fond dans la nuit. Les Ombres ont tendance à apparaître quand je me sens stressée, terrorisée, perdue. Là, j'affronte les trois émotions en même temps.

— Je m'appelle Coré Daniel...

Je tourne la tête vers mon téléphone qui vient de vibrer à côté de mon oreiller. L'heure s'affiche en gros plan.

Minuit une.

— J'ai dix-huit ans, soufflé-je.

À nouveau, je jette un coup d'œil dehors. L'homme n'est plus là. Je l'ai peut-être imaginé ?

1.

Le Royaume des Morts se dresse dans le désert, à une dizaine de kilomètres de la ville de Phoenix. Malgré le vide hostile autour du bâtiment, les clients se bousculent chaque soir pour tenter d'y entrer. Je dis bien *tenter*, parce que le night-club est hyper sélectif, selon les rumeurs. Les gens s'entassent sur le parking avec espoir, dans l'attente de découvrir ou redécouvrir ce lieu à la mode. Ce même lieu qui résonne en moi et me fascine d'une étrange façon. Ses néons rouge criard sur la façade plongent une partie du parking dans une mare sanglante et mouvante. On dirait qu'une eau trouble suinte du sol.

Comme celle du fleuve dans mes rêves. Elle me percute avec violence et me réveille en sursaut depuis... depuis le jour de mes dix-huit ans. Ça fait bientôt deux semaines que je dors à peine, hantée par des visions que je ne m'explique pas. Du bout de mon escarpin, je gratte le bitume. Je m'attends presque à sentir le liquide imbiber mon collant couleur chair sous la semelle.

— Perséphone !

Je relève la tête vers mon meilleur ami. Il m'observe en fronçant les sourcils.

— Tu es réveillée ou quoi ?

— Comment tu m'as appelée ?

Brook se marre sur ma droite en lissant ses cheveux du plat de la main de chaque côté de ses épaules. À ses côtés, Adon me répond sans vraiment comprendre :

— Coré. Comment veux-tu que je t'appelle ? Je te demandais si tu étais certaine de vouloir fêter ton anniv' ici.

J'ai dû imaginer…

— Oui, certaine.

— On est entassés comme des sardines dans une boîte de conserve.

— Évidemment, crétin ! rétorque Brook en soupirant, puisqu'il faut laisser aux voitures la place d'arriver et de repartir et qu'il y a un monde fou. Faut bien caser la file d'attente quelque part.

Ce quelque part se trouve le long du mur d'enceinte du Royaume des Morts. Je caresse les pierres noires du bout des doigts, percevant l'étrange énergie qui en émane.

— Mais si à l'intérieur, c'est aussi bondé…

— Ce ne serait pas un lieu aussi branché si on pouvait à peine bouger à l'intérieur, rétorque ma meilleure amie.

— Qu'est-ce que tu en sais ? Tu n'y es jamais entrée, que je sache.

Pendant qu'ils se disputent, je lance un coup d'œil par-dessus mon épaule pour tenter de voir où s'arrête la queue. Je n'en vois même pas la fin. En revanche, depuis une demi-heure qu'on poireaute dans la file, j'aperçois l'entrée gardée par un videur impressionnant.

Encore une fois, je regarde le mur, comme si je pouvais voir à l'intérieur. Depuis l'ouverture, je rêve de savoir ce que dissimule ce bâtiment. Le gérant parvient à garder les secrets autour de son night-club, rien ne fuite jamais sur le Net. J'ignore comment il parvient à garder le contrôle si facilement. Certains racontent qu'on doit donner nos téléphones avant d'entrer, ce qui ne me plaît pas des masses. Bref, le mystère fait fantasmer tout le monde, y compris moi. Malgré les mises en garde d'Adon, j'ai juste l'intime conviction que je me trouve au bon endroit, comme poussée par le destin.

Ou par mes dessins. Ces croquis du Royaume des Morts que je ne cesse de griffonner dans mes nombreux carnets chaque matin, au réveil. Ils ressemblent étrangement à ce bâtiment que je n'avais jamais vu jusqu'à ce soir. Un gros rectangle noir sans fenêtre, prolongé par de hauts murs qui s'enfoncent dans la nuit. Le nom du night-club écrit en néon rouge semble défier le monde. Je l'imaginais exactement de cette façon. J'aurais pu être surprise par la véracité de mes visions, si je ne me trimbalais pas une horde d'Ombres depuis que j'ai l'âge de réfléchir. Peut-être que c'est lié et que je découvrirai enfin qui je suis vraiment.

— Bon, dernières vérifications, lance Brook en sortant un miroir de poche lumineux.

Je l'imite afin de vérifier mon apparence. J'espère ne pas avoir l'air trop jeune. Il faut avoir vingt et un ans pour entrer dans le Royaume des Morts. Brook a su me vieillir assez pour ne pas éveiller les soupçons. Je passe une main dans mes longues boucles brunes, prends une grande inspiration et souris à mon reflet. Ça devrait aller. Un maquillage discret illumine mon visage, mettant en valeur mes grands yeux bleus. Ma peau trop pâle me tire une grimace, je n'ai pas réussi à lui donner une teinte hâlée naturelle. Je ressemble à un cadavre sorti tout droit de terre. Ou, comme le suggère souvent Adon, à un ermite qui ne quitte jamais sa grotte. Pourtant, j'aime beaucoup le soleil. Contrairement à moi, Brook est bronzée à la perfection et... c'est bien le mot qui la décrit le mieux. Cette magnifique rousse élancée attire toujours l'attention des hommes sur elle, où qu'elle aille. Sous la lueur d'un projecteur, ses longues jambes brillent de paillettes, tout comme son maquillage harmonieux.

— On est trop sexy, sourit-elle. Si avec ces jolis minois, on nous refuse l'accès, je range mes pinceaux à maquillage pour toujours.

Derrière elle, Adon s'agite, morose.

— Je ne le sens pas. Vous ne préférez pas aller ailleurs ? Il y a d'autres night-clubs tout aussi cools à Phœnix. Celui-là pue la mort.

Ma meilleure amie roule des yeux en continuant de se repoudrer le nez.

— N'exagère pas... S'il porte ce nom, c'est pour se donner un style.

Non, s'il porte ce nom, c'est pour une autre raison. Cette certitude ne m'empêche pas d'opiner en faveur de Brook pour tranquilliser Adon.

— Elle a raison, interviens-je. Allez, ce sera drôle ! Détends-toi un peu. Si c'est vraiment nul, on repart, OK ?

— Tu ferais ça ? minaude Adon, une moue de gamin de quatre ans sur le visage.

— Évidemment ! lui promets-je en éclatant de rire.

Sur ce, il me prend dans ses bras en me murmurant :

— Tu es la meilleure de toutes.

— Lâche-la un peu, crétin, sinon comment veux-tu qu'elle trouve un mec à pécho ce soir ?

Elle souhaite absolument que je déniche un homme qui puisse m'apprendre la vie. Ce sont ses paroles, pas les miennes. Adon me libère de son étreinte et entreprend de serrer à son tour Brook contre lui.

— Ne me touche pas ! Tu sais le travail que ça a été pour avoir ce maquillage ? Et tu vas te mettre plein de paillettes partout ! Mais, arrête...

Ils se chamaillent encore un peu, jusqu'à ce que le groupe juste derrière nous nous somme d'avancer. Puisque deux types qui puent le parfum pour mec à deux kilomètres entreprennent de me coller et que je n'arrive pas à les obliger à reculer, je fais appel à une Ombre. Une silhouette se dresse alors entre nous et dans la pénombre, ils ne comprennent pas vraiment ce qui les oblige à reculer.

Mais au moins, j'ai la paix. On progresse de quelques pas dans la longue file. Elle avance vite malgré le monde. Je n'arrive pas à savoir si c'est une bonne ou une mauvaise chose. Est-ce que les videurs virent les fêtards à la pelle ou leur autorisent-ils l'accès ?

— Je vous rappelle quand même, ronchonne à nouveau Adon, que cette boîte est tenue par des bikers ! Des types sanguinaires qui idolâtrent leurs bécanes et aiment tabasser de pauvres gars.

En temps normal, il n'est pas aussi réfractaire aux sorties organisées par Brook et moi. Au contraire, il nous accompagne avec plaisir et on se marre bien. Je ne comprends pas pourquoi il est de mauvaise humeur, aujourd'hui.

— On sera prudentes, Adon, le préviens-je.

— *Prudentes* ? ricane-t-il en me fixant droit dans les yeux. Tu crois ? Quelle idée débile tu as eue de nous conseiller cet endroit, ma parole !

— Arrête de t'en prendre à elle, abruti. Tu es libre de partir.

Il enfonce les mains dans ses poches de jean en secouant la tête.

— Non, je reste.

— Alors, boucle-la.

Je ne le laisserai pas entacher cette soirée. J'ai galéré à l'organiser, parce que ma mère d'accueil passe son temps en sorties nocturnes avec son mec. Pour une fois que je n'ai pas à garder les enfants, je compte en profiter.

– Tu sais que c'est important pour elle, continue Brook en lui enfonçant un coude dans les côtes.

Je souris à ma rouquine, attendrie. Dans la foulée, Adon roule des yeux.

– Ouais, ouais, admet-il, je sais...

Pourtant, il n'a fait aucun effort particulier pour s'habiller et porte ses vieilles chaussures. Il reste tout de même hyper mignon, les filles devant nous n'hésitant pas à le regarder avec convoitise. Adon possède un visage appuyé et harmonieux, une mâchoire carrée, un nez droit et des yeux verts qui rappellent le printemps. Dommage, il ne sourit pas beaucoup.

Nous nous sommes rencontrés quand j'avais douze ans. Lui venait d'en avoir quatorze lorsqu'il a emménagé en face de chez moi. Depuis, on ne se quitte plus, ou presque. Je suis habituée à le trouver taciturne avec les autres, et profondément adorable envers moi.

– Désolé, Coré, j'ai un peu mal au crâne. Du coup, tout a tendance à me saouler. Surtout elle, conclut-il en désignant Brook.

Je me marre, alors qu'elle hoquette d'indignation en le traitant d'un tas de noms d'oiseaux. Mais en vrai, ils s'adorent.

– Je pense plutôt que c'est parce que tu flippes de te prendre une beigne de la part d'un motard, assène-t-elle en représailles. Il te suffit de ne pas jouer au plus malin. Évite de fixer un Nyx et tout ira bien, tu sortiras d'ici vivant.

– Comment ne pas les regarder ? s'énerve-t-il. Ils sont partout ! Matez vous-mêmes !

En effet, les bikers pullulent. Rien que sur le parking, j'en compte une vingtaine. Ils exhibent des blousons de cuir, des bijoux à outrance, parlent fort, rient sans discrétion et enfoncent leur langue dans les bouches des demoiselles qui les accompagnent. À première vue, ils n'ont rien de rassurant, mais j'imagine qu'ils savent se tenir tranquilles si le night-club jouit d'une telle réputation...

— Des animaux..., siffle-t-il avec un dédain évident, ce sont des bêtes sorties des Enfers !

Je me marre. Il vaut mieux prendre son comportement à la rigolade.

— Oui, et quels animaux ! glousse Brook dans un soupir rêveur.

Les Nyx portent des lunettes de soleil teintées malgré l'obscurité. Certains dissimulent donc entièrement leur visage sous de grosses barbes hirsutes, et d'autres se contentent d'afficher un air mystérieux.

— Oh, regardez ces machines ! s'exclame Brook.

Des Harley-Davidson mugissent sur le parking. Elles me rappellent le fleuve de mes nuits et me tirent un frisson. Je capte le regard insistant d'Adon sur moi, comme s'il désirait lire mes pensées. Je ne lui parle pas de mes rêves étranges, de mes dessins prémonitoires ou des Ombres. J'aurais trop peur qu'il me prenne pour une folle. Personne n'est au courant, d'ailleurs.

— On devrait s'en aller, souffle-t-il.

Il avance d'un pas, pose sa main sur mon bras avec douceur et m'englobe de ses yeux si étincelants.

— Pourquoi tu veux tellement partir ? lui demandé-je.

Une soudaine tristesse prend son visage d'assaut.

— Laisse tomber, Coré, je reste près de toi. Qui va veiller sur la plus belle, une fois à l'intérieur ?

Il me sourit, mais je vois bien qu'il se force. Ses yeux restent tristes.

— Tu parles de moi ? se pavane Brook.

— Non. Tu t'es vue ?

— Eh ! s'insurge-t-elle. J'ai gagné un concours de beauté, je te rappelle !

Mon meilleur ami s'esclaffe.

— Ouais, cause toujours, miss Perfection !

Au lieu de relancer une énième dispute avec lui, elle s'adresse à moi :

— Cette tenue te va à ravir. Je suis trop une bonne styliste !

J'ai dû piocher dans sa garde-robe dans l'espoir de faire tourner quelques têtes. J'ai opté pour une élégante robe blanche vaporeuse sur les hanches et ouverte dans le dos. Elle m'arrive à mi-cuisse, rehaussée par une ceinture dorée. Ni trop sexy ni trop vulgaire. Le combo idéal.

Après quelques minutes, un type habillé en noir nous barre l'accès à la porte d'entrée. Derrière ses lunettes de soleil, je le devine en train de nous sonder. Je souris, histoire de dissimuler ma nervosité. J'espère qu'il ne va pas demander nos...

— Carte d'identité.

Zut ! À Brook de gérer. Elle connaît quelqu'un qui fait de faux papiers et qui lui devait un service. Elle les donne au vigile avec assurance.

— Les lunettes vous vont tellement bien.

Sa tentative de flirt reste sans effet. D'une voix emplie de sarcasme, le type lui rend les cartes.

— Elles sont fausses. Vous pensiez m'avoir ? Foutez le camp ! C'est pas pour les gamins, ici. Marre des gosses !

La déception me harponne le cœur, tout aussi violemment que la colère.

— Eh ! m'emporté-je. Vous n'êtes pas obligé de nous parler sur ce ton.

— Suivant !

— Non ! Laissez-nous une chance...

Le type ne me regarde même pas. Adon remarque mon désespoir et décide d'intervenir en ma faveur. Du moins, il essaie maladroitement.

— Faut participer à des orgies ou être camé pour rentrer, c'est ça ? Allez, on veut juste s'amuser un peu...

— J'ai dit non. Dégagez !

Le sourire du molosse s'agrandit encore, dévoilant une dentition parfaite. Il fait partie des membres des Nyx, le club de motos le plus réputé de la ville, puisqu'il porte un tee-shirt avec leur logo. Le dessin représente une tête de mort portant une couronne ensanglantée. En arrière-plan demeure une Harley-Davidson traversant... *un fleuve ?* Je suis assez proche pour me concentrer sur la couronne. D'une magnifique couleur dorée, elle est sertie de pierres violettes. Incroyable comme elle semble si réelle, si...

— Coré ! m'interpelle Brook. Qu'est-ce que tu fais ?

Je retiens mon geste, m'apprêtant à toucher le logo sur la veste du type. Trop occupé à se disputer avec Adon, ce dernier ne s'en rend pas compte. Heureusement. Je détache alors mon attention de cette couronne à la fois mystérieuse et familière.

— Oh ! Allez..., supplie tout à coup Brook, soyez sympa !

Le type pose son attention sur elle.

— Toi, oui, mais pas eux.

— Pardon ? m'étouffé-je.

Ma meilleure amie reste interdite avant de secouer la tête, dégoûtée.

— Laissez tomber, on va trouver un endroit bien mieux !

Elle m'attrape par le bras et nous éloigne de l'entrée principale d'un pas rageur. Je garde les lèvres serrées, craignant de trahir mon intense déception. La gorgée serrée, je lutte contre les larmes. Je ne devrais pas être aussi touchée de ne pas pouvoir entrer dans ce night-club, pourtant c'est le cas. Je ne l'explique pas, comme beaucoup d'éléments de ma vie.

Brook rumine en longeant le mur du bâtiment. Un groupe de Nyx, entouré de leurs montures d'acier, se moque de nous. Je serre les poings avec l'envie irascible de leur faire ravaler leur arrogance. Une silhouette constituée d'obscurité glisse sur le mur juste derrière eux. Celui que j'observe tombe alors de sa moto et entraîne les autres véhicules dans sa chute.

— Bien fait pour eux ! ricane Adon.

Je prends une grande inspiration et me force à ravaler ma colère. L'Ombre s'évanouit sans que personne ne l'ait vue.

On retourne à la voiture dans le silence. Je jette un dernier coup d'œil au bâtiment. Ce n'est pas ce soir que je découvrirai ses secrets.

Ma meilleure amie s'arrête net, prise par l'une de ses idées loufoques coutumières.

— On va passer par-derrière !

Mais oui, pourquoi n'y ai-je pas pensé ?

— Quoi ? Imagine que c'est gardé. Ils vont nous couper en morceaux..., s'alarme Adon. Franchement, tu as de ces idées, parfois. Tu as vu comment ils te mataient ? Tu crois que te retrouver parmi eux, aussi éloignée de la foule, est une bonne idée ? Qu'ils vont te proposer un simple poker ?

Bien décidée à mettre son plan tordu à exécution, Brook garde le menton haut et décide de contourner le night-club. Je la suis en espérant trouver une autre issue.

— Si on se fait choper par la police, je vous dénonce.

— Oh, ça va, on ne risque rien ! Tu vois des flics dans le coin ?

Le mur derrière le club s'étend dans la nuit et il est haut d'au moins quatre mètres. Des fils barbelés sur toute la longueur des remparts promettent une douleur infinie à qui veut entrer par effraction. Pourtant, ça ne freine pas mes ardeurs.

— Il y a sûrement une porte quelque part..., s'impatiente Brook.

À chaque angle du mur d'enceinte, on s'arrête et on attend afin de s'assurer qu'il n'y a pas de motards dans le coin. En revanche, s'il y a des caméras, on est cuits. Je préfère rejeter cette hypothèse et me concentrer sur ma mission d'infiltration. Plaquée contre les briques, je ressens brusquement un certain malaise.

— Vous entendez ? demandé-je.

— Non, répond Brook.

— Rien non plus, avoue Adon.

— Justement...

Il existe des silences plus lourds qu'un son, et celui qui nous écrase en fait partie. Il n'y a plus de musique, le sol ne vibre plus sous nos pieds sous l'assaut des basses. On dirait que le monde lui-même retient son souffle. J'échange avec mon meilleur ami un coup d'œil soucieux auquel il s'apprête à répondre. Brook le coupe, excitée :

— Là !

Elle sourit de toutes ses dents en sautillant sur place. Pleine d'espoir, j'observe le mur sans porte.

— Y a rien, note Adon. Tu as des hallu', ou quoi ?

— Levez la tête ! Il n'y a pas de fils barbelés à cet endroit, on peut passer de l'autre côté.

Ah ! Je m'attendais à quelque chose d'un peu plus simple qu'une séance d'escalade...

— Tu veux qu'on grimpe comment ? Ta mère t'a offert des ailes ? Non, parce qu'autrement, je ne vois pas...

— Adon, arrête d'être aussi médisant. Je vais monter sur tes épaules, baisse-toi !

J'observe les alentours, au cas où des bikers arriveraient. En dehors de la pression de plus en plus lourde dans l'air, il n'y a rien à signaler.

Brook grimpe sur les épaules d'Adon, après avoir retiré ses chaussures à talons, et puisqu'il a été quarterback quatre années de suite au lycée, il arrive à se redresser facilement. Malgré cela, elle ne parvient pas à atteindre le sommet.

— Plus haut !

— Tu es marrante, toi ! Je suis déjà sur la pointe des pieds.

Avec un soupir, Brook dévale le corps d'Adon comme s'il s'agissait d'un tronc d'arbre.

— Coré, vas-y ! Tu es plus grande, tu réussiras à atteindre le sommet du mur et à te hisser.

— Et ensuite ?

— Tu restes là-haut et tu me tends la main pour m'aider à grimper, on trouvera une solution pour lui.

Risqué, mais faisable.

— Vous êtes tarées...

— J'y vais. Prêt, Adon ?

Il me cède en soupirant et s'agenouille. Je pose mes pieds nus sur ses épaules et me retiens au mur pour ne pas tomber lorsqu'il se relève. Comme l'a prédit Brook, j'arrive sans mal à attraper le bord en tendant les bras. Cependant, m'y hisser me demande un peu plus de temps, parce que je ne suis pas douée en sport. Au bout de deux minutes laborieuses, je m'assieds au sommet en ayant l'impression d'avoir gravi l'Everest et m'autorise quelques secondes pour reprendre mon souffle.

— Il y a quoi, de l'autre côté ? me demande Brook.

Une immense cour plongée dans l'obscurité s'étend à l'arrière du Royaume des Morts. Je tente de percer cette mer de pétrole insondable, sans succès.

— Je ne vois rien.

— Sors ton téléphone portable et utilise la lampe torche !

— Mais tu es malade ! intervient Adon. Tu veux qu'elle se fasse choper, ou quoi ? Tant que tu y es, crie « À l'aide ! » pour redescendre, Coré !

Et voilà, ils se chamaillent encore. Ces deux-là passent leur temps à se disputer, pourtant ils sont inséparables.

D'accord ! À moi de jouer, maintenant. Je m'allonge sur le mur en laissant pendre mes jambes d'un côté et mes bras de l'autre.

— C'est bon. Brook, attrape mes mains.

Une violente lumière éclate autour de nous, si puissante et soudaine qu'elle transperce mon crâne avec la douceur d'une flèche. J'entends Adon et Brook s'exclamer de surprise lorsque de grosses voix leur demandent ce qu'ils font là. Je n'ai pas le temps d'en entendre davantage.

En fait, ce n'est pas vraiment le temps qui me manque, mais plutôt l'occasion. Sous le coup de la peur, je glisse en arrière, tente de me rattraper, mais mes mains ne trouvent aucune prise. Je tombe dans le vide, incapable de crier ou de réfléchir. Tout se passe très vite. La seconde d'après, je percute le sol de la cour. Mes os se brisent, mon souffle me déserte. Une chaleur poisseuse inonde mon corps et une souffrance lancinante m'envahit. Je n'entends plus Brook ni Adon. Je n'entends rien du tout. La lumière des projecteurs devient floue, mes pensées s'éparpillent, le monde se noie peu à peu dans les ténèbres.

Toutefois, dans le brouillard de ma conscience, je vois des silhouettes penchées sur moi. Leurs voix s'insinuent dans mon crâne douloureux.

— Par tous les dieux, allez chercher Hadès !

— Pourquoi ? Il a demandé à ne pas être dérangé. C'est pas cette meuf qui va l'intéresser.

J'essaie de m'accrocher à la réalité. Plus les secondes s'écoulent, plus je réalise que cette chute me tue. Mes membres ne répondent plus. Je ne sens que l'incendie destructeur sous ma peau et les larmes sur mes joues.

— Regardez-la, rétorque l'inconnu dans un grondement. Tu la reconnais, Léther ?

— Impossible...

Le meneur reprend :

— Allez chercher Hadès, bordel de merde !

Je perds connaissance. Enfin, je crois. Quand j'ouvre à nouveau les yeux, je n'ai plus mal. Je dérive avec lenteur, comme portée par de l'eau.

— Tu en penses quoi, Prés' ? C'est elle, n'est-ce pas ? Elle lui ressemble beaucoup.

Les mots s'entrechoquent dans mon crâne, ne trouvent pas de sens. Je cligne des paupières, ma vision envahie par des tentacules d'obscurité mouvants. Elles proviennent de l'homme agenouillé près de moi, mais je n'arrive pas à le voir avec netteté. Ses ténèbres m'englobent, plus douces que celle dans laquelle je plonge.

— Je m'occupe d'elle. Rentrez !

Ce timbre particulier réussirait presque à me redonner vie. Mélange parfait de virilité, de force tranquille et de chaleur apaisante.

— Prés', tu crois que c'est P...

— Rentrez ! Tout de suite !

L'ordre résonne partout en moi, autour de moi.

— OK, OK. On se barre, les gars.

Le silence retombe. Je ne le trouve plus aussi agressif que celui qui flottait de l'autre côté du mur. Les yeux fermés, je me laisse bercer par sa présence et celle de l'inconnu.

— Tu n'en fais encore qu'à ta tête, Perséphone.

Mon âme s'effrite. Je tombe.

Mais brusquement, je me tiens assise sur le rivage d'un fleuve rouge sang. J'observe les visages en peine à sa surface qui se font avaler par le courant. Les cris des Érinyes[1] dans le ciel violet étouffent presque les lamentations des âmes perdues.

Je lève les yeux et soupire en constatant que des oiseaux de proie se réunissent déjà dans le but de se repaître des malheureux. Ici-bas, nombreuses sont les âmes qui expient leurs péchés dans la souffrance éternelle. Bientôt, leurs hurlements résonneront dans l'ensemble des Enfers.

Ma nuque me chatouille. Je souris tout en fixant le Styx, le fleuve le plus connu du monde souterrain.

— Je t'ai cherchée partout, intervient la voix puissante du Roi des Morts.

— J'étais là, pourtant...

— Si proche du monde des vivants, et pourtant si loin.

Hadès s'assied à côté de moi, plongeant ses pieds dans l'eau. Il n'y a que lui qui y parvient sans risquer de brûler vif.

— Tu as raison.

— Tu regrettes ? me demande-t-il.

— Jamais.

Un demi-sourire victorieux étire ce visage que beaucoup jugent sévère. Ses yeux sombres accrochent les miens, y plongent. La force, mêlée à l'amour qui s'en dégage, me submerge. Je cède à mes pulsions en basculant à califourchon sur ses genoux, puis glisse les doigts dans ses mèches noir corbeau, empirant le désordre qui règne déjà dans ses cheveux. D'un geste possessif, il me plaque contre son corps musculeux et emprisonne mes lèvres dans un baiser aussi brûlant que l'eau à nos pieds. Ses mains s'introduisent sous le tissu ample de ma robe, dévalent mes reins et continuent leur lente descente. Les plaintes des âmes perdues et celles des Érinyes ne nous parviennent plus. Je ne perçois que le souffle

---

[1] Déesses grecques de la Vengeance et du Châtiment.

de plus en plus saccadé du Roi des Enfers et mon cœur qui résonne dans mon corps enfiévré.

— Perséphone, soupire-t-il dans mon cou.

Il possède chacune de mes pensées, de mes cellules, chaque parcelle de mon âme. Il s'empare de ma bouche, de mon libre arbitre sans aucun problème. Je m'accroche à lui, envahie par le besoin d'en avoir plus. Quand il cesse de m'embrasser, je remarque son sourire carnassier.

— Tu es à moi et aucune force, quelle qu'elle soit, n'y changera rien.

Un bruit de verre brisé me réveille. Les rives du Styx disparaissent, ainsi que les mains d'Hadès sous mes vêtements. Je prends une grande inspiration, le crâne laminé par une douleur terrible. Mon rêve s'estompe, glisse entre mes doigts. Essayer de m'y accrocher ne changerait rien, d'ici quelques secondes, il ne subsistera plus aucune trace de lui dans mon esprit. D'habitude, la seule manière de pallier cet effacement est de dessiner. Seulement, même avec toute la volonté du monde, je ne peux faire aucun mouvement. Sans compter que je ne suis pas dans ma chambre.

Je me rappelle alors ma chute du mur d'enceinte, des voix graves, des présences. Je me redresse, mais l'incendie dans mes veines m'oblige à me rallonger sur la banquette. J'attends que les ondes infernales disparaissent en me concentrant sur mon souffle.

Dans quelle galère me suis-je fourrée ? Je m'assieds plus lentement, remarquant que je me trouve dans une pièce lambrissée aux murs ornés de lampions encastrés qui diffusent un éclairage tamisé. Il y a un bar dans un coin de la pièce, des tables, quelques chaises, et plusieurs sofas comme celui sur lequel je suis installée. Je me retiens de demander s'il y a quelqu'un, tout simplement parce que je me trouve dans l'antre des Nyx. Le logo des bikers sur tout un pan de mur me nargue.

Je me suis donc fait attraper en pleine effraction. J'espère qu'ils n'ont pas appelé la police.

Dix-huit ans, c'est bien l'âge où on jette les gens en prison sans se poser de questions, non ?

Je me lève, tangue un instant et me force à ignorer les élancements. Je n'ai rien de cassé, auquel cas je ne marcherais pas. Un second point très positif. Le premier étant que je ne porte pas de menottes, soyons clairs. Je fais quelques pas, jusqu'à ce qu'un livre tombe du bureau. Je sursaute, m'attendant à voir quelqu'un surgir de derrière, mais ce n'est pas le cas. Par terre, un objet en verre a volé en éclats, ce qui m'a sûrement réveillée.

Bon sang, cet endroit est hanté ! Cette pensée se renforce quand une brise chaude me traverse.

— Mon Dieu, faut que je sorte d'ici !

J'ouvre une lourde porte en bois sculpté, accueillie par la musique entraînante qui remonte depuis l'étage inférieur. Je dois me trouver au premier, car en bas dansent les fêtards qui n'ont pas eu à entrer comme des voleurs.

Pourvu que je parvienne à m'éclipser en vitesse. J'espère qu'Adon et Brook ont réussi à s'échapper...

Tout en longeant le mur, je me concentre sur mon souffle.

— Tiens, tiens, tiens..., me stoppe une voix familière. Enfin réveillée, Princesse ? Où comptes-tu aller comme ça ?

2.

La voix grave caresse mon âme avec la douceur d'une plume. Elle se fond en moi, éveille un puissant sentiment de familiarité. J'ai la sensation de connaître ce timbre, mais si je l'avais déjà entendu, je m'en souviendrais.

Je me retourne lentement, poussée par le besoin de voir l'homme capable de me perturber d'une seule phrase. Mon cœur accélère, ma bouche s'assèche. J'aimerais prétendre que c'est parce que je crains des représailles, mais je mentirais. Je n'ai pas peur. C'est en me répétant cette phrase que je redresse les épaules, prête à l'affronter.

Hadès.

Je sais qui il est grâce à son nom cousu sur sa veste sans manches. Je sais qui il est parce que je rêve de lui chaque nuit.

— Toi, murmuré-je.

J'ai devant moi le portrait que je dessine chaque matin à mon réveil. Celui-là même qui me hantait avant que je ne l'aperçoive en bas de chez moi, le jour de mon anniversaire.

Son aura de ténèbres s'étire vers moi, me caresse, me couvre avec l'aisance d'une seconde peau. Le souffle coupé, je recule de plusieurs pas. Un lampion tamisé éclaire ses traits taillés au couteau. Il possède une mâchoire solide, ombragée par une légère barbe noire. Elle est soutenue par une bouche pleine qui me donne envie de la dessiner. Son nez droit lui confère une certaine élégance, alors que ses yeux d'un noir intense clament la sauvagerie. Ses iris crochètent les miens pour ne plus les lâcher. Je perçois des touches d'or, comme de fins filaments en mouvement. Lorsqu'un sourire illumine son visage, l'or se mue en une teinte rouge brillant.

— Tu es entrée par effraction dans mon royaume, continue-t-il d'une voix traînante.

— Non !

— Non ?

Enfin, si. Les pensées écrasées par les écharpes d'ombres qui sortent d'Hadès et se nouent autour de moi m'empêchent de réfléchir. Il pousse un ricanement moqueur en passant une main dans ses cheveux couleur corbeau déjà emmêlés. Je décide de me concentrer sur son corps plutôt que sur son visage. Il porte un jean noir légèrement déchiré aux genoux, un tee-shirt à l'effigie du club des Nyx, de lourdes bottes de moto et... une ceinture à la boucle étrange : une couronne dorée sertie de pierres précieuses sombres. Je me demande si elles sont vraies.

— Je suis, euh... désolée ? minaudé-je pour briser cet affreux silence.

— C'est une question ?

Ses mots vibrent en moi avec une étrange intensité.

— Quoi ?

— Tu me demandes si tu es désolée, ou l'es-tu vraiment ?

Son ton narquois me tire une grimace. Ce type joue avec moi. Il a osé m'appeler « Princesse », alors qu'on ne se connaît pas. Je redresse le menton en dégageant une mèche brune de mon front.

— Eh bien, je peux tout t'expliquer. C'est une histoire très drôle qui n'a même pas besoin d'inclure la police, au passage.

— J'ai hâte d'entendre ça...

Je tente de ficeler un scénario plausible dans ma tête. Mon interlocuteur reste immobile, les mains glissées dans ses poches. Son regard posé sur moi me brûle avec la violence d'un tisonnier chauffé à blanc.

— Déjà, commencé-je, ce n'est pas ce que tu crois. Je ne suis pas entrée ici pour te voler.

— Qui te dit que je crois cela ?

— Je voulais vraiment entrer, continué-je sur ma lancée. Je voulais fêter mon anniversaire ici, parce que cet endroit est...

Empreint d'un pouvoir si grandiose que je le sens vibrer dans mes os.

— ... cool, finis-je pour ne pas paraître dingue.

Il faut que je parte d'ici. Si j'arrive à m'engouffrer par la porte menant au rez-de-chaussée, juste derrière moi, je pourrai me fondre dans la foule.

— *Cool*, répète-t-il, comme si ce mot le dégoûtait.

— Pourquoi tu...

Un clignement de paupières plus tard, je m'adresse au couloir vide. Le président des Nyx a disparu. J'ouvre la bouche, puis la referme avec le même ahurissement qu'un poisson qu'on vient de sortir de l'eau.

— Ce royaume est tellement plus que cela...

Deux mains se posent sur mes épaules, m'électrisant de la tête aux pieds. Soit il se déplace par magie, et c'est trop flippant, soit il y a un passage secret dans ce couloir. J'y réfléchirai plus tard, quand mon cerveau aura décidé de fonctionner à nouveau. Je tente de hurler en me dégageant, mais rien ne franchit ma bouche et mes pieds restent cloués au sol. Le murmure d'Hadès résonne encore dans mon crâne, même lorsqu'il se tait.

— Et tu le sais, Princesse, non ?

Je me libère tant bien que mal, me rebellant contre mon propre corps et ce surnom stupide.

— Ne m'appelle pas comme ça. Je ne suis pas une princesse !

Il rit.

— Tu n'as pas changé.

Je combats ces ondes particulières qui dévalent mon dos à son contact. Je ferme les yeux, en proie à une émotion étrange.

— On ne se connaît pas.

Pourquoi mes paroles sonnent-elles faux ? Je me tourne vers lui, les lèvres serrées. Il m'observe avec attention, un demi-sourire au coin des lèvres. Mes mains me démangent à l'idée de le dessiner encore et encore.

— Tu étais dans ma rue, il y a quinze jours, soufflé-je en reculant.

— Possible. Je roule beaucoup. Alors, dis-moi, comment va-t-on régler cette histoire ?

Il avance, mais cette fois, je reste campée sur mes pieds chaussés de ballerines qui ne m'appartiennent pas.

— Ta copine s'est montrée plutôt bavarde quand je lui ai dit que mes hommes lui arracheraient les tripes si elle ne parlait pas, annonce-t-il tranquillement.

— Tu lui as fait du mal ?

— Et si c'était le cas ?

Des Ombres glissent sur les murs, juste derrière Hadès. Prêtes à frapper, les silhouettes invisibles attendent mon ordre. J'ignore ce que lit Hadès sur mon visage, mais un éclair de surprise traverse son regard.

— Elle va bien, ajoute-t-il. Pour le moment.

Parfait.

— Ton copain, en revanche… c'est quoi son nom ? Adonis ?

Il crache cette erreur avec sarcasme.

— Il s'appelle Adon. Tu lui as fait du mal ?

— Lui, il s'est pris une mandale bien méritée par un de mes hommes. Mais rassure-toi, tes potes sont toujours dehors. Soit ils t'attendent, soit ils ont fui. Tu en penses quoi ?

— Ils m'attendent.

Je ne parviens pas à me détourner de son nom inscrit en lettrines gothiques blanches sur son haut noir. Hadès. Le Roi des Enfers de la mythologie grecque, l'un des dieux de la première génération. Les mythes m'ont toujours passionnée, d'aussi loin que je me souvienne. J'imagine que ce biker s'identifie au maître du monde souterrain.

Il avance encore et l'oxygène autour de moi s'alourdit. J'ai du mal à respirer, pourtant son parfum délicieux imprègne mes sens. Son torse musculeux m'accule bientôt contre le mur et je retiens mon souffle. À la fois paniquée et fascinée, je serre les poings pour sentir mes ongles s'enfoncer dans mes paumes. Je pourrais ordonner à l'Ombre de l'attaquer pour me donner le temps de filer, pourtant j'en suis incapable.

— Laisse-moi partir, soufflé-je. Je ne reviendrai plus.

Il pose ses deux mains de chaque côté de ma tête.

— Vraiment ?

— J'irai fêter mes dix-huit ans au salon de thé, ce charmant endroit qui s'appelle *Aux Roses du Matin*, tu connais ? Ils font des pâtisseries du tonnerre.

Je me tais, consciente de laisser la peur prendre le dessus sur ma langue. Quand je flippe, je dis n'importe quoi.

— Et si je t'interdisais de repartir ? menace-t-il d'une voix doucereuse.

— Tant pis pour toi.

Il fronce les sourcils, mais n'a pas le temps de réagir. L'Ombre entre en action : elle attrape Hadès par les épaules et le pousse violemment contre l'autre mur. Sans attendre de savoir si le choc l'a mis KO, je pivote et m'élance dans le couloir.

Une souffrance lancinante me terrasse. Elle me rappelle que je suis tombée de quatre mètres de haut un peu plus tôt. Je m'écroule par terre, engloutie par l'obscurité.

Pas pour très longtemps, cependant.

Au milieu d'une grande salle circulaire, je me tiens devant un chevalet sur lequel est posé un tableau en cours de remplissage. Les myriades de couleurs chatoyantes tranchent avec l'énergie sombre de la pièce. Le pinceau entre mes doigts danse sur la toile, la peinture prend peu à peu vie. Mais, alors que j'avais l'intention de créer une œuvre lumineuse, une vision me déchire et mes pensées éclatent. La couleur noire prédomine dans mon œuvre sans que je ne puisse rien faire pour arrêter l'onde créative qui me frappe. Mon souffle se bloque, ma main continue de tracer des silhouettes obscures et immenses qui se dressent devant d'autres silhouettes, bien plus petites. Les Titans, deviné-je en détaillant ces êtres humanoïdes aux bras et aux jambes trop longues. Et, perchés sur ce qui ressemble à une montagne, se dressent devant eux les Olympiens.

— Ils n'ennuieront plus personne, Perséphone, intervient Hadès à mon oreille.

— Je n'en suis pas aussi sûre. Je crois qu'on devrait se méfier de Cronos et de ses frères, même s'ils se trouvent dans le Tartare. Ils préparent quelque chose.

Une vengeance, j'en reste convaincue. J'attends une réponse de mon roi, dont les mains viennent de se poser sur mon ventre, mais c'est un timbre enfantin qui me parvient.

— Tu peux faire mon lacet ?

Surprise, je tente de me redresser. Je suis allongée, alors qu'un instant plus tôt, je peignais.

— Lara veut pas.

Mais à sa voix toute fluette se mêle celle d'un homme qui prononce un prénom : Perséphone. Il cogne contre les parois de ma mémoire, contre mon âme. J'ai du mal à émerger, à me recentrer.

Perséphone...

Personnage de la mythologie grecque, épouse du Roi des Enfers, fille de Déméter.

Pourquoi je fais une fixette sur elle ? Je pourrais prétendre que c'est à cause d'Hadès. Le patron du night-club s'est immiscé dans ma tête et son ego démesuré dévore ma réalité. Sauf que j'entendais ce prénom avant même que je ne rencontre le biker.

Enfin, la réalité reprend ses droits, je retrouve le contrôle de mon corps. Avec un mal de crâne carabiné, je me redresse dans mon lit.

Comment je suis arrivée ici ?

— Coré ? Tu vas bien ?

Je papillonne des paupières et souris à Rudy.

— Euh... oui, excuse-moi. Tu m'as demandé quelque chose ?

— Mon lacet, me répète-t-il en levant sa jambe.

En l'attrapant, j'observe autour de moi, soucieuse. Des dizaines de dessins tracés par mes soins tapissent les murs de ma chambre. Je ne me trouve plus dans cette pièce circulaire dont j'ai rêvé, pourtant c'est comme si c'était le cas. Je ne me sens pas vraiment chez moi. Cette sensation m'a toujours étreinte, mais aujourd'hui plus encore que par le passé.

— Hé oh ! Coré, qu'est-ce que tu as ?

— Rien du tout ! Je m'en occupe.

Installé sur mon lit, Rudy bat des pieds, agacé. Il porte les nouvelles baskets que je lui ai achetées pour ses six ans.

— Tu m'as entendu rentrer cette nuit ? demandé-je, mine de rien.

— Non. En revanche, tu parlais pendant que tu dormais. Quand je suis entré dans ta chambre, je croyais que tu étais réveillée. Mais non.

— J'ai dit des choses intéressantes ?

Genre, des éléments qui rendraient cette situation plus réaliste ? Une sorte de brume continue de m'envahir, elle submerge ma mémoire. Je déteste ça.

— Que tu me paieras une glace ! pouffe alors le môme.

J'éclate de rire. Rudy est arrivé l'année dernière. Comme tous les gamins qui vivent dans cette maison, il n'est pas vraiment heureux. Je fais mon possible pour rendre sa vie plus belle, et je pense y parvenir un minimum. Je suis proche de lui, plus que des autres enfants.

— Alors, si c'est ce que j'ai dit, je t'en dois une.

— Génial ! Merci. Je vais aller jouer au foot avec mes copains. J'ai hâte qu'on aille au parc !

Il bondit du lit et je l'entends courir dans l'escalier. Une poignée de secondes plus tard, la porte d'entrée claque. Je range quelques feuilles volantes qui traînent par terre en tentant de me rappeler comment je suis rentrée. Le visage d'Hadès sur l'un des dessins me pousse à m'asseoir au milieu de la chambre. Je le regarde comme si l'homme pouvait m'apporter des réponses. Je ne ressens plus aucune douleur et je suis certaine que c'est grâce à lui. Cette chute aurait dû me tuer. Ce type émet un pouvoir ténébreux d'une puissance remarquable.

Peut-être saura-t-il me dire d'où me vient ma capacité à contrôler les Ombres ?

— Coré ! braille Lara, me sortant de mes pensées. Adon veut te voir, grouille de descendre !

— J'arrive, une minute !

Je passe rapidement à la salle de bains. Comme d'habitude, il n'y a plus d'eau chaude. Huit à vivre dans cette maison, ça se ressent lors de petits moments joyeux comme celui-ci. En me regardant dans le miroir après un brossage de dents intensif, un étrange malaise me saisit. Je tente de comprendre pourquoi, mais impossible de mettre le doigt dessus. Je coiffe mes cheveux bruns, les noue en queue-de-cheval, passe une crème de jour et me voilà plus potable.

— Coré ! hurle à nouveau la femme qui m'héberge. Bouge-toi, j'ai pas envie que ton copain reste devant chez moi pendant trois heures !

Je rejoins Adon sous le porche de la maison sans passer par la case petit déjeuner.

— Salut, beau gosse ! Tu as encore failli te prendre une mandale par Lara.

Il se marre. Il l'aime autant que moi, cette femme affreuse.

— Qu'elle vienne. Je l'attends.

On se place au bout de l'allée devant la maison, sur un muret près du portillon. Rudy joue avec ses amis de l'autre côté de la rue. Je le garde à l'œil pendant que je m'enquiers :

— Qui m'a ramenée, cette nuit ?

Adon me sourit. Quand on est à deux, il n'hésite pas à me dévoiler sa bonne humeur.

— Tu ne te souviens de rien ? C'était pourtant une nuit mouvementée.

Je hausse les épaules. J'ai besoin de savoir si ce que j'ai vu et ressenti au Royaume des Morts est réel.

— Je suis tombée du mur d'enceinte, puis je me suis réveillée dans un immense bureau magnifique et j'ai parlé au président des Nyx... Enfin, je crois. Ça me paraît trop flou.

Il secoue la tête, et j'aurais juré le voir se crisper.

— Tu es vraiment tombée du mur d'enceinte. Les Nyx nous ont chopés. Brook et moi, on s'est fait salement cuisiner, puis la sécurité a fini par nous sortir. Tu nous as rejoints sans une égratignure devant le night-club.

— Je ne t'ai pas donné plus d'infos ?

— Tu étais juste méga remontée contre les Nyx. Ensuite, on est allés dans un bar du coin. Tu as picolé avec Brook jusqu'à en oublier ton nom et je t'ai ramenée. Tu ne te rappelles pas ?

J'essaie de me souvenir, sans succès.

— Comment j'ai pu survivre à la chute ?

— Tu as dû tomber sur quelque chose qui t'a amortie. Genre, un trampoline ? On en a discuté hier.

Je tente d'imaginer un trampoline entre les murs du Royaume des Morts. Adon aussi, parce qu'on éclate de rire en même temps.

— J'ignore ce que c'était, mais j'ai eu du bol.

— Grave ! La prochaine fois, ne suis plus les plans mortels de Brook, s'il te plaît. J'ai bien cru que je ne te reverrais plus.

Je prends sa main et pose la tête sur son épaule. Le principal, c'est que tout le monde aille bien. Ce n'était pas une très bonne idée d'entrer par effraction au Royaume des Morts. Je suppose que je devrais m'excuser auprès d'Hadès. Il faut que je le revoie. Que je tire cette histoire au clair.

— De quoi t'a parlé Hadès ? demande Adon, presque à voix basse.

Son ton trahit une certaine tension.

— En fait, pas grand-chose. Je me suis retrouvée coincée à l'étage de la boîte de nuit, j'ai essayé de partir et ensuite, le trou noir. Je me suis réveillée chez Lara.

— Quitter un enfer pour en retrouver un autre, ricane-t-il très justement.

— J'ignore lequel je préfère.

Non, je sais très bien lequel choisir. Comparé à cette maison, à l'ambiance qui y règne, je préfère mille fois Hadès et son royaume. Cela dit, je me tais. Adon n'a pas l'air de porter le président des bikers dans son cœur.

— En dehors de cette histoire, tu te sens bien ? me questionne-t-il en me détaillant avec insistance. Pas de trucs étranges à l'horizon ?

Je frissonne.

— Comme quoi ?

Il hausse les épaules, pourtant il a une idée bien précise en tête et il refuse de me la donner.

— Rien, je voulais m'assurer que tu allais bien. Allez, viens, on va se promener. La Harpie m'a hurlé dessus, se marre-t-il en désignant la porte du pouce, j'ai reçu de la bave empoisonnée, je dois m'en débarrasser.

Il nomme ma mère d'accueil de cette façon.

On passe toute la matinée à flâner dans les rues. J'ai un peu honte de l'avouer : j'ai fini le lycée, mais je n'ai pas pu continuer les études supérieures par manque d'argent. Alors, j'enchaîne les petits boulots mal payés, là où Adon et Brook vaquent à des activités un peu moins légales. Il arrive que mon meilleur ami vende des drogues douces, ou que Brook vole des choses. La vie ne leur a pas fait de cadeau non plus.

— Je t'invite à boire un truc et à manger un gâteau, lance-t-il.

On entre dans le salon de thé au doux nom de *Roses du matin*. Le proprio, José, d'excellente humeur, nous salue comme à son habitude. On vient chaque fois qu'on peut, à tel point qu'il nous a offert une carte de fidélité. Je passe la porte, conquise par les odeurs de sucre et la décoration qui suggère un temple de la mythologie grecque. La grande pièce blanche est soutenue par des colonnes antiques et du lierre synthétique grimpe sur les murs faussement abîmés. Cet endroit m'inspire, je viens souvent y dessiner.

— Bonjour, les jeunes.

— Salut, José, lui répond Adon. Ça sent toujours super bon quand on entre ici, un vrai plaisir !

Je me fige après avoir fait deux pas. Aujourd'hui, l'ambiance est différente. Frappée par l'obscurité des gravures sombres sur les murs, je regarde Jose et Adon qui discutent tranquillement. Je reporte ensuite mon attention sur les œuvres taillées dans la pierre : des créatures humanoïdes dominent par leur taille des paysages glauques. Ces êtres possèdent, pour certains, des têtes d'animaux. Tous dévorent des gens.

Je vois le sang.

Je sens le sang. Il dégouline sur le sol, les tables et les chaises. Quelqu'un crie. Un hurlement si effroyable que je recule, saisie d'une terreur profonde. Mon dos frappe Adon, qui pose les mains sur mes bras pour me demander :

— Eh, ça va, ma vieille ? Qu'est-ce que tu as ?

Il se fiche de moi ? Il ne voit rien ? N'entend rien ?

— Regarde ! lui ordonné-je, en désignant le salon de thé.

À ma grande surprise, les gravures ont disparu, le sang aussi, et je n'entends plus que les aiguilles de l'horloge. Je déglutis, le ventre douloureux.

J'ai encore halluciné.

— Coré, tu es toute blanche.

— Tu… tu n'as pas vu ça ?

— Vu quoi ?

Un couple mange tranquillement, une vieille dame lit un livre. Les regards me fuient. José s'avance pour me donner un verre d'eau trouble.

— Bois ça, et va t'asseoir. C'est de l'eau et du sucre, ça te fera du bien.

Reconnaissante, je file m'installer loin des autres clients. Adon me suit, l'air toujours aussi inquiet.

— Désolée, ça va, lui dis-je en buvant une gorgée.

— OK... mais on peut rentrer, si tu veux.

— Non, vraiment. J'ai mal dormi, c'est tout.

J'imprime un sourire sur mes lèvres pour rassurer mon meilleur ami. Il opine, continue de m'observer un moment, puis va commander à ma demande. Je choisis un chocolat chaud et une pâtisserie à la violette. J'adore cette couleur, je la trouve mystérieuse et apaisante.

Pour ne pas parler de mon malaise, je discute avec Adon au sujet d'un job de serveuse pour lequel j'ai postulé dans un bar il y a quelques jours. Je ne pense pas être prise, puisque je n'ai pas vingt et un ans, mais je tente n'importe où.

— J'espère que ce n'est pas celui dans lequel on s'est réfugiés hier soir, si ? lui demandé-je, tendue.

— Je ne pense pas, sinon tu es grillée, ma vieille. Tu étais déchirée !

— Très drôle...

Adon rit, j'en profite pour regarder mon téléphone. J'ai envoyé un SMS à Brook pour prendre de ses nouvelles, mais elle ne répond pas.

— Tu es sûr qu'elle va bien, Adon ?

— Évidemment, je l'ai ramenée. Là, elle doit dormir, tu la connais. Allez, relax...

José apporte nos douceurs et à mon intention, il annonce :

— Ce matin, très tôt, un homme m'a apporté ceci en me demandant de te le remettre dès que tu viendrais. Voilà.

Il me tend un petit paquet contenant quelque chose de léger. En l'ouvrant, mon cœur menace de s'arrêter net. Ma boucle d'oreille en forme de bleuet offerte par Brook. Je porte mes doigts à mon oreille en constatant qu'il m'en manque une, en effet. Voilà ce qui m'ennuyait dans le miroir, ce matin, sans que j'en devine la raison. Je me dépêche de l'enfiler. Le patron se détourne, son plateau vide en main, prêt à s'éloigner.

— Merci, José. Tu sais qui l'a rapportée ?

— Un de ces motards dans un blouson de cuir sans manches, comme on en voit traîner de plus en plus en ville.

— Un Nyx ? gronde Adon, plein de morgue.

Son regard exprime une mauvaise humeur évidente, ses traits se tordent en une grimace de dégoût quand le propriétaire répond :

— Oui, c'est ça.

Je constate une phrase griffonnée à la hâte à l'intérieur du paquet.

« **Quitte à commettre une effraction, assure-toi de ne pas laisser de preuves dans ton sillage. H.** »

Hadès. Cette certitude s'impose en moi, des papillons effectuent une envolée sauvage dans mon ventre. Je me suis fait griller.

— C'est Hadès !

— Quelle charmante attention ! Tu veux aller le remercier ?

Le mépris avec lequel Adon me répond me surprend. Il semble se rendre compte qu'il vient d'aller trop loin, ferme les yeux et soupire.

— Désolé, c'est juste que... putain !

— Pourquoi ça te met dans cet état ?

— Bordel de merde, Coré ! L'autre débarque en ville comme si de rien n'était et fout le boxon... Ça m'énerve, les mecs comme lui. C'est toujours pareil !

— Toujours pareil ? De quoi tu parles ?

Comme il a crié, José lui ordonne de baisser d'un ton. Du coup, vexé, il plonge dans le mutisme en écrasant sa tarte à la framboise. Il n'ouvrira plus la bouche, je le connais par cœur. Je mange ma pâtisserie sans cesser de regarder la phrase écrite avec élégance en tout petit. Je caresse ma boucle d'oreille, un sourire sur les lèvres.

Hadès me terrifie, il fait partie des hommes dont la prestance coupe le souffle. Pourtant, il a eu la gentillesse de se rappeler de mon allusion au salon de thé et d'y déposer mon bijou. Je ne comprends donc pas pourquoi mon meilleur ami se comporte ainsi. Le président des Nyx n'est pas aussi terrible qu'on le raconte. Ça veut peut-être dire qu'il ne m'en veut pas pour cette nuit ?

Et surtout, j'aurai peut-être des réponses à mes questions en retournant le voir.

3.

Dans l'espoir d'oublier le choc causé par ma vision au salon de thé, j'emmène Rudy manger une glace. On aime flâner dans le parc fleuri et en général, quand il termine de goûter, il va s'amuser dans les jeux.

J'apprécie qu'il profite de son enfance, malgré son quotidien près de Lara.

— Coré ! m'interpelle Rudy en revenant de l'espace de jeux avec un ami. Même que Théo ne me croit pas quand je lui dis que tu sais faire de super dessins ! Tu peux lui montrer ?

L'intéressé attend, tandis que je baisse les yeux sur mon cahier de croquis. Mon premier réflexe consiste à opérer un mouvement de recul pour dissimuler ma nouvelle œuvre. Je ne les dévoile à personne, ils sont comme une projection physique de mon jardin secret. Celui-ci représente une femme de dos face à un fleuve. Des visages déformés par la douleur remontent à la surface. Je peux presque les entendre gémir. Au lieu de le montrer à Théo, je tourne la page et lui tends le carnet. Ce gribouillis représente une Harley-Davidson portant le patch en acier des Nyx.

— Whooo, s'exclame le gamin, elle est trop belle. J'en veux une comme ça !

— Moi aussi ! s'excite Rudy.

Plus vraie que nature, la bête aux courbes sauvages sur le fond blanc me tire un soupir. Ces temps-ci, je peine à me détacher du night-club Le Royaume des Morts. L'établissement, autant que son proprio, me hante. J'en ai des frissons dans la colonne vertébrale.

— On en aura une comme ça, plus tard ! s'enthousiasme Rudy. Viens, on fait comme si on en conduisait une.

Voilà que les deux gamins tournent autour des jeux en imitant le grondement des motos. Je me replonge dans un autre dessin en souriant. Une image plus sombre, cette fois, où des géants mangeurs d'hommes menacent de sortir de ma page.

Une heure plus tard, mon petit frère et moi sommes assis sur le banc, devant l'aire de jeux vide. Les parents ont récupéré leurs enfants, la nuit commence à tomber. Ni lui ni moi n'avons envie de rentrer chez Lara. Je me sens moins tendue en sa compagnie. Je n'ai pas eu de visions depuis ce matin, j'espère que le phénomène ne se reproduira plus. Elles me laissent un goût désagréable dans la bouche et peuplent souvent mes nuits.

Pour la millième fois, je perçois le coup d'œil insistant du petit.

— Qu'est-ce qui t'arrive ? finis-je par lui demander. Je te trouve bien silencieux.

Il attrape une bouteille de jus d'orange, puis observe l'étiquette avec un intérêt étrange.

— C'est vrai que tu vas t'en aller ?

Je pose mon carnet, surprise par ses paroles et la peine dans sa voix.

— Je ne compte pas partir, pourquoi tu dis ça ?

Il hausse les épaules sans plus oser me regarder.

— C'est Lara, je l'ai entendue parler au téléphone. Elle a dit que puisque tu avais dix-huit ans, tu devrais t'en aller bientôt.

Choquée, j'avale la pilule avec beaucoup de difficulté. D'accord, je m'attendais à ce que cette mégère me mette à la porte, mais pas aussi vite ! Elle a pour habitude de se débarrasser des jeunes majeurs pour accueillir d'autres enfants.

— Comme Colin, tu vas partir et ne plus revenir ? insiste Rudy.

Colin est le dernier majeur en date chez Lara. Deux semaines après avoir atteint ses dix-huit ans, Lara l'a lourdé. Je pensais qu'il me restait un peu de temps, mais je me trompais. Il faut que je me trouve un endroit où vivre. Et pour cela, j'ai besoin d'un travail.

Je tranquillise Rudy en lui promettant que même si je pars de la maison, je viendrai le voir pour l'emmener au parc, comme aujourd'hui. Dans la foulée, j'envoie un autre SMS à Brook pour la prévenir. Puisqu'elle connaît tout un tas de monde, je lui demande si elle peut me brancher pour un job pas trop craignos dans les meilleurs délais.

[Je m'occupe de ça, je te tiens au courant très vite. Bisous, chérie.]

Les coudes appuyés contre le dossier du banc, je renverse la tête en arrière pour profiter du soleil couchant. Une chose est certaine : je resterai en Arizona. J'aime trop la chaleur, même lors des canicules.

Les hurlements de plusieurs Harley-Davidson nous parviennent. Le parc est proche de la route, assez pour que j'aperçoive les machines de guerre montées par les Nyx. Il existe un autre club de bikers à Phoenix, mais j'ai la certitude profonde que ce sont les hommes d'Hadès qui passent par là. Les couleurs rouge et blanc sur leurs vestes au moment où ils tournent à l'angle d'une rue me le confirment. Je repense à ce matin, quand José m'a donné le petit paquet. J'ai du mal à imaginer le président des Nyx entrer dans le salon de thé pour rendre ma boucle d'oreille perdue au proprio. Pourtant, il l'a fait sans même savoir si j'irais là-bas ces prochains jours. Cet intérêt qu'il me porte me met mal à l'aise... autant qu'il me ravit. Je pousse un soupir en me levant.

— Tu viens ? Il commence à se faire tard.

En rentrant, je monte dans ma chambre, épuisée par mes aventures de la nuit dernière. Lara entre au moment où je me coiffe les cheveux.

— Une nouvelle gamine va arriver.

— Oh... vraiment ?

— Ouais, lance la fausse blonde au maquillage exubérant. Du coup, faut que tu t'en ailles, j'ai besoin de ta piaule. Je te laisse jusqu'à la semaine prochaine.

Surprise, je me fige sans savoir quoi répondre. Lara a visiblement terminé son laïus, parce qu'elle referme la porte en la claquant. Voilà, mon épée de Damoclès vient de me trancher la tête. Dans sept jours, je serai sans abri. Une vague d'injustice me submerge à l'idée de devoir laisser Rudy ici. Bon sang, ce que je déteste cette femme ! Il m'arrive d'avoir envie de lui refaire le portrait, et je ne parle pas de dessin.

— Espèce de sale garce !

Un choc dans un coin de ma chambre retentit. Ma lampe de chevet vient de voler à travers la pièce. Des morceaux d'ampoule jonchent le sol, juste au pied d'une silhouette ombreuse. Je ferme les yeux, puis inspire.

— Va-t'en !

Il me vient souvent l'idée de retourner mon étrange pouvoir contre Lara et son petit ami débile. Cependant, je me retiens :

je ne suis pas aussi cruelle qu'elle. Et puis, s'il lui arrive un pépin, Rudy sera envoyé dans une autre famille, loin de moi.

En rouvrant les paupières, il n'y a plus personne dans ma chambre.

Ce soir-là, je parle plusieurs heures au téléphone avec Brook. Outrée par cette décision, elle insulte Lara de tous les noms avant de me dire que je pourrai venir chez elle si nécessaire. Comme elle habite chez un sale type que je déteste, non merci !

— Au fait, me lance-t-elle, je connais un endroit qui cherche une barmaid. Faut juste que je m'assure que la place est toujours libre avant de t'en parler.

Au moins une bonne nouvelle !

— Merci, Brook, tu es la meilleure.

— Je sais, chérie !

On se connaît toutes les deux depuis le lycée. Notre parcours scolaire un peu chaotique nous a rapprochées, tout comme nos existences difficiles. Elle aussi est issue de plusieurs familles d'accueil, mais elle vit à droite et à gauche depuis ses seize ans. Elle est plutôt douée pour trouver des personnes qui peuvent l'héberger plusieurs semaines. Voilà pourquoi ça me sidère qu'elle sorte et vive avec un abruti de première qui lui tape dessus.

— Je dois te laisser, me prévient-elle à voix basse, j'ai un truc à faire. Bonne nuit.

— À demain. Attention à toi...

— Toujours.

Je me poste derrière la fenêtre après avoir raccroché. Mon regard tombe sur la maison d'Adon, de l'autre côté de la rue. Il habite chez ses grands-parents qui peinent à joindre les deux bouts. Son grand-père a eu un infarctus l'année dernière, ce qui ne les aide pas financièrement. Pour les soutenir matériellement, Adon deale de la drogue ou trempe dans des histoires louches.

Je lui envoie un message pour lui souhaiter bonne nuit avant de me précipiter dans mon lit. Je suis trop crevée pour dessiner, même si mes doigts me démangent. À peine ai-je fermé les yeux que je sens le sommeil me happer, comme s'il m'attendait.

Perséphone.

Le murmure tente de me réveiller. Je suis presque sûre d'avoir reconnu la voix d'Hadès. Je sais que le biker n'est pas là avec moi, pourtant je tends la main de l'autre côté du lit. La déception me déchire les entrailles en touchant une place vide, froide.

— Hadès.

La pièce s'efface, je me trouve dans une grande salle enfumée et obscure, au milieu de corps en train de se trémousser. La musique entraînante coule sur ma peau, imprègne mes os. J'ondule au rythme des notes, plus libre que je ne l'ai jamais été.

Je rêve et j'en ai conscience. Des mains se posent sur ma taille. *Ses mains*. Je souris et me presse contre ce corps musculeux à la chaleur enivrante. Sa force m'attire comme un aimant, j'entoure mes bras autour de son cou.

— Perséphone, répète-t-il, tu m'as tellement manqué...

— Oh, mon Hadès...

J'ignore ce qui me sort du sommeil, tout à coup. J'ouvre les yeux sur ma chambre, le visage bouillant et le corps parcouru d'ondes agréables.

Mon Hadès. Ma moitié, mon roi, mon mari...

Ces mots ne me quittent pas, gravés dans mon âme. Je prends une grande inspiration en glissant mes doigts sous mon tee-shirt. Pendant une minute, je m'autorise à imaginer ses mains sur ma peau. À le visualiser, allongé sur moi, ses lèvres si proches des miennes. La nuit offre une vision différente du monde. Plus floue, propice aux fantasmes.

— Hadès…, soufflé-je, comme si ce nom était porteur de magie.

Qu'est-ce que je fais ?

Un truc ne tourne pas rond chez moi. À quoi suis-je en train de jouer ? Je ne suis pas dans un livre ou dans un film ! Le mythe d'Hadès et Perséphone m'influence trop.

Allez, Coré, c'est n'importe quoi.

Pourtant, la chaleur de cet homme me manque.

Qu'est-ce que tu m'as fait, Hadès ?

Un bruit de verre brisé au rez-de-chaussée me fait bondir du lit, me ramenant illico à la réalité. Mon imagination retombe comme un soufflé. Soudain, je ne suis plus Perséphone, juste Coré, et je crève de trouille. Je tends l'oreille, retiens mon souffle… mais rien. Je me lève sur la pointe des pieds et ouvre la porte. L'obscurité a envahi la maison, le silence me semble aussi dangereux que l'éventuelle rencontre avec un psychopathe. En passant devant la chambre de Rudy, je m'assure qu'il dort. Pareil pour Elena et Marie, les jumelles arrivées après le départ de Colin. Je descends l'escalier en évitant la deuxième marche abîmée. Il me faut une arme. Peut-être que je devrais appeler la police ? J'attrape une batte de base-ball en constatant du mouvement dans la cuisine. Si Lara me chope, elle me tuera, parce qu'elle tient à cet objet comme à sa vie. Selon elle, cette batte appartenait à un joueur célèbre et vaudrait des milliers de dollars. Si c'était le cas, elle l'aurait vendue depuis longtemps, mais bon… Je m'appuie contre le mur, juste à côté de l'encadrement de la porte, mon arme bien serrée entre mes doigts et mon cœur lancé à vive allure. Il n'y a rien à voler dans cette maison. Si des cambrioleurs décidaient de tout retourner, ils seraient déçus.

Je compte jusqu'à trois en retenant mon souffle, puis actionne l'interrupteur de la pièce. Je bondis en criant :

— Halte-là !

— Merde, Coré, boucle-la ! chuchote-t-il.

— Colin ? dis-je sur le même ton.

Le jeune homme se tient devant le frigo ouvert, un sandwich figé à deux centimètres de ses lèvres. Celui que j'ai préparé à Rudy pour l'école, demain.

— C'est à Rudy ! m'exclamé-je. Pose ça.

Colin regarde la batte que je tiens toujours, puis fait la navette entre elle et le sandwich, avant de décider que ça ne vaut pas le coup de se faire tabasser. Pas que je l'aurais frappé, mais il aurait passé un sale quart d'heure.

— Salut, Coré. Quoi de neuf ?

Il attrape une bière qu'il décapsule avec l'arrière de son briquet. Je jette un coup d'œil à l'escalier, craignant d'avoir réveillé Lara. Cela dit, vu la quantité d'alcool qu'elle a avalée ce soir avec son petit ami en date, je me dis que l'explosion d'un réacteur nucléaire ne suffirait pas à attirer son attention.

— Rien de spécial. Qu'est-ce que tu fiches ici ?

— Je suis venu voir si la vieille conne cachait toujours son blé dans le paquet de céréales moisies.

— Plus depuis que tu lui as volé ses cinq cents dollars en partant, réponds-je. Elle doit les dissimuler dans sa chambre. Tu es prêt à monter et à courir le risque ?

Colin avale sa boisson fraîche presque d'une traite, la tête renversée en arrière. Il ressemble à un musicien de groupe de rock avec ses cheveux longs, ses bracelets en cuir et ses piercings. Il a toujours été plutôt mignon, preuve en est qu'il dort chez une fille différente chaque soir, selon la rumeur.

— Même pas en rêve ! J'entre pas dans l'antre du dragon. Tu veux pas y aller, toi ?

Je secoue la tête en me servant un jus de pomme.

— Tu es dingue ? Son pervers de copain pourrait bien me sauter dessus.

— Pas faux. Alors, ça fait quoi d'être majeur ?

— Je dois partir dans une semaine, m'a annoncé Lara. Ô joie !

Il a l'air désolé pour moi, tout à coup. Je réalise qu'on n'a jamais vraiment discuté ensemble, jusqu'à ce soir. Je m'appuie contre la porte donnant sur le jardin. La serrure ne ferme plus, on peut l'ouvrir facilement. Voilà comment Colin est entré. Je manque de me prendre un morceau de verre dans le pied en remarquant le bol cassé près de l'armoire.

— Tu aurais pu ramasser.

— Désolé. Tu sais où tu vas crécher ?

Je secoue la tête en lui décochant un coup d'œil fatigué. J'ai pensé à ça une bonne partie de la soirée, incapable de dormir malgré ma dernière nuit plutôt mouvementée.

— Pas encore. Rudy m'a parlé de toi, aujourd'hui. Tu lui manques, on dirait.

— Ah ouais, le gamin est sympa. Je passerai le voir d'ici quelques jours.

Il ouvre à nouveau le frigo pour chiper le pot de mayonnaise de Lara. Je le vois le mettre dans son sac et m'aperçois alors qu'il porte une veste en cuir sans manches.

— Eh ! C'est quoi ce blouson ?

Il arbore les couleurs d'un club de bikers.

— Les Originels ? lis-je.

Le blason représente une tête de bélier, vue de face, avec des yeux noirs et de grosses cornes recourbées. On dirait qu'il tient quelque chose dans sa gueule... *Un cœur humain* ?

— J'ai trouvé de nouveaux potes. La classe, hein ?

— Tu fais partie d'un gang de bikers ?!

— Je suis prospect, pour l'instant.

Je jette les débris dans la poubelle en essayant de lui cacher à quel point cette idée me déplaît.

— *Prospect* ? Qu'est-ce que ça signifie ?

— C'est le titre le plus bas de la hiérarchie d'un club. Je ne suis pas encore membre. Faut que je prouve ma valeur aux gars. Le Président veut que j'apporte mille dollars ce soir, il m'en manque quatre cent cinquante. C'est pour ça que je pensais trouver les derniers billets ici. Je vais aller les récupérer auprès des mecs qui me doivent de la thune.

Je trouve ça tellement incroyable que je garde le silence. Du moins, les premières secondes.

— Et où as-tu trouvé tout cet argent ?

— Bah, vaut mieux pas que tu le saches… File-moi la batte, je vais la faire expertiser, au cas où la mégère aurait raison et qu'elle vaudrait de l'argent. Allez, je décolle. À plus, Coré.

Il attrape l'objet, me salue d'un hochement du menton, puis quitte la maison en passant par un trou dans la haie du jardin. Une soirée normale dans mon monde, en somme. Je reçois un SMS de Brook.

[Demain soir, on sort toutes les deux au Royaume des Morts. J'ai un plan pour toi. N'en parle pas à Adon, il va péter un plomb.]

Je remonte me coucher après avoir essayé de bloquer la porte vitrée comme je peux. À croire que mes amis ne dorment jamais, parce qu'à peine me glissé-je dans mon lit qu'un autre message arrive. Il vient d'Adon, cette fois.

[J'ai vu quelqu'un contourner ta maison et courir dans la rue il y a deux minutes.]

Je réponds aussitôt :

[Tkt, c'était Colin.]

Je me lève à nouveau et me poste derrière la fenêtre, curieuse de savoir si je peux apercevoir mon meilleur ami d'ici. Sa maison reste plongée dans les ténèbres. Je m'apprête à me détourner, lorsque mon reflet m'interpelle. Je reste sans voix face à cette jeune femme aux longs cheveux bruns soyeux qui porte une couronne d'or. Elle m'observe, impassible, si belle et si forte. Elle me ressemble, ses traits sont similaires aux miens, mais je suis bien moins majestueuse. Là où je porte un pyjama trop grand, elle est vêtue d'une longue robe dorée sertie de pierres précieuses violettes. Je porte la main à mon propre visage. L'image se brouille, je cligne des paupières, et me revoilà face à moi-même.

— Coré, j'ai fait un cauchemar, je peux dormir avec toi ? intervient une voix que je connais par cœur.

Je me retourne, une boule dans la gorge.

— Ça va ? me demande Rudy.

Dans l'encadrement de ma porte, il me regarde d'un air curieux.

— Oui, tout va bien. Approche... Tu veux me raconter ton cauchemar ?

4.

— Je vais vous arracher les tripes ? C'est ce qu'Hadès vous a dit pour vous sortir les vers du nez ? Tu es sérieuse ? Il ne l'aurait pas fait ! m'offusqué-je.

— Tu as vu ce mec ? baragouine Brook en badigeonnant ses lèvres de gloss. Évidemment qu'il l'aurait fait. Je suis sûre qu'il cache une arme. C'est pour ça que je lui ai raconté pourquoi on voulait absolument entrer. Comme si j'avais le choix. Tu aurais fait la même chose à ma place. Si tu avais vu son regard... aussi effrayant que sexy.

— Il ne vous aurait pas touchés.

Elle roule des yeux en soupirant. J'attrape à mon tour son flacon de gloss pour m'en mettre un peu.

— Comment peux-tu en être certaine ?

— Eh bien... je le sais, c'est tout. Hadès n'est pas un monstre.

— Tu l'appelles par son prénom, maintenant ? Ça y est, il te rend ta boucle d'oreille et pouf, ça devient ton crush ?

Je secoue la tête en soupirant.

— Ce n'est pas ce que tu crois, Brook. Arrête.

Mes rêves influencent mon jugement, j'en ai bien conscience. Le Hadès de mes songes et celui qui se trouve actuellement au cœur du Royaume des Morts ne sont pas la même personne.

Allez, Coré, Brook a raison, c'est un biker...

— OK, trêve. Tu es prête ? me demande ma meilleure amie. On descend quand tu veux.

Prête ? Depuis ma rencontre avec le chef des motards, mon cerveau part en vrille. À l'idée de le revoir, mon cœur accélère, j'ai une boule dans le ventre.

— Oui... non. Je n'en sais rien.

— Tout va bien se passer, chérie.

— Si tu le dis... D'accord, allons-y.

J'ai toujours très envie de découvrir le night-club, même si une partie de moi craint tous ces éléments surnaturels qui s'amoncellent depuis quelques jours.

— Cool ! Mon maquillage, ça va ?

— Impec.

La nuit tombe doucement, on espérait arriver avant qu'il y ait trop de monde, pas de bol. On dirait que les gens adorent se pointer dès l'ouverture. Je contourne la voiture pour me placer à côté de ma rouquine. D'ici, j'aperçois le mur d'enceinte.

— Tu vas m'expliquer pourquoi tu as tant insisté pour venir, Brook ?

Elle coiffe ses longs cheveux soyeux avant de me tendre la brosse. J'en profite pour replacer mes mèches brunes rebelles dans mon chignon. Ce soir, Brook a choisi ma tenue : une robe noire plutôt courte sans manches qui dévoile mon dos.

— Tu comprendras vite.

— Et pourquoi Adon n'est pas là ?

— La façon dont Adon et Hadès se sont comportés entre eux, l'autre jour ! m'apprend-elle. Je te jure, il y avait de l'électricité dans l'air, leur hostilité me filait la gerbe ! Inutile de les confronter à nouveau.

Perchée sur mes hauts talons, je marche vers la file en espérant que l'attente sera courte. Sur de telles chaussures, je ne finirai pas la soirée vivante.

— J'ai cru comprendre qu'Adon n'aimait pas le président des Nyx, admets-je. Tu crois qu'ils se connaissent ?

— Sûrement. Une minute, ferme les yeux !

Elle vaporise du parfum dans l'air et nous sommes enfin prêtes à faire un malheur. En attendant notre tour, on discute de son copain Jason, d'Adon, et même de mon imminente mise à la porte de chez moi. Ce dernier sujet l'énerve plus que tout.

— Lara est vraiment une garce de première ! Elle sait que tu n'as pas encore de boulot et pas un sou en poche ?

— Ouais, elle s'en fiche. C'est notre tour, viens.

On se dresse devant le videur en papillonnant des paupières.

— Bonsoir, on est les filles qui voulaient passer le mur, l'autre nuit, déclare derechef Brook.

Je secoue la tête devant son sourire innocent. Il est clair que maintenant, on est blacklistées. Un autre bar acceptera sans doute de nous filer de l'alcool. C'est foutu pour rentrer ici. Le molosse aux lunettes de soleil ne réagit pas, je tente donc de rattraper le truc.

— En fait, on ne voulait pas vous causer d'ennuis, promis. On vous demande pardon.

Brook minaude. Je l'imite, seulement, contrairement à elle, je ne mets pas ma poitrine en avant. Le videur nous scrute pendant une longue minute, sourd aux plaintes des gens derrière nous. Il pose un doigt sur son oreillette, puis tourne rapidement le regard vers une caméra placée dans l'angle de la porte.

— Vous pouvez passer.

— Vraiment ? s'extasie Brook. Génial !

Il s'écarte de l'entrée sans plus un regard pour nous, déjà concentré sur le groupe suivant. Folle de joie, ma meilleure amie m'attire dans un couloir vivement éclairé de néons bleus. Les murs vibrent sous l'intensité de la musique, je sens même les ondes transpercer mon corps. Je croise deux ou trois couples occupés à se bécoter, puis un type qui me propose de la dope à prix cassé.

Je n'en reviens toujours pas d'avoir réussi à pénétrer ce fameux night-club. Je vais enfin pouvoir savoir ce que cache ce lieu plein de mystère.

— C'était hyper facile, aujourd'hui, noté-je.

— Je t'avais dit que c'était à cause d'Adon qu'on ne pouvait pas entrer. On va s'éclater !

Une bouffée de chaleur me prend à la gorge, mêlée à diverses senteurs que j'imaginais plus... écœurantes. Des tas de gens se frottent les uns contre les autres au milieu d'une salle plongée dans une semi-obscurité. Leurs mouvements vifs pour certains, lascifs pour d'autres, sont soulignés par des faisceaux lumineux qui ratissent la pièce. On pourrait croire que ça pue la transpiration, l'alcool, le tabac, la foule... mais en fait, l'air embaume un parfum particulier. À la fois sucré et grisant, celui qui flotte dans les fêtes foraines à l'approche d'un stand de barbe à papa. J'adore ça !

— Tu sens, Brook ?

— Oui ! Le pain grillé et le linge propre. Étrange, pour une boîte de nuit, mais c'est le kif.

J'éclate de rire. Avant que je puisse lui dire que le pain grillé ne sent pas ainsi, elle m'attrape par le bras pour me conduire au bar.

— On va boire un verre. Je te le paie, pour te remettre de tes émotions. C'est un peu ma faute si tu as failli clamser.

— Même carrément ta faute ! la taquiné-je par-dessus la musique.

— Promis, je ne te forcerai plus à franchir un mur imprenable.

On slalome entre les fêtards enivrés. J'ai bien envie de danser aussi, après m'être désaltérée. Ça me permettra d'oublier un peu toutes mes pensées aussi lourdes que négatives. Quel que soit l'endroit où je pose les yeux, ça grouille de monde. Me mêler à la foule m'aidera. Des filles presque nues dans des cages accrochées au plafond se trémoussent, fascinant la clientèle grâce à leurs charmes. Des hommes tout aussi peu habillés exercent un pouvoir de séduction efficace en dansant sur des petites scènes. Parmi la clientèle, il y a un tas de bikers. Des Nyx, mais aussi des membres d'autres clubs de motards.

— Tiens, bois, m'offre Brook pour me ramener à la réalité. Je t'ai pris une tequila. On va essayer de se trouver une place assise.

Elle a fait vite pour commander, alors qu'il y a un monde fou au comptoir. Je ne vais pas me plaindre, elle a cette facilité à attirer l'attention et les faveurs des gens. On se rend dans un coin de la salle réservé à la détente. Tables, chaises, banquettes accueillent les danseurs essoufflés qui veulent prendre une pause, ou juste ceux qui n'aiment pas se dandiner.

Au moment où je passe devant une table bondée, une étrange sensation me force à m'arrêter : celle d'être observée, multipliée par mille. Je mets quelques secondes à trouver la source de mon malaise. Un biker entouré à la fois par ses hommes et par des filles extrêmement jolies me sonde. Les yeux noirs d'Hadès me harponnent, m'empêchent de me détourner. La force qui se dégage de lui dégouline le long de ma peau comme des gouttelettes chaudes, alors que des frissons chatouillent ma nuque. Il me sourit et lève son verre dans ma direction pour trinquer avant de boire une gorgée. J'avais dans l'idée d'aller le voir pour le remercier de m'avoir rendu ma boucle d'oreille... je n'en ai plus envie. Une fille blonde en mini-jupe assise sur ses genoux lui murmure des paroles à l'oreille, ce qui fait rire le Président. Sa moquerie me déçoit. OK, il n'est clairement pas le mec sympa de mes rêves.

J'ai tout à coup envie de quitter cet endroit.

Brook m'attrape par le bras afin de m'attirer plus loin. Une fois assise sur une banquette, dos au groupe de motards, je tente de ne pas dévoiler mes états d'âme. Ce soir, on s'amuse. Après tout, je voulais fêter mes dix-huit ans, c'est le moment. La musique résonne avec moins de violence, du coup ma meilleure amie n'a pas besoin de hurler à gorge déployée pour se faire comprendre.

— Voilà pourquoi je t'ai fait venir !

Elle désigne le mur sur notre gauche. Parmi plusieurs plaques d'immatriculation datant de lieux et d'époques différentes, une affiche blanche tranche avec la déco colorée. Le Royaume des Morts cherche une barmaid à temps complet, sans expérience exigée.

— Je l'ai vue quand les hommes d'Hadès nous ont interrogés, Adon et moi. Alors ? Pas mal, hein ? C'est qui la meilleure amie de la planète ?

Elle a raison, c'est une occasion en or. Un temps complet, en plus. Ça signifie que j'aurais un salaire, plus les pourboires. Je souris de toutes mes dents, consciente que ma situation personnelle pourrait peut-être changer.

— Maintenant, va voir le boss et dis-lui de te filer le job.

Ah. Faire face à Hadès, à cet instant précis, alors qu'il m'a ri au nez plus tôt avec sa greluche... Non, merci. Finalement, je préfère envisager de vivre sous un pont. Il en existe des confortables, à Phoenix. Je secoue la tête en signe de refus.

— Il est occupé, je ne veux pas le déranger.

On dirait que je viens de mettre une gifle à Brook.

— Tu te moques de moi ? Grouille-toi de bouger ton cul, ou la place va te passer sous le nez !

— Je ne pense pas que...

— Exactement ! me coupe-t-elle. Tu ne penses pas. C'est ça, le secret. Tu as besoin d'un job et il se présente à toi. Tu ne peux pas ignorer le signe du destin.

— Il a peut-être trouvé quelqu'un ?

— L'affiche ne serait plus là.

Je pousse un soupir devant le regard déterminé de ma copine. Sans attendre, je prends un peu de courage liquide en buvant mon verre d'une traite.

— Ça, c'est ma meilleure pote ! s'exclame-t-elle. Je t'attends ici.

Je pivote, me force à ne pas regarder les membres du club et me lève.

— Avant, décidé-je, je veux danser.

Elle pousse un soupir, mais se redresse. Sa robe pailletée brille sur son corps parfait.

— OK, mais après, tu y vas.

— Marché conclu.

Au cœur de la piste de danse, je mets mes pensées et mon esprit sur « Pause ». Je laisse le contrôle à mon corps, autorisant la musique à couler dans mes veines. Plus rien n'a d'importance. La chaleur me berce, le monde s'est immobilisé. Je n'entends plus rien, je ne vois plus rien. Les yeux fermés, mes problèmes n'existent plus.

Ni Lara, ni Hadès, ni rien, ni personne.

Lorsqu'un type me colle un peu trop fort, je reviens un instant à la réalité. Juste le temps d'invoquer une Ombre qui le force à mettre de la distance entre nous. La silhouette sombre reste près de moi, tel un garde du corps invisible aux yeux des autres. Sa présence creuse une sorte de fossé entre moi et les autres danseurs : comme si leurs instincts enfouis les obligeaient à ne pas trop m'approcher. Seule Brook parvient à ma hauteur. Elle se dandine également avec un sourire éclatant. Ses mains attrapent les miennes et elle se plaque contre moi pour murmurer :

— Derrière moi, regarde un peu qui te mate.

Oh, je sais qu'Hadès m'observe... Son attention chauffe ma peau, à la fois transie de pouvoir et de chaleur. Je ne fais que l'effleurer du regard, histoire de ne pas lui dévoiler l'effet qu'il me procure. Parce que oui, j'aime qu'il m'observe, qu'il me détaille. J'aime sa mine sombre, la lueur désapprobatrice dans son regard charbon.

On dirait qu'il a oublié sa blonde, pourtant encore assise sur ses genoux.

Je continue de danser jusqu'à ce que je n'en puisse plus. Bon sang, ça m'a fait un bien fou ! Je retourne à la table pendant que Brook va chercher la seconde tournée.

— Prête à aller rencontrer le Roi des Enfers ? me demande ma rouquine en revenant.

— Oui, j'y vais.

À présent, je me sens assez assurée pour lui faire face. Je marche vers la table avec détermination, ignorant les élancements dans mes pieds. Pour danser, j'ai ôté mes talons. Pour affronter le biker, je me vois mal rester pieds nus. À peine je me tiens devant le souverain du monde souterrain que je lui lance :

— Je veux le poste de barmaid.

Je viens de parler super vite. Les types à la table éclatent de rire, certains me fixent avec surprise. Je me dépêche de regarder à nouveau le chef du groupe, évitant surtout sa blonde superficielle.

— Bonsoir à toi aussi, Princesse, répond Hadès en brisant le silence soudain.

Mes joues s'enflamment, je viens cruellement de manquer de savoir-vivre. Mais sa manière de se moquer de moi, plus tôt, me revient en mémoire. Elle balaie mes remords.

— Euh... bonsoir. Le poste est-il toujours à pourvoir ?

Mes doigts picotent. Pour chasser la sensation désagréable, je serre et desserre les poings.

— Donc, tu veux devenir ma nouvelle barmaid ?

Je me contente d'opiner.

— Tu crois avoir les épaules pour ça ?

Son arrogance me percute de plein fouet. Il semble penser que je suis une petite fille fragile incapable de servir des cocktails. Il se trompe.

— Absolument !

— Bah, tu vois... moi, je ne pense pas.

Des rires narquois s'élèvent, je deviens la cible des moqueries de ses hommes. À mon furieux sentiment d'humiliation qui me plante le ventre se mêle une rage soudaine. Je devine une nuée d'Ombres, elles aussi furieuses, sur le point de ravager la réalité. Je les retiens in extremis, tout comme je les retiens quand Lara me pousse à bout.

— Arrête de te ficher de moi.

— Elle n'a pas entendu, la brunette ? assène la fille sur les genoux d'Hadès. Dégage, tu ne fais pas le poids !

Quelque chose se brise en moi au moment où elle embrasse le président des Nyx. Une chaleur anormale inonde mes veines, des mains glaciales courent sur ma peau. Elle se mélange aux drôles de sensations que je ressens déjà depuis une minute. Je lutte pour ne pas tourner les talons.

Arrête, Coré, me forcé-je à penser, *c'est quoi, ton problème ? Tu le détestes, ce type.*

Les gémissements de sa copine me retournent l'estomac. À moins que ce soit autre chose ? Cette furieuse jalousie que je ne parviens pas à contrôler, à comprendre ? Avant que je puisse intervenir, l'ambiance railleuse laisse place à une soudaine lourdeur. Autour de moi, l'air se charge d'électricité, de danger. Je les devine derrière moi avant même de les voir. Je me retourne, le souffle coupé par leur pouvoir.

Les Originels, les membres du second club de bikers de la ville, se tiennent là. Trois types, plus petits que le meneur, tiennent de terrifiants flingues.

— Maintenant ! ordonne le type le plus terrifiant que je n'aie jamais vu.

Avant que quiconque ait pu bouger, ils tirent une salve de balles. Ces dernières m'auraient coupée en deux si les Ombres ne s'étaient pas interposées entre elles et moi, tel un mur imprenable. Nées de mon instinct de survie, elles encaissent les projectiles sans bruit. Les déflagrations cessent, un rire retentit. Le président des Originels s'arme d'une lance apparue de nulle part.

— Serait-ce la reine du bal ? Alors, les rumeurs disaient vrai, tu es revenue parmi nous.

Je garde le silence, frappée par les vibrations démoniaques dans la voix du molosse. Il arbore un blouson similaire à celui des Nyx, seul le dessin dessus n'est pas identique. L'écho des balles continue de me donner des frissons, alors même que les types derrière le chef ne tirent plus. Étant donné que les gens continuent de s'amuser, je me dis que j'ai peut-être halluciné. Il n'y a pas de cartouches par terre, rien qui prouve une quelconque attaque.

Que m'arrive-t-il ? Je deviens folle, ou quoi ?

Je n'ose pas regarder dans mon dos pour savoir si Hadès et les Nyx ont vu ça.

Je me concentre sur la lance que tient le président des Originels. La lame taillée dans du diamant reflète les lumières multicolores de la pièce. Une seconde plus tard, l'arme file dans ma direction. Je ne bouge pas, encore choquée. De toute façon, rien n'est réel. Il ne peut rien m'arriver, je vis un *bad trip*, voilà tout.

Un bras musclé entoure ma taille et me projette en arrière. Libérée trop rapidement de cette étreinte, je perds l'équilibre et m'écrase au sol. La douleur dans mon genou est bien réelle. Tout comme le hurlement de rage d'Hadès et le sol qui tremble sous mes fesses...

— Putain, Crios, tu n'aurais jamais dû faire ça !

Armés de couteaux, de chaînes et de poings américains, les Nyx se dressent devant les membres de l'autre club. Je recule, la gorge serrée, le corps transi d'une froideur extrême. Ma main entre en contact avec le manche en bois sculpté de la lance.

Elle est vraie.

Oh, mon Dieu... Contrairement aux flingues, elle aurait pu me tuer si Hadès n'avait pas réagi !

— Dégage de chez moi ! siffle ce dernier avec colère.

Le temps s'égrène, ralentit, pour finir par s'arrêter complètement. Plus personne ne bouge, les danseurs figés dans des postures étranges pourraient presque me faire rire si je ne flippais pas sévère. Les Nyx parviennent à se mouvoir comme ils veulent, tout comme moi. J'en profite pour reculer encore, comme si la banquette dans mon dos pouvait m'avaler et me préserver de cette étrange situation. Il me vient l'idée de fermer les yeux pour échapper à la menace, mais jouer la carte de l'autruche n'a jamais sauvé personne. N'est-ce pas ?

— Je t'en prie, Hadès, pourquoi je partirais ? Je commence seulement à m'amuser. On dirait que le retour de ta catin a altéré les protections de ton royaume. Je suis heureux de pouvoir rentrer, pour une fois.

L'aura d'Hadès m'apparaît brusquement, masse d'obscurité pure sous forme de tentacules étouffants. Un clignement de paupières plus tard, elle frappe de plein fouet le chef des Originels. Un grondement atroce déferle dans mon crâne, comme si le monde hurlait. Prise d'une migraine soudaine, je prends mes tempes entre mes mains, les dents serrées pour ne pas crier. Des larmes coulent de mes yeux fermés, aussi brûlantes que le sol à cet instant. Quand je tente de regarder ce qui se passe, la chaleur extrême ondoie dans la pièce. Bien que mes yeux piquent, j'aperçois Hadès et Crios en plein combat. Ils flottent dans les airs, s'assénant chacun des coups monstrueux. Ce qui n'est pas possible.

Quelqu'un a dû me droguer...

— Oh non, piaillé-je.

Le Nyx se bat à l'aide d'un sceptre en or prolongé de deux longues lames et serti de pierres violettes. Quant à l'Originel, il utilise uniquement ses poings. Pourtant, sa puissance surnaturelle forme des ondes de choc qui me coupent le souffle.

Il faut que je parte d'ici. Que je retrouve Brook et qu'on ne revienne plus !

Aucun des membres des deux clubs ne bouge. Ils sont tendus à l'extrême, concentrés sur le combat. Je peux filer en douce, il faut juste que je... Une masse sombre s'écrase à côté de moi. Je hurle au moment où Hadès balaie à la fois tables et sièges sur son passage. Il frappe le mur avec une violence telle qu'il est impossible qu'il survive. Pourtant, il se redresse presque aussi vite, le visage déformé par la douleur et la rage. Son regard incandescent croise le mien, s'y accroche une fraction de seconde et s'engouffre dans mon âme.

À cet instant, je saisis que tout ceci est réel. J'ignore pourquoi j'en suis aussi sûre et surtout, pourquoi une partie de ma peur s'envole. Comme si j'acceptais l'évidence. Crios éclate de rire, mais je ne détourne pas mon attention d'Hadès.

— Stupide Olympien, tu penses avoir assez de pouvoir pour me battre ?

— Les gars, intervient Hadès d'une voix étrangement calme, si on leur montrait, à ces trous du cul, ce que valent les Enfers ?

Les Nyx se mettent en mouvement, secoués par la même énergie qui m'oblige à prendre encore plus de distance. Ils percutent de plein fouet les Originels, bien décidés à en découdre et à protéger leur président. Le chaos envahit mon champ de vision, j'entends des hurlements, des bruits de verre brisé, une odeur de brûlé s'immisce dans mes narines. Je me réfugie sous une table pour éviter un mauvais coup.

Dois-je appeler la police ? Des secours ? Je me vois mal leur expliquer ce qu'il se passe...

Un Originel tombe près de moi en poussant un cri de souffrance. Lorsqu'il m'aperçoit, il se redresse et tente de m'extraire hors de ma cachette. Je cherche une prise solide, balançant au passage mon pied dans le visage de l'affreux. Le motard lâche ma cheville, gronde de douleur, mais revient à la charge illico. Il me tire avec une telle violence que je manque d'avoir les bras arrachés. Une souffrance brève traverse ma paume, une autre ma cuisse. Mon corps glisse sur les morceaux de verre éparpillés et je ne peux rien faire pour éviter les blessures.

— Lâchez-moi !

Mon assaillant me libère dès que je me retrouve à sa merci. Pareille à une poupée de chiffon, je reste inerte sur le carrelage. Pas que je sois trop tétanisée pour bouger, mais la lame d'un couteau chatouille mon cou. Un faux mouvement et hop, c'en est fini. Je pourrais invoquer une Ombre si je n'avais pas aussi mal à la tête, aussi chaud, aussi... tout.

— Ne faites pas ça. Je n'ai rien à voir avec votre... guerre, ou je ne sais quoi.

— C'est toi qui le dis.

Heureusement, un inconnu vient à mon secours en lui assénant un coup de tabouret sur le côté, ce qui le propulse dans les airs. Je profite du retournement de situation pour filer à nouveau sous la table. Je cherche Hadès dans la cohue, même si mon cœur bat à cent à l'heure et qu'une petite voix m'ordonne de fuir. Les pieds bien campés sur le sol, il se bat toujours contre son adversaire. Du coin de l'œil, je remarque un membre des Originels en train de ramasser la lance de diamant. Il la pointe alors sur le dos d'Hadès, prêt à l'embrocher.

— Attention ! hurlé-je en voyant l'arme filer dans sa direction.

Quelque chose d'étrange se produit, aussi bien à l'extérieur qu'à l'intérieur de moi. D'abord, un froid brutal me saisit, coule dans mes veines et couvre ma chair. Au moment où la lame de la lance frappe Hadès, elle se transforme en une nuée de pétales de fleurs multicolores. Le froid s'accentue dans mes veines, il me paralyse. Je n'arrive plus à bouger. Ma vue se brouille et mes dents claquent les unes contre les autres. Je ne dois pas perdre connaissance. *Pas maintenant !* Alors, pour garder le cap, je ferme les paupières et compte.

À cent, les bruits du combat cessent. À deux cents, une voix m'interpelle :

— Eh, Coré...

J'ouvre enfin les yeux, surprise d'être toujours en vie. Hadès, penché sous la table, me tend la main en souriant. Tout semble redevenu normal autour de moi, la chaleur n'irradie plus du sol.

— Tout va bien. Tu peux sortir.

Sa voix me fait réaliser à quel point le silence écrase la salle.

— Quoi ?

Il pose sa main sur mon bras égratigné.

— Tout va bien, répète-t-il plus lentement. Tu peux arrêter.

De quoi parle-t-il ?

— Je... je ne comprends pas. Pourq... pourquoi j'ai aussi... froid ?

Une expression d'angoisse profonde envahit son visage et ses yeux se durcissent. Il me tire brutalement de sous la table, pas vraiment inquiet de me faire ratisser le sol couvert de verre et de pétales. Il y en a partout, ils volettent autour de nous, couvrant peu à peu le carrelage sombre.

Hadès me serre alors contre lui. C'est tellement soudain que j'en perds le nord. Le froid reflue, ne reste plus que la chaleur de son corps contre le mien.

Son corps ? Contre le mien ?

— Lâche-moi ! ordonné-je en retrouvant mes moyens.

Il s'exécute, aidé par les coups que je lui envoie. Gênée et terrorisée à l'extrême, je recule. J'ai l'air en colère, pourtant je me sens plutôt chamboulée, perdue... et touchée d'une manière psychologiquement indescriptible.

— Bordel, on l'a échappé belle ! crie un Nyx. Elle a vraiment transformé certains de ces mecs en pétales ?

— Quoi ? soufflé-je.

Les Originels ne sont plus là. Je regarde autour de moi, hagarde, les genoux flageolants. Peu à peu, je reprends mon souffle. Le danger écarté, j'ai l'impression de revenir lentement à la réalité. Je prends conscience du sang, de mes blessures légères, de mes tremblements. Les couleurs reprennent aussi leurs droits sur la salle. Les fêtards du Royaume des Morts se sont remis en mouvement et se dandinent comme si de rien n'était. Ils ne peuvent pas ignorer ce qui vient de se passer, n'est-ce pas ? Mon cerveau se reconnecte à mes sens, la musique me parvient. Elle inonde mes oreilles et c'est si brusque que je sursaute. Hadès agite une main devant mon visage.

— Tu vas bien ? Tu as mal quelque part ? Tu entends quand je te parle ?

— Oui, je t'entends.

— Les dieux soient loués, alors, ricane-t-il.

Pour ne pas vaciller, je me tiens à une banquette renversée.

— Qu'est-ce que c'était, cette bagarre ?

— Un différend avec un vieil ennemi.

Je n'appelle pas ça un différend. C'était bien plus violent qu'une simple altercation, bien plus primitif. Comment expliquer tout ce qui s'est produit d'anormal ? Je rêve ou le chef des Originels voulait m'attaquer ? Mes neurones grillent un à un. Je m'apprête à poser toutes ces questions, quand un Nyx s'incruste pour murmurer quelque chose à l'oreille d'Hadès. Je crois entendre les mots « mémoire » et « effacer ».

— On va éviter, répond le chef, toujours en me fixant.

— Je me doutais bien que tu dirais ça. Elle lui ressemble vachement, quand même.

Je n'arrive pas à détacher mon attention d'Hadès. Les mots de son ami me frôlent sans que je parvienne à les comprendre.

— Donne-moi ta main, ordonne le Président.

Une vilaine plaie causée par un morceau de verre traverse ma paume. Pourtant, je n'ai pas mal, j'ai juste conscience de la chaleur de mon sang sur ma peau, en contradiction avec le froid un peu plus tôt.

— C'est l'enfer, ici, murmuré-je.

Le chef des Nyx laisse un sourire fleurir sur ses lèvres et le bout de ses doigts caresse mon avant-bras avec douceur.

— Tu n'as pas idée. Ne bouge pas.

Bientôt, il sort un morceau de tissu de sa poche arrière, qu'il noue autour de ma main. De la soie d'une délicate couleur perle. Je vois mal un type comme lui se balader avec un tissu aussi précieux. Les initiales P.H. sont brodées en doré dans un coin.

Perséphone, susurre une voix dans mon esprit.

Je l'ignore délibérément.

— Demain, ça ira mieux. Sauf si tu as l'intention de porter plainte, je te conseille de ne pas ébruiter ce à quoi tu viens d'assister.

— Et j'ai assisté à quoi ?

— Exactement. Ne cherche pas à raconter ce que tu ne peux pas comprendre.

Je recule en grimaçant.

— Merci, dis-je avec froideur avant de récupérer ma main. Maintenant, je vais rentrer chez moi.

Je lui tourne le dos en essayant de garder la tête haute et de ne pas boiter.

— Coré.

Je fais volte-face, surprise qu'il connaisse mon prénom. Je n'avais pas capté quand il m'avait appelée ainsi, sous la table.

— Tu es engagée. Si le job t'intéresse toujours, rapplique ici à vingt heures demain.

Alors là, je n'en reviens pas.

Il est sérieux ? On dirait bien, oui.

— Tu es franchement lunatique comme gars, soufflé-je.

— On me le dit souvent. Ne sois pas en retard. Tu peux garder le mouchoir.

J'ignore s'il sait que je l'aurais fait, de toute façon, juste pour l'embêter. Et surtout pas parce que posséder un objet qui lui appartient me tranquillise. Un dernier sourire de sa part, et il plonge dans la foule pour disparaître. J'ai juste le temps de voir une dernière fois le logo de son club dans son dos.

Autour de moi, ses hommes ramassent les débris de verre et les pétales. D'autres replacent les tables et les chaises convenablement. C'est un miracle que personne n'ait été blessé.

Rien n'était réel. J'ai halluciné. Rien n'était réel... me répété-je.

À mesure que j'avance parmi les fêtards, je m'agrippe à ce mensonge. Le cœur lourd, l'esprit envahi de questions, je passe aux toilettes pour me décrasser et nettoyer les petites plaies sur mes jambes. Alors que je passe du papier humide dessus, je remarque qu'elles se résorbent toutes seules. Saisie par ce phénomène, je bondis en arrière. La paroi de la cabine des toilettes vibre quand mon dos la frappe violemment. Quelques secondes plus tard, je ressors en priant pour que personne n'ait entendu mon petit cri de surprise.

Mais il n'y a plus une seule fille dans les toilettes. J'imagine que c'est à cause de la présence du président des Nyx, appuyé contre la porte, les bras croisés.

— Pas trop dur à encaisser ? me demande-t-il.

Bien sûr que si, qu'est-ce qu'il croit, lui ? Je ferme la bouche, les lèvres pincées, puis essuie mes larmes d'un bras et me focalise sur les vasques des lavabos.

— Tu étais en bas de chez moi, le soir de mon anniversaire. Pourquoi ?

— Parce que tu m'as appelé.

— Non !

Je fronce les sourcils en le regardant, cette fois. Tout à coup, il se détache du mur et marche vers moi avec la lenteur d'un prédateur. Si je me concentre, je peux apercevoir cette aura de ténèbres qui l'entoure en permanence. Elle forme des vagues qui s'étirent dans ma direction. Je recule, bientôt bloquée par le mur du fond. Hadès s'arrête, si proche de moi que j'en ai le souffle coupé. Je m'oblige à respirer par le nez pour ne pas tomber dans les pommes. Son parfum masculin et boisé envahit mon âme. J'aimerais lui ordonner de reculer, mais je n'y arrive pas. Sa main se lève, frôle mon visage. Une partie de moi espère qu'une femme entrera dans la pièce. L'autre est curieuse de savoir ce qui va se passer.

— Si, tu m'as appelé, souffle-t-il.

— Je n'ai pas pu te contacter, je ne te connaissais pas…

— Pas de la manière conventionnelle, en effet. Mais il n'empêche que tu m'as appelé et que je suis venu.

Il replace une mèche de mes cheveux derrière mes oreilles. Son sourire me trouble, tout comme la profondeur de ses yeux. On dirait deux puits prêts à m'avaler tout entière. Mon cœur s'emballe, une envolée de papillons chatouille mon cœur lorsque ses doigts se perdent dans mon cou. Sa peau contre la mienne m'électrise.

Allez Coré, envoie-le sur les roses ! m'ordonné-je.

— Je n'ai pas..., répété-je.

— Dans tes rêves, me coupe-t-il. Tu en fais, n'est-ce pas ? Tu fais des rêves plus réels que jamais et tu as noté des changements dans ta vie, dernièrement. Des changements de type surnaturel.

Je hoche la tête, surprise par ses paroles.

— Si tu veux des réponses à toutes les questions que tu te poses, accepte le poste de barmaid. Bientôt, tout te paraîtra clair, tu verras.

Son attention se pose sur ma bouche et une brève étincelle traverse ses iris particuliers. Je ferme les yeux, incapable de contrôler ni mon corps ni mon cerveau.

— Va-t'en ! lui ordonné-je soudain.

Hélas, je parle au vide, Hadès n'est plus dans les toilettes lorsque j'ouvre à nouveau les paupières. Pourtant, je n'ai pas entendu la lourde porte s'ouvrir. Le froid m'envahit, me faisant prendre conscience de la délicieuse chaleur qu'il dégageait.

Je rejoins Brook quelques secondes plus tard, le visage en feu malgré l'eau que j'ai passée dessus. Elle n'a pas bougé de sa place et ne remarque pas mon état second. J'ai l'impression d'évoluer dans un songe.

— Tu as vu ce qui s'est passé ? lui demandé-je.

Elle me regarde en haussant un sourcil.

— Est-ce que j'ai vu la façon dont tu t'es dressée devant Hadès ? Bien sûr ! Tu lui as cloué le bec, j'aime ton assurance.

— Je te parle de la bagarre, des pétales, de...

— Des pétales ? De quoi tu parles ?

— Ces types-là, les Originels ! Ils ont débarqué et ont lancé les hostilités. Franchement, c'est impossible que tu aies loupé ça...

Pourtant, elle secoue la tête.

— Les quoi ?

Je m'assieds sur la banquette, les jambes douloureuses. La compassion imprègne les traits parfaits de mon amie.

— Ça va, chérie ? Tu es peut-être un peu fatiguée ? À mon avis, tu as dû te prendre un coup sur la tête en tombant de ce mur.

— Tu as sans doute raison.

— On devrait rentrer. Mais avant, dis-moi si tu as eu le job.

Je ne réponds pas, ma langue pèse une tonne. Je me tourne vers le lieu de la bagarre et remarque qu'il n'y a plus aucune trace de celle-ci. Les Nyx, en dehors de leur chef, ont repris leur place et rient fort en buvant à grandes gorgées. Pourtant, la blessure de ma main ne me trompe pas et elle est la seule à ne pas avoir guéri.

Comme si Hadès voulait que je n'oublie pas...

Comme s'il savait que je me persuaderais que rien n'était réel...

— Coré ?

— J'ai eu le job, réponds-je en fixant le morceau de soie autour de ma paume.

L'explosion de joie de ma meilleure amie ne m'atteint pas. Une chape de plomb vient d'écraser mes épaules, laissant la fatigue s'infiltrer dans mes veines.

— On rentre ? Tu as raison, je suis épuisée, en fait.

5.

— Il ne t'a pas donné de détails ? Genre code vestimentaire, salaire, papiers à fournir, infos sur ton contrat de travail, horaires ? C'est déclaré, au moins ?

— Pas vraiment. Enfin, oui, c'est déclaré... je crois. Je n'ai pas plus d'infos, je n'ai pas pensé à demander.

Je désirais juste fuir, abandonner ce cauchemar derrière moi. Manque de bol, il m'a suivie jusqu'à chez moi et ma nuit a été assaillie de mauvais rêves. J'ai une tête abominable, une migraine infernale, le corps en compote. Impossible de mettre mes pensées en stand-by pour simplement me détendre. Je n'arrive pas à revenir à la réalité.

— Sérieusement, c'est le premier truc qu'on demande quand on décroche un emploi.

— Je sais, oui.

Je me dis que j'aurais pu poser toutes ces questions quand il m'a rejointe dans les toilettes, mais... sa proximité réveille à nouveau des fourmillements dans mon ventre.

— Tu es sûre que tu le veux, ce travail ? insiste Brook. Tu es en galère à cause de Lara, je comprends, mais de là à bosser dans un endroit que tu détestes...

— Je ne déteste pas le Royaume des Morts.

Certes, il devrait me terrifier, pourtant, une partie de moi reste attirée par ce lieu. C'est justement elle qui m'empêche de céder à la folie. Depuis que je suis gamine, il se passe des choses étranges autour de moi, j'ai la sensation d'être sur le point de mettre un sens sur tous ces mystères. Je dois accepter ce job, je n'ai pas le choix.

— Bon OK, mais si tu as envie de rentrer plus tôt, appelle-moi. Je viendrai te chercher. Tu peux arrêter de bouger la tête ? J'ai presque fini.

Brook a décidé de me coiffer. Dans trois heures, je me présenterai devant mon nouveau patron. J'ignore encore comment je réagirai. Va-t-on parler de ce qui s'est passé hier ? Je n'en ai pas envie. Je voudrais croire que c'est une illusion, comme l'attaque aux flingues des Originels...

Les flingues...

Un frisson d'horreur me traverse à nouveau. Je chasse les images de mon esprit. La situation a dérapé tellement vite.

— Eh, ton dessin est trop beau ! s'exclame-t-elle en se penchant par-dessus mon épaule. Un peu flippant, aussi. C'est un mouton ?

— Non, réponds-je en dissimulant cette horreur avec ma main. Un bélier.

Une sorte de créature humanoïde géante à tête animale. Cette représentation m'obsède depuis la bagarre. La seule manière de me débarrasser d'elle consiste à lui donner vie sur le papier. En général, cette méthode fonctionne.

— Cool ! Tu devrais être tatoueuse, tu fais des trucs de malade.

— J'en sais trop rien.

— Tu me tatouerais comme ces motards du Royaume des Morts.

Dans l'immédiat, mon avenir reste flou, surtout en ce qui concerne le côté professionnel.

— D'ailleurs, en parlant des motards, continue-t-elle, si tu en trouves un super sexy, donne-lui mon numéro.

Je la regarde me servir un sourire carnassier à travers le miroir.

— Tu es en couple, je te rappelle.

— Plus pour longtemps, je compte larguer Jason. Je le trouve trop collant ! Toujours à me demander ce que je fais, avec qui, à m'appeler parfois toute la nuit... trop saoulant.

Tant mieux, cette décision m'enchante. Même si je ne cautionne pas la manie de Brook à flirter avec d'autres gars quand elle sort avec quelqu'un, je déteste Jason puissance dix mille. À de nombreuses reprises, elle a tenté de me cacher ses bleus. Elle ne m'a jamais avoué qu'il la frappait, mais je sais que c'est lui.

— Il est au courant de votre imminente rupture ?

— Pas encore, je lui enverrai un texto. Ce soir. Ou demain. Coré, tu es splendide !

Grâce à cette combinaison noire et à ces escarpins. Cette longue tresse déstructurée me donne l'air plus mature et met mes yeux en valeur. Tout comme le maquillage léger qui illumine mon visage et rehausse mes lèvres rouges. Pour une fois, je ne me trouve pas banale, je me trouve jolie.

— Tu devrais te reconvertir dans le stylisme au lieu de cambrioler des maisons, lui suggéré-je.

— Je suis bonne dans ces deux activités, mais l'une d'elles me rapporte un max de fric. Devine laquelle ?

Je lui tends un billet.

— Voici un dollar symbolique, je t'en donnerai plein d'autres si tu acceptes de devenir mon coach personnel. Au moins, tu ne risqueras pas la prison.

Je parle avec détachement, bien que sa tendance à entrer chez les gens par effraction me stresse.

— Merci, glousse-t-elle en prenant l'argent. Prête pour ta soirée au Royaume des Morts ?

— Oui. Je vais montrer à cet imbécile d'Hadès qu'il n'a pas à me défier.

Je lui ai raconté la manie du Président qui consiste à me lorgner avec arrogance et à me parler comme s'il était supérieur à moi. Je ne compte pas me laisser faire.

— Tu as raison. Adon sait que tu bosses là-bas ?

— Je lui en parlerai plus tard.

— Vaut mieux, il va péter un boulon. Il est sympa, mais beaucoup trop protecteur avec toi. Faut dire qu'il t'aime.

Je tourne la tête dans sa direction, les yeux écarquillés. Je croasse un « Quoi ?! » étouffé.

— Ne me dis pas que ça te choque ? Il te kiffe, ça crève les yeux ! Quand il apprendra que tu risques ta vie au milieu des bikers, dans un endroit qui porte le nom de Royaume des Morts, il va se comporter en héros. Tu verras, je le connais.

— Je ne risque pas ma vie.

— On le sait toutes les deux. Dans la tête d'Adon, un scénariste imaginaire tourne des films catastrophes dont tu es le personnage principal, alors bon...

Je ne renchéris pas, parce qu'on en a pour la nuit, sinon. Je connais Brook, elle ne lâchera pas un morceau de viande aussi juteux que ma vie privée.

— En plus, ajoute-t-elle avec un sourire, faut avouer qu'Hadès est hyper sexy ! Ultra mégalo pour avoir choisi de porter le nom d'une divinité, mais on ne va pas lui en vouloir. Tu as vu ses muscles ? Son corps sculpté comme celui d'un... bah tiens, d'un dieu ! Quant à son regard, je m'y jetterais tête la première pour me noyer dans ses ténèbres. Et pourvu qu'elles soient nues, ses ténèbres, si tu vois ce que je veux dire…

À mon tour d'éclater de rire.

— Je vois tout à fait, et tu as raison. Hadès est parfait dans le genre mauvais garçon arrogant.

Mon cerveau et mon corps ne vont pas me contredire, vu les rêves que m'inspire le président des Nyx.

— Mais je crois qu'il a une petite amie, conclus-je, arrête de fantasmer sur lui. Cela dit, je peux te brancher avec. Je préfèrerais te voir avec lui plutôt que cette… blonde détestable.

— Me brancher avec ? Chérie, je sais draguer toute seule. Et celui-là, je te le laisse.

Mes joues s'embrasent. Pour les dissimuler, je range le maquillage éparpillé sur la table de Brook.

— Comment ça ?

— Chaque fois que je parle de lui, tu rougis à mort.

— N'importe quoi, il m'intrigue, c'est tout !

Je pousse un soupir en observant pour la millième fois la paume de ma main. Une cicatrice blanche la traverse, seul vestige de ma blessure de la veille. Qu'on ose me dire que rien ne cloche après ça. Brook ne veut pas me croire, et quant à Adon, je n'imagine même pas lui parler de la baston.

— Coré, tu m'écoutes ?

— Absolument pas.

— Tu veux que je te conduise là-bas ?

Étant donné que je n'ai pas de voiture, je ne peux pas refuser. Pour le retour, j'envisage de demander à l'un des employés de me ramener contre quelques billets.

On passe le reste de la soirée à parler, puis on part pour le terrifiant Royaume des Morts. Dix minutes avant la prise de mon poste, je me présente seule devant le videur de l'entrée. Dans la file, on me gratifie de quelques regards courroucés, ou encore d'insultes parce que j'ai doublé un sacré paquet de monde. J'ai l'impression que le night-club rameute de plus en plus de gens au fil des jours, et de plus en plus tôt. Cet endroit fait un malheur, on ne va pas se mentir. Et qui dit clients, dit pourboires.

— Bonsoir, lancé-je en m'adressant au videur, je suis Coré.

— La nouvelle barmaid ? Ouais, je sais. Tu es en retard.

— Quoi ? Hadès m'a dit vingt heures !

Derrière ses lunettes, son regard reste invisible, impossible de deviner ce qu'il pense. Du moins, jusqu'à ce qu'il ouvre la bouche, laissant poindre son mépris qui me percute de plein fouet.

— Ça ne te semble pas logique de te pointer à l'avance le premier jour de ton nouveau job ? Grouille, le Prés' t'attend à l'intérieur.

Avant que je puisse lui demander où exactement, il me pousse dans le couloir. Un peu agacée d'être traitée avec aussi peu de considération, je souffle en entrant dans la grande salle semi-obscure. La musique fait vibrer à la fois les murs et le sol, alors qu'une délicieuse odeur florale embaume l'air. Si je me concentre sur mon odorat, j'arrive à percevoir des effluves de terre humide après un orage. L'un de mes parfums préférés. Voilà encore un élément inexpliqué à ajouter à mon tout nouveau carnet : le Royaume des Morts, pourquoi est-il magique ? J'y ai déjà noté la capacité d'Hadès à se déplacer comme un fantôme, la bagarre de la veille qui n'a pas fait sourciller Brook, les illusions, les pétales de fleurs, ma cicatrisation accélérée, la mauvaise humeur d'Adon, et maintenant, les senteurs ambiantes. Pas qu'elles soient désagréables, au contraire. Mais surnaturelles, sans doute.

Je me rends au comptoir du bar après avoir cherché des yeux le maître des lieux. Un type avec une barbe rousse tressée sert les nombreux assoiffés à une vitesse dingue. J'espère qu'on n'attend pas de moi une efficacité pareille, je risque d'en décevoir plus d'un. Je m'apprête à le héler, mais un picotement dans ma nuque m'en empêche. Ce frisson aussi vif qu'agréable impose l'image d'Hadès dans mon esprit. Une main se pose sur mon épaule, je sais déjà que c'est la sienne. Le souffle coupé par l'accélération de mon cœur, je constate que j'ai raison. Mon patron me fait face dans ses vêtements sombres, vêtu d'un tee-shirt portant les couleurs des Nyx.

— Tu es en retard, Princesse.

— Absolument pas, il est vingt heures pile. Il fallait me le dire si tu voulais que je vienne plus tôt.

Mon agacement me rend irritable. Sans compter ce surnom qu'il me donne, comme si j'avais vraiment l'air d'une pauvre fille bourge à qui tout tombe dans la bouche. Cependant, je me calme. Parler de cette façon à mon employeur semble une très mauvaise idée. Surtout quand il me regarde comme s'il allait me dévorer. Je m'apprête à m'excuser, quand il éclate soudain de rire.

— Amène-toi, c'est par là !

Sur ces bonnes paroles, il me tourne le dos et s'enfonce dans la foule. J'ignore comment prendre ses changements d'humeur, ils me déstabilisent. En gardant cette réflexion pour moi, je lui emboîte le pas. Les muscles d'Hadès roulent dans son dos et donnent vie à la couronne sur la tête de mort dessinée à l'arrière de son tee-shirt. J'observe sa silhouette athlétique capable d'éveiller un intérêt superficiel que je ne pensais pas posséder. Nombreuses doivent être les filles, comme la fameuse blonde, à graviter autour de lui. Je le percute de plein fouet, réalisant trop tard qu'il s'est arrêté.

— Désolée ! m'empressé-je de baragouiner. J'étais euh... obnubilée par la déco.

— La déco ? ricane-t-il.

On descend bientôt une volée de marches gardées par un Nyx. Je m'accroche à la rambarde pour dévaler l'étroit couloir sur plusieurs mètres.

— D'où vient ce parfum ? demandé-je pour briser le silence.

Le son de mes escarpins sur les marches en pierres me rend nerveuse. Ajoutez à cela la présence perturbante d'Hadès, son aura chargée de puissance, et vous aurez une fille très maladroite.

— Quel est ton parfum ? demande-t-il.

Il doit exister un mécanisme ou un détecteur de mouvement que je ne vois pas, parce que des torches accrochées sur le mur s'embrasent sur notre passage. C'est très rustique comme façon de s'éclairer, mais j'aime beaucoup.

— Euh... je ne sais plus. Il est à mon amie Brook.

— Je parle de celui de la salle. Quel parfum sens-tu ?

— Oh... celui de la terre humide. Étrange, pour une boîte de nuit, non ?

On arrive en bas de l'escalier sans qu'il commente mes paroles. Une garçonnière plutôt vaste, meublée avec goût, s'ouvre devant moi. On dirait un salon privé. Il y a un bar d'un côté, des tables, des banquettes en cuir et un immense écran éteint contre le mur. Une Harley-Davidson rutilante brille au milieu. Comment a-t-on pu descendre cet engin ?

— C'est là que tu bosseras. J'y reçois les gars de mon club et quelques autres invités importants. Pour l'instant, il n'y a personne, mais dans une heure, la salle commencera à se remplir. Amber t'aidera, elle te briefera pour ton premier soir.

Il se laisse tomber dans une banquette avec nonchalance, les bras tendus de chaque côté du dossier. D'un mouvement du menton, il désigne un siège rouge de l'autre côté de la petite table en verre.

— Installe-toi, on va causer avant de te laisser entrer aux Enfers.

— Tu joues ton rôle à fond, je vois.

— Quel rôle ? demande-t-il en me souriant, taquin.

— J'ai une question. Les types avec le logo en forme de bélier, ils vont revenir ?

Cette idée me terrifie. Hadès m'observe intensément sans ciller. Je commence à m'agiter face à son silence, lorsqu'il intervient :

— Parmi toutes les questions qui te hantent, c'est celle-ci que tu me poses ?

Oh non, j'en ai des tas en tête ! À commencer par : sais-tu d'où vient mon pouvoir d'invoquer les Ombres ? Est-ce que la pluie de pétales de fleurs venait de moi ? Suis-je tombée dans un monde parallèle ?

Pour le moment, posséder la réponse à ces interrogations reviendrait à me tirer une balle dans le pied. J'ai besoin d'argent, que je le veuille ou non. Si je flippe et quitte le Royaume en courant, je finirai par me retrouver à la rue dans quelques jours.

— Les Originels, reprends-je plus fort et avec plus d'assurance, vont-ils revenir ?

— Une minute, Princesse, répond Hadès.

Une jeune femme magnifique aux longs cheveux noirs entre dans la pièce. Elle pose un verre devant Hadès, puis m'en offre un aussi sans me regarder. Elle place au milieu de la table ce qui ressemble à un contrat de travail avant de disparaître en silence. Dès que la porte se referme sur elle, mon interlocuteur m'apprend :

— Première leçon : un patch ou un écusson.

— Pardon ?

Hadès n'a pas cessé de me fixer, comme si une véritable déesse au corps parfait n'avait pas fait irruption un peu plus tôt.

— On n'appelle pas ça un logo, mais un écusson, chez les bikers.

— Peu importe. Vont-ils revenir ?

Il avale une gorgée de son verre rempli d'un liquide doré hypnotique, se penche en avant, les bras sur les genoux, et rétorque :

— Non. Tu ne risques rien.

— Ce n'est pas l'impression que j'ai eue, hier.

— Ça n'arrivera plus. Comment te sens-tu ?

Je grimace, concentrée sur mes mains pour les empêcher de trembler.

— Je n'en sais rien. C'est tellement...

— Angoissant ? Anormal ? Stressant ? Je sais. Rassure-toi, Coré, si les Originels osent se pointer ici, je les enverrai dans la pire des prisons qui puisse exister. Tu n'as pas à t'inquiéter pour ta sécurité.

Facile à dire ! L'un d'eux a voulu me tuer...

— Pourquoi s'en sont-ils pris à ton club ? embrayé-je, dans l'espoir de comprendre.

— Parce qu'il existe une vieille rivalité entre nous. Et peut-être aussi parce que j'ai tué leur ancien président.

J'en reste muette de stupéfaction. À la manière dont mon boss me fixe, on dirait qu'il juge mes réactions.

— Pourquoi tu l'as tué ? soufflé-je.

— Parce qu'il a assassiné ma femme.

Avec une lenteur prononcée, Hadès boit une autre gorgée de la boisson qu'il vient de se resservir. L'air pèse une tonne, ses yeux ne cessent de me sonder sans que je puisse deviner ce qui se cache derrière.

— Il a tué ton épouse ?

Savoir qu'il a été marié aussi jeune et qu'il a perdu l'amour de sa vie me fait beaucoup de peine. Beaucoup trop pour que ce soit de la simple compassion.

— Oui.

— Tu lui as fait quoi pour te venger ?

— Tu n'as pas envie de savoir.

Une peur grandissante monte peu à peu en moi. Je me doute que les bikers dissimulent un côté dangereux, voire criminel. De là à y faire face... Ce type fait référence à la mort comme il parlerait du beau temps.

— Tu l'as... abattu ?

— Admettons. Tu penses qu'il ne méritait pas de mourir ?

Aucune animosité dans sa voix, simplement une profonde curiosité.

— Je ne crois pas être bien placée pour donner mon avis...

— Et moi, je crois que si, Coré. Tu me prends pour un monstre ? Une brute sans cœur ?

Ses questions me mettent mal à l'aise. Je suis incapable de boire une gorgée de ma boisson, même si ma gorge se noue. Hadès m'offre un sourire féroce, le plus animal que je n'aie jamais vu.

— Pourquoi tu me demandes ça ? couiné-je. Si je décidais de partir, de prévenir la police ?

Il rit.

— Il te faudrait des preuves. C'est ta parole contre la mienne, et si je ne me trompe pas, j'ai plus de chances de gagner avec mes avocats qu'avec celui que tu engageras.

Et bim ! Il vient de me rabaisser en une seule phrase. Son arrogance m'énerve presque autant que son assurance démesurée.

— On ne peut pas tout avoir grâce à l'argent ! craché-je.

— Alors là, tu as raison. Toujours décidée à bosser au Royaume des Morts ? Voici ton contrat.

Il montre l'unique feuille sur la table, je m'en saisis. On vient de changer de sujet et ça me va très bien.

— Ça ne ressemble pas à un contrat, noté-je.

— Toutes les clauses y sont.

Je relis avec attention chacune d'elle. La première parle du salaire et de mes horaires. La seconde dit que si je divulgue les secrets du Royaume des Morts à des tiers, je devrai payer cinq millions de dollars de dédommagement. La troisième m'assure une protection sans limites de temps et de lieu tant que je ferai partie du personnel.

J'omets volontairement celle qui parle des millions de dollars parce qu'elle me donne envie de vomir, préférant aborder la dernière.

— Qui me protégera ?

— Moi.

Ça semble évident. Je termine par le dernier paragraphe qui m'interdit d'avoir une quelconque relation sexuelle avec un client ou un employé entre ces murs.

Pour qui se prend-il ? Je secoue la tête et me lève.

— Je refuse.

— Quelle clause ? embraye-t-il, amusé.

— Tu n'es que mon employeur, tu n'as pas à décider avec qui je couche ou pas, y compris en ces lieux. Bien sûr, je ne compte pas... Pas ici, mais enfin... je fais ce que je veux.

Ses yeux s'étrécissent, son sourire s'agrandit.

— Ah, celle-ci...

Je m'apprête à faire demi-tour, quand il annonce :

— OK, je fais sauter cette clause. Les autres, en revanche, ne changent pas.

Bon, puisqu'il n'y avait que celle-ci qui me gênait, je reprends place sur le fauteuil. Hadès trouve cette situation très à son goût. *Il m'énerve, à sourire comme ça !*

— Autre chose, Princesse ?

— Cinq millions de dollars ? Sérieux ?

— Sérieux.

Il me tend un crayon noir avec un rictus plein de défi.

— Si tu signes, tu ne verras plus la vie comme avant. Tu seras amenée à faire face à des choses que tu ne comprendras pas toujours, pourtant tu ne devras jamais en parler à quiconque, sauf à moi. Compris ?

— J'aurai des réponses à mes questions ?

— Toutes, sans exception.

Ma main frôle la sienne en attrapant le crayon, alors que mon cœur, lui, frise l'arrêt cardiaque. C'est absurde. J'ai l'impression de me trouver dans un film de mafia, devant le Parrain en personne.

— Si tu signes, continue-t-il, tu auras un salaire confortable, une mutuelle en or, et bien plus de congés que la loi l'exige. Personne ne te touchera, ne te parlera mal, ne te manquera de respect.

— Il ne m'arrivera jamais rien ?

Il se lève, contourne mon fauteuil et pose les mains sur mes épaules. Son visage approche de mon oreille et son souffle caresse ma nuque. Je ferme les yeux, en proie à une chaleur agréable dans tout le corps. L'une des mains d'Hadès effleure mon cou. Sa peau embrase la mienne là où elle l'a touchée.

— Jamais. Je t'en donne ma parole, Coré.

Je me vois apposer mes initiales et ma signature en bas du document sans réellement contrôler mes gestes. Je me trouve dans une sorte de rêve éveillé, bercée par une voix douce qui m'assure de la bonne foi d'Hadès. J'oublie ce qu'il a dit sur le meneur des Originels ou sur sa femme.

— Bienvenue dans mon royaume, Coré ! s'exclame-t-il en éclatant de rire.

6.

Les premiers motards arrivent, multipliant mon stress par mille. Le salon privé devient le théâtre de rires gras, de blagues machos et de discussions portées sur le sexe. Je m'attendais à une ambiance purement masculine, on est en plein dedans. Beaucoup des types présents arborent le patch des Nyx sur leur veste. Toutefois, certains appartiennent à d'autres clubs. Autant de mecs en cuir me mettent mal à l'aise, surtout qu'ils ont tendance à me parler familièrement.

— Tu t'y habitueras, me promet ma collègue Amber. Ne te prends pas trop la tête, ils causent tous comme ça. C'est nouveau, ça peut faire peur, je comprends.

Peur ? Avec tout ce qui m'arrive en ce moment ? Je ne qualifierais pas cette expérience ainsi. Je dirais plutôt que c'est assez vexant de se faire appeler « ma poule » à tout-va par de gros lourds éméchés. Heureusement, mon apprentissage du métier et tous ces « boit-sans-soif » m'empêchent de ressasser le côté surnaturel des lieux. Il ne s'est encore rien passé d'anormal. Pas de pluie de pétales de fleurs, pas d'Ombres.

— Je suis contente qu'Hadès t'ait embauchée, m'avoue Amber. Tenir tête à tous ces mecs n'est pas donné à tout le monde.

Je fais de mon mieux pour ne pas répondre à leurs blagues douteuses, ignorer leurs regards curieux et appuyés, ou même éviter d'entrer dans leurs délires quand ils me draguent. Je reste polie, mais distante.

— Merci.

Je cherche mon patron dans la foule pour la centième fois de la soirée. Un pincement au cœur me saisit quand je songe à son mariage et à la mort de sa femme. J'ai décidé de ne pas le croire quand il prétendait avoir tué le président des Originels, parce que jamais il ne me l'aurait avoué aussi ouvertement. Il voulait juste m'effrayer. Cependant, son veuvage est plus réel que jamais, je l'ai vu dans ses yeux.

— Bien, on va passer aux cocktails. Les gars préfèrent largement la bière, mais les filles te commanderont des cocktails. Prête ?

En dix minutes chrono, j'ai la tête pleine de recettes et de conseils à me souvenir.

— Tu réalises que je vais forcément les oublier ? me marré-je au bout du cinquième ou sixième cocktail.

— Ne t'en fais pas, tu apprendras vite, et puis je t'aiderai. Tu as déjà bossé en tant que barmaid ?

Je secoue la tête en signe de négation. Une grande première pour moi, tout comme ce monde de motards.

— Non... j'ai juste un peu d'expérience dans un fast-food.

— D'accord. N'hésite pas à m'appeler à l'aide si besoin.

Cette brunette court partout en gardant une pêche d'enfer et un sourire lumineux. Je fais de mon mieux pour l'imiter, calquant mes mouvements sur les siens. Elle s'occupe de servir les cocktails spéciaux pendant que je me charge de filer les bières aux nombreux assoiffés. Trois heures s'écoulent avant que je ne décide de m'habituer aux autres boissons. On me réclame un whisky ? Voici un whisky. De la vodka ? Volontiers. De l'eau ? Non, jamais d'eau. Les bikers boivent de l'alcool à volonté.

— Dis-moi, Amber, tu n'as jamais remarqué de phénomènes étranges, ici ? demandé-je en profitant d'un moment de calme au cours de la nuit.

Ma collègue me jette un coup d'œil surpris.

— Comme quoi ?

— Je ne sais pas... des choses qui sortent de l'ordinaire ?

Faites qu'elle dise oui, faites qu'elle dise oui, faites qu'elle dise...

— Non, jamais. Il arrive que certains clients adoptent des comportements lourdingues, mais rien d'étrange. Tu veux me donner plus de détails ?

Je secoue la tête, déçue. Je suis donc la seule à assister à ce genre de manifestations, ce qui ne me soulage pas. Les rêves, les visions, mes dessins, la bagarre de la veille...

— Oublie. C'est juste que je ne connais pas vraiment le monde des bikers, du coup certains éléments me semblent bizarres, mens-je en partie.

— À qui le dis-tu !

En tout cas, je remarque qu'Hadès avait raison sur un point : pas un seul de ces types – même bourré – n'a de geste déplacé envers moi ou Amber. Je ne m'en plains pas, bien au contraire. Je préfère rester invisible à leurs yeux, plutôt que de représenter un morceau de viande comme les quelques filles présentes. Parlons-en, de ces demoiselles : elles se baladent presque nues, sans aucune pudeur, dressant leurs attributs sous le nez des motards. L'une d'elles vient de s'installer à califourchon sur les genoux d'un Nyx et l'embrasse maintenant à pleine bouche, alors que je l'ai vue rouler des pelles à un autre homme un peu plus tôt.

— Tu ne connais rien à cet univers, n'est-ce pas ? s'enquiert Amber.

J'attends que mon client vienne chercher sa énième bière et qu'il s'éloigne pour lui répondre tout bas :

— Non. Ça se voit tant que ça ?

— Chaque fois que tu poses les yeux sur une brebis, on dirait que tu vas vomir.

— Une brebis ?

Elle désigne les filles éparpillées dans la salle. Voilà que deux d'entre elles montent sur le comptoir que je viens de nettoyer, motivées par les cris excités d'une bande de motards. Elles dansent lascivement en équilibre parfait sur leurs escarpins.

— Des putes à bikers, si tu préfères, continue ma collègue. Ne parais pas si choquée, elles-mêmes s'assument en tant que telles. Elles espèrent, en baisant avec des motards, entrer officiellement dans les clubs comme régulières... genre, des copines officielles, tu vois ?

— Oui, je comprends.

Les clients aiment le spectacle, ils glissent plusieurs billets de cent dollars dans les sous-vêtements des filles. Leurs encouragements décuplent lorsque la première se débarrasse de son string.

Je m'efforce de ne pas trouver cela hyper malsain, préférant me concentrer sur les commandes.

Au fond de la salle, une porte s'ouvre sur Hadès. Dès qu'il entre dans la pièce, mon attention se focalise sur lui, tel un aimant. Je ne peux pas m'empêcher de le trouver toujours plus fascinant. Il émet une assurance sans faille qui me donne envie de le dessiner, encore et encore. Accompagné des hommes avec lesquels il s'est enfermé dans son bureau, il se joint dorénavant à la fête. Il ratisse le salon du regard, jusqu'à poser son attention sur les demoiselles debout sur le comptoir. Un sourire étire le coin de ses lèvres. Une brusque envie de balancer les brebis par terre me prend.

Alors, ils sont tous pareils, y compris lui ? Dès qu'une bombe se pointe, plus rien n'existe ? Plus personne ?

Je serre les doigts autour de la pinte de bière que je remplis en essayant de me contrôler. Même si je n'arrive pas à comprendre d'où me vient cette colère soudaine, je ne peux l'ignorer. Pour me forcer à oublier cette pointe de jalousie, et surtout cette déception brûlante, je me mets à frotter avec entrain le coin du comptoir que ces greluches ne piétinent pas.

— Il y a des régulières dans le lot ? demandé-je à Amber.

— Aucun Nyx n'en a pour l'instant. Faut dire qu'ils aiment bien trop la baise pour se poser.

Une fille pousse brusquement un hurlement qui me glace le sang. Je sursaute en remarquant une magnifique rouquine prise d'effroi qui cherche à se dégager des bras d'un biker. Ce dernier la libère, aussi surpris que tout le monde. Le silence tombe, la pression dans l'air augmente.

— Il a... ses yeux... oh, mon Dieu ! bafouille l'inconnue en continuant de reculer.

Elle tremble. On dirait qu'elle vient de voir un fantôme. Hadès se glisse dans son dos, aussi discret qu'un rêve. Ou un cauchemar. Elle n'a pas vraiment le temps de réagir, il lui murmure quelque chose à l'oreille en posant ses mains sur ses hanches. Le masque de terreur sur les traits de la jeune femme disparaît au profit d'une expression plus calme, presque impassible. Le président des Nyx continue à lui souffler des mots qui la plongent dans une sorte de transe. Il a fait la même chose avec moi lors de la signature du contrat. Il a balayé mes peurs et ôté mes freins.

— Léther, lance-t-il soudain dans la foule.

Un jeune homme se dresse devant la demoiselle et la fixe derrière ses lunettes. Une onde de chaleur me parcourt, elle vibre dans l'air. L'inconnu aux allures d'acteur sourit, ce qui adoucit ses traits couverts d'un masque perpétuellement agacé. Tout à coup, il ôte ses Ray-Ban, mais il est bien trop loin pour que je puisse détailler ses yeux.

— Ça va aller, il ne s'est rien passé. Continue à t'amuser, lui ordonne-t-il.

Je me tourne vers ma collègue.

— Tu vois ça, Amber ?

Elle est trop occupée à servir les clients pour me répondre. La musique reprend, l'énergie habituelle de la salle balaie le silence et la tension. Le Nyx coupable d'avoir terrifié sa partenaire replace convenablement ses lunettes de soleil avec un sourire d'excuse qu'il adresse à son président. D'ailleurs, tous les Nyx en portent une paire, sauf Hadès lui-même. *Que cachent-ils dessous ? Trois yeux ?* La rouquine, à nouveau calme, se tourne vers le Président et redevient cette créature de rêve qui sautille de genoux en genoux. Elle retourne enfoncer sa langue dans la bouche d'un motard, oubliant complètement cette scène à laquelle elle vient de participer.

Quelques secondes plus tard, l'affluence décuple tellement que je n'ai ni le temps de poser plus de questions à Amber ni celui de prendre une pause pour réfléchir à la situation. J'en suis certaine, maintenant : les Nyx ne sont pas des hommes normaux. Il faut que je sache ce qu'ils cachent.

J'ai besoin de découvrir ce qu'Hadès dissimule, surtout. Parce que c'est lui qui hante mes nuits et mes pensées.

Vers quatre heures du matin, beaucoup de clients ont quitté le salon aux bras des demoiselles. Il reste quelques Nyx, d'autres motards aux patchs différents et à peine deux ou trois filles. Ça permet à Amber et moi de souffler un peu, on l'a bien mérité.

Je sors les verres du lave-vaisselle et les range, incapable d'ignorer Hadès installé à une table en compagnie de deux types aux airs mauvais. Je n'ai pas pu m'empêcher de remarquer que ces derniers portaient des vestes différentes de celle du président des Nyx. Le premier est le meneur des Hells Devils, indique son blouson. Le second dirige les troupes des Evil Pastors. Cette réunion entre présidents de clubs ne me dit rien qui vaille. Ils parlent à voix basse, et vu leurs mines sérieuses, ça a l'air important.

Un sursaut secoue mes épaules quand Hadès tourne la tête dans ma direction. Il lève une main pour me signaler d'envoyer une énième tournée. Je m'exécute : deux bières et un nectar. Ne me demandez pas ce que contient cette dernière boisson, je l'ignore. C'est Amber qui est chargée de la préparer, il semble que je n'aie pas le niveau pour...

Devinez pour qui est ce breuvage ambré à l'odeur sucrée ? Eh oui, Hadès !

Je ne devrais pas être étonnée, il prend très à cœur son lien superstitieux avec le dieu de la mythologie grecque. La boisson des divinités enfin prête, je remercie ma collègue.

À mon approche, le meneur des Hells Devils se tait. Cet homme aux mains baladeuses avoisine les cinquante ans, il porte une épaisse barbe grise, de longs cheveux gras et nombre de tatouages fleurissent sur sa peau. Son regard embrumé par l'alcool me sonde au point de me mettre mal à l'aise. J'apporte la quatrième ou cinquième tournée, et chaque fois, son attention gagne en force.

— C'est bien d'avoir recruté, lance-t-il brusquement. Fallait remplacer Candy, ça urgeait. Elle est mignonne, la brunette.

Je pose sa pinte devant lui sans répondre, puisqu'il ne s'adresse pas à moi. Sauf quand il ajoute :

— C'est quoi ton nom ?

Je me dépêche de servir les deux autres présidents en faisant mine de ne pas avoir entendu, mais le type m'attrape par le poignet.

Alors, je rétorque avec nervosité :

— Je ne pense pas que ça vous regarde.

— Tu ne penses pas que ça me regarde ? se marre-t-il. Tu sais ce qui est arrivé à la dernière barmaid en date ?

Je lance un rapide coup d'œil à Hadès en constatant qu'il fixe la main du président des Hells Devils, toujours scellée autour de mon bras. Suis-je la seule à percevoir cette rage sombre dans ses iris ? À sentir l'air vibrer, chauffer, s'alourdir ? À moins que ce ne soit parce que je n'arrive pas à me dégager et que la panique me gagne ?

— Slider, intervient Hadès d'une voix forte, lâche-la. Immédiatement !

Sa voix gronde dans toute la pièce, l'emplit d'une menace tangible. Elle attire tous les regards sur nous. Les Nyx présents se tendent, les bikers des autres clubs aussi. Le silence tombe, et pendant un instant, je n'entends que le bruit de ma propre respiration. Pris au dépourvu, choqué par la réaction d'Hadès, Slider me libère. La seconde d'après, il est adossé contre un mur par une poigne d'acier aussi meurtrière que le regard du patron des lieux.

— Tu ne la touches pas, tu ne penses même pas à elle. Jamais. Me suis-je bien fait comprendre ?

Très vite, je retourne me réfugier derrière le comptoir. Slider ne bronche pas, comme aucun des bikers du salon privé. Quelques brebis retiennent leur souffle en matant le président des Nyx avec une fascination que je peux comprendre.

— Pourquoi personne ne réagit ? demandé-je à Amber.

Pour avoir vu certains épisodes de la célèbre série *Sons of Anarchy*, je sais qu'une rivalité constante pèse sur les différents clubs. Je suis surprise de ne voir aucune arme sortie. Enfin, surprise, mais aussi rassurée.

— Parce qu'Hadès est le grand boss. Gare à celui qui se dressera devant lui.

— Comment ça ?

Ma collègue se penche sur moi pour murmurer :

— Les Hells Devils et les Evil Pastors sont des sous-chapitres des Nyx. Si tu veux, ils représentent les Nyx, mais dans les villes voisines.

— Alors, Hadès les dirige ?

— Oui, Slider et Mac sont sous ses ordres. Il est le président international du club, et eux en sont les présidents locaux.

Donc, je me trompe depuis le début en pensant que j'assiste à une unification de différents clubs, puisque tous appartiennent aux Nyx, finalement.

— Regarde leurs blousons, reprend ma collègue, toujours dans un souffle. Ils portent des patchs différents, mais juste en dessous, il y a la couronne du chapitre-mère, c'est la même que sur le patch des Nyx.

Mais oui, en tout petit ! Je ne l'avais pas remarqué. Il faut dire que je ne me suis pas concentrée sur leurs vestes, puisque ceux qui les portent m'inspiraient bien plus de méfiance. Et m'en inspirent toujours, d'ailleurs.

— Pourquoi ils ne portent pas le même nom ?

— Tu sais, m'avoue-t-elle, les membres du chapitre-mère – c'est-à-dire les Nyx – aiment leur indépendance. Je crois que c'est lié au fait qu'ils représentent une bande d'amis et de frères plus soudés que n'importe qui. Comme s'ils ne voulaient pas se mélanger, tu vois ?

J'opine. Les Hells Devils et les Evils Pastors ont l'air de gens normaux, contrairement aux Nyx. Je comprends le sous-entendu d'Amber.

L'activité reprend son cours au moment où Slider baragouine des excuses à son supérieur. Hadès le libère, et au lieu de retourner s'asseoir, il nous rejoint.

— Tu devrais prendre une pause, me suggère-t-il.

Ce n'est pas de refus après ce pic d'adrénaline. Je hoche la tête en guise de remerciement, attrape mon sac à main et grimpe en vitesse à la surface. La chaleur me frappe de plein fouet, alimentée par tous ces corps en train de se déhancher et de se frotter les uns contre les autres dans la salle principale. Dommage, j'aurais aimé me mêler à eux ! Mais j'ai encore quelques heures de travail devant moi.

Une délicieuse odeur de terre humide et d'orage d'été flotte encore dans l'air. Amber n'a rien su me dire sur ce phénomène quand je lui ai demandé comment les parfums ambiants pouvaient changer d'un jour à l'autre. Mon incompréhension est montée d'un cran lorsqu'elle m'a révélé qu'elle sentait les effluves des gâteaux à la sortie du four que lui faisait sa grand-mère par le passé.

Je m'éclipse par une porte réservée au personnel qui donne dans une courette éclairée par des projecteurs. Les employés viennent ici pour fumer une cigarette ou discuter entre eux, selon Amber. Je ne trouve personne dans le salon extérieur aménagé et m'installe dans un fauteuil en osier en essayant de percer l'obscurité au-delà de la cour. La douce senteur des fleurs caresse mon odorat, signe qu'il doit y en avoir un bon paquet. Comme les projecteurs n'éclairent pas plus loin que la dalle bétonnée à deux mètres de là, impossible de m'en assurer. Je me promets de venir plus tôt demain, quand le soleil ne sera pas couché, pour vérifier quels genres de plantes peuplent le jardin. Je m'apprête à rentrer, lorsqu'un grondement animal venu des ténèbres me procure mille frissons. Il est terrifiant, puissant, empli de magie. Un chien s'avance vers moi. Ou plutôt, une créature sortie des mythes grecs : plus gros qu'un étalon, il possède trois lourdes têtes, des babines pleines de bave et des yeux d'un rouge terrible. La lumière se reflète sur son pelage sombre. Mon cœur accélère. Je pourrais reculer, je *devrais* reculer, cependant une partie de moi-même m'en empêche. L'haleine de la bête balaie mes cheveux en arrière.

J'ai déjà vu cette créature ! Dans mes croquis, dans mes rêves...

— Cerbère, murmuré-je.

Elle se fige, ses trois têtes fixées dans ma direction. Chacune d'elles pivote de gauche à droite, prenant un air pensif. Puis le chien avance à nouveau avec lenteur, mais sans agressivité. Les doigts tremblants, je les tends dans sa direction.

Il ne me fera aucun mal. Jamais. J'en suis sûre, comme j'étais sûre que la première Ombre qui est apparue dans ma vie me protégerait. Des certitudes venues d'un autre monde, j'en ai bien conscience...

Une porte s'ouvre derrière moi. Un serveur surgit, une cigarette à la bouche.

— Ah, salut ! Je vois que tu as fait la connaissance de Triade.

Il n'a pas l'air le moins du monde choqué par l'apparence et la taille de la bête. Je comprends pourquoi lorsque je le regarde à nouveau pour découvrir un rottweiler assis en face de moi, la langue pendante, le regard joueur.

— Il est gentil, même si la plupart du temps, il reste dans le jardin. Ah, il est reparti...

En effet, Triade – ou quel que soit le vrai nom de la bête – n'est plus là.

Je reste encore une minute pour me persuader que j'ai imaginé les trois têtes, et retourne finalement à l'intérieur pour terminer mon service. Amber me raccompagne vers six heures du matin, lorsqu'elle comprend que je n'ai pas de véhicule. Alors qu'elle me dépose devant chez Lara sans me poser de questions face à la maison délabrée, je devine qu'on deviendra amies.

— Merci pour toutes les infos et pour ton aide, lui lancé-je en sortant de sa Ford.

— Avec plaisir.

Je m'apprête à partir quand un détail me revient.

— Que s'est-il passé avec Candy, l'ancienne barmaid ? Slider a fait référence à elle, tout à l'heure.

Ma jolie collègue grimace en se massant le cou.

— Elle n'avait pas les épaules pour bosser au Royaume des Morts. Ne t'inquiète pas, il ne lui est rien arrivé de grave, si c'est ce que tu te demandes. Elle est partie en dépression, je crois. Bon, je décolle, je suis crevée. Bonne nuit, Coré.

7.

Carnet des « trucs louches du côté de chez Hadès » par Coré Daniel :

1/ Hadès… est-ce un simple homonyme ?

2/ Il se déplace trop vite et sans aucun bruit.

3/ Brook n'a pas vu la bagarre au Royaume des Morts. Je songe à un problème de vision, mais ça inclurait aussi un grand manque de concentration qui n'est pas possible. En plus, elle n'était même pas bourrée. Et puis, Amber ne semble pas assister à certaines scènes, comme si ces dernières se déroulaient « hors du temps ».

4/ Je suis sûre qu'il a contribué à ma guérison accélérée.

5/ Cette capacité qu'a Hadès d'entrer dans mes pensées, de ne plus en ressortir, comme s'il influençait mes choix. Avec ce qu'il m'a balancé avant la signature du contrat, je n'aurais pas dû céder aussi facilement. J'ajoute la terreur de la brebis qu'il est parvenu à calmer sans mal, rien qu'en lui chuchotant à l'oreille.

6/ Le chien à trois têtes. Je ne l'ai pas imaginé.

7/ Mes rêves ressemblent à des souvenirs et à mes réveils, j'ai le sentiment qu'on m'arrache une partie de mon âme. Pourquoi ?

8/ Les Nyx portent tous des paires de lunettes fumées. Que cachent-ils ?

9/ Ce Léther a-t-il un pouvoir ? Comme celui d'effacer la mémoire des gens ?

Je pousse un soupir en faisant bouger la balançoire de mon pied. Un peu plus loin, Rudy s'amuse avec ses copains dans les jeux aménagés, ce qui me laisse le temps de ressasser et ressasser encore. Il faut que je trouve des réponses, ces bizarreries commencent à me ronger. Si j'ajoute à cela le besoin urgent de dénicher un nouveau lieu de vie, on obtient une fille irascible.

— Madame, tu me donnes la balançoire ?

Pas irascible au point de refuser ma place à la fillette de cinq ans qui tire sur ma robe, je me lève sans un mot pour rejoindre mon banc habituel. Au moment où je m'y installe, le monde bascule. Le ciel bleu devient rouge sang, le parfum d'été laisse place à une odeur de soufre, un grondement sourd me vrille le crâne et m'oblige à poser les mains sur mes oreilles. Je me lève pour tenter d'échapper à cette vision, quand une vague pourpre déferle de nulle part et avale les jeux. Sous la violence, le sol tremble et les arbres autour de moi s'arrachent.

Perséphone...

— Rudy !

J'ai bien conscience d'halluciner. Pourtant, ma trouille menace d'arrêter les battements effrénés de mon cœur. Je perds l'équilibre, tente de me raccrocher à n'importe quoi, n'y arrive pas. L'eau me percute sans ménagement... et la seconde d'après, je me retrouve assise sur le banc, observée par mon petit frère.

— Tu m'as appelé ? me demande-t-il avec une certaine incompréhension.

Mes vêtements et mes cheveux secs prouvent bien que j'ai encore déraillé. Je déglutis en essayant de sourire.

— Oui, excuse-moi... Je voulais savoir si tu avais soif.

Je sors la bouteille d'eau du sac, les mains tremblantes. Le garçonnet s'en saisit, boit quelques gorgées et retourne jouer. Il n'y a aucune trace d'un cours d'eau qui aurait quitté son lit dans le coin. Dans ce cas, pourquoi ne parviens-je pas à me calmer ?

La gorge nouée, je saisis mon carnet, en proie à un besoin de dessiner. Je laisse mes nerfs contrôler mes doigts. Au fil des minutes, l'œuvre prend forme : une femme debout au pied d'un fleuve me tourne le dos. Elle porte une longue robe sombre, soulignée d'une couronne sur sa tête. Dans l'une de ses mains, une torche enflammée repousse les ténèbres. Parmi les ombres qui subsistent autour d'elle, une créature à tête de bélier rôde. Je pose mon crayon, moins tendue.

Perséphone.

Pourquoi la déesse ne cesse-t-elle de m'obséder avec la même puissance qu'Hadès ? Est-ce de sa faute si je perds le contrôle ? Si mon imagination s'emballe et que mon esprit me trahit ?

Il faut que je parle à mon patron, quitte à me ridiculiser.

Seulement, arrivée le soir même, je suis incapable de m'exécuter. Ni les jours suivants. Pour tenter d'oublier la mythologie grecque, je me concentre sur le monde des bikers. Amber m'aide volontiers à prendre mes marques. J'apprends que les Nyx sont régis par une hiérarchie très stricte avec Hadès à sa tête. Elle me parle des autres titres tels que : vice-président et sergent d'armes. Placés hiérarchiquement sous l'autorité du chef, ils possèdent un grand pouvoir sur les membres.

Le vice-président s'appelle Spax. Père de famille âgé d'une cinquantaine d'années, il semble réfléchi... et infidèle. Chaque soir, je le vois rouler des pelles à une nouvelle nana. Quant à Léther – le sergent d'armes, celui-là même qui voulait jouer les magiciens sur moi et la brebis – je fais sa connaissance lorsqu'il commande une bière blonde et que je lui sers malencontreusement une blanche. *Grand malheur !* Son visage se pare d'une grimace dégoûtée devant la pinte. Jusque-là, il me semblait plutôt gentil. Jeune et mignon, il ressemble à l'un de ces *bad boys* de films pour adolescents sur lequel craquerait l'héroïne un peu timide. Ses lunettes d'aviateur décuplent le mystère autour de lui.

— Putain, je savais bien qu'il n'aurait pas dû engager la première débile venue. Tu es sourde ou quoi ? Je t'ai demandé une blonde !

Ses paroles me vexent. Une colère sourde monte en moi, j'arrive à peine à garder un sourire professionnel. Dans le coin de la pièce, une Ombre apparaît et glisse sur le mur dans la direction de l'arrogant. Je prends une grande inspiration et me retourne, enjoignant mentalement la silhouette à partir.

Quelques secondes plus tard, je ramène sa commande à sa table. Il tient compagnie à Hadès et quelques hommes. D'ailleurs, le Président lui lance quelques mots que je n'entends pas, ce qui fait grimacer l'impertinent. J'espère qu'il vient de se prendre un savon. J'ai remarqué que mon patron n'aimait pas qu'on manque de respect aux employés, tous confondus.

— Tu peux m'éclairer sur un truc ? demandé-je à Amber en retournant derrière le comptoir. C'est à propos de Léther.

— Non, il n'est pas aussi désagréable qu'il n'y paraît. Il est dans un mauvais jour, pouffe-t-elle, si c'est ta question.

— Euh... d'accord, ça me rassure. En fait, je voudrais savoir : pourquoi les Nyx portent tous des lunettes ?

Ce n'est pas le cas des membres des Evil Pastors ou des Hells Devils, par exemple.

— Parce qu'ils se la pètent ? lance-t-elle.

— Ça ne surprend personne ?

— De quoi ?

Elle sert deux vodkas et une bière en moins de deux secondes. Sa facilité à jongler avec les boissons me fascine. Je rêve de pouvoir servir avec la même efficacité. Au moins, ça m'éviterait des réprimandes de la part de la hiérarchie.

— Les lunettes, répété-je.

— Quoi, les lunettes ?

La jolie brune m'envoie un coup d'œil surpris, comme si je ne venais pas de lui poser la question.

— Bah, je viens de te demander pourquoi ils...

— Eh, Coré ! Tu nous remets une tournée ? m'ordonne le vice-président.

Zut, il choisit bien son moment...

— Bien sûr, Spax, j'arrive !

— Tu es un ange, gamine.

Dans sa manière de me parler et de me sourire, je perçois son instinct paternel plutôt prononcé. Il est l'un des seuls à bien discuter avec moi, même s'il reste discret sur les sujets « paranormaux » que j'aborde.

J'apporte les cinq boissons à la table des Nyx en fuyant le regard d'Hadès. C'est devenu ma nouvelle routine, l'éviter autant physiquement que visuellement. Chaque fois que nos regards se croisent, une étrange chaleur me saisit, des picotements chatouillent ma nuque et mes bras. Il me toise souvent d'un air moqueur et ses rictus me donnent envie de lui en mettre une. Parfois, ses sourires plus profonds ne trahissent aucune arrogance, ils me caressent avec la même douceur qu'une plume. Ils sont rares, mais si puissants qu'ils me déstabilisent violemment. Comme je ne sais jamais sur quelle facette d'Hadès je vais tomber, je me contente de me tenir éloignée. Encore aujourd'hui, une fille lui tient compagnie. La blonde de la dernière fois, qui semble importante pour lui malgré son statut peu glorieux de « pute à biker ». Quand je vois cette idiote, c'est toujours en compagnie du patron. En voulant fuir l'attention brûlante que me porte le Président, ce sont ses yeux verts à elle que je harponne par accident.

— Je veux du nectar, me balance-t-elle sans douceur.

Et moi, je veux passer mon permis, un million de dollars et voir mes dessins dans des magazines spécialisés.

Je me retiens de lui rétorquer cela, même si ma langue brûle de remettre cette pimbêche à sa place. Les mecs se mettent à ricaner, même Hadès a l'air surpris.

— Tu ne devrais pas, Mentha, lui conseille Spax.

— Hadès veut bien que j'essaie. N'est-ce pas, chéri ? On en a parlé la dernière fois, dans ton bureau. Juste après la gâterie, tu te rappelles ?

Chéri ? D'accord, Coré, rappelle-toi que commettre un meurtre est interdit.

J'ignore le sourire carnassier que m'envoie la demoiselle en interrogeant le Président du regard. Il opine en signe d'acceptation.

— Et un nectar pour la chaudasse..., commenté-je.

Je retourne vers le comptoir d'une démarche tendue.

— Tu m'as traitée de quoi ? s'égosille la blonde.

— N'insiste pas, lui conseille Hadès.

— Mais elle a...

Puis elle se met à glousser. Inutile de me retourner pour savoir qu'il la bécote. Quand je dépose les pintes dans le lave-vaisselle, le bruit du verre attire Amber. Je secoue la bouteille censée contenir du nectar, mais il n'y en a plus dedans.

— Donne, je vais m'en occuper, j'ai entendu la requête de Mentha. Ça va ? Tu as l'air de vouloir la tuer.

La blondasse continue de me fixer, je sens son attention désagréable sur moi. Je ne baisse pas la tête, la gardant haute et tournée vers Amber.

— Cette fille est toujours aussi chiante ? grogné-je.

— Toujours. Elle prend un certain plaisir à rabaisser les autres. Cela dit, sa manière d'agir avec toi me dépasse.

— Elle me défie, réponds-je.

Clairement, et j'ignore pourquoi. Je ne lui ai jamais rien fait à cette fille, il faudrait qu'elle se détende !

— Franchement, il pourrait se trouver une copine tellement mieux..., grondé-je.

Pendant qu'Amber s'affaire à préparer le cocktail, je coule un coup d'œil à la table de la demoiselle. À présent, elle caresse les cheveux d'Hadès en arborant un sourire parfait. La jalousie me retourne l'estomac. Un froid anormal traverse mes bras et ma poitrine. Je me tiens au comptoir pour garder l'équilibre. À cet instant, une plume tombe lentement du plafond pour se poser sur l'épaule de la blonde. Je cligne des yeux, surprise par son hurlement, alors qu'elle bondit des jambes du Président.

— C'était quoi, ça ? hurle-t-elle. Tu as vu ça ? C'était un pétale de rose, non ? Il m'a brûlée !

Un pétale ? Comme la pluie de couleurs qu'il y a eu lors de la bagarre. Hadès pose son attention sur moi, m'observant avec intensité et impassibilité. Je fuis à nouveau ses yeux.

Je n'ai rien fait... Ce n'est pas moi !

La chaleur ambiante circule à nouveau dans mon corps, on dirait que rien ne s'est produit. Pendant ce temps, Amber me raconte, comme si la blondasse n'avait pas crié :

— Elle ne sort pas avec lui. Pas dans le sens où tu l'entends. À ma connaissance, il n'a pas de copine. Mais bon, Mentha essaie toujours d'attirer l'attention, comme tu viens de le remarquer.

Ça n'enlève rien au fait que je la trouve détestable.

— Je croyais que seul Hadès buvait du nectar ? embrayé-je en sentant la douce odeur du cocktail.

— C'est vrai, mais parfois, les filles – voire les mecs – cherchent à faire leurs intéressantes. La plupart ne parviennent pas à supporter le breuvage, qui leur file illico la nausée.

Je ne sais toujours pas ce qu'il contient. J'espère qu'il rendra Mentha malade pour un bout de temps.

— C'est sa première tentative ?

— Oh que oui, crois-moi, personne ne réitère l'expérience après ! se moque-t-elle.

— Tu as déjà essayé ?

— Non, je... Ça ne m'est même jamais venu à l'esprit, répond-elle en fonçant les sourcils.

Intéressée surtout par le parfum agréable que le liquide dégage déjà, je m'approche. Il y a différents fruits sur la table, des gousses de vanille, et aussi quelque chose de rond et petit que je n'identifie pas.

Amber me tourne le dos pour utiliser le mixeur et terminer la préparation de la boisson si spéciale réservée à Hadès. Mentha roule une pelle au Président avec le désir brûlant de vouloir aller plus loin. Ça réveille encore cette colère sombre en moi, si soudaine et incontrôlable.

— C'est prêt !

— Merci. Je vais leur apporter, préviens-je Amber.

— Ne la tue pas... Avec un peu de chance, le verre le fera.

La démarche assurée, je rejoins à nouveau le groupe de bikers. La blonde a fini de lécher les amygdales d'Hadès. Je reste professionnelle, malgré mon envie de lui mettre mon poing dans la figure. Mon job paie trop bien pour que je me permette de le perdre à cause d'une fille qui n'en vaut pas la peine. Je tends le verre à la peste blonde en esquissant un large sourire.

— Et voilà, j'espère que le goût sera à ta convenance.

— Tu n'as pas craché dedans, au moins ?

Un type répond à ma place :

— Toute façon, vu comment ce truc est chargé, même si c'était le cas, tu ne risquerais rien. Aucun microbe ne traîne à moins de quinze centimètres de ce verre !

— Mentha, tu n'es pas obligée de faire ça, intervient Hadès.

— J'en ai envie, je me sens prête !

Je retourne en direction du bar en levant les yeux au ciel. J'ai à peine fait trois pas quand un hurlement indigné me pousse à me retourner. Debout, Mentha me fixe avec mauvaise humeur, le menton humide. Je devine qu'elle a recraché le breuvage en voyant une flaque au sol.

— Il est immonde ! Imbuvable ! C'est quoi cette merde ?

Hadès n'a pas touché à son verre, l'air blasé. Toujours installé avec ses hommes autour de la table, il me scrute en affichant une sorte de sourire discret.

— Du nectar, comme tu l'as demandé.

— Tu as voulu m'empoisonner ! hurle la mégère. Je vais te faire virer, tu vas voir !

Mauvaise idée, il ne me reste que deux jours avant d'être mise à la porte de chez Lara. J'ai besoin de ce job. Je me retiens de dire que je n'ai pas préparé le breuvage moi-même, pour qu'elle ne s'attaque pas à Amber.

— Tu en veux un autre ?

— Tu te fous de moi ? Tu crois que je vais te laisser me manquer de respect de cette façon ? Tu n'as pas ta place ici, je ne vois même pas pourquoi Hadès t'a embauchée !

L'entendre prononcer le prénom du Président me fait un drôle d'effet. Ma colère se mue lentement en rage sourde qui grimpe le long de mon échine comme du lierre. J'ignore pourquoi leur proximité m'énerve autant et pourquoi ce pauvre type me défie à longueur de temps. Il a un sacré problème ! J'approche de la blondasse en poussant un soupir, attrape son verre et l'avale d'une seule traite. D'accord, je veux juste lui rabattre le caquet, alors je me prépare mentalement à supporter le goût horrible et à courir aux toilettes. Mais au lieu de ressentir du dégoût, un plaisir intense me submerge. C'est délicieux. Le liquide sucré coule dans ma gorge et me procure une douce sensation de chaleur.

Bon sang, je n'ai jamais bu quelque chose d'aussi bon...

— Par tous les dieux, elle l'a fait ! souffle Spax.

Je rends le contenant vide à Mentha.

— Il n'y a aucun problème avec le nectar, Menthé.

— Je m'appelle Mentha...

À l'image d'à peu près tout le monde dans le salon privé, elle a l'air un peu choquée. À mon avis, cette histoire de nectar n'est pas réelle. La preuve : moi qui n'apprécie que très peu l'alcool, je trouve ce breuvage parfait.

— Peu importe, asséné-je. Si je me souviens bien, le nectar est la boisson des dieux, non ? Si tu n'es pas capable d'en apprécier la saveur, c'est sans doute parce que tu n'es rien ni personne. Ne me parle plus jamais sur ce ton, sinon tu risques de le regretter.

Mes paroles résonnent dans la pièce toujours silencieuse. Les mots ont franchi ma bouche sans que je puisse les contrôler, même si je les pense très fort et, sans m'en rendre compte, j'ai avancé jusqu'à forcer la brebis à reculer. Son dos vient de frapper le mur et sur son visage demeure une surprise presque aussi intense que sur tous les visages alentour.

— Je t'interdis de me manquer de respect ! s'insurge-t-elle.

— Et moi, je t'interdis d'en manquer à Amber en insinuant qu'elle prépare mal les boissons ! Coucher avec le roi ne fait pas de toi une reine, ne l'oublie jamais.

Le froid revient, chatouille mes doigts, puis remonte dans mes poignets. Humiliée, Mentha me regarde avec l'envie de m'étriper. Une main se pose sur mon épaule et je croise les yeux inquiets d'Amber.

— Viens, j'ai besoin de toi, dit-elle, tendue.

Je me laisse entraîner derrière le comptoir, les jambes lourdes. Ma collègue me force à tourner le dos aux bikers qui reprennent peu à peu leur conversation comme si de rien n'était.

— Tu es folle ou quoi ? Je t'ai dit qu'elle n'était pas sa copine, je ne t'ai pas dit qu'elle ne représentait rien pour lui.

Outch ! Encore ce pincement au cœur. J'attrape une orange que je me mets à éplucher pour me calmer.

— Je la déteste..., sifflé-je.

— C'est réciproque ! pouffe Amber. Merci de m'avoir sauvé la mise, tu n'étais pas obligée de faire ça.

— Je n'aime pas qu'on s'en prenne aux personnes que j'apprécie.

— N'empêche... j'ai corsé le nectar à mort ! Et toi, tu l'avales comme si c'était du lait ?

Je hausse les épaules. Je commence à m'habituer aux trucs étranges. Ou disons que c'est plus simple de ne plus me poser un millier de questions.

— Je l'ai trouvé super bon. Tu m'en referas un ?

— Ce truc coûte trois cents dollars le verre.

Elle rit devant mon expression.

— La vache ! commenté-je. Je vais devoir payer celui que je viens de consommer ?

— Aucune idée...

Je lance un coup d'œil par-dessus mon épaule. Hadès marche vers nous, et comme chaque fois qu'il m'approche, des fourmis chatouillent ma nuque. Son visage n'exprime rien, simplement sa dureté habituelle. Est-ce qu'il va me virer ?

— Coré.

Je me tourne vers mon patron avec un sourire désolé. Mentha s'égosille au fond de la salle en parlant à d'autres filles aussi peu habillées qu'elle. Amber ne bronche pas, mais je devine qu'elle tend l'oreille. Comme moi, elle doit se demander ce qui m'attend.

— Alors, comme ça, je suis le roi ? lance Hadès, goguenard, en s'appuyant sur le comptoir.

OK, je m'attendais à une engueulade, du coup j'en reste muette de surprise. Je me perds à nouveau dans les iris insondables du biker, je les sens m'agripper, m'entraîner. Je secoue la tête pour reprendre contenance.

— C'était une façon de parler.

— Vraiment ? murmure-t-il si bas que je manque de ne pas l'entendre. Une façon de parler ? Dis-moi, si Mentha n'est pas la reine, l'es-tu ?

Je cherche une trace de plaisanterie chez lui, mais rien ne me laisse penser qu'il blague. Il se penche davantage, jusqu'à ce que nos visages se frôlent.

— Je sais que je n'aurais pas dû, bredouillé-je. C'est juste que... parfois, je peux être sanguine et...

Incapable de finir ma phrase, je la termine dans un souffle. Sa proximité chamboule mes pensées. Ses lèvres filent vers les miennes, pourtant je reste immobile, les jambes bétonnées. J'ai l'envie inavouable qu'il m'embrasse pour connaître le goût de sa bouche. À la place, il dévie à la dernière microseconde jusqu'à mon oreille :

— Ne menace plus les clients, Coré. C'est mauvais pour les affaires.

Sur ce, il s'éloigne sans crier gare, laissant un grand vide autour de moi. Je me remets à respirer sous l'assaut des élancements indignés dans mes poumons.

— J'ai peut-être l'air sympa, rétorqué-je, mais je ne suis pas stupide ! Ne t'attends pas à ce que je courbe l'échine devant une fille comme elle.

Les mains dans les poches, Hadès se retourne.

— Je ne m'attends pas à ce que tu courbes l'échine, Princesse. Oh, et relax pour le prix du nectar, je ne l'enlèverai pas de ta paye.

Dès qu'il se trouve assez loin, Amber murmure :

— Bon sang, c'était quoi cet échange carrément *badass* ?

Note à moi-même : ajouter un point 10/ dans mon carnet des bizarreries. Hadès possède une ouïe surdéveloppée, il a dû entendre ma conversation avec Amber quand on parlait du prix du nectar. Ou alors, il lit dans les pensées…

10/ J'aime qu'il m'appelle « Princesse » avec autant de puissance que je déteste ses sourires moqueurs à la noix.

Je vais finir internée à bosser avec un mec pareil, ma parole !

— Je n'en sais rien, avoué-je. Écoute, il faut que j'aille prendre l'air.

Dehors, je retrouve Triade. Néanmoins, il n'a pas l'apparence d'un chien à trois têtes. Le rottweiler me rejoint après que je me suis installée dans un fauteuil. Il couvre mes jambes nues de léchouilles.

— Je te compte à présent parmi mes amis. Est-ce que je peux t'appeler Cerbère ?

Bien sûr, je n'attends aucune réponse. De plus, je plaisante. Mais à l'entente de ce nom, l'animal relève la tête et aboie. Ensuite, il entreprend de me faire des câlins à gros coups de bousculades.

— OK, OK. Ce sera Cerbère, alors. Tiens !

Je lui offre un morceau de charcuterie que j'ai chipé en bas. Il l'avale en deux secondes.

— J’en ai d’autres, voilà.

Je disperse les bouts de viande sur le sol. Certains disparaissent, alors que Cerbère n’y a pas touché. Hop, engloutis ! *Comme si… il possédait d’autres gueules invisibles !*

Je me lève en gratifiant la bête d’une ultime caresse.

— On se voit plus tard. À plus, mon chien.

8.

La fin de semaine arrive trop vite et je n'ai pas encore trouvé d'alternative à mon imminente mise à la rue. Certes, les pourboires du Royaume des Morts valent le détour, mais ne me permettent pas de me prendre un logement en si peu de temps. Il me faudrait au moins un mois pour me permettre de trouver une stabilité financière. Me voilà donc en train d'éplucher les petites annonces d'appartements à la recherche d'un miracle. Pour le coup, ça m'arrangerait bien qu'il se produise un tour de magie ou je ne sais quoi d'autre d'inexplicable.

Après deux heures inutiles, je retrouve Brook en bas de chez Lara. Avant que j'aille bosser, elle m'a proposé une séance de shopping. Dans le petit jardin mal entretenu devant la maison, Rudy joue avec les voisins. Je le salue de la main, me rappelant qu'il va me falloir lui parler de mon départ.

— Tic, tac, tic, tac ! lance Lara depuis le porche. Au lieu de faire le trottoir avec ta copine, tu devrais chercher un endroit où crécher !

Son petit ami ricane, avachi sur une chaise, une bière à la main.

— Allez aux Enfers, grondé-je en entrant dans la voiture.

— On peut arranger ça avec Hadès, j'en suis sûre, propose ma meilleure amie.

Je ris à peine de sa remarque, persuadée au plus profond de moi que c'est possible.

— Je lui en toucherai un mot, plaisanté-je. Hé, Brook, ça va ?

Elle ne m'a pas accueillie avec de grands cris excités, comme chaque fois qu'on va faire les boutiques, et je viens de la voir s'essuyer les yeux. Elle se focalise sur le pare-brise, les mains bien serrées autour du volant.

— C'est Jason.

Ah, alors là, je le sens très mal.

— Oh non, tu lui as dit, c'est ça ?

Elle opine, un sanglot soulève sa poitrine, mais elle arrive à répondre :

— Oui, ce matin. Il n'a pas du tout apprécié, Coré.

— Est-ce qu'il t'a fait du mal ?

Lentement, elle tourne la tête dans ma direction. Mon souffle se bloque dans ma poitrine quand je réalise l'horreur de la situation. Sur le côté gauche de son visage, un large hématome entoure son œil et dévore sa pommette.

— Il a dit qu'il me retrouverait si je ne revenais pas.

Je serre les poings, à défaut de laisser exploser ma colère.

— Je vais le tuer ! promets-je. Bon sang, il va salement le regretter ce satané mortel.

Je ne plaisante pas. Si je l'avais devant moi, cette ordure s'en mordrait les doigts.

— Coré...

— On va le voir. Je veux lui parler.

Non, lui arracher les membres un à un. Personne ne touche mes amis, jamais.

— Laisse tomber, je règlerai ça, d'accord ? tente-t-elle de m'apaiser avec un faux sourire tranquille. Calme-toi, tu as l'air sur le point de buter quelqu'un.

Je me mords les lèvres pour ne pas expulser toutes les insultes que j'ai sur le bout de la langue.

— Tu as porté plainte ?

— Non.

Je cherche des mouchoirs dans mon sac à main. Le sang perle sur sa lèvre inférieure. Un carré de tissu en soie tombe quand je sors le paquet. Du bout des doigts, je touche la matière douce.

— Elle était étrange ta formulation, ma vieille.

— Quelle formulation ? Ferme les yeux, je vais m'occuper de ta blessure, lui ordonné-je en tapotant doucement la coupure avec un mouchoir en papier.

— Tu as traité Jason de « satané mortel », se moque-t-elle. J'ai l'impression que bosser en compagnie d'un mec qui se prend pour le Roi des Morts te monte à la tête.

— J'ai dit ça ? C'était une façon de parler. Tu devrais aller voir la police.

Un rire dénué de joie franchit sa bouche. Elle dégage doucement ma main.

— Les flics me détestent, tu crois qu'ils bougeront le petit doigt pour une meuf comme moi ? Je te rappelle que j'ai failli partir en taule pour des cambriolages.

Je refuse de croire qu'il n'existe pas de solution.

— Tu ne peux pas rester sans rien faire !

— Je sais. D'abord, je compte me protéger de lui. Adon m'a proposé de m'installer chez ses grands-parents. Ensuite, j'aviserai.

— *On* avisera. On forme une équipe, ne l'oublie pas.

La porte arrière s'ouvre. Je remarque la tension soudaine chez Brook, la terreur dans son regard, jusqu'à ce qu'elle réalise que c'est Adon qui vient de se jeter sur la banquette arrière.

— Alors, mes nanas préférées, et si on allait commettre un homicide, là, tout de suite ?

Sa hargne, à l'image de la mienne, fait sourire Brook.

— Je vous adore, vous savez ? Toi aussi, blaireau.

— Tout le monde m'adore. Trêve de vérités gênantes, je suis sérieux au sujet de Jason. On le chope, on l'enferme dans le coffre, puis on l'emmène dans le désert et on le bute. Ni vu ni connu, un jeu d'enfant.

Je trouve l'idée géniale.

— Je préfère qu'on fasse autre chose, propose Brook, j'ai besoin de décompresser.

— Tout, sauf les boutiques. Vous ne me traînerez pas dans ce genre d'endroit !

Ma meilleure amie démarre, mettant fin à la discussion à propos de son ex-petit ami. J'aurais aimé parler davantage de cette histoire, mais la forcer à porter plainte ne servirait à rien.

— On va où vous voulez, faudra juste que je m'arrête pour camoufler ce truc, annonce Brook.

— Arrête, tu es toujours aussi bonne, s'exclame Adon en mettant sa ceinture.

— Je t'aime. Tu es le meilleur gars de la planète. Si tu n'étais pas aussi ronchon, je sortirais avec toi.

Quand ils ne s'insultent pas, ces deux-là s'échangent des déclarations d'amour. Je suis habituée, maintenant. Il n'y a rien de romantique entre eux et ce ne sera jamais le cas. Dommage. Adon et Brook feraient un malheur, ensemble.

Ou ils déclencheraient la Troisième Guerre mondiale, à voir.

— Si on allait boire un verre ? On pourrait aussi se rendre au Cactus pour y passer la soirée ? propose-t-il.

— Impossible, Coré doit… a un truc à faire en fin d'aprèm, et le Cactus se trouve trop loin de l'endroit où elle doit se rendre. Hein, chérie ?

C'est ce qu'on appelle faire preuve de discrétion. Brook va griller ma couverture à se la jouer agent secret. D'ailleurs, Adon fronce les sourcils dans le rétroviseur intérieur.

— Quel genre de truc ?

— Euh… je vois quelqu'un.

D'accord, je ne suis pas plus douée à ce jeu. Qu'est-ce qui vient de me prendre ?

— Un gars ?! s'étrangle-t-il, presque outré.

— Bien entendu, un gars, espèce d'abruti !

Au moins, je retrouve ma Brook habituelle.

— Juste un ami, ajouté-je.

— Ouais… *un ami.* C'est louche. Pourquoi on ne me dit jamais rien à moi ?

On dirait que cette éventualité ne lui plaît pas des masses. Je repense à ce que m'a dit Brook en début de semaine. Au fait qu'Adon ressentirait de l'amour pour moi… ce serait affreux, je n'ai pas envie de briser notre amitié.

— J'ai peut-être une solution pour un hébergement provisoire. Un pote m'a proposé une alternative, mens-je. Voilà pourquoi je ne suis pas dispo.

Il le prendrait hyper mal d'apprendre que je bosse chez Hadès.

— Ah, mais tu sais que je peux te prendre aussi à la maison ?

Je secoue la tête, même si je trouve sa proposition hyper adorable.

— Je crois que je suis sur une piste.

— OK, je reste à ta disposition, si jamais… Ne l'oublie pas, d'accord ?

Comment décupler ma culpabilité… À travers le rétroviseur intérieur, Adon me fixe comme s'il savait que je lui cachais une chose importante. À mon grand soulagement, il n'insiste pas.

On file donc vers le centre-ville pour se prendre des burritos dans une supérette qu'on adore. Puisque Brook refuse de sortir de la voiture à cause de son œil au beurre noir, Adon et moi nous occupons des courses. On prend même une bouteille de bière au passage. Ici, il est possible de consommer de l'alcool. Le caissier ne demande jamais les cartes d'identité, tant que ses clients paient un petit supplément. Une fois sur le parking, je fais mine de ralentir l'allure en marchant vers la voiture. Brook se maquille, elle ne nous remarque pas.

— Qu'est-ce qu'on va faire pour Jason ? demande Adon.

— Tu proposes quoi ? Elle refuse de porter plainte.

— Il mérite une bonne leçon.

Je lui fais remarquer qu'on est loin d'être des superhéros.

— Je sais, tique-t-il. Il ne s'en tirera pas comme ça, c'est tout.

— Tu comptes faire quoi ?

Il ne répond pas, se contentant de retourner à la voiture. La discussion s'arrête net, je me vois mal la continuer devant Brook. Elle est déjà assez chamboulée, même si elle s'évertue à ne pas le montrer.

On passe l'après-midi dans un parc à manger, rire et discuter. Je crois que ça lui fait du bien, elle se détend peu à peu. Elle se chamaille avec Adon à propos de nombreuses broutilles, ce qui me donne l'impression de retrouver un certain équilibre dans mon existence. En début de soirée, on dépose Adon devant chez lui, clôturant ainsi ces quelques heures agréables. Un peu avant vingt heures, Brook trouve une place sur le parking bondé du Royaume des Morts. Je sais exactement à quoi elle songe quand elle descend de son véhicule.

— Tu es sûre que tu te sens prête à passer une soirée ici ? lui demandé-je.

Elle me sourit en opinant.

— Je veux penser à autre chose que Jason, et quoi de mieux qu'un biker pour ça ? Le Royaume des Morts me kiffe, en plus !

Parfois, on a besoin de se trouver un lieu pour se ressourcer. Brook a choisi le night-club, là où moi, j'aime me précipiter au parc de jeux avec Rudy pour dessiner.

— OK ! Viens, sinon je vais être en retard.

Devant l'entrée, le videur me salue d'un hochement du menton. Il jette un coup d'œil à Brook, hausse un sourcil et roule des yeux.

— C'est reparti pour un tour.

— Promis, elle ne fera rien de compromettant, interviens-je. N'est-ce pas, Brook ?

— Je serai sage comme une image. Croix de bois, croix de fer, si je mens, je vais en enfer !

Le molosse au doux nom de Lame éclate de rire et s'écarte de la porte.

— On te garde à l'œil, rouquine.

Je remercie le Nyx avec un sourire, puis ma meilleure amie me suit à l'intérieur. Dans la grande salle remplie de monde, une douce odeur de caramel m'accueille. J'ai arrêté de chercher d'où venaient ces parfums, personne ne veut me le dire. Puisque je ne suis pas morte d'une overdose et que je ne présente aucun signe de maladie, j'imagine que le diffuseur n'est pas si dangereux que je le pensais.

— Il faut que j'y aille. Je te rejoins pendant mes pauses, d'accord ? En attendant, amuse-toi. Si tu veux t'en aller, préviens-moi par message.

Brook attrape mon bras, me tire à elle et me plaque contre sa poitrine.

— Tu es la meilleure amie de la terre entière ! crie-t-elle par-dessus la musique. Je t'aime trop méga fort !

— Toi-même, espèce de délinquante.

Elle pouffe avant de me libérer. Je dépose un baiser sur sa joue intacte, puis file au salon privé avant d'arriver en retard.

Comme d'habitude, le Nyx chargé de filtrer les entrées m'ignore royalement. En revanche, ceux présents dans la salle en bas me reçoivent à grand renfort de hurlements virils. Le lendemain de ma petite mascarade avec Mentha, ils ont commencé à changer de comportement avec moi. Ils sont devenus plus ouverts, plus sympas. Depuis que j'ai avalé le nectar, certains cessent de me traiter comme une simple barmaid. On dirait que pour eux, je deviens... une sorte d'amie ? Spax, le vice-président, claque même un baiser dans mes cheveux. Chaque fois qu'il me fixe avec cet air paternel, j'ai un pincement au cœur. J'en viens à me demander comment se comporterait mon géniteur si je l'avais connu.

— Comment va, Coré ?

— Très bien. Amber n'est pas encore arrivée ?

Appuyé sur la Harley rutilante qui sert de déco, Spax se masse la nuque, embarrassé. Il jette un coup d'œil vers le bureau d'Hadès, dont la porte est close.

— Elle est malade, tu vas devoir te débrouiller seule pour ce soir. Le Prés' n'a pas réussi à trouver quelqu'un pour la remplacer. Tu penses y arriver ?

— Bien sûr qu'elle y arrivera, déclare une voix capable de m'envoyer des décharges électriques dans le corps.

Je pensais qu'Hadès se trouvait dans son antre, mais en réalité, il est assis sur une banquette, juste derrière moi. Des filles l'entourent et je note avec satisfaction l'absence de Mentha. Il faut dire que depuis la honte que je lui ai filée, elle n'est pas revenue au salon privé.

— La moitié des gars habituels sont en mission, tu auras moins de charge de travail.

— D'accord.

J'opine dans la seconde, à nouveau envoûtée par la profondeur du regard d'Hadès.

— Mais si tu as besoin, n'hésite pas à me demander du renfort. Je chargerai une des brebis de te filer un coup de main.

L'une d'elles, au métissage parfait et aux grands yeux dorés, glousse en posant une main sur son torse. Dans la seconde, Hadès se libère de son emprise en sautant sur ses pieds. Il passe à côté de moi, s'arrête un instant pour m'observer des pieds à la tête, puis lance à voix basse :

— Tu es ravissante, Princesse.

Serait-ce un compliment de la bouche du grand méchant Hadès ? J'en reste si surprise que je ne parviens pas à répondre. Déjà, mon patron s'enferme dans son bureau. Spax, par son petit sourire narquois, m'avoue silencieusement qu'il a entendu, lui aussi.

— Quoi ? gronde-t-il alors en grimaçant. Pourquoi tu me mates comme ça, petite ?

— C'était quoi, ça ?

— De la gentillesse, j'imagine.

Je balaie sa remarque d'un revers de la main en tiquant.

— Oui, mais le boss n'est jamais aussi sympa avec moi.

— Tu rigoles ? Coré, tu es sa nana préférée !

Je m'appuie contre un siège en cuir, curieuse d'en savoir plus. J'ai besoin de l'avis d'un homme proche d'Hadès pour tirer cela au clair. Il me semble que son vice-président l'est.

— Spax, il passe son temps à me charrier.

— Ouais mais il t'a engagée, alors que tu l'avais pratiquement insulté. Il ne laisse personne s'approcher de toi et s'en prend à ceux qui te manquent de respect.

— Pourquoi ?

— J'en sais trop rien. Tu as cette force de caractère qui doit lui plaire, je suppose. Elles ne sont pas nombreuses, les filles qui le défient et s'en sortent aussi impunément.

En prenant mon poste, derrière le comptoir, je songe à ce que Spax vient de me dire. *Hadès m'apprécie ?* Il a une drôle de façon de me le montrer. J'ai parfois le sentiment qu'il me déteste là où, au contraire, il m'observe avec respect. Ça reste loin de la gentillesse, comme le prétend son vice-président.

En tout cas, Hadès avait raison : je gère la soirée sans problème parce qu'il y a deux fois moins de monde que d'habitude. Une chance que personne n'ait voulu commander du nectar, auquel cas j'aurais été dans la mouise. Juste avant ma première pause, Léther franchit la porte du salon avec une mauvaise humeur évidente. Une sorte de nuage sombre gravite autour du sergent d'armes des Nyx. Je ne l'ai jamais vu sourire.

— Sers-moi une brune.

Bonjour à toi aussi..., pensé-je avec agacement.

Il s'installe sur le tabouret juste en face de moi, et j'obtempère en silence. Léther fait partie des types qui ne m'aiment pas. Je ne cherche pas à arranger la situation. Après tout, les goûts et les couleurs...

— Grouille, putain !

Il a dû passer une sacrée mauvaise soirée. La preuve, un Nyx l'approche et il le dégage en lui aboyant dessus. Je pose sa pinte sur le comptoir, il me lance un billet et se perd dans l'alcool.

— Je vais prendre ma pause, tu as besoin d'un truc avant que je parte ? demandé-je.

Je sens son regard posé sur moi malgré ses lunettes de soleil.

— Nan. Elle est pas là, Amber ?

— Elle est malade.

— Ah, OK. Tu peux y aller, dit-il en sortant son portable.

Quelques minutes plus tard, je rejoins Brook au rez-de-chaussée. Elle est restée seule dans son coin, un verre de tequila pour seule compagnie. Ses ongles manucurés tapotent la table, juste à côté de son téléphone.

— Tu ne t'amuses pas ? Tu peux rentrer, si tu veux..., lui proposé-je.

— Non, je vais rester. Je te reconduirai chez toi dès que tu auras fini. À moins que tu repartes avec ta collègue ?

Je lui avoue qu'Amber est absente, ce qui la fait sourire.

— Comme quoi, le destin... Imagine si je n'avais pas été là, hein, ma vieille ?

— C'est vrai, mais tu n'es pas obligée, je te jure. Ne reste pas juste pour moi...

Elle roule des yeux. Dans la semi-obscurité, on ne voit presque plus sa blessure. Il faut dire aussi que cette fille est une pro du maquillage.

— Arrête ! Au lieu de dire des conneries, tu peux essayer de me faire entrer chez les VIP ?

C'est ainsi qu'elle nomme le salon privé. À ma connaissance, en dehors d'Amber et moi, il n'y a que les bikers et les brebis qui ont le droit d'y aller.

— Impossible, Brook, je suis désolée. Ça ne relève pas de ma décision.

Elle pousse un soupir, grimace, puis boit une gorgée de son verre.

— Pas grave. Je t'aime quand même. Figure-toi que je suis en train de me disputer avec Jason par SMS. Je lui répète que je ne reviendrai pas, mais il refuse de me laisser tranquille.

— Ah oui ? Tu...

Je me tais. Le parfum de caramel vient brusquement de laisser place à une odeur si âcre que je pose ma main devant ma bouche.

— Qu'est-ce qui se passe ? demande Brook sans comprendre.

— Tu ne sens pas ?

Elle secoue la tête, l'air un peu perdue.

— Alors, c'est là que tu te planques ? C'était franchement pas malin de mettre ta localisation sur tes Snap, espèce de connasse !

Je reconnais le timbre arrogant de Jason avant même de me tourner vers cet imbécile. Plutôt filiforme, ce mec n'a aucun charme dans sa façon de se comporter ou de se tenir. Son visage est ravagé par l'alcool et la drogue, il pue la transpiration à des kilomètres, sans parler de son haleine de hyène. Je crois qu'il n'a jamais connu une brosse à dents de sa vie.

— Va-t'en, Jason ! s'exclame Brook. On parlera plus tard.

— Tu rêves...

Il attrape le bras de ma meilleure amie et la traîne à travers la salle bondée.

— Arrête ! tenté-je de m'interposer. Laisse-la tranquille !

— Toi, dégage ! Ça ne te concerne pas. Cette pute a un truc qui m'appartient !

D'un mouvement brusque, il m'éjecte de son passage. Jason est mince, mais aussi très fort. Brook ne cherche même pas à se libérer de sa prise, m'envoyant un regard désolé.

— Je vais parler avec lui dehors, prétend-elle. Ne t'inquiète pas pour moi, retourne bosser.

Je sais comment ça finira. Elle aura d'autres bleus et en plus, il la forcera à rentrer avec lui. Ma meilleure amie disparaît dans la foule sans que je puisse l'aider. Je cours à la suite de l'ex-couple, incapable de ne pas intervenir. Il faut que j'aide Brook. Je me retrouve rapidement dehors.

— Brook ?

Des gens gravitent autour de moi. Beaucoup de couples se bécotent, fument ou discutent. Je cherche ma meilleure amie du regard et l'aperçois enfin sur le parking. Son ex continue de l'entraîner à sa suite sans aucune douceur.

— Lâche-moi, Jason !

Alors que je me précipite vers eux, elle parvient à se libérer. Affolée, elle court vers le côté du Royaume des Morts, pendant que Jason braille en se lançant à sa poursuite. Même si je meurs d'angoisse, je les imite. Je ne sais pas trop ce que je compte faire, mais je ne le laisserai pas s'en prendre à elle. Pas cette fois ! Sous la lueur des torches enflammées qui couvrent le mur d'enceinte, Jason tient à nouveau Brook par les cheveux. Il se met à lui envoyer ses poings si violemment dans le ventre qu'elle perd l'équilibre. Ses genoux touchent le sol, son cri meurt dans sa gorge.

— Tu n'aurais pas dû faire ça, Brook ! Je te faisais confiance. Je vais te tuer, je te jure !

— Arrête !

Je lui fonce dedans sans aucune sommation. Le souffle coupé par l'impact, il tombe à la renverse. J'ignore des élancements dans mon épaule, je reste debout malgré le choc violent, et aide Brook à se relever.

— Viens, on va à l'intérieur ! Allez, Brook, courage ! Je vais demander à Hadès de nous aider.

Elle suffoque, les larmes aux yeux, mais parvient à se redresser. On parcourt à peine deux mètres qu'une terrible détonation retentit dans la nuit. Le temps semble s'arrêter, mes pensées ne parviennent pas à trouver un sens à ce bruit... jusqu'à ce que Brook s'écroule en m'entraînant dans sa chute.

— Brook ?

Du sang poisse son dos et un trou creuse le centre de sa colonne vertébrale. Allongée face contre terre, ma meilleure amie garde les yeux ouverts, pourtant elle ne bouge plus. *Pourquoi elle ne bouge plus ?* Une perle rouge coule le long de sa bouche et se fait avaler par le sol aride du désert. Mon cœur s'arrête, quelque chose se rompt en moi.

— Réveille-toi, je t'en prie ! Réveille-toi. On doit partir... Brook !

Elle reste inerte. Une terrible réalité creuse mon âme, s'impose, aussi brûlante qu'un tisonnier.

— Elle m'a forcé, crie Jason. Elle m'a forcé à le faire, merde ! Je l'avais prévenue... elle n'aurait pas dû chourer ma coke.

Je tourne la tête vers le tireur, gardant la main de Brook serrée dans la mienne. Il se tient debout, la sueur plaque ses cheveux bruns sur son front, son regard trahit sa folie. Il panique, semble avoir du mal à respirer.

— Tu l'as tuée, soufflé-je.

À nouveau, un froid anormal prend possession de mon corps et se mêle à une rage si brusque que je peine à la contenir.

— C'est sa faute...

— Tu l'as tuée !

J'ignore ce que voit Jason, mais la terreur imprègne ses iris.

— Putain, c'est quoi, ça ?

Il lance un dernier coup d'œil au corps de ma meilleure amie, crache une série de jurons et me dépasse en courant. Il pense franchement s'en tirer comme ça ? Je refuse de le laisser s'en aller. Il va payer pour ce qu'il vient de faire.

— Stop !

Il a assassiné l'une des seules personnes que j'aimais. Sous mes yeux. Ma vision se trouble, ma rage grandit, insatiable. Telle une vague déchaînée, je la laisse sortir de mon corps, prendre vie dans la réalité. Cette émotion que je ne canalise pas est alimentée par l'image de ma Brook en sang, et elle frappe Jason de plein fouet. Il roule au sol, son hurlement de douleur s'élève avec tant de force que j'en ai des frissons.

— Je ne te laisserai pas partir !

Autour de moi, le désert disparaît. Tout devient noir, impénétrable. Le sol tremble, à l'image de mes poings serrés. Des silhouettes sombres jaillissent du sol par centaines. Des Ombres dont la force et la loyauté me caressent. À mon approche, la souffrance du type transpire dans ses gémissements. Il ne parvient plus à se lever.

— Qu'est-ce que tu m'as fait ? hoquette-t-il.

Une Ombre l'attrape par le cou et le soulève sans aucun problème. Les jambes de ma victime pendent dans le vide, ses os traversent son jean. Il pleure, il saigne.

Il va mourir, parce que je vais le tuer.

Ses larmes me tirent un ricanement. Il pense que sa douleur ne peut être plus grande ? Il se trompe. Parce que je vais l'envoyer dans le pire des mondes. Le Tartare. Il y croupira comme toutes les âmes et les créatures que j'y ai expédiées jadis.

J'ai bien conscience de perdre pied. De ne plus seulement être cette adolescente des bas quartiers. Pourtant, je m'en fiche. Ça n'a plus d'importance. Les questions sans réponses commencent lentement à s'effacer, parce que je trouve un sens à tout cela.

À mes rêves.

À mes souvenirs.

Aux dessins terrifiants.

— Coré.

La voix transperce le brouillard, essaie d'attirer mon attention. Je me raccroche aux lamentations de ce criminel pour ne pas laisser partir cette énergie que je ressens. Les Ombres immatérielles établissent un mur parfait pour me dissimuler à la réalité.

— Tu n'aurais pas dû t'en prendre à elle, m'entends-je déclarer d'une voix qui n'est plus vraiment la mienne.

Jason n'opère plus aucun mouvement en dehors de ses yeux affolés qui roulent dans ses orbites.

— Coré, libère-le !

Peu à peu, le visage du type passe du cramoisi au blanc. Du blanc au blafard absolu. Ses vêtements semblent tout à coup se fondre dans son corps, une aura noire entoure ses contours, le couvre entièrement comme du goudron. Jason tente de hurler, sans succès.

— Perséphone, par tous les dieux, arrête !

Quelque chose me percute. Je tombe à genoux, les jambes aussi lourdes que de l'acier. La brume s'évapore, les silhouettes humanoïdes également. La nuit m'entoure, le ciel infiniment grand déploie ses étoiles par milliers. J'essaie de reprendre mon souffle, de comprendre... Jason gît par terre, les jambes broyées, le teint caverneux. À côté de lui, Hadès se tient debout, son attention posée sur moi.

— Coré...

— Il l'a tuée.

Le désespoir dans ma voix anime celui de mon patron. J'ai toujours froid. Mes bras, mes mains et mes doigts tremblent.

— Tout va bien.

— Non !

Hadès, qui avait fait un pas vers moi, se fige. Je ne peux ignorer mon besoin de justice. Je me remets debout, consciente qu'une bonne dizaine de Nyx m'observent et que d'une seconde à l'autre, ma conscience peut flancher. Sous mes pieds, la terre sèche vibre encore.

— Calme-toi ! me somme-t-il.

— Tu aurais dû me laisser faire !

— Hors de question. Je te connais trop bien, mon cœur. Tu le regretteras.

— Écarte-toi de lui, Hadès !

— Tu veux cet humain ? Tu vas devoir me passer sur le corps...

Son petit sourire prétentieux, accentué par les projecteurs autour de nous, m'écrase. Je regarde à nouveau Brook, allongée par terre. Elle ne se relèvera plus jamais. La tristesse me harponne le cœur. J'ai tellement mal que la souffrance devient physique.

— Il l'a tuée ! hurlé-je. Il mérite un châtiment !

L'air s'alourdit et les Ombres humanoïdes reviennent. Plus nombreuses que tout à l'heure. Plus affamées, aussi. Chose étrange : elles ne m'effraient pas. Je sais au plus profond de moi qu'elles sont avec moi. Qu'elles vont m'aider, me soutenir.

— Putain de merde..., maugrée Spax dans le dos d'Hadès. On fait quoi, Prés' ?

— Personne ne bouge.

J'avance d'un pas, mon armée aussi.

— Il doit répondre de ses actes ! Jason doit être jugé.

— Ce ne sera pas toi qui le feras. Tu seras encore moins son bourreau.

— Essaie un peu de m'en empêcher...

Il ricane. *Qu'est-ce qui ne va pas chez lui ?* Pourquoi son attitude ne trahit-elle pas une once de peur ? Mon cri suit un assaut des Ombres si rapide que j'ai moi-même du mal à comprendre. Tel un océan prêt à se jeter sur une falaise, les créatures filent en direction des Nyx. Une seconde avant d'être submergé, Hadès lève une main. Une rafale venue de nulle part frappe mon armée, stoppant net leur avancée. Je fouille à nouveau au fond de moi pour tenter un nouvel assaut.

Je me heurte à un autre échec.

— Tu vas t'épuiser, Coré, grimace Hadès. Arrête, tu ne maîtrises pas assez ce pouvoir !

Les Ombres hurlent. Pas de vive voix, mais dans ma tête. Je perçois leur tourment, il irradie dans tout mon corps, m'empêche de respirer. Malgré la sensation terrible qu'on m'éventre de l'intérieur, je garde la tête haute. Je refuse de laisser tomber. Brook mérite justice. La mine moqueuse d'Hadès a laissé place à de l'inquiétude. Plus je résiste, plus le nuage sombre formé par les Ombres autour de moi s'intensifie, et plus les iris de mon patron se chargent d'anxiété.

— Coré, arrête ! Tu appelles trop de damnés, tu ne tiendras pas le coup. Tu n'es pas encore prête pour ça.

— Écarte-toi de Jason !

Le vent s'intensifie, les élancements dans mon crâne aussi. Un liquide chaud coule sur ma bouche et mon menton. Je doute que ce soient les larmes, c'est bien trop épais. Je ferme les yeux un court instant, hantée par le sourire de ma meilleure amie, sa voix et son rire qui promettent de me manquer pour l'éternité.

— C'était ma meilleure amie, Hadès.

— Je sais...

Un sanglot déchire ma poitrine. Quand j'ouvre à nouveau les paupières, je constate qu'il m'a rejointe. Il se tient à un mètre de moi, si beau, si puissant, si... royal.

— Je ne peux pas te laisser faire ça, même si cette ordure le mérite. Ce n'est pas ton rôle, c'est le mien.

J'ouvre la bouche, mais il me devance. Hadès passe ses bras musclés autour de ma taille et me presse contre lui.

— Ce n'est pas de cette façon que tu aurais dû te rappeler qui tu es, Perséphone.

— Hadès.

Une vive douleur me traverse le dos. Mes jambes ne supportent plus mon poids, ma respiration se bloque.

Puis c'est le noir complet.

9.

— Brook, tu m'entends ?

Elle ne me répond pas, étendue au sol. Elle reste immobile, froide, blafarde. La terre sèche boit son sang dans son dos, les étoiles se reflètent dans ses yeux vides.

Je la secoue de toutes mes forces, mes mains colorées de rouge. Elle *doit* se réveiller. Elle *doit* rester avec moi. Elle n'a *pas le droit* de m'abandonner.

— Adon ! hurlé-je. Adon, viens m'aider !

Mes larmes brûlent mes joues, mon souffle ne trouve plus le chemin de mes poumons. Au fond de moi, je meurs. Mon monde s'écroule et je n'ai rien à quoi me raccrocher.

Brook. Je relève la tête pour découvrir une femme debout près de moi. Pas une femme, non, mon double ! Elle porte une majestueuse robe noire qui s'étale autour d'elle et une couronne dorée brille sur sa tête. Ses cheveux, coiffés avec complexité, semblent plus beaux que les miens, mais dans l'ensemble, on se ressemble comme deux gouttes d'eau. Une aura sombre et puissante l'entoure, à l'image de celle d'Hadès.

— Sauve-la, demandé-je à Perséphone.

Parce que c'est son prénom. Sans que je sache comment, j'en suis certaine.

— Hadès cherche toujours à nous préserver de nous-même, même après tout ce temps, soupire-t-elle en se baissant pour attraper la main de Brook. C'est son côté protecteur.

Mes larmes continuent de couler.

— Tu peux l'aider ?

— Pas moi, me répond-elle. Pas *nous*. Maintenant, tu dois te relever. Tu dois l'affronter.

Elle se redresse et, sans contrôle sur mes jambes lourdes, je l'imite.

— Affronter quoi ?

Mon clone tend le doigt. En suivant des yeux la direction qu'elle désigne, je réalise que je ne me trouve plus dans le désert, mais dans un couloir de pierres froid. Face à nous, une lourde porte en acier vomit de l'eau qui ruisselle de tous les côtés. Elle grince, prête à céder. Derrière, un grondement malsain me donne des frissons.

— Affronter quoi ? répété-je, en panique.

— La vérité.

Je secoue la tête en signe de négation et recule. Les yeux marron de Perséphone sondent mon âme, son visage défini par des traits à la fois sereins et pleins de force.

— Je ne suis pas prête...

Elle ouvre la bouche, cependant un hurlement me propulse en arrière. La poitrine en feu, je me redresse dans un lit. Le cri continue de résonner. En réalisant qu'il vient de moi, je me tais, secouée par les sanglots. J'ai envie de vomir. De mourir. Je me laisse retomber en arrière, le corps dénué de force. Une silhouette masculine envahit mon champ de vision, trop floue pour que je puisse la voir avec précision.

— Adon, murmuré-je, Brook est... elle est...

Une main frôle mon visage, si douce, un toucher plein de tendresse. Elle n'appartient pas à Adon, je le sais au fond de moi.

— J'ai... si froid, finis-je dans un souffle.

— Tu vas t'en sortir. Laisse à ton corps le temps d'assimiler tes pouvoirs.

Hadès. Son visage s'impose dans mon esprit, presque aussi vivace que le cadavre de Brook. Le matelas s'affaisse sous son poids près de moi.

— C'est dingue qu'après autant de vies, ton impulsivité me surprenne toujours autant. Respire calmement.

Encore une fois, il me touche. Au froid lancinant dans mes veines se mêle la chaleur douçâtre des frissons de plaisir. Pendant une seconde, j'oublie que ma vie n'a plus d'utilité, que j'ai perdu un pilier, une sœur. Je me concentre sur Hadès qui devient de plus en plus net. Ses yeux noirs m'examinent, l'inquiétude se dispute une tendresse étrange dans ses iris. Il ne ressemble plus à mon patron froid et implacable, au président des Nyx si dangereux. Je me perds en lui. J'aime quand il me touche, j'aime qu'il me regarde comme si je comptais.

Mais le charme se rompt quand le souvenir me frappe sans vergogne. Le corps sans vie de ma meilleure amie me détourne de sa sollicitude. Écrasée par la certitude de ne plus jamais la revoir, j'expulse un autre hurlement. Encore un autre... jusqu'à ce que, trop épuisée pour rester réveillée, je sombre dans l'inconscience.

« Tu te sens encore coupable, c'est ça ? »

Je détache mon regard des eaux ensanglantées du Styx, en contrebas. J'aime me réfugier sur les balcons afin de profiter du spectacle. Le fleuve, toujours en colère quand la nuit tombe, se jette sur des rochers aiguisés. Il arrive que le lit monte, comme pour inonder les Enfers. C'est ce qu'on appelle une persévérance vaine, mais sa force me fascine. Sa détermination est à l'image de la mienne : infatigable. Hadès prétend que le Styx et moi sommes pareils. Il paraît qu'on a une ardeur identique. Je le prends comme un compliment.

Je pousse un soupir, la nuque parcourue de chatouilles. Hadès s'avance à son tour sur le balcon, s'appuie dessus, les bras tendus. Il observe un instant la cour pleine de damnés qui s'évertuent à rendre ce lieu plus… *agréable* ? Mon silence tire un grognement au Roi des Enfers.

— Perséphone, tu savais que cette tâche m'incombait. Je t'avais prévenue.

Son ton condescendant me fait tiquer.

— Je veux me rendre utile.

— Pas au détriment de ta santé mentale.

D'accord, envoyer toute une famille dans les Limbes en guise de punition n'a pas été une tâche facile. Au contraire, j'en ai encore les mains qui tremblent en me remémorant les cris de ce pauvre gamin. Voilà ce qui arrive quand on défie les dieux, quand on s'en prend à eux. Je n'ai pas décidé de leur sort, j'ai juste été le bourreau d'un juge trop cruel.

Quand Zeus ordonne, on s'exécute.

— Tu y arrives sans problème.

— Parce que je suis le dieu des Morts. Tu n'es ni juge ni bourreau, dit-il comme s'il lisait dans mes pensées. Ne l'oublie jamais quand ça devient trop dur, OK ? Contente-toi des ordures, des vraies. Je sais que tu aimes bien les envoyer au Tartare.

Il laisse fleurir un sourire cruel. En effet, c'est plus facile de damner ceux qui le méritent. La prochaine fois, je me contenterai de leur régler leur compte.

— D'ailleurs, reprend Hadès, il est temps qu'on aille s'occuper de Cronos. Tu es prête à lui botter le cul, mon amour ?

— Toujours ! ricané-je.

Une vive douleur m'expédie encore autre part. À des années-lumière de cette époque au bord du Styx. Je me retrouve dans une chambre aux murs foncés, elle sent les fleurs mêlées à un parfum plus masculin. Allongée sur un lit, je reprends peu à peu le contrôle de mon corps.

« Ce ne sera pas toi qui le jugeras. Tu seras encore moins son bourreau. »

Les mots prononcés par Hadès dans le désert ressemblent à ceux qu'il a formulés dans mon rêve. *Un rêve ?* Pourtant, les images ne disparaissent pas, elles restent ancrées dans ma mémoire. C'est un souvenir. Je peux encore sentir l'odeur de brûlé dégagée par cet étrange cours d'eau, sous le balcon.

Qu'est-ce que ça veut dire ? Et pourquoi ai-je aussi mal au crâne ?

Mon cerveau va exploser. Perséphone m'a ordonné d'affronter la vérité. J'ai du mal à croire à un délire.

Je me redresse, la gorge sèche. Mes bras, mes jambes et ma poitrine me font mal. Malgré la douleur, je tends le bras pour saisir un verre d'eau et l'avaler d'une traite. *Où est-ce que je suis ?* Je ferme les yeux, me concentre sur les évènements de cette nuit qui s'imposent à moi, tout comme le sort sordide de ma meilleure amie. Sous le coup d'une souffrance émotionnelle intense, je plaque ma main contre ma bouche. Des sanglots m'échappent et mes larmes ruissellent sans que je puisse les contrôler. J'entends encore le coup de feu tiré par Jason. Sans attendre, je jette la couette et balance les jambes hors du lit. Fuir me semble la meilleure option. Courir loin de cette chambre inconnue, loin des visions qui déferlent dans ma tête, des vérités qui tentent de s'insinuer dans mon esprit.

Je suis Coré, pas Perséphone, pas Perséphone ! me répété-je en boucle.

Mes jambes refusent de suivre le mouvement, je m'étale de tout mon long sur le tapis. Le corps en miettes, j'émets un son pitoyable.

— Ah, tu es réveillée, Cor...

Spax ne termine pas sa phrase, parce que je me relève en vitesse. Alors qu'il se tient planté dans l'encadrement de la porte, un plateau à la main, je le bouscule. Sous le choc, il tombe en arrière. Quant à moi, je roule par terre dans un « Outch » assez désespérant. Je me redresse malgré mes élancements persistants, lance un coup d'œil à Spax... et pousse un cri d'effroi. Il ne porte plus ses lunettes. Je comprends à présent de quoi a eu peur la brebis, la fois dernière.

— Oh, merde ! Attends que je t'explique ! lance-t-il en levant les mains en l'air pour essayer de me calmer.

Je voulais découvrir le secret dissimulé par les Nyx, me voilà servie. Le regard du vice-président s'ouvre sur un gouffre noir d'une profondeur étouffante. J'ai l'impression de chuter dans un puits sans fond, le cœur harponné par mille flèches. Cette sensation disparaît à la seconde où l'homme replace ses lunettes sur son nez.

— Faut qu'on parle, Coré. Je sais que ça fait peur, mais ne t'en fais pas.

— Ne t'approche pas !

Perdue, je cours, parce que m'arrêter viendrait à accepter une vérité que je refuse. Tant que je bouge, le monde ne m'atteint plus vraiment.

Je traverse les couloirs, essoufflée, triste, complètement paumée. J'ignore ce que je cherche, ce que je poursuis. Peut-être que je tente de retrouver un semblant de normalité ? J'ai besoin d'échapper à mes pensées. J'ai besoin de voir Brook. De m'assurer que tout ceci n'était qu'un terrible cauchemar. Je dois me réveiller.

Les corridors drapés de tapisseries en velours rouge n'en finissent pas. Les tableaux accrochés sur les murs se ressemblent tous, ils défilent à l'infini. Chaque fois que je tourne à un angle, j'ai affaire à un énième couloir. Pas de porte, pas de sortie. À bout de souffle, je stoppe ma course effrénée, penchée en avant.

— Laissez-moi sortir !

La panique me gagne. Mes poings frappent les murs, mais rien ne se passe.

— Calme-toi.

Je me retourne. Hadès m'observe, les mains dans le dos. Sa position nonchalante et l'absence d'émotions sur son visage me donnent la nausée. J'ai cette furieuse envie de lui retourner une baffe. De lui hurler qu'il m'a menti sur ce que je suis, sur *qui je suis*. Je désire lui faire mal comme j'ai terriblement mal au cœur.

— Toi ! craché-je. Tu aurais dû me parler de Perséphone. Toutes ces visions, ces cauchemars, ils ont commencé quand je t'ai vu en bas de chez moi, la nuit de mon anniversaire ! C'est ta faute ! Que m'as-tu fait ?

Je recule, il avance.

— Je t'en prie, Coré, calme-toi. Je vais tout t'expliquer.

Son énergie obscure se déploie, me caresse. Elle picote ma nuque, pénètre mes os, tente de modifier mes émotions.

— Il faut que je sorte d'ici. Je vais devenir cinglée...

— Avant, on doit parler.

— De quoi ? Du fait que je suis une déesse ? Du fait que je ne contrôle plus rien ? Ou alors, parlons de Brook ! Si tu m'avais dit qui j'étais avant que débarque Jason, je l'aurais sauvée. Maintenant, elle est morte.

— Tu savais qui tu étais... tu l'as toujours su. Mais comme à cet instant, tu as fui ta nature. Ne m'accuse pas, Perséphone !

Son grondement ressemble à celui du Styx.

— Coré. Je m'appelle Coré !

Mon dos frappe le mur.

— Ne t'approche pas ! hurlé-je à nouveau.

Il se fige, soupire, passe une main dans ses cheveux charbonneux. Il a l'air aussi agacé que je suis enragée.

— Je t'en prie..., raille-t-il. Tu ne m'aurais jamais cru si je te l'avais dit. Chaque fois, il est nécessaire que tu te souviennes par toi-même. Mais je savais que tu ne tarderais pas à te rappeler. Tu maîtrises l'invocation des damnés depuis quand ?

Je fronce les sourcils, il lève les yeux au ciel en arborant une grimace. Comme s'il s'adressait à une fille particulièrement idiote. Je serre les poings pour étouffer mes émotions néfastes.

— Les Ombres, si tu préfères, reprend-il. Tu es capable de les invoquer depuis quand ?

— Depuis toujours...

J'aime la surprise soudaine sur son visage, j'aime qu'il ne me considère plus comme une chose fragile.

— Étonnant. Étonnant aussi que tu rejettes depuis toujours l'idée d'être Perséphone. Tu te souviens, à présent, n'est-ce pas ?

— Un peu...

Des réminiscences d'Hadès provenant d'un autre espace-temps me reviennent, mais ils ne m'impactent pas vraiment. C'est comme si je regardais un vieux film. Je ne peux pas nier leur véracité, je ne peux plus. Toutefois, je suis heureuse de constater que je suis toujours Coré Daniel.

Bien qu'une divinité antique partage mon cerveau et mes ressentis. C'est troublant, hyper flippant.

— Prés' ! intervient Spax, qui arrive derrière lui en courant. On a un problème, elle a vu mes yeux.

Le biker, alarmé, se place à côté de son supérieur, et tous deux m'observent. On dirait qu'ils cherchent un moyen de m'éliminer.

— De toute façon, reprend le Président, à ce stade, on ne peut pas revenir en arrière. Si tu as compris qui tu es, Coré, tu sais donc qui je suis, n'est-ce pas ?

Oui. Je déteste cela.

— Le Roi des Enfers. Le Gardien des morts, l'un des dieux oubliés des mortels, réponds-je.

Il opine. Pour ne pas céder à la folie, je préfère me concentrer sur le plus important, et sans crier gare, je change de sujet :

— Et Jason ?

— Princesse, tu réalises qu'on est des di...

— Peu importe ! le coupé-je. Je veux m'occuper de cette ordure.

— Tu comptes lui faire quoi ? Le tuer, comme tu en avais l'intention dans le désert ?

La seconde d'après, les bras d'Hadès forment une prison de chaque côté de ma tête. J'arrête de respirer en réalisant que son parfum redonne vie à mon corps. Je n'ai pas envie de ressentir autre chose que de la peine et de la colère à cet instant. Ce ne serait pas juste pour Brook. Cependant, une chaleur agréable parcourt mes veines et cette proximité m'électrise. J'accroche les yeux d'Hadès, m'attache à cette aura de sécurité qu'il dégage et dont j'ai tant besoin.

— Éloigne-toi...

Mes paroles manquent d'assurance. Il plie les coudes de façon à approcher son visage du mien. Sa bouche parfaitement dessinée esquisse un énième sourire capable de me filer des envies de meurtre. Pourtant, j'apprécie cette insolence, cette effronterie. Ses doigts s'entortillent autour d'une de mes mèches brunes, ils frôlent ma clavicule. Une décharge électrique traverse mon corps. Tout à coup, je ne vois que lui. Une sorte de bulle nous entoure. J'aimerais que mon cerveau ordonne à mes jambes de fuir. Que cette proximité ne m'atteigne pas autant.

— Hadès. Éloigne-toi, maintenant !

Il ne s'exécute pas. J'ai beaucoup de mal à respirer, à garder mon calme. Je me sens sur le point de céder.

Et je ne parle pas des Ombres ou des pétales de fleurs magiques. Je parle d'une toute autre forme de lâcher-prise.

— Avant, réponds à ma question, murmure-t-il. Que comptes-tu faire au meurtrier de ton amie ?

Je pourrais lui rétorquer que je veux le voir souffrir jusqu'à ce que ses hurlements meurent dans sa gorge. Mais ça ne me ressemble pas. Même si je lui en veux au-delà de la haine, ce type ne fera pas de moi une meurtrière. Certes, dans le désert, il s'est produit quelque chose que je ne contrôlais pas. C'est terminé, maintenant. Je décide de reprendre ma vie en main.

— Il doit aller en prison.

— C'est déjà fait. Il est dans un endroit dont il ne sortira jamais. Une cellule où seuls les assassins comme lui sont envoyés.

J'ai la certitude profonde qu'il dit la vérité. Peut-être parce que son regard trahit une rage aussi brûlante que la mienne ? Peut-être parce que j'y lis de la peine, de l'empathie ? Ses paroles me soulagent. Mes épaules s'affaissent, comme si j'attendais d'entendre ces mots depuis mon réveil.

— Alors, elle est vraiment morte..., soufflé-je. Brook ne reviendra plus ?

Ma voix se brise. Hadès libère mes cheveux pour caresser ma joue du bout des doigts. Puis il s'éloigne et je déteste le froid soudain entre nous.

— Suis-moi. Quant à toi, Spax, tu peux y aller.

Hadès le dépasse. D'un mouvement de la main, il congédie son vice-président, qui tourne les talons en vitesse. Et parce que je n'ai pas le choix, j'emboîte le pas du Roi des Enfers.

Incroyable. Même si je sais qu'il dit vrai, même si Perséphone alimente au fond de moi les battements de mon cœur, je n'arrive pas à complètement accepter la situation. Pas avec une totale facilité.

— Tu ne me poses pas de questions concernant ce que tu as pu faire la nuit dernière ?

— Plus tard.

Des interrogations, j'en ai à la pelle. Elles tournoient dans mon crâne, mais je flippe sévère. Les seules qui me viennent vraiment, c'est : *comment vais-je annoncer le décès de Brook à Adon ? Avec qui je parlerai garçons quand l'un d'eux me plaira ? Qui m'accompagnera dans les boutiques ?* J'essuie mon visage d'un revers de main. Elle ne méritait pas une telle fin.

— Où m'emmènes-tu ?

— OK, je ne m'attendais pas à celle-là.

Contrairement à quelques minutes plus tôt, le couloir ne semble plus si interminable. Des portes fermées auraient dû attiser ma curiosité, mais je m'en fiche. Une espèce de vide me consume, je n'ai plus envie de parler, plus envie de savoir. Hadès s'arrête face à une lourde porte en bois sur laquelle sont gravées des scènes de la mythologie grecque. Je m'approche pour découvrir que trois silhouettes combattent une sorte de géant avec des cornes.

— Cronos, m'annonce-t-il en pointant la bête. Tu te souviens de lui ?

Trop vaguement. Cette existence en tant que Perséphone remonte à si longtemps...

— Un peu. Poséidon, Zeus et.... Hadès ? deviné-je en désignant les combattants.

— Bingo ! Passe cette porte, comprends, accepte, et retrouve-moi. Ensuite, on devra avoir une sérieuse conversation.

Sur ce, il se détourne et remonte le corridor.

— Il y a quoi, derrière ce battant ?

— Un cadeau de bienvenue. Bon retour chez toi, Princesse !

Je pose la main sur la poignée dorée, incertaine de vouloir entrer. J'ai le sentiment étrange que ma vie, mon existence et mes croyances m'échappent. Je ne me sens pas plus chez moi ici qu'ailleurs. Sans doute parce qu'au fond, je meurs de trouille. J'actionne la poignée avec une appréhension de plus en plus forte. La porte s'ouvre sur une chambre à dominante lambrissée, plutôt grande, et décorée avec goût. Des bougies éparpillées illuminent les vieux meubles précieux et leurs flammes mettent en valeur le contour d'un lit à baldaquin. Il fait sombre, mais je remarque vite la silhouette féminine assise devant un miroir. Ses longs cheveux roux tombent dans son dos, une partie de son visage se reflète dans la glace. En la reconnaissant, mon cœur cesse de battre.

— Oh, mon Dieu...

— Salut, ma vieille. Il faut que je te dise... je suis morte. Alors, Dieu, il ne faut peut-être pas trop attirer son attention, tu vois ? On ne sait jamais, s'il me foudroie ou un truc du genre...

Le battant se referme derrière moi. J'avance dans la pièce somptueuse aux fragrances de lavande.

— J'ai cru que... mais... je ne comprends rien.

— Je sais.

Pourquoi refuse-t-elle de me regarder ? Je m'arrête quand je constate qu'elle persiste à me tourner le dos à mesure que j'approche. J'ai envie de la prendre dans mes bras et de l'emmener loin d'ici. Je veux que tout redevienne comme avant, même si ma vie est loin de ressembler à un long fleuve tranquille.

— Brook ?

Elle porte une robe blanche vaporeuse à dos nu. Aucune trace de cicatrice ne prouve qu'on lui a tiré dessus. Sa peau possède la pâleur terrible de la mort. Ses veines ressortent, nombreuses, presque noires sur chacune des parties visibles de son corps.

— Ne flippe pas, OK ? me conseille-t-elle. C'est toujours moi, ta meilleure amie, celle qui te file des tuyaux sur la mode.

Je tends la main vers l'épaule de Brook, les doigts un peu tremblants. Au contact de son épiderme glacé, j'en perds mon souffle.

— Hadès m'a ramenée, chérie, explique-t-elle. Il a dit que les premiers jours allaient être éprouvants, le temps que mon corps se remette du voyage entre les Enfers et la Terre. Mais ce n'est pas le pire...

Je reste immobile, attendant le choc que devrait produire son aveu sur mon esprit. Pourtant, rien ne se passe. Je ne suis pas surprise de la capacité de résurrection d'Hadès, simplement parce que je sais qu'il possède ce pouvoir.

— Regarde mes yeux, Coré.

Elle lève son regard humide vers moi. Leur teinte chocolat a laissé place à un noir si profond qu'il menace de m'engloutir. Je peine à me détourner, ils semblent vouloir m'emmener dans les ténèbres. Comme quand j'ai accroché les yeux de Spax, je tombe dans un gouffre. Brook enfile une paire de lunettes fumées pour couper court à ce phénomène.

— Désolée ! J'ai oublié sa mise en garde. Les yeux des Morts représentent une sorte de fenêtre ouverte sur la partie la plus horrible des Enfers, à ce que m'a dit Hadès. Personne ne doit croiser mon regard plus de dix secondes, auquel cas, c'est la mort assurée. Pour l'autre, je veux dire, pas pour moi... puisque techniquement, je suis déjà... Couic.

Elle mime une lame qui lui tranche la gorge. Je prends une grande inspiration, puis file m'asseoir sur le lit, au centre de la pièce. L'étrange vérité incruste peu à peu mon esprit. Cette fois, je ne peux plus y échapper.

— Tu as compris qui il est, n'est-ce pas ? me demande Brook d'une petite voix.

— Oui.

— Le choc. Je te jure, j'ai mis une plombe à me remettre. Un dieu ! Tu t'en rends compte ? La divinité de la mort en personne. C'est un truc de malade. Bon, je trouve ça plus classe que l'éventualité que ce mec ait un ego démesuré au point de s'autoproclamer Hadès.

— Qu'il soit un dieu n'enlève rien au fait qu'il a un ego surdimensionné, Brook.

Le dos appuyé contre sa coiffeuse, son attention posée sur moi, mon amie éclate de rire.

— Pas faux ! Tu te rappelles quand on parlait de le pécho ?

L'horreur me submerge. Je tourne la tête vers la porte et lance précipitamment :

— Arrête, tu es folle ou quoi ? Il risque de nous entendre ! Rien ne dit qu'il n'est pas omniscient, omnipotent, tout ça, quoi...

— Relax, il n'est pas dieu avec un D majuscule, à ce que je sache. Ce serait le drame, s'il apprenait que tu lui plais ?

— Brook !

— Quoi ? Tu es aussi rouge qu'un piment, ma vieille. C'est évident qu'il te fait de l'effet, le dieu de la Mort. Moi, je ne peux pas me le taper, mais toi...

Qu'elle parle de cette façon concernant un être surnaturel me tue à petit feu. Enfin, c'est quand même très agréable de retrouver ma meilleure amie. Elle se précipite dans le lit, les jambes en l'air, un sourire lumineux peint sur ses traits blancs.

— Je crois que les Nyx sont comme toi, avoué-je. Voilà pourquoi ils portent des lunettes. J'ai vu une brebis dérailler en croisant le regard de l'un d'eux, il y a quelques jours.

— J'ai cru comprendre que je n'étais pas seule, en effet. Me voici dans l'armée des Morts. La classe absolue !

— Tu es décédée, Brook, il n'y a rien de classe.

Elle m'ignore en battant des jambes avec un large sourire. Ce n'est pas le moment de lui parler de ma propre nature. Déjà, j'ai besoin de faire un point avec moi-même avant.

— Attends que je mette ça sur mon CV, pouffe-t-elle. Ce serait cool que je développe des superpouvoirs, genre comme les X-Men !

On peut dire que cette fille a le don de me faire passer par des tas d'émotions. Après la peur de l'avoir perdue et le soulagement de la retrouver, elle m'amuse. Brook, dans toute sa splendeur.

— Viens là, Coré.

Elle se redresse pour me prendre dans ses bras. On reste un long moment pressées l'une contre l'autre, dans un silence absolu. Elle intervient la première :

— Quelle que soit la suite de cette histoire, je suis avec toi, d'accord ?

— Je t'aime, Brook.

— Moi aussi, chérie.

Quand elle me libère, je vais mieux. Je me sens un peu moins seule, pour le coup.

— Bon, maintenant, passons aux choses sérieuses. On va effectuer des recherches sur ton mec.

Elle sort son téléphone portable de sous l'oreiller, puis pianote sur les touches.

— Ce n'est pas « mon mec ».

— Une chance qu'on ait du réseau. Alors, voilà, je tape : « Hadès, roi des Morts, mythologie grecque ».

Pendant qu'elle lit les articles à voix basse, je continue :

— Pourquoi « mon mec » ? Je te signale qu'il n'y a rien entre lui et moi.

— Pas encore, pas encore... Tu sais qu'il fait partie de la première génération de dieux après le règne des Titans ? Bien sûr que tu le sais, j'oubliais que tu adorais tous ces trucs mythologiques. D'ailleurs, avec son frangin Zeus, il les a renversés pour prendre le pouvoir… blablabla… ça, on s'en fout… Ah ! Tiens, tu sais qu'on l'appelle Polydegmon ? Ça veut dire « l'hospitalier ». J'aimerais qu'il soit hospitalier au point d'enlever son tee-shirt devant nous. Bref ! Il règne sur les Enfers, c'est-à-dire le monde des Morts. Il est dit qu'il n'est pas le Satan de la version catholique, il n'a rien de mauvais. C'est même un roi plutôt avenant avec ses sujets, il bosse avec plusieurs créatures comme les Érinyes, Cerbère, Charron… Oh ! Tu sais qu'il a une femme ?

— Perséphone.

— C'est ça ! Le mythe raconte qu'il l'a enlevée et en a fait son épouse de force. Ça, c'est moins cool…

Perséphone. Je ferme les paupières, en proie à des rafales d'images inédites. Je me vois dans les bras d'Hadès, plus heureuse que jamais. La suivante, je monte un cheval noir absolument terrifiant, alors que lui chevauche à mes côtés en toute majesté.

— Le syndrome de Stockholm, continue Brook. Super, je ne le trouve plus aussi sexy, tout à coup. Peut-être qu'on la croisera ? Tu m'écoutes ? Pourquoi tu pleures, Coré ?

Parce qu'un manque si puissant vient de me frapper. J'ai l'impression qu'il m'a broyé les os. Parce que je sais que Perséphone était heureuse avec Hadès.

— Le mythe le plus populaire ne raconte pas la vérité. Elle l'aimait. Ils s'aimaient *vraiment*. C'est elle qui s'est rendue aux Enfers, *de son plein gré*. Déméter a juste tourné l'histoire à sa sauce, parce qu'elle en voulait à sa fille d'avoir cédé au Roi des Enfers.

— La vache ! Déméter, c'est la mère de Perséphone et la déesse de la moisson… Il est dit qu'à la suite de l'enlèvement de sa fille…

— À la fuite.

— Pardon, ça a l'air de te tenir à cœur. Bon, juste après la fuite de sa fille pour retrouver Hadès, elle a eu tellement mal qu'elle a refusé de bosser les mois qui ont suivi. Famine et souffrance se sont abattues sur le monde. Zeus, le frère d'Hadès, est alors intervenu et les deux amants ont été obligés d'accepter un compromis. Elle vivrait six mois sur Terre avec sa mère et six mois aux Enfers avec son mec. Dans le genre daronne possessive, on touche la grenade. Je dis grenade, parce que Hadès – qui se méfiait un peu, et il y avait de quoi – a donné ce fruit à sa femme, ce qui l'a rattachée définitivement aux Enfers. Je pense que c'était pour que... Oh ! Bon sang...

J'ai écouté ses paroles d'une oreille distraite, alors qu'un véritable film défile dans mon esprit. Pour la seconde partie du mythe, ça s'est passé exactement tel que le raconte Brook. Un goût un peu acide envahit ma bouche, comme si je venais de manger une grenade. Mon amie se met debout et sautille.

— Tu sais quel était l'autre prénom de Perséphone ?

En effet.

— Coré ! s'exclame-t-elle en bondissant de plus belle. Trop dément ! Je pense que c'est pour ça qu'Hadès t'a embauchée. Elle est où sa femme, à ton avis ? Tu l'as vue ?

Je lui raconte ce que m'a dit Hadès lors de la signature de mon contrat de travail.

— Morte ? Merde !

Quelqu'un frappe à la porte. Brook me regarde, un peu affolée. Le battant s'ouvre.

— Salut, les gonzesses. Je vois que ça piaille sévère, lance Léther. Coré, le Président veut te voir. Tout de suite.

— Le Président ? s'exclame Brook avec un rire sans joie. On sait très bien qui est Hadès : c'est le Roi des Morts !

— Bravo, grosse maligne, tu as trouvé ça toute seule ?

Toujours aussi aimable, le sergent d'armes.

— Pour qui tu te prends ? s'énerve ma meilleure amie. Tu vas redescendre de tes grands chevaux tout de suite, espèce de blaireau !

La surprise prend d'assaut les traits du jeune homme. Visiblement, il vient de réaliser quel genre de fille était Brook. Un sourire carnassier étire les lèvres de Léther.

— Tu sais ce qui est arrivé à la dernière personne qui m'a parlé comme ça ?

— Ah ouais ? Quoi ? Vas-y, balance ! Tu veux te battre, c'est ça ? Allez viens, abruti, on va régler ça entre morts !

— Brook, tu devrais te calmer...

Ma meilleure amie souffle un grand coup en levant les mains au ciel.

— Si on ne mettait pas des mecs pareils sur mon chemin, je me calmerais ! Après Jason, je ne compte plus me laisser faire. Et comme tu es plutôt longue à la détente, j'ai décidé de prendre aussi ta défense. Je serai ton garde du corps personnel.

Devant ma mine un peu vexée, elle ajoute :

— Par longue à la détente, je voulais dire : aussi doux qu'un poussin, tu vois ? Pas... enfin, tu vois.

— Quand Roussette aura fini de raconter des conneries, elle pourra peut-être descendre au salon privé. Spax l'attend en bas pour causer. Quant à toi, Coré, Hadès patiente dans la pièce au fond du couloir.

Avec un air blasé, Léther disparaît. Brook fixe la porte, la mâchoire décrochée.

— Il m'a appelée Roussette ?

— Tu l'as appelé Blaireau. Et Abruti, aussi.

D'un revers de main, elle balaie ma remarque.

— Qui est Spax ?

Je lui fais un brief sur mon Nyx préféré. Le père de famille saura comment parler à Brook sans accroître la terreur qu'elle me cache.

— OK, j'y vais. On se retrouve ici dans... disons, une heure ?

10.

Quelques minutes plus tard, j'entre dans la pièce indiquée par Léther. Une chambre spacieuse meublée d'un lit immense, de quelques armoires et d'une bibliothèque sur tout un pan de mur s'ouvre devant moi. J'avance jusqu'au couvre-lit en soie rouge et le frôle du bout des doigts. Hadès dort ici. Son parfum enivre le tissu précieux et je reconnais le patch des Nyx peint sur le plafond. Mon regard accroche la couronne ensanglantée sur la tête de mort. Voilà un artefact qui prend tout son sens, à présent. C'est la même qui brillait sur la tête de Perséphone pendant ma vision ou mon rêve. Lui aussi en possède une identique ? Étrange comme certains détails peuvent m'apparaître avec évidence, et d'autres me laisser pleine de questions.

Constatant l'absence d'Hadès, je me poste devant sa bibliothèque, curieuse de connaître ses lectures. Certains livres à la reliure très abîmée datent de plusieurs décennies. D'autres, plus récents, sont des classiques que j'ai déjà dévorés. Je souris devant les aventures d'Ulysse. Le roi d'Ithaque a réellement existé – voilà l'une des certitudes qui imprègnent ma mémoire d'antan.

Le mythe d'Héraclès menace de s'effriter entre mes doigts, alors je replace l'ouvrage après l'avoir tiré de son cercueil de poussière. J'ignore combien de héros de la Grèce antique se trouvent toujours sur Terre, aujourd'hui. Le nombre de dieux et déesses, aussi. Tout cela reste encore très flou. Peut-être suis-je la seule, avec Hadès ?

Un bruit léger du côté d'une baie vitrée ouverte me pousse à tourner la tête. Sur le balcon, les bras tendus sur la balustrade, Hadès fixe la tombée de la nuit. Il ne se trouvait pas là un peu plus tôt. J'ignore à quoi m'attendre en le rejoignant. Trop d'éléments étranges m'entraînent dans un tourbillon incompréhensible. Par politesse, je reste en retrait.

— Alors tu as accepté ? me demande-t-il sans se retourner.

— Que tu es le dieu des Enfers ? Je ne peux pas nier l'info, surtout avec Brook dans une pièce voisine. Merci de l'avoir ramenée.

Il pivote légèrement dans ma direction et je remarque son petit sourire narquois.

— Son sort implique qu'elle reste morte et que son existence ne soit plus jamais normale.

— Je sais. Je crois qu'elle le sait aussi.

— Approche.

Je franchis le seuil de la baie vitrée. Tendue à l'extrême, j'adopte la même position que mon interlocuteur en l'observant de biais. Je note la forme carrée de son visage et sa peau hâlée, mise en valeur par ses profonds yeux sombres entourés de cils noirs. Sa bouche aux lèvres pleines semble figée sur une moue moqueuse à laquelle j'essaie de m'habituer. Le besoin de le dessiner, de l'immortaliser à nouveau sur une feuille blanche me brûle les doigts. Je comprends d'où me venait mon inspiration, même si je n'avais encore aucun souvenir de lui... de nous, avant de le voir à mon anniversaire.

Il passe une main dans ses cheveux désordonnés, ce qui le rend terriblement attirant et très humain. Dans ses expressions, dans sa façon de se tenir, de bouger ou de demeurer immobile. Le président des Nyx possède cette force invisible qui coupe le souffle, ordinaire pour un homme qui gère un groupe de bikers taciturnes. Le Roi des Enfers n'a plus rien de la divinité d'antan, il s'est accoutumé à ce monde. Comme moi.

— Donc, le dieu des Morts..., brisé-je enfin le silence.

— En chair et en os. De quoi veux-tu parler en premier ?

— De toi, réponds-je un peu trop vite à mon goût. Juste... toi. Ou les Nyx, si tu le souhaites.

Parce que je ne suis pas encore tout à fait prête à découvrir tous les secrets qui me concernent. Je refuse d'effacer l'identité de Coré, de devenir celle que j'ai été jadis et qui n'est plus vraiment moi.

Hadès laisse échapper un petit rire qui me donne des frissons.

— Je vois. Donc, tu veux savoir quoi ?

— Les Nyx, tes hommes... ils sont morts, eux aussi ?

— En effet, au fil des siècles, j'ai sorti des Enfers des âmes qui avaient expié leurs fautes et qui souhaitaient faire partie de mes sujets. L'ère des rois et des cours est révolue ou presque, à cette époque, alors on s'adapte.

— Un groupe de bikers, c'est... original.

— C'est pratique, surtout.

Pour ne pas dire flippant. En contrebas, le Royaume des Morts s'étend avec majesté. Un jardin magnifique, fleuri de mille couleurs et de centaines de plantes extraordinaires s'étale sous mes yeux. Je me trouve toujours au-dessus de la boîte de nuit, pourtant j'ai le sentiment d'être dans un autre monde. Si je ne voyais pas les murs de la propriété démarrer sur le bord du bâtiment et se perdre au loin, je dirais que nous ne sommes plus dans le désert. L'air sent l'été, la végétation, la douceur. L'aridité n'existe plus. Même le soleil ne brûle plus avec autant d'ardeur. En me nourrissant de cette vision, je pose une autre question :

— Amber sait-elle pour vous ? Pour... *nous* ?

— Un charme empêche les mortels de se poser trop de questions sur les Morts ou les divinités.

J'opine. Cette magie explique pourquoi aucune des personnes de mon entourage ne réagissait aux éléments surnaturels autour d'eux.

— Hadès, quel est cet endroit ? demandé-je alors en désignant le jardin.

Les fleurs éclatantes se disputent la beauté de fontaines gigantesques et de sculptures mythologiques. Des bancs permettent de s'asseoir, mais ce qu'il y a de plus fascinant, c'est le kiosque. Sous le couvert du crépuscule, des lampions l'illuminent. J'ai envie de courir dans l'herbe pieds nus. Dans mon âme, un rire résonne, des flashs me reviennent. Je me vois danser au cœur de la verdure, sur les bords des bassins. Pourtant, ce n'est pas moi. Ou plus moi.

— Les jardins de Perséphone, m'apprend Hadès.

Il prononce ces mots avec une telle nostalgie que la tristesse me harponne. Tout à coup, le biker semble empreint d'une sensibilité qu'il ne m'avait jamais dévoilée. Il se reprend en continuant :

— Tu aimes la vue, Princesse ?

— Elle avait bon goût, c'est magnifique.

— Évidemment que tu avais bon goût, tu m'as épousé, rétorque-t-il avec un véritable sourire.

Je rougis.

— Je ne me rappelle plus vraiment d'avant, expliqué-je comme pour m'excuser. Je ne suis plus...

— Je sais. N'en dis pas plus, je plaisantais. Coré Daniel, tu as devant toi une création de la divinité que tu as été un jour. Magnifique, n'est-ce pas ?

— Oui. Sublime.

— Beaucoup de choses te rendaient heureuse, mais tes jardins dépassaient tout ce que je peux te citer. Je les ai toujours préservés.

Il ne mentionne pas ce qui me rendait plus heureuse que tout au monde : lui. Cet être pour qui j'aurais pu mourir sans hésitation.

— Mais... comment ? C'est possible avec un climat aussi aride ? Il y a tellement de variétés de fleurs, et j'entends des tas d'oiseaux...

— La magie. Ce bâtiment n'est pas un night-club comme les autres. Tu as encore énormément à te rappeler, à accepter. Ça viendra avec le temps.

Je secoue la tête, incapable de dissimuler ma grimace.

— Quoi ? me demande-t-il.

— Et si je n'ai pas envie de redevenir *elle* ? Si je veux juste rester Coré, qui ça dérange ? m'exclamé-je avec une véhémence qui me brûle le ventre.

Il m'observe un court instant avant de me sourire. Mon cœur s'emballe, parce que l'affection que je lis sur son visage est réelle.

— Du calme, rétorque-t-il. Te souvenir de Perséphone ne fait pas moins de toi la Coré que tu resteras jusqu'à la fin de cette vie.

Le soulagement me submerge. Je craignais de disparaître.

Ce serait un peu mourir et ne jamais revenir, non ?

— D'accord. Peut-on parler de mes pouvoirs ? Ces pétales de fleurs, je pensais qu'ils provenaient de toi, mais en fait... je les ai créés ? Ils sont capables de brûler, c'est ça ?

Il opine.

— Tu peux changer la matière en pétales, comme tu l'as fait avec certains membres des Originels. Tu te souviens ?

Je grimace. Je n'ai pas envie de penser que j'ai éliminé des gens, aussi mauvais aient-ils pu être.

— Tu peux aussi en créer toute une pluie qui plongerait ce monde dans un véritable chaos, ricane-t-il.

— C'est déjà arrivé ? soufflé-je.

— Tu n'as pas envie que je te remémore certains aspects de tes vies passées, crois-moi.

En effet. Si j'ai fait du mal à des gens, je préfère l'ignorer.

— Et les damnés, tu peux me parler d'eux ?

— Ce sont des soldats d'une autre dimension rattachés à un Maître et capables de passer d'un monde à l'autre.

— Toi aussi, tu les contrôles ?

— On les contrôle tous les deux, parce qu'on est le couple infernal le plus *badass* de l'Olympe, Princesse.

Je rougis et me détourne.

— Du moins, on l'était… C'est ta nature que tu crains, ou bien ce qu'il y a entre nous ?

— Il n'y a rien entre nous.

— Vraiment ?

Je pousse un cri lorsqu'il me saisit par les hanches pour me soulever et que je me retrouve assise sur le balcon. Je m'accroche alors à ses épaules en poussant un juron. Lui se contente de bloquer ses mains contre la pierre, de chaque côté de mes jambes.

— Laisse-moi redescendre !

— Donc, il n'y a rien entre nous ? Cette étincelle que je perçois dans tes yeux chaque fois que je te touche, je l'imagine ?

Il m'agace !

Je jette un coup d'œil dans mon dos, soudain prise de vertiges. Mes doigts se resserrent autour de la veste en cuir du président des Nyx. Il sourit comme un idiot, fier de la situation.

— Tu dis n'importe quoi.

— Donc, je ne t'attire pas ?

Sa question allume un brasier dans mon ventre. Soudain, la peur du vide ne m'atteint plus. Je m'ancre aux yeux obscurs d'Hadès, incapable de parler. Il s'approche, son corps se creuse un passage entre mes jambes. Son torse et son visage ne sont plus qu'à deux centimètres des miens. Je pourrais céder à ma pulsion et l'embrasser, mais un élément me souffle que c'est ce qu'il attend. Je ne vais pas lui donner de quoi se moquer de moi. Encore. Alors, à la place, je me force à afficher un sourire, détache une main de sa veste et la lève doucement vers sa joue. Ensuite, je me penche vers lui.

J'ignore s'il aurait fini par reculer, mais avant que je n'atteigne ses lèvres, une Ombre le saisit par-derrière et le tire sans ménagement. Dès que mon corps n'est plus en contact avec le sien, la chaleur reflue. Je saute par terre en le fusillant du regard.

— Va te faire voir, Hadès !

Tout ce qu'il trouve à faire, c'est éclater de rire. Je m'éloigne de lui en serrant les bras contre ma poitrine. Peu à peu, il reprend son sérieux.

— Ce qu'on a été n'est plus, Coré, continue-t-il alors. Je n'attends pas de toi que tu deviennes la Reine des Enfers, ou l'épouse du Roi des Morts.

Quelque part, ses paroles me libèrent d'un poids invisible.

— Ce qui vient de se passer était donc un test ?

— À toi de voir...

Je roule des yeux en tiquant.

— Je ne vais pas te cacher que dans ce cycle-ci, tu as repris l'apparence que tu avais pendant l'ère des dieux. Ça n'avait jamais été le cas, auparavant. Tu as eu de nombreuses apparences physiques, parfois complètement différentes.

Je prends le temps de songer à cela.

Donc, je ressemblais à cette fille hyper banale d'aujourd'hui quand Hadès et moi nous sommes rencontrés pour la première fois ?

Je garde le silence quelques minutes. J'essaie d'ingurgiter les infos comme j'engloutirais du lait caillé. Autrement dit, avec difficulté.

— Combien de vies ai-je eues ?

— Un nombre incalculable. La plupart des dieux et des déesses reviennent sous d'autres formes après avoir terminé ce qu'on appelle un cycle. Ils naissent par voie humaine, grandissent, vieillissent, meurent, et ça recommence à l'infini. Mais tu es morte bien trop souvent à mon goût, Coré.

Il détourne la tête au moment où je souhaite déchiffrer son expression.

Si on m'avait dit hier que j'étais une déesse oubliée, alors que ma seule préoccupation était de chercher un logement, j'aurais ri. Maintenant, mes problèmes avec Lara me semblent bien piètres. Je vais quand même devoir les régler dès que je quitterai le Royaume des Morts, mais en attendant...

— Et toi, tu as eu combien de vies ?

— Une seule.

— Tu n'es jamais... mort ?

— Je suis le Roi, je te rappelle. Du moins, l'un des Rois.

— Et alors ?

— Les premiers Olympiens ne sont pas concernés par cette malédiction, voilà tout.

À cet instant, je réalise ce que cela signifie pour lui. Il a vu Perséphone mourir encore et encore. Son cœur a dû subir tellement de douleur, j'ignore comment il a pu la supporter. J'ai une brusque envie de le prendre dans mes bras, de lui dire que je suis désolée. Seulement, il reste le président des Nyx, et aussi mon patron actuel. Je préfère continuer à me comporter normalement avec lui.

— Pourquoi tu me regardes comme ça, Coré ?

— Pour rien. Désolée. Je vais, euh… retrouver Brook dans sa chambre.

Je m'éloigne, en proie à un pincement terrible dans la poitrine. Dès que je rentre dans la chambre, Hadès me hèle :

— Eh, Coré !

— Oui ?

— Tu diras à Brook que les dieux sont carrément plus excitants que les X-Men ?

Je manque de m'étouffer.

— Tu nous espionnes ?

— Quelle idée !

Il s'appuie sur la rambarde du balcon de façon à me faire face, les bras repliés sur son torse. Je tente de décrypter ses pensées, mais ce type peut devenir un vrai glaçon quand il le souhaite.

— Le Royaume des Morts laisse parfois échapper des échos, tu t'en rendras compte. Si en pleine nuit, tu te réveilles en entendant des voix, ne te mets pas à flipper, ce ne sont pas des fantômes.

— Comment ça ? Je ne compte pas rester dormir ici.

— Princesse, Brook m'a parlé de ton petit problème d'hébergement. De plus, elle restera ici le temps que sa transition se termine, ce sera plus simple pour elle. Je pensais que tu voudrais soutenir ton amie en l'accompagnant dans cette épreuve.

OK, alors là, c'est cruel de sa part de jouer la carte de la culpabilité.

— Combien de temps durera cette transition ?

— Quelques semaines.

Je m'apprête à décliner, mais ma conscience refuse d'abandonner Brook. De plus, je ne vois pas bien où je pourrais aller. Cette proposition d'hébergement ressemble à une aubaine inespérée, elle tombe à pic. Officiellement, je n'ai plus de logement.

— OK, alors je paierai le logis.

— Si ça te chante.

— Et je continue de bosser comme barmaid.

— Bien. Tu reprendras le boulot demain soir, je te conseille de te reposer. Des fringues sont à ta disposition dans ta ch...

D'un mouvement de la main, je l'arrête net.

— Je dors avec Brook.

J'ai l'air si affolée qu'une lueur de moquerie éclaire ses yeux.

— Va pour la coloc' avec ta copine.

Une autre question cruciale me vient à l'esprit.

— La nuit où on s'est officiellement rencontrés...

— Quand tu as voulu entrer chez moi par effraction ?

Je roule des yeux.

— Oui. Est-ce que je suis morte en tombant du mur ? Tu m'as ramenée, moi aussi ?

Une ombre couvre le visage d'Hadès.

— Non, je t'ai guérie in extremis.

— Donc, la guérison fait partie de tes pouvoirs ? Dans ce cas, continué-je en le voyant opiner, comment se fait-il que Perséphone... que je sois morte aussi souvent au cours des derniers siècles ? Parce que ce n'est pas de vieillesse que je disparaissais, si ?

Il passe une main dans ses épais cheveux noirs en soupirant, de façon à les ramener en arrière. La manière dont ses mèches retombent sur son front a quelque chose de fascinant. Ce type est vraiment trop canon.

— Je peux ramener qui je veux parmi les vivants, sauf toi. C'est une putain d'ironie qui me bousille chaque fois que j'y pense, chaque fois que tu pars, chaque fois que tu me quittes. Mais je n'y peux rien, c'est ainsi.

J'admets que là, ça fait beaucoup à avaler. J'ai besoin de réfléchir à tout ceci au calme.

— Merci pour les infos. Je vais y aller.

— Je reste à ta disposition. Si tu veux parler ou faire autre chose, je suis partant.

Le sous-entendu colore mon visage au point de faire marrer Hadès.

— Je plaisante, Coré !

— OK...

— Sauf si tu as envie de profiter de mon hospitalité en m'enlevant mon tee-shirt.

Oh. Mon. Dieu. Je ferme les paupières, secoue la tête et prends une inspiration. Il faut vraiment que Brook fasse attention à ce qu'elle dit, à l'avenir. Surtout le temps de notre séjour au Royaume des Morts. Pour me défendre, j'utilise mes propres armes.

— Oh ! Mentha en profite bien assez comme ça...

Il ne s'attendait pas à cette réponse, puisque son sourire se fane.

— Serait-ce de la jalousie, Princesse ?

— Une constatation. On dirait que tu as su trouver de quoi te remonter le moral après mon dernier départ.

Une sorte de colère vivace traverse ses traits. Bien entendu, je ne suis pas juste, je le sais bien. De quel droit est-ce que je le juge, alors qu'il doit sans cesse se remettre de ses peines de cœur sans flancher ? J'aimerais revenir sur mes paroles, malheureusement je n'y arrive pas. Dans le fond, je lui en veux de donner autant d'attention à une fille qui n'est pas moi. Que ce genre de blondasse superficielle lui plaise me donne envie de hurler. J'attends qu'il me remette à ma place, qu'il me dise de me mêler de mes affaires. Au lieu de quoi, il disparaît d'un coup avant de se matérialiser juste devant moi. Surprise, je me plaque contre le mur. Hadès dévore l'espace entre nous, mû par une véritable fureur. Son parfum se mêle à cette énergie sombre qui caresse à la fois mes sens et ma peau. Je devrais avoir peur, mais à la place, je suis envoûtée.

— Tu n'as pas le droit de me dire ça ! gronde-t-il en posant les mains de chaque côté de mon visage. Pas après ce que ton absence m'inflige à chaque fois. Tu n'as pas idée de ce que je ressens, de ce par quoi je passe à chacune de tes morts. Toi, tu oublies tout lors de tes réincarnations. Moi, je dois vivre avec.

Mon souffle se bloque, mon cœur s'emballe.

— Hadès...

— Tu sais quoi, Perséphone ? Va te faire foutre !

La bouche sèche, je ne trouve rien à répondre. La culpabilité me ronge avec autant de gravité que la pitié. Hadès m'emprisonne dans son regard plein de rage voilée, je suis incapable de me détourner. L'air vibre autour de moi, se charge d'électricité. La seconde d'après, je me retrouve seule dans cette chambre bien trop grande.

Encore chamboulée, je déambule dans les couloirs du Royaume des Morts. La musique traverse les murs, le sol vibre sous mes pieds. Le night-club se réveille, les fêtards s'oublient dans le monde des ténèbres qui est le mien. J'ai envie de les rejoindre, de danser jusqu'à ne plus penser. Pourtant, j'ai aussi très envie de dormir.

Le premier étage est interminable. Est-ce une illusion ? Les murs sont réels sous mes doigts. Les tableaux aussi, d'ailleurs.

Je prends le temps d'en observer une grande partie, réalisant qu'ils représentent souvent des paysages. Parfois, des visages vaguement familiers, mais sans que je puisse les identifier.

Je retourne dans la chambre de Brook. Elle ne doit pas avoir terminé de parler avec Spax, parce qu'elle n'est pas revenue. Je fouille les tiroirs et les placards, découvrant les vêtements de ma meilleure amie parfaitement rangés. Je lui emprunte un pyjama et file dans l'immense salle de bains adjacente. Une douche italienne attise mon sourire, mais ce n'est rien comparé à une baignoire capable d'accueillir au moins quatre personnes. Pendant que l'eau chaude remplit le baquet, je découvre le nécessaire de toilette neuf mis à disposition. On ne peut pas nier qu'Hadès a le sens de l'hospitalité, c'est clair. Il porte bien son nom.

Je me brosse les dents, tente de démêler mes cheveux couverts de terre et de sang séché, puis passe mon visage sous le jet froid du robinet. Je fixe mon image dans la glace pendant un long moment. Mes cheveux bruns encadrent un visage en forme de cœur, trop pointu à mon goût. J'aime mes yeux bleus, c'est d'ailleurs ce que je trouve le plus beau chez moi. Pour le reste, je suis plutôt commune. Ni moche ni très jolie. Qui aurait pu croire qu'une déesse se cachait derrière cette apparence ?

Je cesse de trop réfléchir en plongeant dans mon bain. J'y reste un très long moment et occupe mon esprit en dessinant sur le carnet que j'emmène partout. Le visage d'Hadès revient plusieurs fois sur le papier, mais aussi le mien. Enfin, celui de Perséphone.

Tout à coup, la porte de la chambre s'ouvre et se referme par-delà la salle de bains.

— Tu es là, ma vieille ? lance Brook.

— Ici.

— Cool, j'arrive !

Elle entre dans la pièce sans gêne. La notion de vie privée lui a toujours été inconnue. J'ai fini par en avoir l'habitude au point de ne plus ressentir d'embarras. Telle une tornade, elle envahit mon espace vital en s'extasiant sur la taille de la baignoire, puis sur la largeur de la douche. Et les lumières autour du miroir. En gros, cette salle de bains va devenir son nouvel endroit préféré.

— Tu ne l'avais pas utilisée ? demandé-je, surprise.

— Non, je me suis réveillée dans le lit et ensuite, j'ai bloqué sur mon reflet pendant des heures. Je crois que j'ai eu un moment d'absence, pouffe-t-elle. Comment ça s'est passé avec le maître des lieux ?

— Eh bien...

Je lui raconte ce qu'il m'a appris au cours de notre conversation. La mâchoire de Brook en tombe par terre. Alors qu'elle se détourne vers le miroir en utilisant plein d'adjectifs comme « dément », « truc de fous » et « merdalors », elle entreprend de mettre des lentilles.

— Tu es Perséphone ! Donc, j'avais raison, tu es une divinité, ma vieille. Tu préfères « Votre Altesse » ? C'est mieux que « ma vieille », non ?

— Ne change pas de comportement avec moi, ou je te transforme en un truc moche.

— De toute façon, je n'aurais pas pu. J'ai toujours trouvé que tu avais un air précieux, cela dit.

J'attrape la savonnette que je lui lance.

— Eh ! Mais c'est un compliment, râle-t-elle en galérant toujours avec ses lentilles. Bon sang, ces trucs sont impossibles à mettre ! Spax me les a filées en disant qu'au sein du Royaume des Morts, je pourrais les porter et éviter de tuer les mortels qui verraient mes yeux.

— Ah bon ? Il n'en porte pas, lui. J'ai vu son regard, tout à l'heure.

— Je sais, il me dit qu'il ne les supporte pas... les autres gars non plus. Je voulais essayer, je crois que je vais me contenter de lunettes. Bon, continue, j'ai envie de tout savoir.

À la fin de mon récit, elle m'observe, choquée derrière ses lunettes. Elle a fini par renoncer à mettre ses lentilles magiques.

— Tu ne lui as pas vraiment dit ça, Coré ?

— Si, couiné-je, désespérée. Arrête de me juger, Brook. Je suis assez mal comme ça...

— Chérie, si je suis la logique de cette histoire, la dernière fois que tu es morte remonte à dix-huit ans minimum. Tu croyais que pendant presque deux décennies, il n'allait pas tirer son coup ?

L'art et la manière d'aborder les choses, par Brook Evans.

— OK, c'est ton mec, continue-t-elle.

— Brook...

— Il l'a été dans tes anciennes existences, se reprend-elle. Mais... c'est comme ces gens qui perdent l'amour de leur vie après quarante ans de mariage, par exemple. Tu es de celles qui pensent qu'ils n'ont pas le droit de se mettre en couple ensuite ? Tu étais morte. Ce n'est pas comme s'il te trompait.

Histoire d'échapper à ma honte, je plonge la tête sous l'eau encore bien chaude. J'entends toujours Brook, même si le liquide déforme un peu ses paroles. Après réflexion, je n'en veux pas à Hadès. Mine de rien, on ne se connaît pas, dans cette vie. Même si mes existences passées semblent influencer mes sentiments pour lui, il n'empêche qu'il ne me doit rien. Je remonte à la surface avec une mine désolée.

— Je vais aller m'excuser auprès de lui.

— Pas dans ce pyjama, lance-t-elle en montrant celui que je lui ai emprunté. Vas-y nue, tu auras au moins une chance d'être dépucelée par le Roi des Morts.

— Brook ! Je t'ai parlé des échos. Hadès peut nous entendre !

— Et alors, quoi ?

En mettant ses mains en porte-voix, elle crie :

— Coré est vierge, big boss ! Elle aimerait que tu cueilles sa fleur, même si elle est un peu gauche dans sa façon de le dire !

L'horreur me submerge, j'ai une soudaine envie de mourir.

— Tais-toi ! C'est faux, en plus...

— Emmène-la chevaucher les licornes sur ta moto !

À nouveau, je plonge sous l'eau. J'entends Brook éclater de rire, puis elle m'abandonne, me laissant avec une honte intersidérale. J'espère de tout cœur qu'Hadès n'a pas entendu ces bêtises. Que *personne* ne les a entendues.

— Eh ! hurlé-je en me redressant. Tu ne m'as pas parlé de ta discussion avec Spax !

— Je le ferai, promis, répond-elle depuis la chambre. En attendant, j'ai bien envie d'aller botter le beau cul du petit Léther. À plus, ma vieille !

Après le départ de Brook, j'enfile des vêtements confortables. Je m'apprête à quitter la chambre, quand une bonne odeur de viande m'attire. Là, sur ma table de nuit, quelqu'un a posé une assiette pleine à ras bord. Mon estomac se réveille et je réalise que je meurs de faim. Trop affamée pour me poser encore des questions, j'avale le contenu délicieux en soupirant d'aise presque à chaque bouchée.

C'est trop bon ! J'ignore qui cuisine, ici, mais cette personne mérite un prix.

Une fois mon ventre bien rempli, je pars à la recherche d'Hadès. Je frappe à la porte de ce que j'imagine être sa chambre, mais personne ne répond. Je descends donc dans la salle principale du night-club. Ce soir, l'air sent la framboise et les fraises sauvages.

Je slalome entre les fêtards pendant près d'une demi-heure, au cas où le président des Nyx se serait trouvé au rez-de-chaussée. Je file ensuite dans le salon privé, mais il n'y est pas non plus. En revanche, Amber jongle avec des bières et du bourbon, tout en plaisantant avec un Nyx. Ma collègue m'accueille d'un sourire lumineux.

— Coré ! On m'a dit que tu n'allais pas bien. Qu'est-ce que tu fais ici ?

— Salut, Amber. On m'a dit la même chose de toi.

— Oui, j'ai eu des nausées toute la journée d'hier, c'était un calvaire. Mais je suis censée bosser seule, ce soir, non ?

Puisque dans l'immédiat, je n'ai rien de mieux à faire en attendant le retour d'Hadès, je décide de lui filer un coup de main. Vers minuit, Léther apparaît avec son légendaire air blasé. Il me jette un coup d'œil surpris, ne commente pas ma présence et commande une bière à Amber.

— Alors, comment va ? lui demande-t-il.

— Beaucoup mieux, merci encore pour les médocs.

— Avec plaisir. Je ne pouvais pas laisser ma serveuse préférée se noyer dans son vomi.

C'est si gentiment dit, pensé-je en souriant. J'ignore si le fait qu'il ne m'inclue pas parmi ses serveuses préférées est un compliment ou non. Je ne cerne pas du tout le sergent d'armes.

— Ton mari devrait se bouger le cul, surtout pendant ta grossesse, déclare-t-il alors.

J'ignorais qu'Amber était enceinte. Sans doute par instinct, je glisse un coup d'œil à son ventre plat.

— Il fait de son mieux, il bosse beaucoup, Léther.

— Mouais, je suis convaincu qu'il peut mieux faire. Largue-le et épouse-moi.

— Les bikers, ce n'est vraiment pas mon truc.

Les bikers morts, surtout, m'empêché-je d'ajouter.

Pendant que je m'échine à préparer des cocktails, les deux amis se disputent gentiment. Vient alors le moment où Mentha franchit la porte du salon sur des talons immenses. Dans sa petite robe en cuir noir, elle brille de mille feux. Je la déteste, mais je dois admettre qu'elle est vraiment très jolie.

Est-ce qu'Hadès préfère ce genre de femme, aujourd'hui ?

Pourquoi je me pose une question pareille ? D'accord, le dieu des Morts et moi sommes liés par d'anciennes histoires d'amour. Mais c'est du passé. Je ne suis pas sa femme, sa copine ou une quelconque prétendante. Je ne ressens rien pour lui.

— Oh, Coré, Hadès t'a montré comment préparer le nectar ? intervient Amber.

— Pardon ?

La jolie brunette désigne le verre que je tiens à la main. Le liquide doré qui le remplit sent délicieusement bon. Comme si mes mains avaient décidé de se la jouer solo, voilà que j'ai préparé du nectar avec les fruits et les alcools à disposition. Sans même m'en être rendu compte.

— Euh... oui.

— Cool, c'est qu'il te fait confiance. Il est pour qui ? Quelqu'un en a commandé un ?

Je secoue la tête. Au moment où la voix criarde de Mentha retentit dans mon dos, j'avale le délicieux breuvage d'une traite. Amber m'observe, choquée. Je pose un doigt sur mes lèvres en lui offrant un clin d'œil.

— Elle est sourde la nouvelle serveuse, ou quoi ? s'exclame Mentha, agacée.

— Pas du tout ! rétorqué-je en lui faisant face. Que puis-je faire pour toi ?

Je sens l'attention de plusieurs Nyx sur nous, y compris celle de Léther. Si je veux garder mon job, je dois me contrôler. Le fait que je sois une ancienne Reine des Enfers ne m'aidera pas si j'agresse cette pimbêche, j'en suis sûre. Et puis, je vaux mieux que ça.

— Fais-moi un cocktail, n'importe lequel, tant qu'il y a de l'alcool. Grouille, je dois retrouver Hadès dans une demi-heure ! m'ordonne-t-elle.

Je me détourne, prise d'une envie folle de l'étrangler. Il me faut à peine deux minutes pour filer la boisson à la brebis. Elle regarde le mojito avec les sourcils froncés, comme si je l'avais froissée.

— Désolée, si ça manque de menthe, j'en ajouterai. Je sais où en trouver...

Mentha s'étouffe de colère, le visage rougi par la honte. À ma grande surprise, Léther se marre, suivi par quelques autres bikers. La blondasse se détourne, la tête haute, et s'éloigne avec son verre.

— Lui servir un mojito était la plus élégante des insultes. Le truc que je me demande, ajoute le sergent, c'est : est-ce qu'Hadès t'a dit qui est Mentha, ou l'as-tu deviné toi-même ?

En servant deux autres pressions, je hausse les épaules.

— Il ne m'a rien dit concernant cette fille. C'est sa maîtresse, c'est ça ?

En s'assurant qu'Amber ne nous entende pas, le motard morose s'appuie sur le comptoir pour approcher son visage du mien.

— Ouais, on peut résumer leur histoire à ça. S'il ne t'a pas parlé d'elle, cela signifie que tu as des souvenirs de ta première existence ?

Qu'il sache pour ma nature divine ne me surprend pas. Après tout, il devait être là quand j'ai déchaîné les damnés sur Jason.

— Des rêves, parfois des flashs et des sensations, rien de très précis.

— Alors ça, c'est un truc de malade. Jusqu'à aujourd'hui, ce n'était jamais arrivé.

— Comment ça ?

Il fait tourner son verre de bière entre ses doigts en expulsant un soupir.

— Bah, avant, quand on te trouvait, tu étais juste une simple fille un peu paumée qui apprenait sa véritable identité via les explications d'Hadès. Parfois, tu développais un petit pouvoir, mais rien de bien fou. Là, c'est différent. Ce cycle est différent. Si tu avais vu la tête du Prés' quand il a vu ton apparence, la première fois...

— Tu... tu m'as connue en tant que Perséphone ? demandé-je à voix basse.

Slider, le président des Hells Devils, claque le poing sur le comptoir en m'ordonnant de le servir. Léther tourne la tête vers lui et, avec la vitesse d'un serpent en colère, siffle :

— Dégage, tu vois pas qu'on cause ?

D'accord, je suis aussi effarée qu'Amber et Slider. Ce dernier repart à sa table en grommelant.

— Je suis plus vieux que j'en ai l'air, répond le sergent à ma question.

— Est-ce que tu es... un dieu, toi aussi ?

— Pas un dieu, non. Mais j'ai une fonction tout aussi capitale dans les Enfers.

— Qui est ?

Il éclate d'un rire presque cynique avant de me pointer du doigt.

— Va falloir patienter pour le savoir. Sers-m'en une autre, tu veux ?

Je m'exécute, songeuse. Une vingtaine de minutes plus tard,

je pense encore à Perséphone et les dons qu'elle m'a transmis. Mentha décide de prendre congé. Elle traverse la pièce, son sac à main collé contre elle, prête à s'en aller. Je me tourne vers Amber en refermant le lave-vaisselle.

— Je m'absente quelques minutes.

— Comme tu veux, je te rappelle que tu n'es pas en service ce soir.

Un baiser rapide plaqué sur sa joue et j'abandonne ma collègue au profit de plus viles intentions. Une partie de moi veut toujours s'excuser auprès d'Hadès. L'autre désire savoir ce qu'il se passe entre la mégère de brebis et le dieu des Enfers. Je talonne la jeune femme dans l'escalier, puis dans la salle principale. Elle ne semble pas remarquer ma présence, trop focalisée sur son portable. À ma grande surprise, au lieu de sortir du bâtiment, elle prend l'accès donnant à la cour intérieure. Encore une fois, le parfum des fleurs m'accueille sur la terrasse aménagée. Je lève les yeux et remarque le balcon d'Hadès sur lequel on a discuté, plus tôt dans la soirée. Je me plaque contre une colonne au moment où Mentha jette un coup d'œil par-dessus son épaule. Cerbère décide de sortir de l'obscurité pour lui aboyer dessus.

— Boucle-la, sale bête ! gronde-t-elle en s'enfonçant dans la nuit.

— Tu n'es pas une sale bête, mon chien, murmuré-je en caressant la tête de l'animal.

À mon tour, je me fonds dans les jardins. Le fait que Mentha foule cette pelouse me file la nausée. Mes yeux s'acclimatent rapidement aux ténèbres, aidés par des lampions lumineux plantés dans la terre à intervalles réguliers. La silhouette avantageuse de la jeune femme se dandine sur l'herbe, je l'entends ronchonner à cause du terrain instable. C'est vrai qu'avec des chaussures comme les siennes, difficile de ne pas se tordre les chevilles. Elle finit par enlever ses talons, puis se dirige vers le grand kiosque hexagonal, illuminé de toutes parts. Je me cache derrière une statue en apercevant Hadès qui patiente au centre de l'abri de jardin. J'espère qu'il ne m'a pas vue. J'imagine mal lui dire que j'ai suivi son amante dans le seul but de m'excuser auprès de lui. Certes, ce n'est pas faux, mais pas totalement vrai non plus.

— Qu'est-ce qui t'a pris de me donner rendez-vous ici ? bougonne Mentha en grimpant les trois marches qui mènent au kiosque. J'ai cru que je n'arriverais jamais entière.

Le dieu des Enfers ne répond pas. Il s'appuie contre la balustrade, le visage tourné dans ma direction. Pour un peu, je pourrais croire qu'il m'a aperçue. Mentha se glisse près de lui. Mon cœur rate un battement quand elle passe les bras autour de son ventre, plaquant sa volumineuse poitrine contre son dos.

— Tout va bien ? s'enquiert-elle.

— Les temps changent, Mentha. Si je t'ai fait venir, c'est pour te dire de partir.

Le choc imprègne les traits magnifiques de la jeune femme avec presque autant d'ardeur que les miens. Ses bras retombent le long de son corps, elle recule d'un pas. Hadès reste immobile, comme s'il ne venait pas de balancer une bombe nucléaire.

— Pardon ? Tu... tu plaisantes ?

Puisqu'il ne dit rien, elle continue :

— Pourquoi ?

— Peu importe la raison. Tu fais tes valises et tu quittes le Royaume des Morts dès demain matin.

Pour le coup, je le trouve injuste de traiter cette fille ainsi. Ça me rappelle la façon dont Lara se comporte avec moi. Je ne peux m'empêcher de comprendre la détresse soudaine de Mentha. J'aimerais que son sort me soit égal. Après tout, elle me déteste. Pourtant, ce n'est pas le cas. Je ne suis pas cruelle, j'ai trop d'empathie.

— Mais... je n'ai nulle part où aller ! Les miens m'ont bannie, Hadès.

— Les Hells Devils sont prêts à t'accueillir chez eux, si tu le souhaites.

— Non ! C'est avec toi que je veux être. Je t'aime, Hadès !

— Tu savais que ça arriverait.

La froideur de ses paroles me transperce avec violence. Je ne porte pas Mentha dans mon cœur, c'est clair, cependant la voir si désespérée me touche.

— C'est elle, n'est-ce pas ? Elle est revenue et tu vas la récupérer. Tu me jettes, comme à chaque fois.

— Arrête, Mentha.

Elle éclate tout à coup en sanglots, sans que cela fasse réagir le biker. Quelques secondes plus tard, elle passe près de moi en courant, les mains plaquées sur son visage. Le silence tombe dans la nuit, aussi lourd que l'insensibilité du Roi. Je reste immobile, appuyée sur la statue.

— Tu sais que c'est mal élevé d'espionner les gens ?

De la part d'un mec qui écoute mes conversations avec Brook, c'est plutôt ironique, non ? À peine surprise qu'il ait détecté ma présence, je sors de ma cachette.

— Quoi ? me lance-t-il en fronçant les sourcils.

— Rien. Je vais y aller.

Je recule sans pouvoir m'empêcher de penser qu'un jour, le même sort que celui de son amante m'attendra.

— Attends, Coré.

Je le coupe net dans ses explications en levant les mains.

— Pas la peine. Tu es chez toi, tu fais ce que tu veux. Je voulais m'excuser pour ce que je t'ai dit dans la chambre, mes mots ont dépassé ma pensée.

Sur ce, je détale en direction du grand bâtiment. Il vaut mieux que je ne m'attache pas à ce genre d'homme. Je déteste l'abandon, et la peur d'y être confrontée avec lui me brûle le ventre. Je retourne dans l'espace de repos des employés et découvre la blonde en larmes, le visage dans ses mains. Je m'arrête, hésite à lui offrir une parole réconfortante, puis change d'avis. Je pourrais lui avouer que je comprends ses angoisses, mais ça ne servirait à rien.

11.

Ses mains emprisonnent mon corps, porteuses de mille sensations agréables. Dans ses bras, je brille autant que je me consume. Sa bouche dévale mon cou, elle happe mes pensées, ma logique, le monde entier.

— Perséphone…

Je m'accroche à lui de toutes mes forces et me plaque davantage contre son torse musculeux pour me nourrir de son contact. Mon prénom dans sa bouche me procure une joie intense. Je ne veux pas que cet instant se termine. Je refuse que notre histoire s'arrête un jour. Peu importe cette malédiction qui pèse sur les dieux et qui consiste à se réincarner à l'infini. Je ne veux pas le quitter, ni dans cette existence ni dans une autre. Je garde espoir…

— Hadès. Ne m'abandonne jamais.

J'ouvre des yeux remplis de larmes. D'un revers de bras, je les essuie en restant immobile dans le lit. Par chance, Brook n'est pas là. D'ailleurs, j'ignore si elle est rentrée, parce que j'ai assez peu dormi cette nuit. Au moins, elle n'assiste pas à ce spectacle, surtout que je n'arrive pas à m'arrêter de pleurer.

La douleur émotionnelle dans ma poitrine devient vite physique.

Ce souvenir m'arrache un sanglot. Je sais comment il finit. Je sais que peu de temps après l'avoir vécu, Cronos, le chef des Originels, m'a assassinée en me noyant dans le Styx.

Enfin, pas moi, mais Perséphone.

Oublie ça, Coré ! m'insurgé-je.

Oublier. Tout était plus simple quand je ne possédais pas de souvenirs de ma première vie. Maintenant, je dois composer avec eux, faire le tri et me forcer à me rappeler parfois que je ne suis plus la déesse.

Un moment de détente s'impose. La baignoire me semble l'endroit idéal pour souffler. Après avoir fait couler l'eau, je réponds aux nombreux SMS envoyés par Adon. Il me demande si je vais bien, si j'ai trouvé un logement, et si oui, où est-ce que j'habite. Je lui réponds qu'avec Brook, nous logeons chez une amie pour quelques jours, histoire de nous dépayser. Mentir me donne la nausée, mais je n'ai pas le choix. S'il apprend que j'habite chez Hadès et que Brook n'est plus vivante, la situation va dégénérer. Lorsqu'il n'insiste pas, un pincement au cœur m'arrache une grimace de culpabilité. Il doit savoir que quelque chose cloche. J'espère qu'il ne se sent pas trop rejeté. Peut-être que je pourrais passer le voir aujourd'hui, si je trouvais quelqu'un pour me conduire ?

L'eau chaude couvre bientôt mon corps, dénoue mes muscles, et me permet de stopper le fil de mes pensées. Après un long bain, je me poste devant le miroir pour m'observer. Rien n'a changé dans mon apparence, ce que je trouve rassurant.

J'enfile une serviette autour de ma poitrine, puis retourne dans la chambre. Un mouvement du côté de mon lit m'arrache un sursaut.

— Oh, mon Dieu !

— Oublions les formalités, tu peux m'appeler Hadès.

Étendu sur le matelas, les chevilles croisées, il m'examine en mangeant des raisins. L'assiette posée sur son torse regorge de fruits, je me demande si quelqu'un me l'a apportée en guise de petit déjeuner. Je m'avance, la tête haute. Une lueur d'intérêt, mêlée à de l'amusement, brille dans les yeux du Nyx.

— Magnifique tenue ! commente-t-il.

Lui porte un tee-shirt à l'effigie des Nyx qui moule son torse musclé à la perfection. Je me rappelle mon rêve, mes mains sur sa peau hâlée. Le visage incandescent, je me détourne.

— Tu peux t'en aller ? lui demandé-je en me dissimulant derrière la penderie. Je vais m'habiller.

— Il n'y a rien que je n'ai jamais vu chez toi, tu sais ?

Une chance que je sois tournée vers l'armoire, sinon il aurait vu mes joues s'embraser. J'attrape une robe et mes sous-vêtements accrochés sur la porte. Je les ai lavés cette nuit pour qu'ils soient secs aujourd'hui. Je repars en direction de la salle de bains et claque la porte en espérant qu'Hadès sera parti quand je sortirai. C'est sans compter sur ma chance habituelle : il n'a pas bougé d'un cil à mon retour.

— Change-toi, ordonne-t-il.

— Quoi ? Non !

— Tu ne peux pas faire de moto en robe, alors change-toi !

— De moto... Attends, tu es là pour quoi ?

Les poings sur les hanches, je me place devant le lit pour le défier. Il prend le temps de m'observer des pieds à la tête avec son petit sourire malicieux. Même si j'ai envie de le haïr pour son comportement envers Mentha, je ne peux nier que me tenir près de lui me procure de drôles de sensations. Agréables, pour la plupart.

— Je t'emmène en ville pour acheter des fringues. À moins que tu préfères retourner dans ta famille d'accueil pour aller chercher tes valises ?

Et affronter Lara ? Non, je pourrais la tuer sans le vouloir. L'éveil de mes pouvoirs reste imprévisible, il suffit de songer aux pétales de fleurs qui tombent de nulle part lorsque je suis en colère.

— Non, je vais y aller avec Brook.

C'est une bonne idée de m'acheter des fringues neuves. Au moins, je cesserai d'en piquer à ma meilleure amie. J'ai les revenus suffisants, avec les pourboires généreux des Nyx, et je n'ai plus ce problème d'hébergement qui obnubile mes pensées.

— Je dois me rendre au centre commercial, je me suis donc dit que ce serait cool que tu m'accompagnes. D'une pierre deux coups, tu vois ?

— Non, répété-je précipitamment.

— Pourquoi ?

Parce que je crains que ces moments d'intimité se transforment en désillusions meurtrières. Je ne supporterais pas d'avoir le cœur brisé à cause de mes sentiments naissants pour lui.

— Peu importe. Je vais me débrouiller.

— Brook ne peut pas sortir tant que sa peau n'est pas redevenue normale. Tu imagines la tronche des gens s'ils voyaient ses veines ?

Ah, je n'avais pas songé à ça...

— J'irai avec Spax.

— Il est parti en mission ce matin.

— Alors, quelqu'un d'autre.

— Peu importe, tant que ce n'est pas avec moi, n'est-ce pas ?

Il prononce ces paroles avec une douleur qui ne m'échappe pas. Malgré tout, il dissimule son expression derrière son fameux sourire en coin.

— Tu me détestes.

— Non.

— Ce n'était pas une question. Tu me détestes. Je peux comprendre, j'ai été un enfoiré avec toi depuis notre rencontre.

Restée à bonne distance, je songe à secouer la tête pour refuser, mais il a raison. Il s'est comporté comme un véritable abruti avant la bagarre avec les Originels.

— Tu m'as humiliée sans raison, soufflé-je.

— Tu lui ressembles tellement que je n'ai pas songé une seconde que tu n'étais plus vraiment elle. Perséphone répondait à mon comportement d'enfoiré en utilisant les mêmes armes que moi. J'ai fini par comprendre que tu étais bien plus... sentimentale qu'elle l'a été.

Est-ce que ce sont des excuses ? Je me détache du mur pour aller m'asseoir à la chaise de bureau, les jambes croisées.

— Je ne suis pas fragile, Hadès.

— Je ne te parle pas de fragilité, je te parle d'humanité.

J'attrape mes chaussures que j'enfile à la hâte, embarrassée par cette discussion. La poignée tourne dans ma main, mais le battant reste fermé.

— Laisse-moi sortir, soupiré-je.

— Il faut qu'on discute des dangers que tu cours. Prendre l'air hors du Royaume des Morts me paraît judicieux. Accepte...

— Des dangers ? m'étouffé-je, les yeux écarquillés.

À son sourire, je devine qu'il a compris qu'il possédait dorénavant toute mon attention.

— On en parle autour d'un verre ?

Je pousse un long soupir, histoire de lui prouver qu'il me court sur le haricot.

— Laisse tomber, je n'ai pas besoin de toi. J'ai des pouvoirs, je te rappelle.

— OK, alors maîtrise-moi.

— Pardon ?

Un clignement de paupières plus tard, Hadès se tient à moins de dix centimètres de ma personne. Trop choquée pour bouger, je le laisse m'attraper par la taille, me soulever de terre comme si je ne pesais rien et me balancer sur le lit. Je roule sur le matelas, tombe et me relève.

— Eh !

— Si les Originels te tombent dessus, tu ne pourras rien faire, parce que tu ignores comment déclencher les pleines capacités de tes pouvoirs.

— Lors de la bagarre, j'ai pu gérer. J'ai même métamorphosé des motards en pétales.

— Cronos voulait te tester, Princesse...

À nouveau, il disparaît. Je me tends lorsque ses mains se posent sur mon ventre et que sa bouche frôle mon oreille.

— Maintenant qu'il connaît tes capacités, il ne se laissera plus avoir. Il faut que tu aies conscience de ses propres dons. Il te tuera dès qu'il en aura l'occasion.

Mon souffle peine à alimenter mon cerveau.

— Crois-moi, termine-t-il en glissant ses doigts le long de mes bras nus, tu ne maîtrises rien du tout.

Je ne suis pas faible. Je refuse qu'il me perçoive ainsi ! Alors, je bondis hors de sa portée, les poings serrés. À nouveau, il n'est plus là. Sa capacité à se déplacer comme un fantôme me fout les jetons. Soudain, une jambe fauche les miennes et je me retrouve étendue sur le tapis. J'ouvre la bouche, outrée par son attaque-surprise.

Surtout après une tendresse qui me laisse pantelante.

Il passe alors ses jambes de chaque côté de mes hanches et s'accroupit. Je ne peux m'empêcher de le trouver attirant, son assurance transperce mon âme.

— Tu mourras encore une fois de leurs mains, dit-il sans l'ombre d'une plaisanterie. Parce que tu auras décidé d'agir comme une gamine.

Cette fois, il m'énerve. Disons qu'il me vexe. Mon pouvoir se réveille au creux de mon ventre, remonte dans ma poitrine, dans mes bras. Il me croit incapable de le contrôler ? Il va bien voir ! Une vague de froid me couvre peu à peu. Hadès se penche sur moi, un rictus sur le visage.

— Une réclamation à faire à la cour, peut-être ?

Je bondis en tentant de l'attraper par le col de son tee-shirt. Il est plus rapide et profite de mon élan pour m'attirer à lui. Avant que je puisse chuter au sol, à nouveau, il me fait une sorte de clef de bras et je me retrouve dos contre son torse. Essoufflée, je tente de me dégager.

— Tu m'énerves, Hadès !

— Tu n'iras pas seule en ville, me souffle-t-il à l'oreille. Je ne laisserai plus personne t'arracher à moi.

Je lutte contre les frissons qui chatouillent mon dos, en contradiction avec le voile frais lié à mon pouvoir. Son parfum embrume mes sens, mes pensées s'effilochent. Je repousse l'impact jouissif que viennent d'avoir ses paroles sur moi. Sur mon corps.

— Lâche-moi ! ordonné-je.

— Alors tu vas être mignonne et enfiler un jean ?

— Arrête de me parler comme si j'étais une môme !

D'un mouvement brusque, je me débats de plus belle. Tant pis si je me casse le bras, j'ai besoin de me tenir loin de lui. De ne plus trouver cette proximité excitante.

Sans le vouloir, l'arrière de mon crâne percute son visage. Dès que son étreinte se relâche, je m'éloigne de plusieurs pas. Le dieu des Enfers dissimule sa figure derrière ses mains. J'y suis allée un peu fort, pour le coup.

— Désolée, je ne voulais pas… Ça va, je t'ai cassé un truc ?

Je m'approche, la gorge nouée. Il reste immobile et silencieux. L'inquiétude et la culpabilité viennent d'éteindre mon pouvoir. Il a raison, je ne le contrôle pas.

— Hadès ?

Sans trop comprendre comment, je me retrouve plaquée contre le mur, les mains coincées au-dessus de la tête. Le biker tient mes poignets d'une main de fer, son visage assombri par une drôle d'expression. Au moins, il ne saigne pas.

— J'aime quand tu sors les griffes, Princesse, prétend-il en plantant son regard dans le mien.

Et quel regard… J'y perçois une lueur qui allume un brasier dans mon ventre et balaie mon agacement. Je fais l'erreur de poser mon attention sur ses lèvres capables d'esquisser les pires sourires… mais aussi de me faire demander quel goût elles possèdent. J'ai une soudaine envie de l'embrasser. J'ignore si elle est liée à ma vie originelle avec lui ou si c'est parce que son odeur me fait chavirer. Le temps se fige. Il se suspend, comme s'il n'était pas vraiment réel.

— Hadès.

— Coré ?

Lâche-moi, m'apprêté-je à lui demander à nouveau avec une supplication évidente.

Je n'y arrive pas. L'incendie dans mon ventre crépite trop violemment. Il calcine tout sur son passage, ne laissant qu'un désir inavouable.

Sans attendre, je cède à mes instincts. Ma bouche se plaque sur la sienne. J'oublie qu'il joue perpétuellement avec mes nerfs, je m'en fiche si ce n'est pas raisonnable.

Oui, j'oublie tout, et ça fait vraiment un bien fou.

Les premières secondes, il ne réagit pas. Puis son corps presse le mien. Hadès me plaque plus fort contre le mur.

J'entrouvre les lèvres, l'autorise à approfondir ce baiser impulsif. Sa langue caresse la mienne, dévorante, là où ses bras m'encerclent avec une possessivité évidente. J'ignore comment ce type peut-être aussi agaçant et me faire ressentir autant de plaisir. Mes mains se perdent dans ses cheveux sombres, un gémissement m'échappe, attisant son sourire sur mes lèvres. Il libère ma bouche, mais me tient toujours serrée contre lui. J'ouvre les yeux, transie de bonheur jusqu'à l'âme. Ses pupilles dilatées m'informent qu'il a ressenti les mêmes choses que moi. À son tour de m'embrasser avec plus de force. C'est tellement bon que je manque de m'évanouir dans ses bras. J'ai les mains qui tremblent quand il me délivre.

— Je t'attends dans la salle principale, c'est non négociable, lance-t-il d'une voix plus grave.

Il quitte la chambre à la hâte, me laissant avec ma frustration… et mon excitation. Il me faut plusieurs minutes pour me remettre de mes émotions. Je passe la tête sous l'eau et ronchonne après mon reflet.

Si ça se trouve, Hadès me prend maintenant pour une de ces filles faciles qu'il côtoie. Je ne dois plus jamais l'embrasser. Ça ne devra plus se reproduire, je ne sais même pas ce qui m'a pris.

Je me secoue pour me remettre de la situation. Inutile d'y songer des heures, ça ne servirait à rien. J'attrape mes économies, enfile une veste et me voilà prête pour une excursion à moto. Ce qui vient de se passer avec Hadès n'influe pas sur ma décision, mais j'ai bien compris qu'il avait raison. Les Originels lui en veulent autant qu'ils m'en veulent, deviné-je grâce aux réminiscences de Perséphone. J'espère bien que cette sortie avec le Roi des Enfers m'en apprendra la raison.

Je le retrouve donc dans la salle principale, derrière le comptoir du bar. Sans un mot, il me sert un verre de nectar. J'ai envie de lui demander d'oublier ce qui s'est passé, de ne pas en parler. De prétendre que ça ne voulait rien dire, mais j'ai tort. Je le sens au plus profond de mon âme, cet instant signifiait beaucoup.

Bien plus que ce que je veux admettre.

En dissimulant mon trouble, je m'installe sur un tabouret, face au comptoir. Pour ne pas dévoiler ma gêne profonde à Hadès, je me concentre sur le liquide doré. Notre baiser tourne encore dans mon esprit, mais j'ai la curieuse envie de recommencer. Sans doute à cause de ma nature de déesse.

— Tu vas regarder le nectar encore longtemps ? se moque-t-il.

— Je ne peux pas payer trois cents dollars, le préviens-je.

— Considère-le comme un cadeau.

Encore un cadeau ? Si tant est que l'on puisse considérer la résurrection de ma meilleure amie comme telle.

— Comme la grenade que tu m'as donnée aux Enfers avant que je retrouve Déméter sur Terre ?

Les mots sortent tout seuls. Le souvenir vient de m'assaillir avec l'effet d'une bombe. Sous le coup de la surprise, Hadès écarquille ses beaux yeux sombres. À nouveau, j'échappe de justesse à l'intensité de ses iris en me pinçant la cuisse.

— Je... je m'en souviens.

— Tu as raison. Je vais devoir m'habituer à ce que dans cette vie, tu retrouves les souvenirs de ta première existence.

Un sourire sauvage assombrit ses traits, si primal qu'il me rappelle l'ardeur avec laquelle il m'a embrassée. Un truc ne tourne franchement pas rond chez moi. Il faut que j'arrête de penser à cela. N'empêche que c'était mon premier baiser et je l'ai trouvé merveilleux.

— Ma dernière vie à tes côtés remonte à combien de temps ? demandé-je.

— Deux cent trente-trois ans et quatre-vingt-cinq jours.

Hadès n'ajoute rien, il se contente de me balancer son chiffon. Je reste bouche bée par sa réponse.

— Allez, Princesse, on décolle.

— Attends, plus de deux siècles ? Presque trois ?

— J'ai eu à attendre certains de tes retours bien plus longtemps.

Cette triste réalité me pousse à vouloir m'excuser plus vivement pour l'avoir insulté de mari infidèle, alors qu'il n'est plus marié depuis un bail.

Je lui emboîte le pas dehors, surprise de constater que le parking est aussi grand quand il n'y a pas de voitures ou de file d'attente interminable. Une bonne quinzaine de motos sont garées le long du mur de façade, accompagnées parfois de leurs pilotes en train de discuter. Hadès s'arrête devant un monstre d'acier chromé, d'une profonde couleur noire, aussi impressionnant que sa personne. Il m'explique les bases du voyage à moto, la manière dont je dois m'accrocher à lui et comment me comporter dans les virages. Ensuite, il me tend un casque modulable qui ne couvre pas entièrement mon visage. Puis dans la foulée, il se plante devant moi. Je le laisse faire quand il sort un bandana de sa poche et qu'il entreprend de le nouer autour de mon nez et de ma bouche. Le morceau de tissu porte son parfum. Je l'inspire dans la moiteur du désert, envahie par de délicieux fourmillements dans le ventre.

— Des questions ? me demande-t-il, alors que ses mains s'égarent toujours dans mes cheveux.

— Moi, j'en ai une ! lance Brook, qui déboule comme un ouragan. Où est-ce que vous allez ?

Ma meilleure amie s'arrête et m'observe avec un grand sourire.

— Wouah ! Une vraie bikeuse, ma vieille.

— Merci.

Hadès fait mine de vouloir vérifier le nœud du foulard à l'arrière de ma tête pour se pencher sur moi. Il murmure de sa voix grave :

— Elle a raison, ça te va plutôt bien. Et ce jean qui te moule... il me donne envie de te l'arracher.

OK ! Combustion spontanée ! Il faut que je garde la tête froide. La chaleur de l'air combinée à la proximité et les paroles d'Hadès me donnent l'impression de fondre. Pour dissimuler mon trouble, je réponds à Brook :

— On va au centre commercial. N'est-ce pas, Hadès ?

Parce que je ne suis pas sûre de l'endroit exact de nos futurs achats.

— À vos ordres, Altesse.

— Cool, tu nous laisses une minute ? quémande Brook en m'attrapant par le bras pour m'éloigner.

Hadès entreprend de bichonner sa moto pendant qu'on s'éloigne. Sans rire, il regarde sa monture comme s'il était amoureux. Il n'est pas biker pour rien.

— Je vois qu'on s'amuse bien ! pouffe Brook d'un ton plein de sous-entendus. Tu t'es excusée pour ton comportement et il t'a roulé une pelle, c'est ça ?

— Non.

Pourvu que mon couinement misérable ne lui prouve pas qu'elle a en partie raison.

— Il faut que je te raconte ce à quoi j'ai assisté hier, Brook.

Je lui résume le bannissement de Mentha en quelques mots.

— Attends, ce n'est pas la meuf que tu détestes ?

— Si.

— Alors, pourquoi ça te touche autant ?

Je cherche mes mots pour ne pas passer pour une lunatique aux yeux de Brook.

— C'est vrai que je ne l'aime pas, mais ce n'est pas juste qu'elle soit traitée ainsi. Ça m'a rappelé comment Lara se débarrasse de nous quand on ne lui sert plus. Il aurait pu faire preuve de tact, non ? Lui exposer les choses différemment, ne pas être aussi cruel.

Elle pousse un soupir en se grattant le front du bout du pouce, l'air peu convaincue.

— Quand j'étais Perséphone, je l'ai transformée en brin de menthe par jalousie...

Brook se marre.

— Sérieux ?

— Oui. Mais je ne suis plus cette déesse folle de jalousie.

Encore une fois, elle éclate de rire. Sa réaction commence à me vexer.

— En tout cas, ça prouve aussi que vous, les divinités, n'êtes pas infaillibles, commente-t-elle. Vous pouvez prendre de sales décisions impulsives.

Le pire ? Elle a raison. Pourtant, je ne compte pas courber l'échine devant Hadès si facilement. Il faut que je lui parle au plus vite.

— Ne te prends pas trop la tête avec cette histoire, reprend Brook. Ça ne te regarde pas, en plus.

J'observe le président des Nyx, appuyé contre sa moto. Il porte des vêtements noirs de la tête aux pieds, ce qui décuple son énergie si particulière. Je ne peux pas m'empêcher de le trouver super canon, presque hypnotique dans sa manière d'être.

— Tu le mates comme si tu voulais le bouffer, ma vieille. Remarque, tu peux, maintenant qu'il s'est débarrassé de l'autre conne.

Je roule des yeux, agacée et un peu gênée.

— Tu crois que c'est ma faute si Mentha a été mise à la porte ? Parce que je lui ai reproché de trouver du réconfort dans ses bras ? Tu sais que la dernière fois que je suis revenue à la vie remonte à plus de deux siècles ? Le phénomène n'est pas immédiat, visiblement.

Brook me tapote l'épaule avec un sourire blasé.

— Tu te poses trop de questions. Laisse-toi vivre, et au pire, demande ça à Hadès. S'il ne te répond pas, je cuisinerai ses gars pour toi.

— Merci, Brook. D'ailleurs, tu as dormi où ?

Le président des Nyx intervient, coupant ma meilleure amie dans son élan.

— Coré, faut qu'on bouge. J'ai des trucs à faire.

— J'arrive !

Brook me promet de m'en parler ce soir et me demande de lui prendre des sous-vêtements sexy au passage. Elle me rappelle ses mensurations, me filant un complexe d'infériorité. J'ai toujours trouvé ma poitrine trop petite, alors que la sienne est d'une taille parfaite.

— Ça roule ! À toute, Roussette.

— Eh ! s'exclame-t-elle, outrée. Je t'interdis de m'insulter !

J'éclate de rire en rejoignant Hadès. Je sens son regard curieux posé sur moi et je lève la tête pour l'interroger silencieusement.

— Vous êtes vraiment proches, toutes les deux ? demande-t-il, une fois que Brook rentre dans le bâtiment.

— Oui, très. On n'a pas eu une enfance facile, c'est ce qui nous a unies.

— C'est ce que j'ai cru comprendre.

Je mets les lunettes de moto qui ressemblent à celles qu'on enfile à la piscine, en plus stylées. J'attends ensuite qu'Hadès grimpe sur sa machine de guerre et l'imite, me plaquant contre lui. Je me surprends à sourire. Ses muscles contractés sous mes bras me poussent à l'imaginer torse nu.

Est-ce qu'il a des tatouages sur son ventre ? Je suis sûre que oui.

— Si je vais trop vite, tapote mon épaule, OK ?

— D'accord.

On se met en route. Les premières minutes, l'appréhension de ce voyage à moto me noue l'estomac. Je serre trop fort mes jambes autour de celles d'Hadès sous le coup de la tension. Mais peu à peu, alors qu'on rejoint la route menant à Phoenix qui coupe le désert en deux, je réussis à me détendre. L'air chaud, accompagné de grains de sable, fouette mon visage. Une chance qu'on porte des lunettes, j'en comprends l'utilité. Petit à petit, je cesse de m'accrocher au pilote comme une môme sur le point de se noyer. Je trouve ce voyage en Harley très agréable.

Au bout d'une demi-heure sans nous arrêter, Hadès se gare devant l'immense centre commercial de la ville. Je n'y suis pas allée souvent, au vu de mes revenus. Avant de descendre, j'enlève le casque, le foulard et les lunettes, puis soulève la jambe pour la passer par-dessus la selle. Une grimace m'échappe sous le coup d'une légère douleur.

— Tu t'y feras, assure Hadès en apercevant mon expression.

— Parce que tu comptes m'emmener faire de la moto souvent ?

— Aussi souvent que tu me le demanderas, Princesse.

Je ne trouve rien à répondre à cela ni à son clin d'œil. Je me détourne, les joues encore en feu. Ce type a l'art et la manière de me faire rougir.

— Tu m'appelles comme ça pour te moquer ?

Il prend le temps de ranger le matériel avant de se tourner vers moi.

— Peut-être bien. Ou alors, parce que tu mérites une couronne ? Choisis la réponse qui te conviendra.

— Une couronne, pouffé-je. Bien sûr, oui.

En vrai, je trouve ses paroles adorables. Elles accélèrent les battements de mon cœur. Je me mets en marche d'un pas assuré vers l'entrée. Quelques secondes plus tard, Hadès se positionne à mes côtés, les mains dans les poches de son jean. Autour de nous, les gens ne peuvent s'empêcher de se retourner sur le passage du Roi des Enfers. Je connais cette incapacité à ignorer le dieu quand il se trouve dans mon périmètre. Un groupe de filles gloussent, j'entends « Président » et « Nyx » sortir de leurs bouches. Je suis surprise de la notoriété de mon employeur, au début, mais j'admets volontiers que son night-club est le plus branché de la ville. Forcément, les commérages vont bon train.

Je glisse un coup d'œil à Hadès pour savoir s'il a capté qu'on parle de lui. Mon regard croise le sien, et pendant une seconde, mon cœur rate un battement. J'ai toujours plus ou moins l'habitude qu'il m'examine avec cette moquerie capable de me donner des envies de meurtre. Cette fois, je capte une autre émotion plus profonde, moins péjorative. *De la tendresse ? De l'affection ?* Il passe un bras autour de mes épaules, mon corps se liquéfie. Le charme se brise lorsque je comprends qu'il veut juste m'éloigner de la trajectoire d'un pylône.

— Tu devrais regarder devant toi.

— C'est toi qui me fixes.

— Troublée ?

Je ne réponds pas, roulant des yeux dans un soupir. Évidemment que ça me trouble. Tout comme cette attraction que je ressens pour lui, ces quelques secondes pendant lesquelles j'ai perdu le contrôle dans la chambre. Je me contente de grommeler.

— Au lieu de me charrier, tu pourrais me parler de tes pouvoirs ? De quoi es-tu capable, en dehors de ressusciter et de guérir ?

— Je suis très bon au pieu.

Je roule une nouvelle fois des yeux, il continue :

— Je vois les morts et je perçois l'aura de ceux qui s'apprêtent à mourir. Je peux me rendre d'un monde à l'autre en une seconde, je suis aussi capable de bouger très vite.

Fascinée, je lâche un « Waouh » qui lui tire un sourire.

— Ça te fait tomber amoureuse ?

— Tu rêves ! Je n'aime pas les mauvais garçons.

Faux, archi faux. Je m'en rends compte ces derniers temps, d'ailleurs.

— Mais je peux être très sympa, lance-t-il d'une voix traînante.

Il me tend une rose rouge sortie de nulle part. Si belle qu'elle semble provenir du jardin de Perséphone. Je souris comme une idiote, touchée par son geste. Ralentissant l'allure pour le garder plus longtemps près de moi, je lui avoue :

— Étrange que le dieu des Morts puisse guérir, alors que Perséphone, ses... mes pétales brûlent et je suis capable de tuer des humains en les transformant en fleurs. C'est terrible, je trouve.

Je me force à ne pas trop y penser, mais c'est ce que j'ai fait avec les Originels. Je les ai éliminés. Même si je sais qu'ils m'auraient tuée, ça me désole. Avant qu'il puisse intervenir, je le devance.

— Est-ce que je suis cruelle ? Une déesse de la destruction, ou quelque chose du genre ?

J'attends sa réponse, le ventre en vrac. S'il me répond oui, j'ignore comment je réagirai. Je fais mine de m'arrêter devant une vitrine de jeux vidéo et de goodies. À travers la vitre, je me concentre sur le reflet d'Hadès. Il m'imite.

— C'est plus compliqué que ça. Je suis autant capable de tuer que de guérir. Tu es autant capable de transformer un désert en jardin sublime que de tuer également. Tu t'es défendue. Jamais je ne t'ai vue assassiner quelqu'un par plaisir, Princesse.

Cet aveu me soulage.

— Si on se remettait en route ? J'ai rendez-vous avec quelqu'un.

Je lui emboîte le pas. Des tas de boutiques un peu partout me donnent envie d'entrer dans chacune d'elles, tandis qu'un escalator mène au premier étage. Je m'arrête net en remarquant une papeterie un peu plus loin.

— On se retrouve ici dans une heure, me lance-t-il en comprenant mon intention.

— D'accord. Qui est cette personne que tu dois retrouver ?

Je sais qu'il n'est pas dans l'obligation de me le dire, pourtant il n'hésite pas.

— Une vieille connaissance revenue récemment en ville. File-moi ton portable deux secondes, me demande-t-il.

Je m'exécute. Il tapote sur les touches, puis finit par me le rendre.

— Appelle-moi, si tu as un problème.

Sur ce, il me dépasse d'un pas tranquille pour s'éloigner. Avant de disparaître, il se tourne vers moi :

— Faudra qu'on parle de ce baiser.

Il ricane devant mon nouveau rougissement et s'en va.

12.

Il est temps de profiter de mes pourboires sans me torturer l'esprit. Comme je meurs de faim, je m'achète d'abord un milkshake aux fruits avant de commencer le tour des magasins. Je m'offre plusieurs crayons de qualité, quelques pastels, des carnets à dessin et des feutres aquarelle. Pour la première fois depuis longtemps, je peux enfin me faire plaisir. Le matériel à dessin que j'ai déjà, ce sont des cadeaux offerts par Brook ou Adon.

Après cela, j'erre dans différentes boutiques. Dans la foule, j'essaie de repérer Hadès, mais il reste invisible. Les bras chargés de sacs, je rejoins notre point de rendez-vous avec dix minutes d'avance. À ma grande surprise, le biker se tient près d'une plante, les mains dans les poches. Je m'apprête à le rejoindre, quand je constate qu'il n'est pas seul. Un jeune homme à la peau cuivrée se dispute avec lui. L'inconnu porte des dreadlocks jusqu'au bas de son dos et des vêtements du style surfeur. Je m'installe sur un banc en retrait sans qu'aucun des deux hommes ne me remarque, mais même en essayant de ne pas écouter la conversation, leurs paroles me parviennent.

— Va falloir te débrouiller sans moi, cette fois. Je suis en pleine mission, annonce l'ami d'Hadès.

— Tes stupides chasses aux trésors passent avant ta famille, on dirait.

— Ne le prends pas sur ce ton, ricane l'autre. Ce que je fais est bien plus important qu'une simple chasse. Demande un coup de main à Zeus, il adore faire pencher la balance, dans ce genre de guerre. Si tu lui promets qu'il récoltera les lauriers, il t'apportera son aide.

Hadès pousse un grondement. Je devine qu'il n'a pas du tout envie de s'en remettre au Roi des dieux. J'aimerais me souvenir de ce dernier, hélas rien ne me vient. Dommage.

— La prochaine fois, viens sur mon bateau. Je déteste cette ville.

Le type salue une dernière fois Hadès, puis quitte les lieux en vitesse. Je me lève pour rejoindre le biker et remarque qu'il a l'air perdu.

— Ça va ? lui demandé-je.

— Oui.

Je m'approche jusqu'à frôler sa main. Je meurs d'envie de la lui prendre, mais je n'ose pas.

— Qui était avec toi ?

Il ne prend même pas la peine de paraître surpris.

— Poséidon.

Bien sûr ! Son autre frère...

Celui avec qui il a monté la génération des Olympiens. Je ne l'imaginais pas comme ça.

Je m'apprête à poser plus de questions, mais Hadès me coupe :

— Je vois que tu t'es fait plaisir. Tu as une quantité de sachets.

— Oui. Est-ce que ça va poser problème pour le retour ?

Son sourire me soulage, au même titre que ses paroles.

— Un de mes prospects va passer prendre les sacs en voiture. Il sera là dans une minute.

Il reluque un sac de lingerie argenté et rouge.

— Ce qui est là-dedans appartient à Brook, le préviens-je précipitamment.

— Mince, alors...

— Tu ne t'es rien pris, toi ? embrayé-je, surprise.

— Clint les a déjà emmenées à la caisse.

— Clint ?

D'un mouvement du menton, il désigne quelqu'un par-dessus mon épaule. Je me tourne et découvre un biker aux longs cheveux blonds. Sa démarche détendue et son visage avenant le classent directement dans la catégorie des Nyx sympas. Au lieu de porter des Ray-Ban comme les autres, il a opté pour un modèle de lunettes de plage.

— Salut, Coré, me lance-t-il. Tu me laisses prendre tes sacs ? Tu les trouveras dans la chambre de Brook à ton retour.

— Euh... d'accord, merci.

Il attrape mes fardeaux sans râler, sourit à Hadès, puis me salue d'un hochement de tête et s'en va. Je remarque qu'il n'y a pas de patch des Nyx sur sa veste en cuir, seulement une couronne en bas du dos.

— Clint a l'air... gentil.

— Trop pour appartenir à un gang de motards ? Ne te fie pas aux apparences. Allez, viens, on va manger.

Hadès m'emmène dans un resto qui propose de la viande et des grillades. On s'installe à une table éloignée des autres clients, et il attrape la carte. Alors qu'il la dresse devant son visage, je devine toutefois qu'il me regarde par-dessus.

— Maintenant qu'on est posés, je t'écoute, annonce-t-il derechef. Tu as des choses à me dire, non ?

J'imagine que je ne peux plus reculer. Je prends une grande inspiration et interviens :

— Déjà, je voulais encore m'excuser pour t'avoir traité de mari infidèle. Je n'ai pas mesuré mes paroles, c'est juste que...

— Tu m'en veux parce que tu ne peux pas t'empêcher d'ignorer les acouphènes de nos histoires d'amour passées. Je comprends. La prochaine fois, parle-moi au lieu de me jeter ce genre de remarque à la tronche.

Je hausse les épaules avec une moue pathétique.

— Oui, pardonne-moi.

— Tu es toute pardonnée, déclare-t-il en passant les bras derrière sa nuque.

La manière sexy dont ses biceps saillent ralentit mon souffle, je n'arrive pas à me détourner de cette posture avantageuse qui souligne ses muscles.

— Puisqu'on en est aux confidences, je ne voulais pas vraiment te dire d'aller te faire voir, continue-t-il avec une grimace.

Comme il n'ajoute rien, je suppose que ce sont des excuses « façon Hadès ».

— Avant de repartir sur de bonnes bases, déclaré-je, un peu moins nerveuse, je dois savoir. Le fait que tu aies mis Mentha à la porte est-il de ma faute ?

— Oui et non.

— Tu peux être plus précis, s'il te plaît ?

Il pose la carte, mais une serveuse nous interrompt. On lui dit qu'on n'a pas encore choisi nos commandes, puis elle s'éloigne en lorgnant Hadès. Dans le genre cliché, elle décroche la palme d'or.

— Si je l'ai mise à la porte, ce n'est pas parce que tu m'as accusé d'être infidèle.

— D'accord, alors pourquoi ?

— Pour l'éloigner de toi.

Je ne comprends plus rien.

— Tu viens de dire...

— Je sais. Il était nécessaire que je mette de la distance entre vous pour la protéger. Tu te souviens de ce que tu as fait d'elle quand tu étais Perséphone ?

Ah, cette histoire de métamorphose...

— Je l'ai transformée en pied de menthe ?

— Absolument. Comme tu es plutôt impulsive et que tu ne contrôles pas tes pouvoirs, il vaut mieux qu'elle se tienne à l'écart.

— Je n'avais pas l'intention de la tuer, grondé-je, vexée.

— OK, donc je la rappelle. Elle sera ravie de revenir.

— Non !

Il me fixe avec un sourire victorieux. Je me reprends en dégageant une mèche brune de mon visage.

— Je veux dire que tu pourrais au moins lui expliquer la situation pour qu'elle ne te déteste pas.

— Si je lui explique ceci, c'est toi qu'elle haïra au plus haut point. Tu as choisi ton déjeuner ?

Je hoche la tête et il appelle la serveuse. Il choisit un steak saignant, je me contente d'un burger sans salade, parce que je ne supporte pas tout ce qui est vert. Je rétorque dès que la femme repart :

— Elle me déteste déjà, et je m'en fiche. Seulement, je sais ce que ça fait d'être rejetée, tu vois ? Dis-lui que tu fais ça pour une bonne raison.

D'accord, à la façon dont il me regarde, j'ai le sentiment d'être folle.

— J'y penserai. Tu es franchement bizarre, comme fille.

Il s'affaisse contre le dossier de sa chaise, les bras croisés sur son torse. Sa manière de m'observer pourrait me mettre mal à l'aise, mais elle fait naître une chaleur dans mon ventre. La même qui m'a saisie quand on s'est embrassés dans la chambre.

– À l'avenir, arrête de te foutre en rogne quand un truc cloche. Ça simplifiera la cohabitation, Coré.

J'imagine qu'il a raison. Je hoche la tête et dans la foulée, nos plats arrivent. La vitesse du service et la qualité m'étonnent. J'aime ce petit restaurant placé au cœur du centre commercial, et pourtant intimiste. Hadès cesse de parler de Mentha et à la place, il me pose des questions. Plutôt que de tergiverser sur le passé, il souhaite en savoir plus sur mes rêves d'avenir. Je lui avoue que j'aimerais devenir dessinatrice professionnelle. Mais puisque je n'aime pas aborder des sujets qui me concernent, je préfère lui demander :

– Je n'ai pas de souvenirs des Enfers, ou très peu, et surtout très brefs. Tu y retournes, parfois ?

Surpris, il prend le temps de réfléchir.

– Oui, assez souvent.

– Et tu fais quoi, là-bas ?

Il pose ses couverts avec une majesté bien loin de son aura sauvage de biker.

– Quand les mortels meurent, ils passent devant des juges qui choisissent leur dernière demeure en fonction des actes commis de leur vivant. Deux groupes arrivent donc aux Enfers par le biais du Styx, les bons et les moins bons. Mon job consiste à m'assurer que ceux qui seront envoyés dans les pires endroits du monde souterrain ne feront pas de vagues.

J'imagine des barques par centaines, emplies de gens terrifiés qui ne savent pas ce qu'il se passe. Autour d'eux, un paysage rouge, sanglant, terrifiant. Rapidement, je devine que ce n'est pas seulement un travail lié à mon imagination, mais plutôt des souvenirs.

– Tu as récupéré Brook parmi les gentils avant de la ramener ?

— Ouais, et vu le nombre d'âmes que brassent les Enfers, ce n'était pas un job simple.

Le temps de trouver un autre sujet important à aborder, je m'amuse avec le set de table en papier. Enfin, brisant le silence, je demande :

— Les damnés, ceux que je peux appeler dans ce monde, ce sont des âmes bonnes ou mauvaises ?

Hadès éclate de rire.

— Les damnés viennent directement du Tartare, la prison la plus puissante et la plus terrible qui puisse exister. Jadis, ils étaient mauvais, mais en te jurant allégeance, ils ont racheté leur conduite.

Je manque de m'étouffer.

— Allégeance ? À Perséphone, tu veux dire ?

— Oui. Ils voient en toi leur Reine, et tu peux leur faire faire n'importe quoi.

— Possèdent-ils un libre arbitre ? Je n'ai jamais réussi à parler avec eux.

— Ils ne parlent pas, non.

Avec un sourire, j'admets :

— Je te trouve carrément plus sympa que lors de notre rencontre.

Il se contente de rire, et je l'imite. L'ambiance détendue me donne envie de ne pas terminer cette journée.

— Dis-moi, Coré, me questionne-t-il tout à coup, quelles sont tes passions dans cette vie ?

— Le dessin.

Cet aveu sort naturellement. Pour moi, tenir un crayon est une évidence.

— Je m'en doutais. Quand tu étais Perséphone, tu adorais ça, aussi. Tu m'apprenais, ou du moins, tu essayais. Je me suis énormément amélioré.

Je hausse un sourcil devant son expression pleine de fierté. Curieuse et, je l'avoue, un peu dubitative, je sors donc un des nombreux carnets que je viens de m'acheter ainsi qu'un crayon.

— Vas-y, le défié-je, dessine quelque chose.

— Je ne crois pas que ce soit le mom...

— Tu te dégonfles ? Le Roi des Enfers serait-il une mauviette ?

Outré, il me dévisage comme si je l'avais vexé. Toujours sans me quitter des yeux, il saisit le crayon, puis se concentre enfin sur la feuille. Les secondes passent, Hadès dessine en posant une main devant son œuvre pour me la dissimuler. Au bout d'une minute, il fait glisser le carnet vers moi avec un sourire lumineux.

— Alors ? insiste-t-il, tandis que je reste muette.

Pour toute réponse, j'éclate de rire. Sans aucun doute, le président des Nyx ne possède aucun talent en dessin. Son bonhomme en bâtons se tient à côté d'un vélo.

— C'est moi, lance-t-il. Avec ma Harley. Pourquoi tu te moques ?

Je secoue la tête en reprenant difficilement mon sérieux.

— Je ne me moque pas. C'est très... joli. Je ne doute pas qu'il t'ait fallu des décennies pour arriver à ce niveau.

— Puisque tu es tellement douée, à ton tour ! Je veux que tu dessines quelque chose qui te fait penser à moi.

J'attrape le feutre noir, puis place la carte des repas entre Hadès et moi avant de m'exécuter. D'abord, je prends un moment pour réfléchir.

Quelque chose qui me fait penser à lui ? Qui le représente, peut-être ? Son patch ? Non. Le Styx ?

Je sais ! Une évidence s'impose dans mon esprit, si précise que j'ai l'impression de pouvoir la toucher avec les mains. Il me faut un peu plus de temps pour donner naissance à l'œuvre.

Hadès ne cesse de me regarder avec intensité, sans savoir qu'il me procure de doux frissons. J'aime qu'il se conduise avec tant de gentillesse avec moi. J'adore son humour, ses sourires sincères empreints de sympathie. Quand il le souhaite, il peut agir avec bienveillance. Je laisse ces émotions m'imprégner, au même titre qu'elles guident le feutre noir entre mes doigts.

— Je m'impatiente, s'insurge-t-il faussement.

— Désolée, Votre Altesse. Voilà.

Hadès saisit le carnet au moment où nos plats arrivent. Pendant qu'il l'examine, je remercie le serveur qui s'éclipse en vitesse.

— Alors ? soufflé-je.

En temps normal, mes dessins restent secrets. Je déteste les dévoiler, parce qu'ils trahissent une certaine noirceur. Aujourd'hui, je devine que cette noirceur provient de Perséphone. Jadis, un côté sombre orientait mes actions, il suffit de voir comment j'ai failli me comporter avec l'ex de Brook dans le désert. Heureusement, j'ai évolué dans le bon sens. Ma part d'humanité m'aide à juguler les instincts de celle que j'ai été. Un peu anxieuse, j'attends la réaction du motard. Son attention reste focalisée sur les mains jointes qui tiennent une grenade ancrée sur le papier. Si j'avais eu plus de temps, j'aurais travaillé les ombres, j'aurais même pu donner un effet trois dimensions.

— Dessiner des mains demande de la concentration et beaucoup d'entraînement, avoué-je en parlant très vite. Elles sont un peu ratées, là, mais...

— C'est magnifique.

Je me tais, frappée par la sincérité de ses mots. Mon cœur cesse de battre la chamade, l'inquiétude déserte mes épaules. Je n'aurais pas supporté qu'il se moque. Il n'en a pas conscience, mais c'est une partie de moi que je lui révèle.

— Merci, soufflé-je. Je sais que le mythe d'Hadès et Perséphone a été déformé par Déméter. Tu ne m'as pas enlevée pour m'emmener aux Enfers. J'ai *choisi* de te suivre. Quand Zeus a tranché après la dépression de ma mère et qu'il a ordonné que je retourne une partie de l'année sur Terre, tu m'as donné cette grenade. N'est-ce pas ?

Il opine, les iris voilés par un passé lointain.

— Je t'ai dit que si tu mangeais un pépin, ta mère ne pourrait plus rien faire pour nous séparer. Elle possédait nombre de ressources, elle aurait bien pu nous tromper et t'emprisonner quelque part pour que je ne te retrouve pas. La grenade possédait le pouvoir de te ramener à moi après le temps imparti. Du moins, tant que tu le désirais... et on dirait que son pouvoir continue de demeurer.

Les images défilent, le film de mon existence originelle semble si éloigné de cette réalité. Un petit sourire fleurit sur les lèvres d'Hadès.

— Donc, je t'inspire cette grenade ?

— Oui.

Et tellement d'autres émotions que je préfère taire pour l'instant.

— Je peux le garder ? demande-t-il.

— Bien sûr.

— Est-ce que tu te souviens de tout ce qui concerne Perséphone ?

J'aimerais bien. Au moins, ça me permettrait de ne pas me sentir perdue dans certaines situations. Ç'aurait été tellement plus simple entre Hadès et moi.

— Non. Je... non, répété-je sans pouvoir ajouter quoi que ce soit.

— N'aie pas l'air si désolée, Coré. Mangeons, nos plats vont refroidir.

On finit le repas en parlant de sujets plus normaux comme la gérance du club, des employés, ce genre de choses. Après un délicieux dessert, le biker paie en laissant un important pourboire et nous flânons dans le centre commercial en direction de la sortie. J'ai tellement aimé cette journée que je n'ai pas envie qu'elle se termine.

— Je te trouve particulièrement cool quand tu ne cherches pas à imposer ta domination, reconnais-je en ralentissant l'allure.

— Comment ça ? questionne-t-il, perplexe.

Et peut-être un peu vexé.

— Il est rare que tu te comportes avec tant de détachement. De... normalité. Tu vois, cette journée, par exemple. C'est l'une des meilleures que j'ai vécues depuis bien longtemps.

Il semble prendre le temps de réfléchir. Les mains dans les poches de son jean, il freine un peu l'allure, lui aussi, comme s'il refusait de quitter les lieux. J'aime penser qu'il souhaite rester un peu plus avec moi.

— Je me comporte toujours normalement, assène-t-il alors.

— Pas du tout ! me marré-je. Tu adores jouer les présidents de clubs de bikers ou le grand vilain Roi des Enfers.

— Parce que je le suis ?

— Bien sûr ! Mais tu vois, cet homme que j'ai devant moi, je le préfère largement. Tu es si *humain*, finis-je dans un souffle.

Dans le fond, je trouve cette perspective rassurante. Alors que je m'attends à ce qu'il le prenne mal, il m'attrape par la main pour m'entraîner dans un couloir adjacent du centre commercial.

— Eh !

— Relax. Moi aussi, j'ai adoré ces quelques heures passées ensemble, donc il nous faut un souvenir.

— Un souvenir ?

Avant que je puisse comprendre, il me pousse dans un Photomaton. La cabine minuscule peine à me contenir, donc lorsqu'Hadès y entre aussi, les murs semblent vouloir nous dévorer. Il s'assied sur le tabouret avant d'attraper l'arrière de mon jean et de tirer dessus pour me forcer à m'asseoir sur ses genoux. Un gloussement débile m'échappe. J'ai des papillons dans le ventre et une chaleur agréable me submerge. Surtout lorsque ses mains se posent sur ma taille. Son contact me procure une sécurité absolue, une joie que je peine à étouffer.

Hadès introduit une pièce dans la machine. Il pose son menton sur mon épaule pendant que les chiffres défilent sur l'écran.

Cinq.

— Sérieusement, Hadès ?

Quatre.

— Je veux te montrer quelque chose.

Trois.

— Me montrer quoi ?

Deux.

— Chut.

Un.

À l'instant où l'appareil enregistre nos images, Hadès me trahit. Il entreprend de me chatouiller pour me déconcentrer, sans que lui change d'expression.

— Non ! Arrête, je déteste ça ! m'exclamé-je sans me retenir de rire. Espèce de...

Incapable de continuer, je me débats comme un ver pour tenter d'échapper à sa prise.

— Tu es un vrai gamin ! attaqué-je.

Ma remarque le fait rire. Il cesse de me chatouiller, me laissant essoufflée et en larmes.

— Président d'un club de motards, vilain Roi des Enfers et gamin. Ça me va, surtout si c'est pour te voir ainsi.

Je me concentre sur nos reflets renvoyés par l'écran. On a l'air si normaux. Heureux, et surtout en harmonie. Rien ne laisse présager que nous ne sommes pas totalement humains, ni que notre entente générale laisse à désirer. Dommage qu'on ne puisse pas ressembler en permanence à ces deux insouciants. Je pousse un soupir, consciente que cet épisode hors du temps ne durera pas.

— Sortons, ordonne-t-il, les photos arrivent.

En attendant les clichés, je me rhabille correctement, non sans envoyer un faux regard assassin à Hadès.

— Tu n'aurais pas dû me chatouiller, je ne vais ressembler à rien...

— N'importe quoi, tu es belle en toutes circonstances. Regarde !

Bon, d'accord, il a raison. Les photos sont réussies. Alors que je pensais être la seule en train de rire dessus, je remarque que sur deux d'entre elles, lui non plus ne peut contenir son hilarité. Les deux autres, j'ai les cheveux devant les yeux et lui tire une drôle de tête, sans doute parce qu'il s'est pris l'arrière de mon crâne dans le visage.

— Désolée, grimacé-je.

— Ça valait le coup.

Un élément me perturbe, cependant.

— C'est quoi ce halo lumineux autour de nous ?

Léger, il reste tout de même visible.

— Ce que je désirais te montrer. Quand on est réunis, toi et moi, une sorte de lumière psychique nous entoure, et elle est parfois visible. Regarde !

Il passe un bras autour de mes épaules afin de m'attirer contre lui. À nouveau, une myriade de fourmillements m'assaille. Hadès utilise son téléphone pour prendre un selfie de nous deux.

Il a raison, une douce lumière blanche nous entoure. Intriguée, je m'éloigne de lui et me prends en photo, mais le phénomène ne se reproduit pas.

— C'est uniquement quand nous sommes en contact ?

— Oui. Je ne l'explique pas, mais j'aime ce phénomène. Ça nous rend uniques, je crois. Comme si nous étions faits l'un pour l'autre.

Les mots me manquent. Cette possibilité me plaît bien. Pour dissimuler mon trouble, j'attrape les clichés du Photomaton et les glisse dans mon carnet. Devant la surprise d'Hadès, je réponds :

— Toi, tu as le dessin de la grenade, et moi les clichés.

— OK. Tu les coinceras dans l'encadrement de ton miroir en fantasmant sur moi.

— Rêve toujours...

C'est exactement ce que je compte faire.

On marche à nouveau vers la sortie, et je ne peux m'empêcher de remarquer qu'on traîne encore les pieds. Je meurs d'envie d'attraper la main d'Hadès, de la serrer dans la mienne. De ne plus jamais la lâcher.

Si seulement tous les jours pouvaient ressembler à celui-ci.

Si seulement un danger constant ne planait pas au-dessus de ma tête.

En y songeant, je ne peux ignorer plus longtemps les questions qui me brûlent la langue à ce sujet.

— Hadès, pourquoi les Originels veulent-ils me tuer ? Est-ce uniquement pour se venger de toi ?

— Tu ne te souviens pas ?

J'ai beau essayer de fouiner dans mes souvenirs d'un temps passé, rien ne me vient.

J'ai juste la certitude qu'ils m'en veulent à mort, sans mauvais jeu de mots.

— Je sais qu'ils étaient là en partie pour moi, lors de la bagarre, n'est-ce pas ?

— Oui, ils t'ont sentie, comme je t'ai sentie quand tu as eu dix-huit ans. Tu dégages une énergie particulière, qui t'appartient et irradie comme une lumière quand tu atteins la majorité. Raison pour laquelle je ne t'ai pas trouvée plus tôt, et eux non plus.

Voilà un sujet qui mérite des approfondissements.

Plus tard, me promets-je, *j'ai plus important à penser.*

— Et donc, ils m'en veulent parce que... ?

Hadès s'apprête à répondre, mais son regard se rive par-dessus mon épaule. Un juron franchit ses lèvres, suivi d'un soupir blasé.

— Manquait plus que lui !

— Coré ?

Je me tourne vers un Adon abasourdi. La honte me prend au ventre quand je repense aux mensonges que je lui ai servis. Ses iris verts crachent des espèces de flammes enragées qu'il destine au président des Nyx.

— Oh, salut ! réponds-je.

— Adon, intervient Hadès, ça faisait un bail, vieux frère !

Mes yeux font la navette entre les deux hommes, alors que mon meilleur ami fait pareil entre Hadès et moi. Un élément titille ma mémoire, souhaite fleurir comme une rose tout à coup abreuvée de soleil... mais je n'arrive pas à avoir le déclic. Ce que je comprends, c'est qu'Adon et Hadès se connaissent personnellement.

Vieux frère ?

Mon ami grimace, il respire fort et son torse se contracte, comme s'il allait attaquer. Ai-je dit qu'il avait été quarterback ? Le sport et la muscu, ça le connaît. Seulement, à côté d'Hadès, pas sûr qu'il fasse le poids.

— Alors, voilà la fameuse amie ? ricane-t-il à mon intention.

— Laisse-moi t'expliquer, s'il te plaît...

— Tu m'as menti, rétorque-t-il avec un mépris évident. Je comprends pourquoi. Tu as trouvé un intérêt ailleurs, on dirait. On se fout d'Adon qui se pose un millier de questions et qui s'inquiète pour des nanas qui n'en ont rien à foutre ! Maintenant, tu as Hadès !

La culpabilité comprime ma gorge.

— Adon...

— Te fatigue pas, je n'ai plus rien à te dire. Ah si, en fait, une dernière chose... Lara a bazardé tes affaires, alors je les ai récupérées. Elles sont dans mon dépôt, tu iras les chercher.

Sur ce, il me balance un trousseau de clefs et tourne les talons. La manière dont il m'a regardée me brise le cœur. Je reste immobile, les yeux rivés sur mes mains au lieu de le suivre. Je lutte pour ne pas pleurer devant le Roi des Enfers.

— Coré, m'interpelle doucement Hadès.

— J'ai envie de rentrer. On reparlera de ça plus tard.

Le biker n'insiste pas, on reprend la route vers le Royaume des Morts. Sur le chemin, je ressasse en cherchant un moyen de me faire pardonner. Quand je descends de moto, les cuisses en feu, je m'éloigne du pilote pour essayer d'appeler Adon.

— J'arrive, ne t'en fais pas, mens-je en décryptant le regard inquiet d'Hadès sur moi.

Mon meilleur ami ne répond pas, bien sûr. Alors, j'essaie encore deux, trois, quatre fois. Je tombe toujours sur sa messagerie. J'ai conscience qu'Hadès ne m'a pas attendue et qu'il a franchi les portes du bâtiment. Pour l'instant, je m'en fiche. Des Nyx me lancent quelques coups d'œil, certains me demandent si ça va. Je leur réponds par des sourires, même si mon excitation et ma joie se sont envolées.

Au bout de dix minutes, j'arrête d'insister auprès d'Adon. J'entre par la porte arrière réservée aux employés, celle que je n'emprunte jamais, et me retrouve dans la salle principale. Le personnel en effervescence travaille d'arrache-pied, il donne tout pour préparer l'ouverture au public ce soir. Je cherche Hadès parmi les motards présents, sans toutefois le trouver. Dommage, j'aurais apprécié de penser à autre chose en sa présence.

Je décide d'aller dessiner et de lire un peu avant de prendre mon poste, ça me calmera. Je file vers la seule pièce où je me sens particulièrement bien : la chambre d'Hadès. J'espère le croiser en chemin afin de lui demander si ça ne l'ennuie pas. Comme ce n'est pas le cas, je frappe à sa porte, mais pas de réponse.

La poignée tourne entre mes doigts, le battant s'ouvre sans difficulté. Je me glisse dans la grande pièce sobre aux allures de garçonnière. Dans l'air flotte le parfum du roi. Il a un effet apaisant sur moi, il étire mes lèvres alors que j'ai le moral dans les chaussettes. J'ai découvert en Hadès une personne profondément humaine, joueuse et protectrice.

Soudain, sorti de nulle part, Cerbère saute sur le lit, aussi heureux qu'un môme le soir de Noël.

— Salut, toi... tu débarques d'où ?

Je m'assieds sur le bord du matelas, alors que le rottweiler s'allonge et pose la tête sur mes cuisses. Son regard chargé d'amour pour moi ne me quitte pas et il secoue la patte arrière quand je gratouille derrière ses oreilles.

— Tu sais, tout ne se passe pas comme je le voudrais, soupiré-je. Je crois avoir perdu mon meilleur ami. À la base, je voulais juste qu'il n'affronte pas Hadès, qu'il...

Tout à coup, comme si ma propre conscience venait de me gifler, je réalise que je me mens à moi-même.

— Non, en fait, je voulais profiter de chaque seconde en compagnie d'Hadès et j'en ai perdu mes priorités. Tout va tellement vite, Cerbère. Mes origines, mes pouvoirs, mes vies antérieures, les réincarnations... je me sens prise dans un tourbillon. Si seulement tout pouvait être plus simple.

Il gémit, je lui souris.

— Puisqu'on en est aux confidences, tu ne veux pas me montrer ta véritable apparence, comme la nuit de notre rencontre ?

À ma grande surprise, il redresse la tête, puis quitte le lit pour bondir au milieu de la pièce. Comme s'il avait compris chacun de mes mots, une aura chargée d'énergie sombre l'entoure tout à coup et son corps déjà massif se transforme. Il grandit, grossit, son poil devient plus clair et l'air vibre autour de lui. La seconde d'après, une créature à trois têtes m'observe, toutes ses langues pendantes et les regards dénués de sauvagerie. Je me redresse en éclatant de rire.

— Ça alors ! C'est... génial !

J'approche ma main de cette majestueuse bête venue tout droit des Enfers. Docile, elle se laisse faire. J'ai droit à une attaque de léchouilles en bonne et due forme. Je me retrouve couverte de bave, pourtant je ne peux pas m'empêcher de rire. Assise sur le tapis, au centre de la chambre, j'abandonne ma tristesse au profit d'une joie intense hors du temps. Comme Cerbère est plus haut qu'un cheval et que ses têtes bougent dans tous les sens, il fait tomber plusieurs objets dans la pièce.

— C'est bon, dis-je en ramassant un énième livre, tu peux reprendre ta forme mortelle.

Une fois sous l'apparence d'un rottweiler, je continue de le bichonner. Sa présence me soulage. Il se couche sur le lit, alors que je choisis un ouvrage au hasard à la tranche abîmée. Il n'a pas de titre. Le livre est blanc, usé. Il a été lu des centaines de fois, on dirait. Je m'enfonce ensuite dans un fauteuil immense aux coussins moelleux, bientôt rejointe par Cerbère.

— En regardant ce carnet, j'ai le même sentiment de familiarité qui m'a saisie quand on s'est rencontrés, dis-je au chien.

D'abord intriguée, je parcours les premières pages couvertes de dessins. Les œuvres sont sombres, douloureuses, magnifiques.

Déchirantes, aussi.

En bas de chaque page, un « P » calligraphié suivi d'une année m'apprend pourquoi le style m'est familier : *ce carnet m'appartient !*

J'ai fait ces dessins à différentes époques. Sur la plupart des feuillets, je découvre Hadès sous différents angles. Parmi les portraits, il y a aussi des créatures mythologiques. Celle qui revient le plus souvent est la silhouette humanoïde à la tête de bélier. J'attrape l'un de mes carnets propres pour comparer les croquis. Ce sont les mêmes. Donc, cette créature est importante dans toutes mes existences. Je me doute qu'elle est liée au club des Originels, mais j'ignore en quoi. Rapidement, je trouve son nom : Crios.

Le même nom que le chef des motards ennemis, le même nom que l'un des Titans de la mythologie. J'aurais dû insister auprès d'Hadès pour avoir des informations le concernant. Au lieu de quoi, j'ai pris cette histoire avec Adon trop à cœur.

Intriguée, je garde le carnet de Perséphone sous le coude, puis je m'enferme dans mon monde imaginaire de dessins et de croquis. Je laisse le crayon glisser sur le papier sans le contrôler, autorisant aussi mes pensées à flâner au hasard. Bientôt, le fleuve des Enfers, le Styx, prend vie sur le support. À nouveau, je trace la silhouette d'une femme tenant une torche allumée. Autour d'elle, des Ombres l'entourent.

Perséphone et les damnés. J'arrive maintenant à donner un sens à mes tracés. Sur une autre page, je représente la torche allumée comme je l'imagine : longue d'une trentaine de centimètres, des signes étranges recouvrent toute la surface en bois. À première vue, elle a l'air classique, mais je sais qu'elle a de l'importance.

Dommage que je ne parvienne pas à me souvenir de cet objet plus en détail.

Au bout d'un long moment à regarder cet artefact qui appartenait à Perséphone, je finis par m'endormir. À mon réveil, il fait nuit dehors et Cerbère n'est plus là. Prise de panique, je saute hors du canapé en priant pour ne pas être en retard au boulot. Il me faut plusieurs secondes pour réaliser que je ne suis pas seule dans le lit.

— Nom de... Hadès ! piaillé-je en posant une main sur ma poitrine.

— Bien dormi ?

— Je ne dormais pas.

Ses épaules tremblent sous son rire silencieux.

— Pourtant, ça avait l'air d'être le cas. Tu as même murmuré mon prénom...

Je reste interdite, le visage en feu. Il est tout à fait possible qu'il dise vrai, puisque mes rêves sont peuplés de visions érotiques où il est le personnage principal.

— Qu'est-ce que tu fais ici ? demandé-je en me raclant la gorge.

— Dans ma chambre, tu veux dire ? Je te retourne la question, Princesse.

— J'étais juste intriguée par ta bibliothèque. J'ai toujours aimé lire, et quand je l'ai vue, la dernière fois, je l'ai trouvée fascinante.

Mes mots deviennent un souffle, mon regard caresse les rayonnages pleins. J'aime l'idée de pouvoir m'installer dans un fauteuil, face à autant de bouquins, et de me perdre dans des mondes imaginaires. Chez Lara, j'avais à peine une étagère pour placer mes livres. Ici, elles montent jusqu'au plafond.

— Je peux en faire installer une dans ta chambre.

— Oh, vraiment ? Merci ! m'exclamé-je en sautillant sur place comme une demeurée.

Un clignement de paupières plus tard, Hadès se tient à quelques centimètres de moi. Plus fascinée que surprise, je déglutis en retenant mon souffle. Si j'inspire son parfum, j'aurai à nouveau envie de l'embrasser. Comme quand je regarde ses lèvres pleines et que je me perds dans les ténèbres de ses iris.

— Comment tu te sens ? me demande-t-il doucement.

— Très bien.

— Tu mens.

Je roule des yeux en reculant, les bras croisés sur ma poitrine. Mettre de la distance avec lui m'aide à reprendre contenance.

— OK, c'est cette histoire avec Adon qui me perturbe. Qu'est-ce qu'il a ? Pourquoi il te déteste au point de passer ses nerfs sur moi ?

Le dieu infernal fronce légèrement les sourcils, la tête penchée sur le côté pour exprimer sa surprise.

— Tu ne te souviens pas de lui ?

— De quoi parles-tu ?

— Adonis.

Pour le coup, j'en reste sans voix. Dans la mythologie grecque, Adonis est un Héros, l'amant de Perséphone.

— J'ai lu quelque part qu'Adonis était l'enfant confié par Aphrodite, la déesse de l'Amour, à Perséphone, pour le protéger, dis-je. Celui qui a grandi dans les Enfers et qui, une fois devenu adulte, a fini par avoir une relation avec...

Moi, m'empêché-je de continuer, parce que le visage d'Hadès vient de s'assombrir. La jalousie lui va plutôt bien.

— Le mythe dit vrai, tranche-t-il.

Sceptique, je continue en me retenant de rire :

— Adon ? *Mon* Adon ? Impossible, tu te trompes...

— J'aimerais bien, mais ce n'est pas le cas. Quand il renaît, ton meilleur pote tombe soit amoureux d'Aphrodite, ce qui m'arrange bien, soit il cède à ton charme. C'est une putain de roue sans fin que personne ne peut arrêter, tu vois ? Pas même toi, lui, ou moi.

Je commence à comprendre d'où vient cette rivalité entre Adon et Hadès. Je me laisse tomber sur le fauteuil, complètement sous le choc. Mon biker me laisse une minute afin de digérer la nouvelle. J'aimerais ne pas le croire, mais une partie de moi sait qu'il a raison pour Adon.

— Bon sang ! Il sait qui il est dans ce cycle ? Et qui je suis ?

— Aucune idée, mais vu son envie de m'étriper, j'imagine que oui. Les héros de la mythologie réveillent leur nature profonde très tôt.

Les reproches d'Adon dans le salon de thé trouvent tout leur sens.

— Il est jaloux, deviné-je. Entre lui et moi, il y a donc déjà eu plus que de l'amitié.

— C'est arrivé. Parfois, il suffit que je débarque dans ta vie, et tu ne mets pas beaucoup de temps à choisir qui tu veux.

À nouveau, il a ce sourire satisfait et cet éclair vif dans ses yeux.

— Donc, reprends-je, entre toi et moi, ça a toujours fini en histoire d'amour ?

Cette fois, il perd de sa superbe. Il a l'air un peu embarrassé en se grattant la nuque.

— Pas systématiquement. Il est déjà arrivé que je te retrouve et que tu aies déjà un mari et des enfants. Que tu aies construit une existence bien solide à laquelle je ne pouvais t'arracher, alors je me contentais de te laisser tranquille.

Je ne réponds rien à cela. Face à mon silence, Hadès claque des mains et intervient à nouveau.

— Je suis venu te chercher, tu es en retard.

— Oh non !

— Si, Amber t'attend. Mange un morceau et magne-toi, Princesse.

Il désigne l'assiette fumante posée sur le bureau.

— Qui les apporte ? demandé-je, surprise.

— J'ai une équipe qui cuisine pour moi, mes hommes et mes invitées. Tu ne la verras jamais, elle est invisible et évolue dans un autre espace-temps.

Je me marre, mais pas lui.

— Vraiment ?

— Si tu n'as pas rejoint ton poste dans une demi-heure, tu es virée.

Sur ce, il disparaît. Après mon repas trop rapide, je me dépêche de filer dans ma chambre, de me doucher à vitesse grand V et de prendre mon poste dans le salon privé. Le tout, en à peine trente minutes.

Plutôt pas mal, non ? Au moins, je garde mon emploi !

Cette nuit-là, je songe à Adon en jonglant avec les verres. À la fin de mon service, je m'enferme dans la chambre de Brook en me collant contre la porte, mon portable à la main. Les SMS envoyés à mon meilleur ami restent sans réponse. Il m'en veut vraiment beaucoup. Je comprends d'où lui vient ce sentiment d'abandon. Après tout, dans mes vies antérieures, je l'ai toujours laissé pour Hadès. Sauf que c'est ridicule, il ne peut pas rejeter mon amitié.

Je pousse un soupir, la tête posée contre le battant. Quand

la poignée tourne, j'ai juste le temps de bondir avant que Brook ne débarque, surexcitée.

— C'était trop bien, j'adore être morte !

Elle porte une robe bustier blanche très courte. Un sourire éclatant sur le visage, elle se laisse ensuite tomber dans le lit, les bras en l'air. L'éclairage des lampes de chevet souligne ses cheveux flamboyants soyeux. Je remarque immédiatement qu'elle n'a pas de lunettes sur le nez.

— Eh ! Tes yeux !

— Attends deux secondes...

Elle bondit sur ses pieds et se plante devant moi. Ses iris noirs et vides me filent la chair de poule. Elle pourrait jouer dans un film de possession sans aucun problème. Je m'attends à me sentir tomber dans l'obscurité sous l'assaut de son regard, mais il ne se passe rien.

— J'ai réussi à mettre les lentilles et je les supporte ! OK, Spax m'a aidée, et Léther aussi. Tu me trouves comment ?

— Hyper flippante.

J'éclate de rire en même temps qu'elle.

— Tu sais que les humains ne voient pas nos yeux quand on porte des lentilles ? me demande-t-elle en se dirigeant vers les nombreux paquets posés près du lit. Ce sont les choses que tu as achetées au centre commercial ?

— Non, je l'ignorais, mais c'est probablement mieux ainsi. J'imagine qu'un charme empêche les mortels de remarquer les trucs bizarres autour d'eux, comme les parfums changeants ou les bagarres surnaturelles. Et... oui, c'est ce que j'ai acheté.

Elle acquiesce en fouillant dans les sacs. Ceux qui l'intéressent contiennent de la lingerie. Un paquet pour elle avec des tas de trucs sexy, et un pour moi. Mes dessous sont moins extravagants que les siens, mais tout aussi charmants. Je ne sais pas trop à quoi j'ai pensé en les achetant. Après tout, je n'ai jamais encore eu l'occasion de me montrer en petite tenue devant un homme.

Brook est ravie de mes choix, elle m'embrasse en partant les essayer. Quant à moi, je profite qu'elle soit à la salle de bains pour ranger mes nouvelles affaires.

— Comment c'était, au centre commercial ? demande-t-elle depuis l'autre pièce.

— Ben, en fait… il s'est passé quelque chose. C'est à propos d'Adon.

Illico, elle sort en nuisette blanche.

— Quoi, Adon ? Tu l'as vu ?

— Oui…

Je lui raconte ce qui s'est produit, sa manière de me rejeter quand j'ai voulu m'expliquer, puis son départ. Brook grimace en poussant un soupir.

— C'est vrai qu'on n'a pas été sympa avec lui, commente-t-elle.

— On doit régler ça.

Je tais la nature divine d'Adon, il en parlera à Brook s'il le désire. Ce n'est pas à moi d'aborder le sujet.

— Laisse-le se calmer, OK ? Tu sais comment il est. D'ici deux ou trois jours, ça ira mieux. On ira le voir ce week-end, propose-t-elle.

— Tu as raison, j'espère. Bon, je suis crevée, moi. Je vais me doucher et me coucher. Tu ne m'as toujours pas dit où tu avais passé ta nuit dernière ?

— Avec les gars, m'avoue-t-elle. Tu sais qu'on ne dort pas, nous, les morts ? C'est trop fun ! Les Nyx sont cool, hauts en couleur pour certains. Je vais y aller. On se voit ce soir ? Je passe te prendre pour le dîner, faut que tu voies la salle de réception !

Brook s'apprête déjà à partir, enfilant un jean à la hâte et un haut noir qui dévoile son ventre. Les veines bleues sur sa peau pâle ne s'estompent pas.

— Une salle de réception ? répété-je, perdue.

— Ouaip, ma vieille ! On en parle plus tard, les mecs m'attendent. On va faire un concours de shots.

Elle quitte la chambre comme elle y est entrée : avec la douceur d'une tornade. Je monopolise le lit en poussant un soupir. Il est temps que je reprenne un peu ma vie en main, surtout celle de Coré, et que je laisse un peu Perséphone de côté. Je ne peux pas juste zapper mes amis. Une fois que j'aurai réglé mon problème avec Adon, je m'attellerai à m'occuper de Rudy. Il faut qu'il ait une vie plus stable, que Lara commence à prendre soin de lui.

Quitte à utiliser mes dons divins, elle va vite comprendre qu'il vaut mieux qu'elle change d'attitude.

13.

Bercée par le parfum d'Hadès, je refuse d'ouvrir les yeux. Depuis que j'habite au Royaume des Morts, il embrume mes sens en permanence. Je le trouve agréable, sécurisant. J'aime me concentrer sur lui et oublier que je ne contrôle plus ma vie.

Même si ce n'est que pour une poignée de secondes.

Sous moi, la chaleur d'un corps me fait vibrer. C'est la première fois qu'au cœur d'un rêve, son contact m'est aussi réel. Mes doigts glissent sur la peau du Roi des Enfers, alors que son ventre se gonfle à chaque respiration.

Soudain, le doute m'éjecte du brouillard. *Je ne rêve pas !*

Un petit cri m'échappe quand je trouve le biker étendu dans mon lit. La lumière du soleil inonde son visage magnifique et accentue son petit sourire amusé. Il ne me regarde pas, occupé à texter sur son portable, mais il s'adresse à moi :

— Bonjour, Princesse. Tu pouvais continuer de me toucher, je n'y voyais aucun inconvénient.

Je tire d'abord la couverture sur moi pour dissimuler ma poitrine, même si je porte un débardeur. Mon geste divertit davantage Hadès, qui se met à se marrer. Ouf, je porte encore mon short de pyjama. Il ne s'est donc rien passé.

— Qu'est-ce que tu fais là ? m'exclamé-je. Tu t'es glissé dans mon lit ? Espèce de porc !

Cette fois, il laisse tomber son portable sur son torse nu en me fixant.

— Regarde autour de toi au lieu de geindre !

Je m'exécute, en colère. La mâchoire m'en tombe quand je reconnais la bibliothèque contre le mur, les meubles sombres et cette décoration purement masculine.

Hadès n'est pas dans ma chambre, je suis dans la sienne !

— Tu... tu m'as portée jusqu'ici ? Tu m'as téléportée ? couiné-je, en cherchant une raison à ma présence.

— Tu as squatté mon lit comme une grande, ricane-t-il, en utilisant tes superbes jambes pour me rejoindre. J'ai bien essayé de te repousser, mais tu es somnambule.

Je le dévisage un long moment, avant de marmonner un :

— Oui, bien sûr...

— Je ne te mens pas.

Dans le fond, je sais qu'il dit la vérité. Je le sens.

— On n'a pas... enfin...

L'éventualité d'avoir donné vie à mes rêves érotiques avec Hadès me terrifie. Il doit se douter de mon état, parce qu'il éclate de rire.

— On n'a rien fait, si telle est ta question. Même si aussi peu habillée, je te trouve à tomber.

Je devrais bondir hors de ce lit, me précipiter dans ma chambre, maudire les souvenirs de Perséphone qui m'ont conduite ici. Pourtant, je reste immobile, incapable du moindre mouvement. Mon regard tombe sur le torse musclé d'Hadès. Passé mon embarras, s'installe ma légendaire curiosité. Ses abdominaux couverts de tatouages obscurs trahissent une musculature parfaite. J'ai brusquement envie de toucher sa peau, encore une fois. De sentir sa chaleur. Il porte un jean et dessous, l'élastique de son boxer dépasse.

Par tous les dieux, cet homme est sublime !

— Tu veux toucher ? me nargue-t-il.

— Non.

— Vraiment ? Tu peux, je ne t'en empêcherai pas.

Je m'apprête à fuir, mais le biker attrape mon poignet et me tire à lui. Je retombe à demi contre ses pectoraux avec l'impression qu'un tisonnier chauffé à blanc transperce mon bas-ventre.

— Hadès...

Je souhaite lui dire que ce ne sont pas des manières de traiter une femme. Pourtant, son nom dans ma bouche ressemble à une supplication. Je suis incapable de contrôler ma respiration, des fourmis chatouillent ma nuque, mon dos. Mon âme. Comme s'il se rendait compte de l'effet qu'il a sur moi, le Nyx laisse entrevoir une lueur prédatrice dans ses iris sombres. Au lieu de me terrifier, elle m'excite. Je sais que si je reste, la situation m'échappera.

Et une partie de moi, la dominante, veut qu'elle m'échappe. Elle souhaite me pousser à arrêter le combat contre moi-même. Dès qu'il approche son visage du mien, je sais ce qui va se passer.

— Non...

— Alors, repousse-moi, chuchote-t-il en faisant glisser sa bouche le long de mon menton jusqu'à mon oreille. Je trouve qu'on ne s'embrasse pas assez, Princesse. Pourtant, la semaine dernière, tu as trouvé ça plutôt agréable.

Oh que oui, très...

Je n'ai pas réitéré l'expérience, simplement parce que je doute encore de moi et... de lui. Ma partie humaine m'assure qu'un homme comme lui ne peut pas s'intéresser à une fille dans mon genre.

Hadès recule avec un rire agaçant. Même s'il ne me touche plus, mentalement, il m'enserre dans des griffes délicieuses que je refuse d'abandonner.

— Pourquoi tu fais cela, Hadès ? soufflé-je.

— J'ai besoin de savoir si je te fais autant d'effet que tu m'en fais.

Ses paroles me heurtent, je me mords la lèvre inférieure. Des ondes agréables me transpercent lorsqu'il pose sa main sur ma taille nue. Je le laisse à nouveau approcher, parce que mes sentiments pour lui m'empêchent de le repousser. Sa bouche rencontre la mienne, laminant encore une fois mon bon sens. J'entrouvre les lèvres pour l'autoriser à m'embrasser plus profondément et nos langues se caressent avec une volupté saisissante. La douceur de ce baiser me fait tourner la tête. Il devient rapidement possessif, mû par une sauvagerie qui me fait gémir de plaisir. Ses mains, sa peau, ses baisers me rendent folle. Hadès bascule sur moi et son corps embrase le mien. Habitée par un désir presque douloureux, j'entoure mes jambes autour de lui pour resserrer notre étreinte.

Brusquement, je me fiche que ce ne soit pas raisonnable. Tout ce qui compte, c'est lui. Je ne veux plus qu'il me libère. Je veux que le temps se fige pour toujours.

— Visiblement, souffle-t-il d'une voix rauque, je ne me trompais pas...

Il embrasse mon cou, mordille ma clavicule. Encore une fois, je soupire de plaisir. C'est tellement bon. Je n'ai jamais rien ressenti de tel avec personne jusqu'alors. Pas en tant que Coré Daniel, en tout cas.

— Hadès...

Son souffle me transperce. Je refuse de réfléchir, de revenir à la réalité. Je cherche sa bouche, la trouve, la possède. Ses mains parcourent mon corps, insatiables et brûlantes. Le bonheur me submerge. Mes ongles s'enfoncent dans son dos. Ça a l'air de lui plaire, parce qu'il m'embrasse à nouveau avec plus de fougue. Lorsqu'il me débarrasse de mon soutien-gorge, je le laisse faire. Parce que je refuse de mettre fin à cet instant. Je veux appartenir à Hadès, comme je veux qu'il m'appartienne. Peu importe qui j'ai été, qui je suis, et qui je serai plus tard.

Il sourit en déposant sa bouche sur mon épaule. Ses lèvres descendent ensuite lentement vers ma poitrine, chatouillent mes sens lorsqu'elles emprisonnent mon sein. Parcourue d'ondes de plaisir, je me mords la lèvre inférieure pour ne pas soupirer trop fort. Mais visiblement, il n'en a pas terminé avec moi, parce qu'il continue sa lente évolution vers mon ventre, puis vers la ceinture de ma culotte. Mon corps n'est plus qu'un amas de lave en fusion. J'ai si chaud qu'on dirait que je me trouve au cœur des Enfers. Il franchit bientôt la barrière du tissu sans que je le retienne. Quand sa langue caresse ma chair à vif, cette fois, je ne peux contenir un gémissement. Là où je pensais que le biker se moquerait de moi, il n'en fait rien. Au contraire, sa prise se resserre sur mes hanches et sa bouche se fait plus avide.

À partir de cet instant, le monde cesse de tourner. Je n'ai plus conscience du temps qui s'écoule. Je songe seulement à lui et moi, à cette lumière qui nous entoure quand on est tous les deux. À la certitude de me trouver à ma place pour la première fois de ma vie.

Je n'ai jamais ressenti autant de plaisir physique.

— Vraiment ?

Je sors d'une sorte de léthargie, le visage couvert d'un voile de transpiration.

Oups, j'ai parlé à voix haute.

— Quoi ?

Il me regarde avec un désir si pur que j'en ai des fourmis partout sous la peau.

— Tu n'as jamais ressenti autant de plaisir physique ?

Il s'allonge à nouveau sur moi, en équilibre sur un coude pour ne pas m'écraser. Entre mes jambes, je sens son sexe en excitation, tout comme je devine le mien aussi ardent.

— Non. Je n'ai jamais...

— Tu ne t'es jamais touchée ?

Mon visage vire au cramoisi. Ma première réaction est de me détourner, mais sa main attrape mon menton avec douceur pour m'en empêcher. Le regard d'Hadès me submerge. Ses ténèbres délicieuses coulent en moi tel un fleuve calme...

— Non, réponds-je.

Et encore une fois, il ne se moque pas. Ses doigts quittent mon visage, attrapent le poing que je serre contre ma taille. Ils forcent les miens pour que je les déploie puis, avec lenteur, les place entre mes jambes. Je ressens davantage sa main, même si c'est la mienne qui est en contact direct avec la partie la plus intime de mon corps. Il me guide, pour m'auto-explorer, alors qu'il me vole un autre baiser enflammé. J'ondule sous lui, imprégnée d'un plaisir primitif et suprême. Lorsque je me soustrais à son toucher et que je pose la main sur la bosse de son caleçon, il se tend. Je crois même entendre son souffle devenir plus sifflant.

— Si tu t'engages sur cette voie, Princesse, on ne s'arrêtera pas.

Je n'ai pas envie d'arrêter ! Au contraire... Pourtant, le charme se rompt quand la porte s'ouvre et qu'elle claque contre le mur avec violence.

— Hadès, on a un prob... ah merde, désolé ! Désolé, j'ai rien vu !

Spax referme le battant en se confondant en excuses sur le palier. Hadès s'est figé, tout comme moi. La honte menace de m'étouffer.

— Relax, mon corps sur le tien cachait le principal, lance Hadès comme s'il lisait mes pensées.

À présent, il m'observe entre ses cils, le souffle court. Je peine à retrouver ma respiration. Mes bras retombent de chaque côté de mon corps et je me dis qu'à nouveau, Hadès va devenir ce type détestable avec moi. Je l'interroge du regard, silencieuse.

— Tu embrasses comme une reine.

Je souris.

— Hadès, reprend Spax, c'est urgent !

Le biker roule sur le côté, attrape son tee-shirt par terre et l'enfile. J'ai étrangement froid, maintenant qu'il ne me touche plus.

— J'arrive ! lance-t-il à son vice-président, attends-moi en bas avec les gars.

À mon intention, il ajoute :

— Je vais sûrement devoir m'absenter avec mes hommes. Surtout, reste au Royaume des Morts pour ta sécurité. On abordera ce sujet à mon retour.

Sans attendre, il quitte la pièce. Pendant une minute, je reste allongée dans son lit, caressant ses draps en soie sous mes doigts. Je me laisse tomber contre l'oreiller moelleux en grimaçant. J'ai beau nier mes sentiments pour Hadès, les mettre sur le dos de Perséphone, mais la vérité, c'est que j'éprouve de l'attirance pour lui. J'ignore où vont me mener mes émotions. Tout ceci est nouveau pour moi, alors que pour Hadès, c'est familier. Je crains qu'il ne me prenne pour sa déesse originelle, alors que je ne suis que Coré.

Si je le décevais ?

Je me rhabille, revêtant un tee-shirt qui arbore le patch des Nyx par-dessus mon court débardeur. Je quitte la chambre en courant à travers le couloir, comme si je pouvais échapper à cette chaleur qui continue de me parcourir. Peine perdue, bien sûr. J'espère ne croiser personne dans cette tenue, auquel cas l'explication me liquéfiera sur place. Par chance, j'arrive à bon port sans encombre. Je m'enferme dans ma chambre avec un soupir soulagé, remarquant immédiatement Brook allongée dans le lit. Les bras en étoile, elle pousse des grondements. Elle porte la même tenue qu'hier, signe qu'elle a dû rentrer peu de temps avant moi.

— Alors, ta soirée ? demandé-je en priant pour qu'elle ne me demande pas où j'étais.

— Mon crâne va exploser. Être mort ne préserve pas des gueules de bois. Voilà pourquoi Léther avait l'air ravi de me faire boire… encore ! Je le hais !

J'attrape mon sac à main sur la commode près de la porte et sors une boîte d'aspirine.

— Ça ne fera que la cinquième fois en une semaine, non ? Tiens, tu en auras besoin.

Brook lève la tête vers moi.

— Tu sais que je t'aime ?

— Absolument. Je vais me doucher, on va prendre un petit déjeuner après ?

— Ça marche. Eh ! Mais tu te balades en minishort ! Ce n'est pas ton pyjama ?

À reculons, je me dirige vers la salle de bains.

— Longue histoire…

— Je veux savoir ! Il y a écrit « Président » sur ton tee-shirt ! Comment ça se fait que tu le portes ? Coré, ne te défile pas !

Trop tard, je m'enferme dans la pièce en éclatant de rire pendant qu'elle tique.

— Tu n'as pas le droit, je suis ta meilleure pote. Raconte ! Vous avez couché ensemble ?

Elle me saoule de questions pendant la demi-heure que je passe dans la salle d'eau. Dès que j'en sors, elle m'examine des pieds à la tête, assise au bout du lit.

— Je n'en reviens pas que tu ne veuilles rien me dire.

— Arrête ! J'ai été somnambule, je me suis retrouvée dans son lit. Point final.

— Comment ça, « point final » ? Pas « point G » ?

— Brook, pouffé-je.

— Tu n'as jamais été somnambule, à ce que je sache. Bordel, tu l'as rejoint dans son pieu ? La vache, c'est qu'elle se dévergonde, la petite déesse ! Une chance qu'il n'y ait pas eu une autre fille avec lui à ce moment-là. Imagine la gêne...

Oh, j'imagine parfaitement ! Mon embarras s'envole au profit d'une réalité douloureuse. Hadès aurait pu se trouver avec une de ses brebis, Brook a raison. Après tout, il reste un biker qui se fait tourner autour par beaucoup de jolies filles.

— C'est quoi cette tête ? demande ma meilleure amie en enlevant ses vêtements.

Elle se glisse à son tour sous la douche en laissant la porte de la salle de bains ouverte pour qu'on puisse discuter.

— C'est ce que je viens de dire, c'est ça ? enchaîne-t-elle. Je ne suis qu'une idiote, évidemment qu'il ne saute plus d'autres meufs. Tu es celle pour qui son petit cœur bat depuis des siècles !

Quand bien même Hadès déciderait de passer ses nuits dans les bras d'inconnues, qu'est-ce que ça pourrait me faire ? Après tout, nous ne sortons pas ensemble.

N'est-ce pas ? J'ignore comment qualifier notre relation. On s'embrasse, on se taquine, on flirte... mais c'est tout.

Brook me rejoint quelques minutes plus tard et semble moins

au bord de l'évanouissement qu'à mon entrée dans la pièce.

— Viens avec moi, on va manger avec les gars.

Je lui montre les deux assiettes apparues sur le bureau.

— On peut manger ici, comme d'habitude ?

— Non, tu as besoin de te changer les idées. Fini de rester solo, ma vieille, tu es Perséphone ! Faut t'imposer. Suis-moi !

On traverse les couloirs de l'étage jusqu'à arriver dans une pièce largement éclairée par la lumière du soleil. Une immense table dressée est garnie de plusieurs plats copieux. De quoi faire un déjeuner royal, sans mauvais jeu de mots.

Quelques chaises tirées et des assiettes encore pleines trahissent la visite de gens qui ne sont plus là. Sans doute les Nyx, puisque l'un d'eux a oublié sa veste sans manches. J'aurais aimé qu'Hadès soit présent pour approfondir mon questionnement sur son équipe de cuisiniers. Ainsi que sur un tas d'autres sujets, je dois l'admettre.

— C'est peut-être les Ombres, celles dont tu me parlais la dernière fois, propose Brook quand je lui demande si elle a une idée de l'apparence des employés culinaires d'Hadès.

— Les damnés ? J'ignore si on peut leur donner des tâches à effectuer. Je n'ai jamais essayé.

En dehors de me protéger, ils n'ont jamais rien fait d'autre en ma présence.

— N'empêche, tu as un pouvoir depuis gamine et tu ne m'as rien dit, soupire ma meilleure amie pour la millième fois.

J'ai fini par lui parler de mon talent particulier. D'abord, elle a ri. Ensuite, elle a complètement flippé quand j'ai invoqué une Ombre dans son dos qui a tapoté son épaule. Je lui devais bien la vérité. Sa nature de morte-vivante l'aide à encaisser les éléments surnaturels autour de nous.

— Ce n'était pas simple pour moi.

— Je sais, je sais. Au moins, je suis au courant avant Adon !

Adon... mon meilleur ami reste aux abonnés absents. Il ne répond ni à Brook ni à moi. On a bien essayé de filer en douce le week-end dernier pour aller le voir, mais les Nyx nous ont empêchés de partir. Trop dangereux, qu'ils prétendent.

— Oui, grommelé-je.

Je choisis une assiette de pancakes et un chocolat chaud. Brook prend un peu de tout, y compris du poulet grillé avec des frites. À neuf heures du matin. Cette fille me fait trop rire. On engloutit notre repas en inventant des hypothèses sur les personnes qui ont cuisiné et servi ce buffet : des zombies, des fantômes, des extraterrestres ou des prospects qui évolueraient hors du temps. La dernière option reste la meilleure. On choisit donc de croire en celle-ci.

— Viens, on va dehors, lance Brook une fois qu'on a terminé de manger.

On sort du bâtiment pour se rendre aux jardins de Perséphone. Cerbère nous suit avec joie sous sa forme de rottweiler, comme d'habitude. Brook ignore qu'il est chargé de protéger l'entrée des Enfers. Elle le croit normal. Tant mieux, elle s'entend bien avec lui et j'aurais peur que ce détail change si elle connaissait sa véritable nature.

L'odeur des fleurs m'accueille comme une vieille amie. Je souris, bercée par les couleurs éclatantes des plantes et la beauté des fontaines. Le soleil écrasant ne semble pourtant pas porter préjudice à ce qui se trouve entre les murs du Royaume des Morts. Rien ne pousse dans le désert, pourtant ici, les végétaux se développent de la plus belle des façons. Brook regarde autour d'elle avec le même émerveillement. Tout à coup, en passant la main dans l'eau froide d'une fontaine, elle demande :

— Tu as parlé de Mentha avec Hadès ?

— Oui, il se trouve qu'il l'a envoyée loin d'ici parce qu'il pense que notre cohabitation se soldera par un combat.

Elle pouffe de rire avant de reprendre son sérieux et d'écarquiller les yeux.

— Pourquoi il dit ça ?

— Rappelle-toi, la menthe, tout ça...

Elle grimace.

— C'est vrai. J'en conclus qu'elle est comme toi et Hadès ?

— Elle est immortelle, oui. C'est une nymphe. Ces créatures sont les personnifications de la nature. Des divinités inférieures qui vivent dans les fleurs, les grottes, les arbres, les rivières...

Soudain, elle lâche une fleur qu'elle vient de cueillir, comme si elle l'avait brûlée.

— Et tu sais ça parce qu'il te l'a dit ?

Je secoue la tête.

— Non, je ne saurais l'expliquer, mais certaines connaissances me viennent automatiquement. Je pense que c'est lié à Perséphone.

Brook opine en jouant avec les mèches de ses magnifiques cheveux écarlates. De sa main libre, elle gratouille le flanc de Cerbère. Bientôt, on prend le temps de nous arrêter sous une arche de roses rouges et bleues. Le contraste est sublime.

— Maintenant qu'elle n'est plus là, essaie de mieux t'entendre avec Hadès.

Si elle apprenait jusqu'où je suis allée avec mon patron, elle ne s'en remettrait pas. Je tais ces baisers sulfureux et me contente de hausser les épaules.

Pendant quelques secondes, aucune de nous deux ne parle. Je brise le silence en premier.

— Brook, j'ai envie d'aller voir Adon.

— Maintenant ?

— Oui, tu peux m'accompagner ? Si tu restes dans la voiture, personne ne remarquera ton teint. Autant qu'on profite de l'absence des Nyx.

Elle se gratte la nuque avec une grimace.

— Je l'ignore… Hadès m'a dit qu'entre ces murs, je ne risquais pas d'être découverte. En dehors, cela dit… Imagine que l'armée me chope et me dissèque ?

— Je peux y aller toute seule, alors. Je comprends, ne t'inquiète pas.

Elle pousse un soupir, mais je sais qu'elle a déjà pris sa décision.

— Non, je viens. Je dois toucher deux mots à ce rabat-joie. Et il me manque, en plus. Allons-y. On prend Triade avec nous ?

Elle l'appelle par son nom commun. Je secoue la tête en fixant la bête avec peine.

— Non, on le laisse ici.

Cerbère ne peut pas quitter le Royaume des Morts, m'a dit Hadès. Dommage, j'aurais aimé qu'il nous accompagne, je me serais sentie en sécurité.

Pour rejoindre la voiture sur le parking, on agit comme des agents secrets en nous dissimulant plusieurs fois à la vue de quelques bikers qui traînent dans le bâtiment. Des prospects, pour la plupart.

Brook et moi finissons par sortir sans encombre, même si mon cœur a menacé d'exploser plusieurs fois sous le coup de l'adrénaline. Je trouve cette partie de cache-cache vachement excitante. Tout à coup, surgissant de nulle part, un motard nous hèle sur le parking :

— Eh, les gonzesses ! Restez ici ! Vous ne pouvez pas partir maintenant !

Je me dépêche de sauter sur le siège passager. Hilare, Brook me rejoint et verrouille sa portière.

— Accroche ta ceinture, on y va, ma vieille !

Le type court en agitant les bras pour tenter de nous arrêter. Peine perdue. Dans un nuage de poussière, on file sur la route menant à la ville. J'éclate de rire en même temps que Brook en imaginant la tête du biker. Une fois certaine qu'on ne nous suit pas, je demande :

— Comment vis-tu ta condition de morte-vivante ?

— C'est particulier. Je n'ai plus de pouls, plus de sang, mais je me sens comme avant. Une chance que je ne sois pas accroc à la cervelle. J'aurais mangé celle de Léther en premier. Remarque, il n'y a pas grand-chose à becter, chez lui...

— Je le trouve plutôt sympa, moi.

J'attrape sa main entre les miennes, insensible au froid de sa peau. Quelle que soit la nature de ma meilleure amie, je l'aimerai toujours à l'infini.

— Il est tellement arrogant ! tique-t-elle. Et si... si... sexy !

Je me retiens de pouffer en dissimulant ma bouche.

— Sexy, vraiment ? On parle bien du mec qui t'appelle Roussette ? D'ailleurs, il continue ?

— Oui. S'il n'était pas déjà mort, je le buterais. Merde ! Coré, regarde là-bas. C'est quoi ce bordel ?

La voiture ralentit. Au milieu de la route qui traverse le désert, un ensemble de motards barrent le passage. Je songe aux Nyx qui nous ont peut-être devancés en passant par une autre route. Non, je me trompe. Une sorte d'angoisse me prend au ventre quand on est assez proches pour que je reconnaisse le patch des importuns.

— Brook, contourne-les !

— Impossible de passer sur le côté, des fossés bordent la route.

Elle a raison. J'avale ma salive, en proie à un mauvais pressentiment.

— Tu sais qui ils sont ? demande-t-elle dans un souffle, en arrêtant la voiture.

— Oui, les Originels.

Immédiatement, je songe à Crios, que je n'arrête pas de dessiner. Brook me jette un regard affolé.

— Ceux qui ont attaqué le Royaume des Morts la nuit où tu as demandé à Hadès de t'embaucher ?

J'opine.

— Oui. Ils cherchent à me tuer.

— Quoi ? couine-t-elle. Mais... nom de Dieu ! Tu ne pouvais pas me le dire avant de me demander d'aller voir Adon ? Sérieusement, Coré, tu es timbrée !

J'avoue ne pas avoir réfléchi, sur le coup. Mais comment ont-ils pu détecter ma présence aussi vite ? Font-ils le pied de grue ici depuis des jours ?

— On s'en va, soufflé-je.

Ce qui me semble compromis dans l'immédiat...

14.

À croire que la poisse me colle au train. Le destin a décidé de s'acharner sur moi.

Sur nous, noté-je en entendant le couinement de désespoir de Brook.

— J'avais juste besoin d'une sortie entre copines, interviens-je. Un élément qui ne me rappellerait pas la mythologie grecque en permanence.

— Je sais, ma vieille. Je sais. On fait quoi, maintenant ? me demande-t-elle, nerveuse.

— Demi-tour.

Je jette un coup d'œil par-dessus le siège passager pour vérifier que la voie est libre derrière. Manque de bol, des motos roulent dans notre direction et ne mettent pas longtemps à nous barrer le chemin. Je me force à respirer calmement en me concentrant sur les motards devant nous. Dans mes doigts brûle le pouvoir de Perséphone. Le froid devenu familier grimpe le long de mes bras, pourtant aucune Ombre n'apparaît pour nous venir en aide. J'ai beau les invoquer, elles restent loin de notre réalité. Ce n'est jamais arrivé. Pourquoi ne viennent-elles pas ?

— On est coincées, Coré. Tu crois que les flics peuvent nous aider ?

J'en doute. Des humains contre une ancienne divinité surpuissante ? Le compte est vite fait. Alors, quitte à essayer un truc, je sors mon téléphone.

— Pas de signal, maugréé-je.

— Fais chier !

Le président des Originels descend de sa monstrueuse moto noire. D'un pas lourd et déterminé, il avance jusqu'au capot en tenant un objet à la main. Ça ressemble à une boule de verre dans laquelle est enfermée une flamme.

— Tu vois cette chose ? hurle-t-il pour que tous puissent l'entendre. C'est un bloqueur, il t'empêche d'utiliser tes pouvoirs. Plutôt pas mal, non ?

Derrière la longue barbe brune, son sourire carnassier me donne des frissons. Il fourre la sphère translucide dans sa poche pour tenir à deux mains une épaisse chaîne en acier. À présent, une grimace déforme ses traits humains. Tout chez lui transpire le danger, la rage, la rancœur.

— Ce mec est immense, couine Brook. Tu sais qui il est ?

Et encore, elle n'a rien vu. Mes dessins me murmurent que le Titan, sous sa forme originelle, doit être bien plus grand.

— Oui, c'est une divinité primordiale, réponds-je en frissonnant.

— Je ne sais pas trop ce que c'est, mais ça ne me dit rien qui vaille. On doit se barrer d'ici. Regarde ses yeux...

Deux billes étincelantes venues du fond des Enfers nous observent avec froideur.

— Perséphone ! intervient à nouveau Crios. Si tu descendais de cette voiture afin qu'on discute ?

— Rassure-moi, Coré, il ment quand il dit que ce truc dans sa poche bloque tes pouvoirs ?

— Non.

Mes dons caressent ma conscience sans que je puisse les déclencher. Ils restent en effervescence sous ma peau, étouffés par mon enveloppe humaine.

— Je peux essayer de les écraser en voiture, suggère Brook. Les autres ont l'air plutôt humains et minuscules, comparés à leur chef.

À leur chef, oui, mais pas à nous. Ils restent trop nombreux et trop baraqués pour qu'on puisse avoir une chance de les battre.

— Ne me défie pas, hurle le Titan. Si tu ne descends pas, je tue ta copine !

Bon sang, je refuse de laisser un tel drame se produire. Pas encore. Et surtout pas par ma faute.

— Coré, ne l'écoute pas. Reste ici. De toute façon, je suis déjà morte.

— Il faut que je l'affronte. Je n'ai pas le choix.

La peur, ça va bien cinq minutes. Si je me planque chaque fois que le Titan se dresse face à moi, jamais je ne serai tranquille. Avec un peu de bol – et un miracle – je réussirai à le battre. J'entends la voix de Perséphone qui me murmure que j'ai mes chances. Que je l'ai déjà fait par le passé et que j'ai réussi.

— Tu rigoles, là ? Tu ne peux pas te battre contre lui.

— Il faut que je réussisse à prendre la sphère dans sa poche. C'est ma seule chance.

Je préfère mille fois mourir que laisser Brook souffrir à ma place. D'un mouvement de tête, le meneur du club ordonne à ses hommes de se positionner autour de la voiture. Quand ma vitre explose, je tente de me dégager de la prise d'un biker. Il me tire à l'extérieur de l'habitacle sans douceur, sous les cris de Brook. Je roule sur le sol bouillant, le souffle coupé.

— Enfoiré ! hurle mon amie. Ne la touche pas !

Je me redresse en cachant la douleur de la chute.

— Tu n'es plus celle que tu étais, Reine des Enfers ! raille Crios. C'est pitoyable.

— S'exclame celui qui a besoin d'un objet bloquant mes pouvoirs pour m'affronter, ricané-je.

Le coup de pied qu'il m'envoie dans les côtes manque de me briser en deux. Des étoiles dansent devant mes yeux, pourtant je m'assieds en lui servant mon sourire le plus insolent. Si je dois mourir, ce ne sera pas en victime. Ce sera en guerrière.

Le président des Originels s'agenouille devant moi avec la lenteur d'un prédateur qui s'amuse avec sa proie.

— Je dois admettre que ton enveloppe charnelle m'a quelque peu surpris. Tu lui ressembles tellement.

Plus qu'il ne l'imagine.

— Laisse-nous partir, Crios.

— Sinon quoi ?

D'un mouvement des hanches, je propulse ma jambe en direction du renflement dans sa poche. Avant que mon pied n'ait atteint sa cible, il l'attrape.

— Bien essayé...

Et il brise ma cheville comme un enfant briserait un bâton. Mon hurlement s'élève au cœur du désert, repris en écho par les rires des bikers. Brook crie aussi, mais d'angoisse et de peine. Alors que j'ai juste envie de pleurer, un rire sort de ma bouche, alimenté par une étrange sensation dans mes veines.

— Qu'est-ce qui te fait marrer ? gronde-t-il en m'attrapant cette fois par le cou.

L'énergie. Celle née de la douleur. Celle qui semble se jouer de l'objet magique de Crios et qui fait sauter un à un les cadenas dans mon esprit. La chaleur étouffante du désert laisse place au froid du monde des Morts. Alors que mes poumons se tordent sous le manque d'air, j'expulse une onde devenue trop imposante pour mon corps.

Crios ne la voit pas venir. La décharge invisible le propulse à plusieurs mètres. Je retombe mollement par terre, tout à coup entourée de silhouettes sombres. Les damnés arrivent. Ils se multiplient, se nourrissent de la lumière du jour. Le paysage commence à s'assombrir, les bikers reculent, certains se demandent ce qu'il se passe.

— Impossible, gronde le Titan.

— Comme quoi, ce mot n'a plus vraiment de sens dans notre monde, n'est-ce pas ? soufflé-je en me levant.

Ma cheville en miettes m'empêche de rester debout, mais le bras d'un damné se glisse sous mes aisselles et me permet de garder l'équilibre.

— Je te le répète Crios : laisse-nous partir !

— Hors de question, espèce de garce. Pas après ce que toi et ton roi minable avez fait aux miens.

Mon souffle se bloque quand Crios avance vers moi et qu'il fait naître une obscurité totale sur son passage. Plus sombre encore que celle causée par mes damnés. Je cligne plusieurs fois des paupières, surprise par l'ancienne magie qui se déploie autour de moi. Elle possède le goût métallique du sang sur ma langue. Mes Ombres disparaissent en même temps que ses hommes. La voiture, Brook, le désert... tout s'est volatilisé. Je m'effondre par terre, terrassée par la douleur de ma cheville. Des étoiles apparaissent par milliers autour de moi, comme si j'avais été envoyée dans l'espace. Le pouvoir du Titan annihile le mien. Les damnés ne me soutiennent plus. Je me retrouve seule.

Sans défense.

— Je ne t'ai rien fait ! m'exclamé-je en reculant.

— Allons... Tu ne connais pas les grandes lignes du mythe ? Hadès, ainsi que ses frères Zeus et Poséidon ont détrôné les miens.

— En quoi ça me concerne ?

Il éclate de rire. Mon dos frappe une surface invisible qui m'empêche de ramper davantage.

— Nous avons été envoyés dans le Tartare, soit la partie la plus terrible des Enfers. Et devine quoi, Perséphone ? C'est toi qui nous y as expédiés.

Le Tartare est la partie la plus reculée du monde souterrain, on y enferme les pires raclures. J'ignorais que j'avais cette possibilité.

Enfin, que *Perséphone* avait cette possibilité.

— Je ne m'en souviens pas, avoué-je.

Mes souvenirs en tant que déesse restent trop épars pour me permettre de me rappeler ceci.

— Moi si, et plutôt bien, même. Tu n'as pas idée de ce que c'est, là-bas. De la souffrance perpétuelle, des cris de prisonniers qui ne s'éteignent jamais ! Mais surtout, il y a bien une chose que je ne supportais pas : tes sujets ! Les traîtres qui ont retourné leur veste, ceux qui autrefois défiaient les Olympiens de toute leur puissance. Tu en as fait des marionnettes. Où sont-elles, maintenant ? On dirait qu'elles te laissent tomber, ricane-t-il.

Il se dresse soudain devant moi, immense. Même sous sa forme mortelle, il est terrifiant. Il tend la main, m'emprisonne dans un étau invisible et me soulève. À nouveau, la sensation d'étouffer me brûle la poitrine.

— Plus que le plaisir de te voir morte, assène-t-il, je veux revoir la souffrance liée à ta perte sur le visage d'Hadès. J'aime briser le couple du Royaume des Morts, je ne m'en lasserai jamais.

— Je... ne compte pas... pour lui, lâché-je, désespérée.

Je ferme les yeux, incapable de dissimuler mes larmes. Je n'ai plus de force, plus de pouvoirs.

— Tu as toujours compté, et tu compteras toujours, ne mens pas. Je me fous du nombre de vies que je t'arracherai, je le ferai jusqu'à ce que tu ne reviennes plus au monde, comme Hadès a assassiné définitivement mon frère. Te souviens-tu de lui, Perséphone ? De la manière dont toi et ton Roi vous y êtes pris pour effacer son existence au-delà du Tartare ?

Des picotements chatouillent alors ma nuque. Ils parviennent presque à chasser ma peur, à me faire oublier que je meurs asphyxiée. Tout à coup, l'obscurité autour de moi explose en morceaux. Je me retrouve à nouveau dans le désert, aveuglée par la lumière du soleil, mais libre. Même si je retombe par terre, je prends une grande bouffée d'air afin de nourrir mes poumons meurtris. Je me précipite aussi loin que possible du Titan en rampant sur le sol bouillant. Quand mon dos cogne contre des jambes, je hurle de terreur.

— C'est moi, Coré, calme-toi. Tu peux te relever ?

— Il m'a cassé... la cheville.

Hadès passe un bras autour de ma taille, me soulève et me serre contre lui. Tout à coup, je me rends compte du froid anormal qui me saisit : plus piquant que mille flèches empoisonnées. *Qu'est-ce qui m'arrive ?* Je tremble, incapable de prononcer le moindre mot. Les yeux du Roi me dévisagent avec une sorte d'inquiétude voilée.

— Je suis là. Tout va bien.

— Hadès ! hurle le Titan en attirant l'attention générale sur lui. Tu ne parviendras pas à la sauver !

— Moi aussi, je suis content de te voir, Crios. Toujours dans l'ombre de ton frangin, même après sa mort. Trouve-toi une vie, au lieu de foutre le bordel dans la mienne, sois sympa...

Spax apparaît à mes côtés et me soutient à la place d'Hadès, quand ce dernier me libère pour avancer. Du coin de l'œil, je cherche Brook pour savoir si elle va bien. Elle se trouve en compagnie de Léther et me fixe avec de grands yeux affolés. D'un mouvement de tête, je tente de la tranquilliser sur mon état. Ça aurait pu être pire. Cette histoire aurait pu finir en bain de sang sans l'intervention du dieu des Enfers.

Brusquement, le silence qui règne autour de moi m'écrase. Les motards des deux camps se taisent, chacun armé jusqu'aux dents. Il demeure dans l'air un parfum de danger suspendu qui peut nous retomber dessus à n'importe quel moment.

— Ton arrogance m'agace, misérable cafard ! gronde Crios.

— La tienne aussi, Titan. Je me lasse de devoir déjouer tes plans ridicules au fil des siècles.

À ma grande surprise, Hadès sort un pistolet et tire sans sommation sur son adversaire. Le coup résonne dans le désert, me transperce les tympans, presque aussi fort que le hurlement de douleur du Titan. Ce dernier s'écroule sur le bitume, une main posée sur son abdomen ensanglanté.

— Ça, c'est pour la cheville de Coré.

— Non ! hurle Crios quand ses compagnons s'apprêtent à riposter. Il est à moi !

L'homme massif se redresse, le visage empreint d'une rage palpable. Je m'attends à ce qu'une bagarre générale éclate. Je préfèrerais presque avoir affaire à un combat qu'à cette absence de bruit malsain.

— Il faut que tu te rendes à l'évidence, Crios. Perséphone me reviendra toujours, et tant que je vivrai, je la protégerai.

— Vraiment ? Tu te trompes, Hadès. Son cycle s'achève, regarde-la ! Si elle meurt dans cette vie, tu ne la retrouveras jamais.

Les épaules d'Hadès se tendent. Je crains de comprendre ce que signifient les paroles du Titan.

— Et tu le sais, termine-t-il. N'est-ce pas ? Tu l'as compris... Ma vengeance n'en sera que plus douce quand je te l'aurai arrachée définitivement.

Crios attaque. Voyant le coup arriver, Hadès se jette à son tour sur lui et le choc des deux corps crée une vague qui propulse tout le monde à plus d'un mètre. Le crissement métallique de la carrosserie des motos qui râpent le sol se mêle à celui du Roi des Enfers. Sa colère m'envahit comme si c'était la mienne, j'en ai le souffle coupé. Je me redresse, encore sonnée et le corps en bouillie, entendant à peine les paroles de Spax.

— Coré, ça va ?

Il agite une main devant moi. Pourtant, je n'ai d'yeux que pour les combattants qui se rendent les coups avec une violence saisissante. L'oxygène a un goût de fer, le bitume devient de plus en plus chaud, le ciel se couvre... Hadès tombe en arrière, roule sur le dos pour éviter un coup de chaîne et se relève d'un bond. Il saisit Crios par le col de sa veste en cuir avant de bondir en direction du ciel. Une lumière aveuglante m'oblige à détourner les yeux, un autre cri résonne. Celui du Titan. Ce dernier s'écrase par terre. Hadès, debout au-dessus de lui, lui envoie une série de coups de poing meurtriers. À la fois fascinée et terrifiée par le spectacle, j'en perds la notion de réalité.

— Coré, ça se gâte ! lance alors Brook en me rejoignant.

Je fais abstraction du froid qui coule toujours dans mes veines et des souvenirs de mon voyage dans les ténèbres. Les Nyx et les Originels règlent leurs comptes à grands coups de chaînes, de lances, et même de flingues. Je sursaute quand une lance frôle mon crâne. Je m'écrase au sol, le souffle saccadé par la terreur. Brook m'a imitée, elle aussi transie par la peur.

— Merde, on est en train de cuire sur le bitume ! s'exclame-t-elle.

— On se trouve un abri.

Spax se dresse devant nous, véritable armoire à glace, personnification de la protection.

— Enfermez-vous dans la voiture, vite !

Cette boîte en métal semble être notre seule chance de sortir entières de cet affrontement titanesque. Je rampe au sol, même si mes bras et mes jambes hurlent grâce. Je parviens à ouvrir une portière sans encombre, toujours étroitement protégée par Spax, et me glisse dans l'habitacle. Je laisse de la place à Brook pour qu'elle me rejoigne.

— Ne bougez pas d'ici ! ordonne le vice-président des Nyx.

On n'en avait pas vraiment l'intention.

Je m'accroupis entre les banquettes.

— Coré, j'ai cru qu'il allait te tuer ! s'exclame Brook en me serrant dans ses bras. Ta cheville, ça va ?

— Oui, ne t'inquiète pas.

Une vitre explose. Aucune main ne me saisit, cette fois, même si, à tout moment, je m'attends à essuyer une attaque. Les coups pleuvent dehors. Bruits de chaînes, hurlements, détonations, sifflements de balles, tout y passe. On dirait que la Troisième Guerre mondiale a éclaté. Au bout d'un moment interminable, un étrange silence s'installe. Je n'ose pas regarder à l'extérieur, de peur de constater que les Originels gagnent la partie. J'imagine les corps étendus des Nyx par terre, des flammes, de la douleur… Brook serre sa main dans la mienne, unique réconfort auquel je me raccroche. Je compte jusqu'à cent avant d'oser jeter un coup d'œil entre les deux sièges, imitée par ma rouquine. Sur la route, Hadès et Crios se tournent autour, tels deux loups sur le point de se sauter à la gorge. Lorsque du côté des bikers, une autre rixe est sur le point d'exploser, Hadès hurle avec une puissance remarquable :

— Ça suffit !

Il se produit quelque chose sur la réalité, ou sur le monde, je ne sais pas trop. En tout cas, tous se figent. Son ordre vient de s'ancrer dans l'esprit de chacun. Je le sais, parce que je l'ai aussi senti me caresser l'âme.

— J'en ai assez de ces combats futiles, continue-t-il à l'intention de Crios. Dis à tes hommes de foutre le camp, auquel cas je les envoie tous croupir dans les Enfers. C'est entre toi et moi. Ne les mêle plus à cette histoire !

Trop de sang a coulé, trop de corps sont tombés, trop de violence plane dans l'air, constaté-je en regardant par la fenêtre. Le dieu des Enfers a raison : il faut cesser cette guerre.

Une vague de peur déferle sur les membres des Originels. Je jurerais que cette mystérieuse promesse vient de leur enlever quelques couleurs.

— Tu enverrais des humains là-bas avant même leur mort ? ricane Crios.

— Sans hésiter. Je les y enverrai avec leurs familles s'ils continuent de tourner autour de Coré. Vous avez bien entendu, misérables mortels ? Je damnerai tous ceux que vous aimez.

Les Originels deviennent carrément livides. Certains murmurent, ou s'écartent des Nyx avec affolement. J'en profite pour me glisser hors de la voiture contre l'avis de Brook. Je m'aide du capot pour rester debout.

— Ne l'écoutez pas ! clame Crios. Il n'a pas ce pouvoir. Il ne peut pas vous envoyer là-bas sans vous tuer au préalable. Et rappelez-vous, en ma présence, il ne peut pas...

— Vous tuer ? coupé-je le Titan avec force. J'ignore s'il vous a promis une immunité ou je-ne-sais-quoi d'autre, mais il vous ment. Vous voulez une preuve ?

Je lève la main et claque des doigts.

À cet instant, un Originel qui était en train d'agoniser sur le sol et qui n'allait pas tarder à mourir se change en une infinité de pétales de fleurs blanches.

Je l'ai fait parce que je ne supportais pas de le voir souffrir ainsi. Je l'ai fait parce que mon « instinct Perséphone » me murmurait que c'était possible. En m'attaquant, Crios a ouvert une porte sur mon esprit verrouillé, me laissant discerner ce pouvoir que je ne maîtrisais pas encore.

Je rejoins Hadès à l'aide d'un damné en affichant une assurance que je ne possède pas réellement. J'essaie de faire transparaître Perséphone à travers mes yeux, et pas Coré.

— Vous savez pourquoi on peut vous éliminer, alors même que Crios vous a promis le contraire ? continué-je en remarquant des Originels sur le point de fuir. Parce qu'Hadès et moi sommes réunis.

Du coin de l'œil, je remarque que certains motards ramassent leurs motos, prêts à déguerpir. La main d'Hadès se glisse dans la mienne. Son sourire cruel alimente la colère sur le visage de notre ennemi principal.

— Tue-les, je m'en fous, gronde alors le Titan.

— Vraiment ? susurre Hadès.

Mon biker tend un bras en direction d'un groupe d'Originels en retrait. L'un d'eux se met alors à hurler, le corps secoué de tremblements. Il se plie en deux sous l'attention générale, sa bouche poissée de mousse blanche.

Il meurt avant même de tomber.

— Et de deux, compté-je.

Un type bloqué sous une moto, qui n'arrive plus à respirer, se transforme en une ribambelle de pétales de roses jaunes. À l'autre extrémité, un homme chauve et couvert de tatouages bondit en arrière en serrant son ventre entre ses bras. Son hurlement déchirant meurt quand il s'écroule.

— On continue ? propose Hadès. Tu sais aussi bien que moi ce qui se passera s'ils meurent tous.

Moi, je l'ignore, mais je me promets de le demander plus tard.

— Viendra le jour où je vous exterminerai tous ! crache Crios.

— En attendant, fous-nous la paix !

Une forte énergie entoure les deux divinités. Il ne manque

qu'une flamme pour embraser le monde.

Personne ne bouge, jusqu'à ce que Crios ordonne le repli. Ses camarades regagnent leurs motos cabossées, puis tous finissent par disparaître à l'horizon, sauf les blessés. Il y en a au moins huit.

— On fait quoi d'eux ? demande Léther.

— Fais-les oublier. Quant aux morts, faites disparaître les corps.

— Je peux me charger du dernier point, proposé-je.

Ainsi, je m'exécute, les larmes aux yeux. Il ne faut pas croire, agir ainsi me donne la nausée. J'ai mal partout, mais surtout à l'âme. Participer à tant de violence me fait me détester.

Idiot, n'est-ce pas ?

Au cœur de notre champ de bataille improvisé, les pétales apparaissent partout et retombent bientôt sur le sol bouillant. Après avoir changé le dernier cadavre, mes jambes ne me portent plus. Épuisée, je manque de m'écrouler. Ce n'est pas une Ombre qui me soutient, mais Hadès.

— Ça va ? me demande-t-il.

— Pas vraiment.

— Tu l'as plutôt cherché.

Il m'aide à m'asseoir dans la voiture et avec une lenteur délicieuse, passe ses mains au-dessus de mon corps. Si la fatigue ne reflue pas vraiment, la douleur s'en va comme si de rien n'était. J'arrive à bouger ma cheville lorsqu'il stoppe le processus de guérison. N'ayant pas osé le regarder dans les yeux pendant tout ce temps, je m'exécute enfin. Ce que j'y découvre me révolte.

— Ne me regarde pas comme ça ! lui ordonné-je.

Comme si je l'avais déçu, trahi. Il prend une grande inspiration, histoire de se canaliser. Avec un calme trompeur, terrifiant, il demande :

— Qu'est-ce qui vous est passé par la tête ?

Le ciel gronde, le sol tremble légèrement. On dirait que les

Enfers sont en émoi, mais je suis prête à parier que c'est Hadès lui-même qui déclenche ces phénomènes.

— On voulait juste aller en ville, intervient Brook d'une petite voix.

— Sans protection ? hurle-t-il tout à coup.

— Arrête ! crié-je à mon tour. Ne t'en prends pas à elle. Ni à moi, d'ailleurs ! Depuis quand te retrouver signifie perdre mon libre arbitre ? Tu ne penses tout de même pas que je vais rester enfermée au Royaume des Morts le reste de ma vie, sauf les rares fois où tu m'accompagnes ?

Je me lève, prête à l'affronter. Il avance d'un pas, m'écrasant de toute sa hauteur.

— Je t'ai demandé de rester là-bas pour ta sécurité ! Putain, Coré, les Originels font le pied de grue aux alentours du night-club dans l'espoir que tu sortes… Et toi, justement aujourd'hui, tu t'octroies une balade ? Merde !

Il rugit ce dernier mot en crachant un jet de salive ensanglantée par terre. Puisque personne ne réagit ou ne décide de prendre notre défense, j'interviens. La douleur, le stress et la peur qui retombent mouillent mes yeux et réveillent le pouvoir de Perséphone. Pour échapper aux larmes, je choisis l'offensive.

— Tu te fiches de moi ? Tu ne m'as donné aucune explication concernant Crios. J'ignorais même la raison pour laquelle il désirait ma mort jusqu'à maintenant ! Pourquoi tu ne me dis rien ?

— Je t'ai sommé de…

— De rester au night-club, oui, le coupé-je, mais je te rappelle que je ne suis pas à tes ordres, ô grand Roi des Enfers ! Tu n'as aucun droit sur moi !

— Sauf celui de sauver ta jolie frimousse, c'est ça ?

Des Ombres apparaissent parmi les bikers, je les repère du coin de l'œil.

— Je ne t'ai rien demandé.

— Tu n'as pas besoin de le faire.

Vexée par sa condescendance, je lui tourne le dos. À cet instant, j'ai juste envie de me réfugier sous la couette pour dormir. Cette épreuve m'a presque brisée, je suis épuisée.

— Coré, je n'ai pas fini.

— Va au diable, Hadès ! Tu viens, Brook ? On s'en va.

Je grimpe dans la voiture. Mes doigts tremblent quand je tente de boucler ma ceinture, à tel point que je n'y arrive pas. Brook me vient en aide avec douceur.

— Chérie...

— Pas maintenant, soufflé-je. S'il te plaît.

Elle démarre dans un faible « d'accord ». Je suis contente de perdre la face devant elle et non devant le biker. Brook manœuvre de façon à opérer un demi-tour sans percuter de motos et on prend la route. Je donnerais tout pour me trouver loin d'ici et échapper au regard d'Hadès qui continue de me brûler la peau. À mesure qu'on s'éloigne, les larmes coulent à flots. Ma meilleure amie ne commente pas, ce qui m'aide à rester digne. Des Harley nous dépassent en hurlant, les bêtes d'acier lancées à grande puissance. Les vibrations me caressent et malgré ma colère, je ne peux m'empêcher de suivre le Président des yeux, jusqu'à ce que lui et son groupe disparaissent. Derrière la voiture, des Nyx nous suivent, sans doute pour notre protection. Ou pour nous empêcher d'aller en ville ? De toute façon, je n'ai plus envie d'y aller.

J'ai arrêté de pleurer lorsqu'on se gare sur le parking du Royaume des Morts

— Tu vas bien ? me demande Brook.

— Et toi ? Ils ne t'ont pas touchée ?

— Non, ma vieille, c'est bon. Tu veux que je vienne avec toi dans la chambre ?

Je secoue la tête en lui offrant un ultime sourire. J'aimerais lui dire que je suis heureuse qu'elle soit en vie, mais j'ai la bouche trop sèche et la gorge en feu. Quelques minutes plus tard, je me réfugie dans la chambre telle une bête blessée. Au cas où le propriétaire des lieux déciderait de me surprendre, je ferme la porte à clef. Je n'ai pas envie de parler ou de me disputer. Cela dit, je doute que face à un dieu, une simple serrure puisse résister. J'attrape des vêtements propres pour me réfugier dans la salle de bains. Une fois sous la douche tiède, presque froide, je laisse l'eau dénouer mes muscles, emporter avec elle ce qu'il reste de mon tête-à-tête avec Crios. Je n'arrive pas à me détendre complètement. J'ai encore l'impression d'être entourée par l'obscurité constellée d'étoiles dans laquelle il m'a envoyée. Peut-être qu'une sieste m'aidera à aller mieux ? Avant de me glisser dans le lit, j'envoie un dernier SMS à Adon :

[Pardonne-moi, je t'en supplie. Il faut qu'on parle, tu me manques...]

Je me réveille cinq minutes plus tard. En réalité, je constate que plus de vingt-quatre heures se sont écoulées. La faim me tord l'estomac, sans compter les crampes et les courbatures. Les souvenirs de la bataille me reviennent en masse.

Pour couronner ce réveil difficile, Adon n'a pas répondu à mon message. Si seulement on pouvait discuter, même cinq minutes... Je m'en veux tellement, j'ai trop envie de lui parler. *Et s'il décidait de ne plus jamais me revoir ? De me rayer de sa vie à jamais ?* Lui et moi, nous ne nous sommes jamais disputés. C'est une grande première, je déteste ça.

Je me plante devant le miroir de la salle de bains. Mon reflet fait pitié. Je n'ai plus de traces de doigts autour du cou, ni aucune blessure visible, pourtant je continue d'avoir mal partout. Pour ce qui est de la cicatrisation des plaies, je suppose que je la dois à Hadès. Penser à lui me met encore en colère et... me rend triste. Je le déteste de m'avoir humiliée devant tout le monde, et je suis dégoûtée qu'il ait constaté que je ne suis qu'une fille à protéger.

Pour ne pas penser à mes états d'âme, je file dans la salle de réception où mangent les bikers. À mon entrée, j'ai droit à des regards dédaigneux, d'autres emplis de respect, et même à une salve de murmures. Je me concentre sur Spax, qui lève un bras et l'agite tout son soûl.

— Coré, viens à côté de moi ! J'ai bien envie de causer un peu.

— Bonjour, Spax !

— Content de te voir en forme.

Façon de parler. Mes muscles hurlent, à l'agonie. Je me place à la gauche du vice-président, choisissant un simple café noir en guise de petit déjeuner. Mon voisin a opté pour des pâtisseries, du rhum dont l'odeur me soulève l'estomac, des pâtes, et même de la viande. Les morts mangent beaucoup, réalisé-je en détaillant les autres assiettes. Ils ne prennent sans doute pas de poids. Ce qui est un avantage en soi. Je remarque deux types qui me dévisagent avec dureté. Sans attendre plus longtemps, ils se lèvent et quittent la pièce d'un pas lourd.

— Qu'est-ce qui se passe avec eux ? Ils sont partis par ma faute ?

— Ne te bile pas pour ces enfoirés. Ils sont furax parce que tu as défié notre président. Ça n'arrive pas souvent qu'on tombe sur une fille aussi caractérielle.

— Oh. Ils... ils ne m'ont jamais rencontrée ? Dans mes vies précédentes, je veux dire.

— Pas vraiment. Certains sont arrivés en cours de route et ne te connaissent que via les mythes. Ceux qui ont eu la chance de te côtoyer en tant que Perséphone savent à quoi s'attendre.

Je me gratte le front du bout du pouce en cherchant mes mots.

— Je ne suis pas très sympa avec Hadès, je m'en rends bien compte. Notre relation a toujours été ainsi ?

— Déchirée ? Oh oui ! Un amour profond vous unissait jadis, et ça ne changera jamais. Vous étiez capables de vous aimer avec ardeur et de vous disputer comme des chiffonniers. C'est toujours le cas. Ça me rappelle le bon vieux temps !

Mes joues virent au rouge. Histoire de dissimuler cette émotion brûlante – et plutôt agréable – qui me transperce, je plonge ma cuillère dans une grenade coupée en deux. Le goût un peu âpre des graines envahit ma bouche. Soudain, je me fige. Mon choix pour ce fruit ne relève sans doute pas du hasard... Je le repose avec un léger sourire. Spax ne fait aucune allusion, même si son coup d'œil amusé veut tout dire.

— Il n'y a rien entre nous, interviens-je enfin.

— Vraiment ? Ce n'est pas ce que j'ai vu quand je suis entré dans sa chambre...

Au fond, je souhaite qu'un trou béant m'avale pour éviter cette conversation.

— Ça ne veut rien dire.

— Bien sûr.

— Bon, et toi, alors ? Tu me parles de ta femme et de tes enfants ? Connaissent-ils ta nature de mort-vivant ?

On n'a jamais abordé le sujet. Dommage, parce que Spax fait maintenant partie de ma famille. À ma question, son sourire moqueur disparaît au profit d'une peine voilée. Bien vite, il reprend son masque de joyeux luron.

— Ils sont morts il y a longtemps, Coré. Ma vie de famille date d'avant mon aller-retour pour les Enfers.

— Oh, je suis désolée. Je pensais que... Excuse-moi.

L'homme tapote mon épaule avec un sourire paternel.

— Je suis touché que tu veuilles me connaître. Ne t'en fais pas, tu peux me poser les questions que tu veux.

— Il ne vaut mieux pas…

— Si, vas-y.

La porte s'ouvre avec fracas. Je m'attends à voir surgir Hadès, mais ce sont des membres du club qui se joignent à la fête. J'ignore si je suis soulagée ou déçue.

— D'accord, me reprends-je en m'adressant à Spax, j'aimerais savoir si les Nyx ont une véritable vie en dehors du Royaume des Morts.

— Si tu parles d'épouses et d'enfants… quelques-uns réussissent à se caser, mais on ne peut pas procréer. Notre statut d'immortel complique nos existences. Alors, je dirais que non, on n'en a pas.

— C'est triste.

Sur ma droite, un type que je ne connais pas s'exclame :

— Pas vraiment, il n'y a rien de mieux que la baise, la moto et les bastons !

À sa remarque pratiquement hurlée, d'autres Nyx lèvent leurs verres d'alcool et l'acclament. Je ris, même si je trouve toujours cette perspective assez amère. Tout le monde mérite de trouver l'amour, même les morts revenus à la vie.

— Pourtant, murmuré-je en me penchant sur le vice-président, Hadès a été marié…

— C'est un Roi, un fondateur de l'Olympe, ne le confonds pas avec ses simples sujets. Il n'a rien d'un mort.

— Quand bien même il mourrait, il reviendrait à la vie, non ?

Je n'ai pas eu l'occasion d'approfondir le sujet avec le principal intéressé. Spax fait mine de réfléchir, puis avoue :

— Je crois que pour la première génération des Olympiens, les cycles n'existent pas.

— Et ça inclut qui ?

— Zeus, Poséidon et Hadès.

— Aucune femme ? demandé-je, surprise. Pourquoi ?

Il se gratte le front en réfléchissant.

— Parce qu'elles ne sont pas Reines comme Zeus et ses deux frères qui sont Rois ? Du moins, c'est ce qu'on pense tous.

Je ne peux même pas imaginer qu'il puisse arriver quelque chose à Hadès. J'ai beau le trouver détestable la plupart du temps, je l'aime bien.

— Et toi, enchaîne le Nyx, comment vas-tu ? Tu as mal quelque part ?

— Partout. Mais je gère.

— Tu as de la chance qu'Hadès t'ait sortie du pétrin avant que Crios ne te tue. La prochaine fois, évite de t'en aller sans rien dire à personne. Surtout que tu ne maîtrises pas tes pouvoirs. Te protéger contre les Originels sans cela risque d'être difficile.

J'opine sans commenter. Je reste sur ma position concernant le fait que je doive garder ma liberté. Mais je sais aussi que j'ai agi à la hâte. Je m'en rends compte, maintenant que mes articulations me hurlent dessus.

— Je ne suis pas condamnée à sortir accompagnée d'une escorte pour le reste de ma vie, si ?

— Non, avec ton aide, on va renvoyer Crios dans le Tartare. C'est juste une question de temps.

Je m'apprête à en demander plus concernant le Tartare et le Titan, quand Hadès surgit dans la pièce avec la majesté qui le caractérise. Avant qu'il ne croise mon regard, je me détourne.

— On se bouge, les gars. Tous devant la Porte d'ici cinq minutes !

Puis il disparaît aussi vite.

— La porte ?

— Oui, m'explique Spax en enfilant sa veste en cuir, celle qui mène aux Enfers.

— Oh… où est-elle ?

— Dans le bureau d'Hadès, évidemment.

15.

Le Nyx me salue et me conseille de ne pas commettre d'impair, cette fois. Je fais mine d'être choquée par ses paroles, bien que j'aie conscience de jouer avec ma chance. En quelques secondes, la salle se vide, je me retrouve seule face à une table encore remplie de nourriture. Tout en mangeant un morceau de chocolat, je compte jusqu'à trois cents, puis sors à mon tour. Avec l'air de celle qui sait ce qu'elle fait, je me dirige vers le bureau d'Hadès. Au sous-sol, des employés nettoient la salle VIP. Il m'arrive souvent de les croiser avant mes prises de poste, et tous sont plutôt sympas.

— Vous avez vu Hadès ? demandé-je à l'agent d'entretien.

— Oui, il est entré dans son bureau.

— Merci.

Personne ne m'arrête quand je tourne la poignée de la pièce concernée. Fermée à clef, bien entendu. Je suis curieuse de voir à quoi ressemble le portail qui mène aux Enfers. Avec un soupir, je décide d'aller dans la chambre de mon hôte pour dessiner. J'ai un peu honte de l'avouer, mais cette pièce m'inspire. Pas étonnant que, presque tous les matins, je me réveille dans le lit d'Hadès. Je me sens bien ici, je me sens… chez moi. Autant dire que c'est la première fois de ma vie. J'aime ce sentiment de paix qui me saisit entre ces murs, comme si rien ne pouvait m'arriver.

À mon entrée, les rideaux sont fermés. Les lumières tamisées m'accueillent, ainsi que l'odeur des vieux livres et des canapés en cuir. Il y a davantage de bouquins que lors de ma dernière visite dans la bibliothèque. J'évite de regarder l'immense lit à baldaquin dans lequel j'ai failli me donner à Hadès, assaillie par des papillons dans le ventre. Un sourire étire mes lèvres. J'ai aimé ce moment, comme j'aime tous ceux que je passe avec lui dans l'intimité. Seulement, je ne suis peut-être pas encore prête à l'admettre, vu la situation. Ça lui ferait trop plaisir de me savoir complètement mordue de lui. Il m'agace tellement souvent !

Je me plonge dans un dessin portant sur le thème de la mythologie, les oreilles occupées par mes écouteurs. Bien vite, la torche de Perséphone prend vie sous mon crayon. À son extrémité, au lieu d'une flamme, je trace des Ombres mouvantes, humanoïdes et vivantes. Dessiner me détend, me fait oublier que la veille, j'ai failli mourir. Je termine cette œuvre sans trop réfléchir, laissant mes pensées vagabonder. Une fois que je l'ai finie, je me mets à fouiner dans la bibliothèque à la recherche de livres sur Perséphone. Il me faut des infos sur cette torche, je sais qu'elle est importante. Armée de plusieurs ouvrages trouvés sur les étagères, je m'installe dans le fauteuil pour les éplucher un à un.

Ça prend des heures. Au bout d'un moment, mon crâne me fait mal, mes paupières brûlent de me concentrer sur les petits caractères, et j'ai les jambes engourdies d'être restée immobile. Mais je trouve enfin ce que je cherche.

Un court extrait perdu dans un très vieux livre m'apprend que jadis, cette torche m'appartenait et qu'elle a été taillée dans le premier arbre qui a poussé sur Terre. Elle me permet de garder ouvert un portail vers le Tartare et fait office de balise qui attire les damnés par milliers vers une cible en particulier. J'aimerais savoir où elle est, aujourd'hui.

Pourquoi je rêve d'elle ? Pourquoi ai-je toujours envie de la dessiner ?

Après une éternité, je sors de la chambre pour rejoindre la mienne. Dans le couloir, je croise Spax. Il me prévient que je vais encore être à la bourre pour le boulot.

— Je sais, je vais juste prendre une douche rapide. Ça s'est bien passé aux Enfers ?

— Oh, la routine, tu sais...

— Tu crois que je pourrais y aller, un jour ?

Il éclate de rire.

— J'espère bien que non ! Tu es trop humaine pour supporter de rester là-bas plus de quelques secondes. Les temps ont changé, gamine. Si un jour tu t'y retrouves, c'est que tu es morte, et je ne te le souhaite pas.

Je grimace.

— Merci de l'info, Spax. À ce soir.

Je rejoins Amber avec trois minutes de retard. La salle VIP n'est pas encore remplie. Pour le moment, c'est plutôt calme.

— Désolée, m'excusé-je. Tout va bien pour toi ?

— Ne t'en fais pas. Tu as l'air épuisée, Coré. C'est depuis ton emménagement au Royaume des Morts ?

Ma collègue se marre devant ma surprise.

— Léther m'a raconté que tu avais eu un problème de logement et que tu habitais ici depuis. Pas trop dur ? Je sais que les gars peuvent être lourds, parfois.

Je secoue la tête avec un sourire en préparant les premières bières.

— Ça va, j'ai connu pire comme situation. Les Nyx sont plutôt sympas si on évite les grincheux. Comment se passe ta grossesse ?

J'ignore comment elle fait pour bosser de nuit et être aussi lumineuse tout le temps.

— Oh ! Pour le moment, je n'ai pas trop à me plaindre. Ah, ça commence, regarde là-bas !

Des bikers se disputent déjà autour d'une partie de billard. On éclate de rire quand l'un d'eux se prend les pieds dans une chaise en voulant frapper sur l'autre. En gros, l'ambiance habituelle règne, et ça m'apaise. J'ai besoin d'un peu de normalité. Certains Nyx comptent des liasses de billets posés sur une table, les autres se marrent, draguent les brebis ou se prélassent. L'odeur d'alcool mêlée à un parfum de crème glacée que je suis la seule à sentir règne dans l'air.

Je passe une grande partie de la soirée à servir des bières et à discuter avec Amber.

— Si tu connais quelqu'un qui cherche un job, me lance-t-elle, mon poste sera à pourvoir quand je partirai en congé maternité.

— Moi ! hurle Brook en s'affaissant sur le comptoir. J'ai besoin d'un travail honnête qui ramène du pognon.

Elle porte ses lentilles, même si pour moi, ses yeux restent d'un noir profond. Amber doit voir autre chose, car elle ne réagit pas à cette vision flippante. Je m'y ferai, un jour, il faudra bien. Ma rouquine sourit, plus belle que jamais.

— Je ne t'ai pas vue, aujourd'hui, lui fais-je remarquer.

— Moi non plus, répond ma meilleure amie en se penchant pour m'embrasser. Tu me sers un truc fort ?

Je prends le billet qu'elle me tend et opte pour une vodka. Même si elle n'a pas l'âge légal d'en consommer, c'est sans doute le dernier de ses soucis. Après tout, elle aura dix-huit ans pour le reste de son existence.

— J'ai traîné un peu, réponds-je sans donner davantage de détails.

— Moi aussi. Léther m'a montré des trucs sympas à faire

quand on est mo… bref. Salut, je m'appelle Brook, se présente-t-elle auprès d'Amber. Je suis la meilleure amie de Coré, sa styliste perso, sa coiffeuse et son esthéticienne.

— Enchantée, sourit ma collègue. Je peux te demander comment tu as réussi à entrer dans le salon privé ?

Brook tourne la tête et je remarque qu'elle observe Léther. L'homme vient de débuter une partie de cartes avec quelques invités.

— Un ami m'a fait entrer. Tiens, regarde qui débarque, ma vieille !

J'ai senti les chatouilles dans ma nuque avant même de voir Hadès entrer dans la pièce. Son aura de puissance avale tout sur son passage, je me sens happée par son énergie. Comme s'il avait deviné mon regard sur lui, le sien me brûle la peau. Je tente de me détourner, sans succès. L'ombre d'un sourire étire ses lèvres et il nous rejoint d'une démarche pleine d'assurance.

— Salut, les filles. Comment va ?

— Bien, répond Amber, le service se passe sans encombre.

— Dis, reprend Brook, c'est normal toutes ces gonzesses à demi à poil ? Elles se sont crues chez elles ou quoi ? Bientôt, elles vont baiser sur place… Eh ! Mais, je rêve !

On se tourne tous vers Léther qui a la bouche collée contre celle d'une jolie blonde en soutien-gorge et mini-jupe. Telle une furie, ma meilleure amie quitte son tabouret pour se mêler au couple. Dans la foulée, Amber se fait héler pour une tournée de bières, ce qui m'oblige à rester seule avec Hadès. Je fais mine de nettoyer les taches sur le comptoir à grands coups de lavette.

— Comment tu vas, Coré ? me demande-t-il sans la moindre arrogance.

— Bien.

— Vraiment ? Pourtant, on n'est pas censé se sentir bien quand on est propulsé dans la tête de Crios.

Je me fige.

— Tu parles de ce vide piqueté d'étoiles ?

Hadès s'assied sur le tabouret qu'occupait Brook et pose son portable sur le comptoir.

— Oui. Il possède ce pouvoir. Cet endroit peut rendre fou, et même tuer, parfois. Tu es sûre que tout baigne ?

Il attrape ma main qui tient toujours la lavette. J'observe ses doigts sur ma peau. Je ne parviens pas à me soustraire à son contact, même si je tente de le détester. Ce qui me retient n'est cependant pas ce besoin presque physique d'entrer en contact avec lui. Non, en réalité, il vient de recevoir un SMS et son téléphone s'est allumé. Le selfie qu'il a pris au centre commercial devant le Photomaton n'est autre que son fond d'écran. Mon cœur bondit dans ma poitrine, ma gorge se serre.

— Coré ? insiste-t-il.

— Oui, je t'assure. J'ai eu froid un long moment après ça, et j'ai été très fatiguée, mais je m'en sors bien. Tu sais, j'ai conscience que Brook et moi n'avons pas réagi avec la plus grande des prudences en quittant le Royaume des Morts sans te prévenir, cela dit, il faut que tu comprennes quelque chose : avant de te connaître, nous étions des filles normales avec des habitudes normales. On faisait les boutiques, on traînait dans les rues, on s'amusait. C'était une période si tranquille. Voilà que mon monde se transforme, que je réveille une ancienne divinité en moi, que je me retrouve poursuivie par un Titan en colère. Je fais de mon mieux pour gérer la situation. Et oui, je commets des erreurs, c'est comme ça. Mais tu n'es pas obligé de me traiter comme une petite chose fragile. Et tu as encore moins le droit de mal me parler devant tes hommes.

Voilà, je viens de lui balancer ce que j'ai sur le cœur avec un calme olympien.

— Coré, finit par soupirer Hadès, je sais tout ça. C'est juste que je ne supporterais pas de te voir mourir encore une fois. Désolé.

Waouh ! On dirait que ce dernier mot vient de lui être arraché de la bouche. Son expression me fait rire.

— Tu es en train de te foutre de moi ? gronde-t-il.

— Absolument.

Je prends appui sur le comptoir et approche mon visage du sien pour chuchoter :

— Parle-moi du Tartare.

— C'est une prison où sont enfermées certaines des divinités les plus dangereuses, s'exécute-t-il. Crios et les siens y ont séjourné des millénaires avant de s'en échapper.

— Comment ont-ils réussi à s'enfuir ?

— Tu sais ce qui donne du pouvoir aux mythes et aux créatures qui ne sont pas censés exister ?

Je secoue la tête en regardant autour de moi.

— Une minute, lui demandé-je.

Puisque plusieurs bikers assoiffés viennent de débouler, j'aide Amber à les servir. Dès que l'affluence diminue, je retourne face à Hadès sans avoir trouvé de réponse à sa question.

— La croyance que leur vouent les mortels, avoue-t-il. Fut une époque où la mythologie grecque occupait une place importante chez les humains, et ça a permis aux dieux et autres immortels d'emmagasiner de la puissance à n'en plus finir. Un jour, les dieux ont été oubliés au profit de nouvelles croyances, comme les mythes ou la religion elle-même. Ça ne nous a pas fait disparaître pour autant, ça nous a juste fait perdre de la force. Le Tartare, les Enfers, l'Olympe, tous ces lieux gorgés d'histoires se sont taris, jusqu'à parfois ne plus être capables d'exercer leur fonction première.

— Tu veux dire que nos pouvoirs dépendent de ce en quoi les

hommes croient ?

— Pas complètement, mais en partie. Le Tartare a laissé échapper quelques créatures démoniaques avant que mes frangins et moi trouvions un moyen de sceller à nouveau ses murs pour le rendre imprenable. On est parvenus à renvoyer certains Titans là-bas, mais d'autres continuent d'errer sur Terre… dont Crios.

Je me mords les lèvres afin d'ignorer la pointe d'angoisse qui me lacère le cœur.

— Ainsi, il commet des vendettas encore et encore en s'en prenant à moi, deviné-je. Il m'a dit pourquoi il voulait me tuer : c'est parce que tu as assassiné Cronos, non ?

— Oui, et définitivement, de façon qu'il n'existe plus ici ou aux Enfers. Depuis, Crios me traque, et par extension, te tue chaque fois qu'il le peut. Il était plus proche de son frangin que n'importe quel autre Titan.

Je soupire.

— Il n'y a aucun moyen pour que je sois en paix, n'est-ce pas ?

Il tend la main, repousse une de mes mèches avec douceur et me sourit. Ce simple contact grille mon cerveau. J'ai à nouveau cette envie détestable de l'embrasser, de le sentir contre moi. Pourtant, je repousse cette émotion.

— Il existe un moyen, mais il ne te plaira pas.

— Comment ça ?

Il se lève, puis d'un mouvement du menton, désigne son bureau.

— Suis-moi, je vais te montrer. Christie, mon ange, ordonne-t-il à une petite brune au sourire enjôleur, tu peux remplacer Coré le temps qu'elle s'absente ? Amber a besoin d'aide.

L'intéressée se dandine sur ses hauts talons d'une manière énervante.

— Bien entendu, Hadès, j'y vais de ce pas.

— *J'y vais de ce pas*, répété-je, un brin moqueur. Elle est obligée de parler comme une demeurée ?

D'accord, je suis méchante. Cette fille a l'air sympa, surtout avec ma collègue, réalisé-je en la voyant poser une main sur son ventre encore plat. Hadès pousse un ricanement que je décide d'ignorer. Je sais très bien ce qu'il pense, mais je ne suis pas jalouse.

J'entre dans son bureau professionnel avec une hâte évidente. Il n'y a ni fenêtres ni bibliothèque, pas la moindre fantaisie dans cette pièce. En revanche, une lourde porte en acier se trouve juste derrière un grand bureau couvert de papiers.

La Porte des Enfers...

Je me fige, intimidée. Pourtant, elle n'a rien d'exceptionnel, en dehors du fait... qu'elle exerce sur moi une étrange attirance.

— Assieds-toi.

Je m'installe sur une simple chaise et Hadès se place derrière son bureau, les chevilles croisées sur le coin du meuble.

— Pourquoi cette manière de me protéger ne va pas me plaire ? demandé-je sans tourner autour du pot.

Qu'on en finisse au plus vite. Pour toute réponse, il ouvre un tiroir et me jette un petit objet. Je rattrape sans réellement comprendre un délicat écrin en velours rouge. Du moins, jusqu'à ce que je l'ouvre et que je découvre une bague magnifique, discrète, et sertie d'un diamant d'une délicate couleur violette.

Le même violet – un peu rougeâtre – qu'une grenade.

— Parce que pour bénéficier de l'immunité des dieux de l'Olympe contre les divinités primordiales, tu dois te fiancer à l'un d'eux.

Je patiente un instant, histoire de m'assurer qu'il plaisante. Toutefois, il reste de marbre.

— *Me fiancer* ? répété-je.

Ma voix ressemble à un couinement misérable.

— Conclure un acte d'engagement qui sera assez puissant pour que tu puisses profiter d'une partie de mes pouvoirs, oui.

Il va sans doute éclater de rire et m'annoncer que cette proposition n'est qu'une vaste blague. Les secondes s'écoulent, mais Hadès ne réagit pas.

— Arrête de me regarder comme si je t'avais giflée, tique-t-il. Si tu veux pouvoir sortir du Royaume des Morts sans avoir le Titan derrière ton beau petit cul, c'est la seule solution. À moins que tu préfères t'engager auprès de Zeus ou Poséidon.

C'est trop d'émotions pour moi. Je me lève, lassée par cette histoire. *Des fiançailles avec Hadès. Plutôt avaler trois litres de nectar sans m'arrêter !* Je n'ai que dix-huit ans, je ne suis pas prête à cela. Je me dirige vers la porte, plus tendue que jamais.

— Je trouverai une autre solution, déclaré-je.

— Il n'en existe aucune autre.

Complètement paumée, je secoue la tête. Ma vie part en vrille, je ne contrôle plus rien. Si seulement elle pouvait être aussi normale qu'avant de découvrir mon appartenance à la lignée des dieux grecs.

— Je t'ai dit que ça ne te plairait pas, continue Hadès d'une voix pleine de compassion.

Je m'arrête dans l'encadrement de la porte, le cœur au bord de l'explosion. Je me sens acculée, prise au piège.

— Des fiançailles.

— Ne te méprends pas, quand on aura vaincu Crios, tu seras libre. Cet engagement ne compte pas vraiment, il existe seulement pour te protéger.

— Donc, je pourrais les annuler ?

— Évidemment ! Je ne te demande pas de m'épouser... Tu es libre, tu l'as toujours été. Dans tes anciennes vies et dans celle-ci aussi, Princesse.

Je retourne m'asseoir sur la chaise avec un soupir résigné, les jambes aussi lourdes que l'acier.

— Et cette vie est ma dernière, en profité-je pour embrayer. N'est-ce pas ?

Les traits d'Hadès s'assombrissent. J'ai soudain envie de me réfugier dans ses bras, mais je ne peux pas. Si je m'exécute, cette histoire de fiançailles deviendra trop réelle. Tout comme l'intensité de mes sentiments pour lui...

Il fait glisser l'écrin jusqu'à moi.

— Les Oracles disent que oui.

J'ai fait assez de recherches pour savoir qu'il parle des voyants de l'Antiquité, des gens capables de prédire des évènements.

— Je leur ai demandé pourquoi tu avais cette apparence, reprend-il en me désignant, et ils m'ont livré que ton Cycle éternel se terminait. Si tu meurs, tu ne reviendras plus. C'est ta dernière vie, Coré, alors pourquoi ne pas en profiter pour la garder le plus longtemps possible ?

Il a raison. J'ai failli mourir trop de fois ces derniers temps pour ignorer la réalité de la Grande Faucheuse.

— Jusqu'à ce que tu enfermes Crios, tu es ma seule chance de survie ? demandé-je.

— Jusqu'à ce qu'*on* enferme Crios, oui.

J'attrape le bijou avec un soupir. Je passe la bague à mon doigt, car le laisser faire aurait été trop bizarre. Je m'attends à une explosion de pouvoir, à une lumière blanche, ou même à des flammes... mais il ne se passe rien.

— C'est tout ?

— Oui, Coré, c'est tout. Tu es maintenant sous les radars de Crios, mais ne joue pas avec le feu. Si tu sors, préviens-moi, OK ? Les Originels ne peuvent pas te détecter, mais tu restes mortelle.

Je hoche la tête, le fessier vissé sur la chaise, incapable de me lever ou de quitter cette pièce.

— Hadès, Crios a utilisé un bloqueur sur la route. Pourtant, j'ai réussi à utiliser une partie de mes pouvoirs. Pourquoi ?

Il fronce les sourcils d'une manière outrageusement sexy. Je me détourne pour ne pas avoir à flotter dans son regard si particulier.

— Tu es sûr qu'il utilisait un bloqueur ?

— Oui. Il l'a dit lui-même. J'ai réussi à contrer cet objet, mais ensuite, il m'a emprisonnée dans sa tête.

Il se lève avec lenteur et contourne son bureau. Mes épaules se tendent lorsqu'il se poste dans mon dos et qu'il pose les mains sur son bureau pour m'emprisonner. Cette proximité m'électrise encore, je repousse une furieuse envie de me retourner pour l'embrasser.

— Tu es puissante, murmure-t-il, je l'ai senti la première nuit où tu es venue au Royaume des Morts.

Cette puissance me terrifie. L'image de la torche apparaît dans mon esprit et je me souviens qu'elle est capable de décupler les dons.

— Est-ce en rapport avec la torche de Perséphone ?

Il se fige et je devine sa surprise. Elle ne dure qu'une seconde, parce que l'instant d'après, son visage se perd dans mon cou et ses lèvres embrasent ma peau. Je ferme les yeux, incapable de le repousser tant j'aime cette sensation.

— Tu te souviens de ça ? me demande-t-il.

— Oui. Je n'arrête pas de la dessiner.

— Cette torche t'a permis d'emprisonner les Titans dans le Tartare lors du Premier Combat. Elle a depuis longtemps disparu et je doute qu'elle ait un rapport avec tes pouvoirs. Je crois que les souvenirs de ton existence originelle te permettent de débloquer tes aptitudes. Avant, tu ne te souvenais que très peu de Perséphone, aujourd'hui… tu es *elle*.

Je me redresse, soudain mal à l'aise.

Et voilà, il me prend pour la divinité, alors qu'il avait juré de toujours me voir comme Coré !

— Je vais retourner travailler, le préviens-je.

— Qu'est-ce qui ne va pas ?

Comme je n'ai pas envie de l'affronter à nouveau, je change de sujet en désignant la porte en acier :

— Elle mène aux Enfers ? demandé-je.

— Peut-être bien.

— Est-ce que tu peux me montrer ce qu'il y a derrière ?

Il éclate de rire. Plutôt surprenant, comme réaction.

— Tu es en grande partie humaine… trop humaine pour que je puisse t'emmener là-bas. Tu n'es pas la Reine des Enfers, Coré Daniel. Cela dit, ça peut s'arranger.

Il joue des sourcils de manière exagérée et je ne peux m'empêcher de réprimer un sourire.

— Tu veux dire que si je me mariais avec toi…

— Veux-tu m'épouser, Princesse ?

D'un mouvement de la main, je balaie ses paroles.

— Me taper un biker ? Jamais de la vie ! À la rigueur, si tu étais un vrai roi…

— Je *suis* un vrai roi.

— Dans un vrai château…

— Ceci est un *vrai* château.

— Et que tu me donnais une couronne…

Son sourire devient carnassier, son expression sexy à souhait. Il approche de moi et des fourmis inondent mon corps, alimentées par son aura de puissance.

— Ça peut s'arranger, Princesse…

Histoire de ne pas compliquer la situation et de lui prouver que je plaisante, je secoue la tête en m'éloignant vers la porte. Il s'arrête, aussi droit qu'un soldat et aussi fier qu'un noble.

— Minute.

— Merci de... m'avoir sauvée, réussis-je à articuler.

— Ces paroles ont l'air de t'écorcher vive, se moque-t-il.

— Un peu comme tes excuses, tout à l'heure.

— Touché, admet-il. Passe une bonne soirée !

— Oui... toi aussi.

Je quitte le bureau avant de me liquéfier sur place. Évidemment que mes excuses me font mal. Je meurs de honte d'avoir été aussi faible. Je me jure que si je recroise Crios, la situation se passera différemment.

Je termine mon service avec difficulté cette nuit-là. Quand je m'effondre dans mon lit, le soulagement m'envahit. Il me faut quelques jours de repos. Voire des années.

Et pourquoi pas un siècle ou deux ?

Je me glisse sous les couvertures, bercée par le sommeil, entraînée par le courant vers un endroit paisible. Cet endroit n'est autre qu'un lit immense dans lequel se trouve le Hadès de mes rêves. Allongé sur le dos, un bras sur les yeux, il respire avec sérénité. La lumière rougeâtre des Enfers souligne la finesse de ses muscles dessinés. Étendue à ses côtés, j'arrache un à un les pétales d'une marguerite en jouant au plus vieux jeu du monde.

Il m'aime un peu, beaucoup, passionnément...

Je souris en détaillant pour la énième fois la bague autour de mon doigt. Je suis fiancée et bientôt mariée à l'homme que j'aime de toute mon âme.

— Perséphone, tu glousses.

— Pas du tout. J'exprime ma joie.

Si ma mère me voyait, elle me dirait qu'elle m'a élevée comme une guerrière, pas comme une enfant. Mais j'aime me sentir juste... heureuse. Ressentir une gaieté pure, comme celle-ci.

— Hadès ?

— Mmh.

— Je t'aime.

L'air dans la chambre s'alourdit, la lumière rouge décline peu à peu.

— Oh merde, Coré, ne me dis pas un truc pareil !

Je papillonne des paupières, tout à coup entourée par la pénombre. La chambre royale a disparu au profit de celle plus classique du patron du night-club. Je le sais parce que je me tiens assise dans son lit, juste à côté de lui. Morte de honte, je me tourne lentement vers le biker. Comme dans mon rêve, il ne porte pas de tee-shirt, dévoilant son torse parfait et couvert de tatouages. Son bras est sous sa nuque et il ne somnole pas. Non, il se contente de me fixer avec une ardeur qui me coupe le souffle. J'ai peur de lui demander ce qu'il a entendu.

— Vraiment ? murmure-t-il sous le couvert de la nuit.

— Je rêvais. Je… qu'est-ce que je fiche encore ici ?

À mon besoin de changer de sujet, il répond :

— Tu sembles préférer partager ton lit avec moi plutôt qu'avec Brook.

— Désolée, j'y retourne.

Sa main crochète la mienne, m'enserre dans une étreinte sécurisante.

— Non, reste. De toute façon, tu te réveilleras encore ici demain matin, c'est inévitable. Après l'affrontement avec Crios, j'ai dû te ramener un nombre incalculable de fois dans ton pieu. Ni toi ni moi ne pouvons rien contre l'attraction du passé. Alors, contente-toi de dormir, OK ? Ne te pose pas de questions.

Sur ce, il me tourne le dos en relevant sa couette sur ses épaules. Je m'allonge, embarrassée. Notre relation est quand même très étrange. On ne peut pas s'empêcher de se disputer, pourtant je ressens des émotions très fortes à son égard. J'ignore si ça me plaît ou non.

— Arrête de te poser des questions, intervient Hadès comme s'il avait saisi mes pensées.

— Tu ne peux pas ordonner aux gens d'arrêter de penser, même en tant que Roi.

— Tu crois ?

La seconde d'après, il s'est retourné et se tient sur le côté, une main soutenant sa tête.

— Quoi ?

Son visage se trouve trop près du mien.

— Que je ne peux pas t'empêcher de penser ? murmure-t-il d'une voix empreinte d'un désir qui me submerge.

Il ne va quand même pas... Non ! Je refuse de me laisser avoir, cette fois. Mais je n'arrive pas à bouger, et ce n'est dû à aucune magie. J'ai envie qu'il m'embrasse et en même temps, je redoute qu'il le fasse. Sourd à mon combat intérieur, Hadès laisse libre cours à son désir. Sa bouche se pose sur la mienne et je chavire. Au sens propre. Mon cerveau s'éteint, court-circuité. Le biker a raison, il réussit très bien à m'empêcher de ressasser. Ses doigts me caressent avec avidité, ses lèvres continuent de me couvrir de baisers, sa langue envahit ma bouche. Sa présence occupe mon âme tout entière et je frissonne de plaisir. Un soupir m'échappe quand son visage se perd dans mon cou et que sa barbe de trois jours chatouille ma clavicule. Je me fais électrocuter de la meilleure des manières. À mon tour, je passe mes mains dans son dos en enroulant les jambes autour de sa taille. Un véritable incendie me transperce le corps lorsque la bosse sous son boxer touche mon intimité.

— Hadès...

Ses mains continuent de m'explorer avec délice. L'une d'elles caresse mon ventre jusqu'à frôler l'élastique de ma culotte. Je ne ressens aucun doute à cet instant, pas le moindre gramme de peur. Je veux qu'il me touche encore. Je veux découvrir avec lui des sensations que je n'ai jamais eues. D'un léger mouvement des hanches, je l'incite à continuer. Ses doigts entrent alors en contact avec ma chair à vif, je me mords la lèvre sous l'assaut du plaisir. Il bascule sur le côté en continuant de me caresser.

— J'ai tellement eu peur de te perdre, Coré...

Coré, pas Perséphone. J'aime qu'il m'appelle ainsi. Au moins, je sais qu'il apprécie celle que je suis aujourd'hui, et surtout qu'il ne s'accroche pas à celle que j'ai été. J'emprisonne sa bouche contre la mienne, trop heureuse de compter pour lui.

— Je ferai attention, à l'avenir.

— J'espère bien.

Hadès cesse alors de me toucher pour tendre la main en direction de la porte. Un lourd verrou résonne dans la chambre.

— Plus question qu'on nous dérange, cette fois, lance-t-il.

Ça me va. Ça me va même très bien ! Hadès bascule sur moi, se redresse ensuite sur ses genoux et attrape ma culotte. À ma grande surprise, elle part en fumée entre ses doigts. Pareil pour mon soutien-gorge. Une fois complètement nue devant lui, mon visage vire au cramoisi et d'instinct, je tente de me dissimuler.

— Non !

Son ordre glisse sous ma peau et me fige. Tout à coup, je ne peux plus bouger.

— Ne te cache pas. Ne te cache plus... surtout avec moi.

J'ouvre la bouche pour répondre, mais aucun son ne franchit mes lèvres. Pas parce que le sort étrange agit toujours, mais parce que le regard d'Hadès chargé d'un désir palpable me bouleverse. Il continue de me détailler et, peu à peu, je retrouve ma liberté de mouvement. Je ne fais plus aucun geste pour me cacher et cette constatation lui plaît. Son sourire carnassier augmente ma température interne.

Bon sang, je vais me consumer sur place !

Pour contrer cette sensation, je me redresse, attrape la nuque d'Hadès et l'attire dans ma chute. Avant que je touche l'oreiller, je bascule les hanches et me retrouve à califourchon sur lui. Ma nudité ne me gêne plus. Ce qui m'embête à présent, c'est que lui ne le soit pas.

Comme s'il avait lu dans mes pensées, il utilise encore son pouvoir pour se débarrasser du morceau de tissu qui nous sépare. Je me penche sur lui pour l'embrasser, bien consciente de son excitation et de la mienne. À mon tour, je titille la peau de son cou du bout des lèvres et des dents pour tenter de lui donner autant de plaisir qu'il m'en procure lorsqu'il me le fait. Ça fonctionne. Un grondement presque animal lui échappe, attise mon rire. Il m'attrape par la taille et en profite pour se mettre en position assise. Tout mon corps brûle à son contact. J'en veux plus. Infiniment plus. Je prends toutefois quelques secondes pour souffler :

— On ne se protège pas ?

— Inutile, les dieux entre eux ne peuvent pas enfanter.

J'ai à peine le temps de réagir qu'il opère un mouvement des hanches et que son sexe entre en moi. Sous le coup de la surprise, je pousse un petit cri et mes ongles déchirent presque la peau de ses épaules. Il s'immobilise, le temps que je m'habitue à lui. Ce n'était pas vraiment douloureux, mais étonnant. Lorsque j'opère moi-même les mouvements de va-et-vient qui me viennent naturellement, Hadès perd la tête. C'est ainsi que je décrirais la situation, parce qu'il plaque ses mains dans mon dos et me bascule sous lui. Lorsqu'il s'enfonce à nouveau en moi avec force, je gémis sous l'assaut d'une vague de plaisir intense. Je me laisse porter par elle, par ces nouvelles sensations merveilleuses, par les impulsions de plus en plus rapides, de plus en plus puissantes.

À cet instant, moi non plus, je ne contrôle plus rien. Ni les sons qui sortent de ma bouche ni mes pensées. Plus rien n'a d'importance qu'Hadès. Qu'Hadès et moi...

16.

— Attends… tu as fui son lit ? s'étrangle Brook.

— Je n'ai pas fui, je suis partie pendant qu'il dormait.

À la suite d'une forte, très forte envie de dessiner des portraits d'Hadès partout. Je crois que me voilà mordue du Roi des Enfers. Ça m'a un peu effrayée sur le coup, mais avec mon crayon entre les mains, je relativise. Tomber amoureuse n'est pas une mauvaise chose. Ce qui le serait, c'est qu'Hadès n'éprouve pas de sentiments à mon égard. Vu la manière dont il m'a fait l'amour cette nuit, dont il m'a murmuré des mots doux à l'oreille, j'ai espoir d'emprunter le bon chemin avec lui.

— Coré…

— Quoi ?

Ma meilleure amie m'observe avec de grands yeux ronds, la bouche entrouverte. Je remarque au passage que sa peau blafarde laisse apparaître moins de veines. Elle a noué ses longs cheveux roux en chignon négligé et porte une belle robe verte vaporeuse. Je l'ai trouvée assise sur le lit à mon arrivée, dix minutes plus tôt, en train de sourire devant un texto.

— C'est la définition de « fuir », soupire-t-elle.

Elle pousse un râle désespéré avant de se laisser tomber en arrière. Je continue de noircir le papier en l'ignorant. Du moins, j'essaie, parce que toutes mes pensées se concentrent sur ce qu'elle vient de dire et sur Hadès. Mon cœur continue de s'emballer et je souris comme une idiote. J'ai tellement envie de recommencer cette expérience auprès du biker. De sentir ses mains sur moi, ses lèvres...

– Coré, tu craques pour ce mec, c'est évident. Vous avez un passif en commun et le destin vous pousse dans les bras l'un de l'autre. Pourquoi résister quand ton âme sœur te tombe tout cuit dans la bouche ?

Je ne sais pas quoi répondre à cela. Du moins si, et dévoiler mes craintes profondes me fiche une trouille bleue.

– Qu'est-ce qui ne va pas ? insiste-t-elle d'une voix plus douce.

– C'est juste que ça me semble trop beau pour être vrai. Et si je me laissais aller et qu'à la fin, je me retrouvais le cœur brisé ?

– On a toutes peur qu'un truc comme ça se produise. Lui aussi, sans doute. Lui plus que quiconque, puisque qu'il t'a perdue un nombre incalculable de fois. Mais aimer, c'est accepter de monter dans un bateau à la coque trouée pour un voyage d'une distance indéterminée. Soit ça passe et tu vis un truc de malade, soit tu te noies. Ou alors, tu peux rester sur le ponton, te contenter de regarder les gens monter et descendre sans prendre de risque, et le regretter ensuite.

Sa comparaison me fait sourire. Vais-je oser prendre un navire avec Hadès ? Le Styx alimenté de ses eaux rouge sang me traverse l'esprit. Je me concentre sur le présent.

– Regarde ta main, Coré, ajoute Brook, et dis-moi que ça, ce n'est pas une preuve de ses sentiments. D'accord, c'est un talisman qui te protège, mais ça aurait pu être un caillou ou un truc tout aussi débile. Seulement, c'est une bague. Le symbole de l'union.

Le diamant violet accroche la lueur de la lampe de chevet. Perdue dans mes pensées, partagée entre l'envie d'essayer et la peur d'avoir mal, je tourne encore et encore l'anneau autour de mon doigt. Je pousse un soupir, certaine de ne pas trouver de réponses à mes tourments intérieurs en restant plantée là.

— Tu crois que je devrais le rejoindre ?

— Sans aucun doute. Fonce !

Brook m'arrache le carnet de croquis.

— Je ne te pensais pas aussi calée sur l'amour, me moqué-je.

— Bah, il se trouve que je suis aussi une fille pleine de doutes qui aime peut-être un type détestable.

J'enfile un gilet noir par-dessus mon débardeur en restant attentive aux aveux de Brook. Toutefois, elle n'ajoute rien de plus.

— Qui est-ce ?

— Je t'en parle dès que j'ai réussi à le pécho, OK ?

Un visage s'impose à mon esprit. Je suis incapable de retenir un gloussement.

— Attends, tu parles de Léther, le sergent d'armes ?

À son tour de paraître gênée.

— Peut-être bien...

— Il est mignon, tu as raison. Et puis, il n'est pas comme ton ex, grimacé-je.

— C'est clair, soupire-t-elle d'un air rêveur. Il est tellement...

S'ensuit un second soupir qui me fait rire. J'observe cette jeune femme magnifique au cœur immense en me disant que j'ai de la chance de l'avoir dans ma vie. Bientôt, je demande :

— Brook, comment vis-tu ta condition de morte-vivante ?

— Pour le moment, ça va. C'est le pied de ne pas avoir besoin de sommeil. Je m'y habitue à cette vie, à... toutes ces histoires de divinités, d'Enfers et tout le bordel. On a de la chance d'être tombées sur les Nyx. Moi, surtout. Grâce à notre amitié, j'ai quasiment droit à une vie de princesse !

Je la prends dans mes bras, heureuse qu'on soit réunies dans cette histoire.

— Bon, me rappelle-t-elle à l'ordre, le soleil se lève, tu devrais rejoindre Hadès. Tiens-moi au courant de l'évolution de votre relation.

Parce que je devine qu'elle a décidé de rester muette au sujet de sa propre romance, je la laisse à ses secrets. Dans les couloirs, je tombe justement sur Léther qui se dirige vers notre chambre.

— Bonjour, Léther.

— Salut Coré, tu as vu Roussette ?

— Dans la chambre.

— Génial ! lance-t-il en replaçant ses lunettes. Passe une bonne journée !

Je l'ai rarement vu aussi avenant. Ce qui n'est pas pour me déplaire, je l'avoue. Je m'arrête un instant avant de le héler.

— Oui ? répond-il en se tournant vers moi.

— Comment fonctionne ton pouvoir ?

Surpris, il fronce les sourcils, semble réfléchir, puis hausse les épaules.

— Effacer la mémoire est dans ma nature, je n'ai pas de fonctionnement particulier. C'est ma raison d'être, alors je ne saurais te l'expliquer.

Intriguée, j'insiste :

— Comment une âme à la base humaine et ramenée des morts peut-elle posséder un pouvoir ?

J'ai beau chercher dans les souvenirs de Perséphone, je n'arrive pas à comprendre. Pour moi, c'est du jamais-vu, y compris dans mon existence originelle. Léther sourit d'une manière mystérieuse.

— Je suis surpris que tu ne saches pas qui je suis réellement. Je ne suis pas un mort-vivant, Coré.

— Quoi ? Alors, qui es-tu ?

Il s'approche de moi, les mains dans les poches, la démarche calme. Choquée, je le regarde enlever ses lunettes de soleil opaques, m'attendant à plonger dans ses yeux d'un noir profond. Au lieu du vide qui me happe d'ordinaire, je plonge dans une sorte de fleuve tumultueux d'un beau bleu translucide, animé d'une magie puissante et ancienne. Je peux sentir l'eau glacée sur ma peau, j'entends les grondements sourds et perçois l'énergie qui s'en dégage. À la seconde où Léther remet ses lunettes, le processus cesse. Parfaitement sèche, un peu essoufflée après cette expérience inédite, je reste immobile.

— Pas *qui*, Coré, murmure le jeune homme en approchant sa bouche de mon oreille, mais *quoi*. Je te le dirai un jour, promis.

Il se détourne pour reprendre le chemin en direction de la chambre de Brook. *Ça alors !* J'ai hâte qu'il m'en dise plus à son sujet. Je le laisse aller à son rythme, tout comme les bikers me laissent tranquille concernant Perséphone. J'arpente le couloir en gloussant comme une idiote.

Je passe devant les nombreuses pièces du Royaume des Morts en me faisant encore une fois la réflexion que j'habite un vrai château. L'illusion est si parfaite, aucun humain ne devinerait ce que dissimule l'étage du night-club. Je trouve ce détail fascinant. Encore bercée par ma bonne humeur matinale, je m'arrête devant la porte d'Hadès. Il est temps d'agir, de ne plus me poser mille questions. La vie m'offre une chance incroyable, des dons hors norme, un passé fascinant. À présent, je me promets de ne plus me morfondre sur mon sort. Je prends une grande inspiration, pose la main sur la poignée… et me fige, alertée par une voix masculine derrière le battant.

— Tu pourrais faire ça pour moi, ma beauté ?

— Tout ce que tu veux, Hadès, rit la fille. J'adore te voir ainsi, tu sais ?

— Ouais, le bonheur, je suppose...

Une vague de jalousie me submerge, mélangée à une rage intense. Une partie de moi m'ordonne de réfléchir avec calme, d'analyser la situation. L'autre, pleine de doutes et de manque de confiance en elle, prend le dessus. Je ne la contrôle pas, comme je ne contrôle pas grand-chose dans mon existence. J'imagine une fille à la plastique parfaite dans le lit du Roi des Enfers, occupée à le bécoter. Les larmes brûlent mes yeux. Je tente de les retenir en faisant plusieurs pas en arrière.

L'inconnue lui répond, mais je ne parviens pas à l'entendre parce qu'elle parle trop bas. Mon bras retombe, je fais volte-face, le cœur laminé. Sans but réel, je vagabonde dans les corridors aux nombreux tableaux colorés.

Peut-être que j'aurais dû entrer pour en avoir le cœur net ?

Ce n'est peut-être pas une de ses brebis, comme je le pense...

Mais, et si c'était le cas ?

Par tous les dieux, je ne l'aurais pas supporté. Même si je me trompe, qu'est-ce qu'une femme ferait dans sa chambre, alors qu'il dormait encore vingt minutes plus tôt ?

À mesure que les minutes s'étalent, la température baisse. Les bikers que je croise m'importent peu. Je ne les vois pas vraiment et les entends à peine me saluer.

— Tu t'attendais à quoi ?

Surprise, je m'arrête net. Mentha se tient appuyée contre le mur, l'attention rivée sur ses ongles manucurés. Un gros sac posé à ses pieds m'apprend qu'elle a dû récupérer ses dernières affaires. Je suppose qu'après cette entrevue, je ne la verrai plus jamais.

— Ce n'est pas le moment, tiqué-je.

— Tu as compris qu'Hadès n'était pas du genre fidèle, c'est ça ?

— Tu m'as suivie ?

— J'ai vu cette charmante Ophély entrer dans sa chambre, il y a quelques minutes. Si tu voyais comme elle est magnifique, des courbes à rendre jalouse Héra en personne.

Mon visage se décompose. Les mots de la nymphe m'atteignent en plein cœur, brisant le semblant de confiance qu'il me restait.

— Ce que tu dis ne m'intéresse pas.

— Attends, ricane-t-elle, tu croyais qu'il se contenterait d'une pauvre orpheline vierge de dix-huit ans ? De véritables déesses lui tournent autour depuis des siècles, ce n'est pas l'arrivée de l'adorable Coré qui changera ça... Rends-toi à l'évidence, tu n'es qu'un passe-temps pour lui. Tout au plus, il te gardera jusqu'à ce que tu meures.

— Arrête.

— Il ne t'aime pas comme une humaine voit la chose.

Ses mots emplis de vérité me brisent sans aucune douceur. Là où je tentais de contrôler mon pouvoir qui commençait lentement à chatouiller mes doigts, je le laisse exploser. Mentha se prend la décharge en pleine figure, littéralement écrasée contre le mur. Son cri ne franchit pas ses lèvres, mais la souffrance brille dans ses yeux. Je m'approche d'elle avec la ferme intention de la réduire au silence. Personne ne me parle sur ce ton. Surtout pas cette petite garce qui continue de me chercher bagarre, même après des millénaires.

Elle va regretter son geste.

— Tu... Perséphone, s'étouffe-t-elle en proie à une terreur sans nom.

— Menthé, tu n'apprendras jamais de tes erreurs, je me trompe ?

Le temps se fige, je lève la main en direction du cou délicat de la nymphe.

– Coré ! hurle Brook dans mon dos. Qu'est-ce que tu fous ? Merde ! Lâche-la !

Ma meilleure amie me tire en arrière, m'obligeant à ravaler mes émotions acerbes. La brebis s'écrase en pleurs et se recroqueville sur le sol. Elle n'a plus l'air si hautaine, maintenant.

– Tu devrais t'en aller, Menthé, grondé-je.

Je ne ressens plus aucune pitié pour elle. Fini de jouer les filles gentilles, j'en ai assez qu'on me marche sur les pieds. Ses larmes ne sont pas aussi douloureuses que les miennes. Je me tourne vers Brook, ouvre la bouche pour me justifier, mais n'y arrive pas. Son visage se pare d'un masque de tendresse, elle me prend dans ses bras. Autour de nous, des Nyx commencent à rappliquer.

– Un souci, Coré ? me demande Spax en faisant la navette entre Menthé et moi.

Je suis incapable de répondre.

– Viens, on va dans les jardins pour parler, propose Brook.

Elle m'attrape doucement par le bras afin de me faire avancer. Un biker aide la nymphe à se relever, un autre me fixe avec désapprobation. J'en entends un pouffer et dire à son compagnon que cette « garce » l'a bien cherché. Mon cœur continue de se briser en morceaux à chaque seconde qui passe.

On rejoint l'extérieur sans échanger la moindre parole. Cerbère déboule de nulle part, aussi joyeux que d'habitude. Le rottweiler semble vivre dans les jardins, mais il arrive que je ne le trouve pas quand je le cherche. Les hommes d'Hadès ne m'apprennent rien sur lui, ils prétendent juste que Triade est un chien normal. Soit ils se moquent de moi, soit sa véritable nature leur échappe.

— Bonjour, mon chien ! le salue Brook.

À mon tour, je gratouille la tête de l'animal en serrant l'autre main de mon amie. Pendant longtemps, on marche sans parler. Je cherche comment expliquer la situation sans passer pour une faible ou une pleurnicharde.

— Permets-moi de te dire, lance-t-elle avec un sourire, qu'en tant que Perséphone, tu es terrifiante, ma vieille. Mais quelle classe ! Digne d'une Reine des Enfers.

Je m'installe au bord d'une fontaine en essayant de ne pas montrer que ses paroles me peinent davantage. La partie où elle parle de la Reine des Enfers, je veux dire. Je n'ai rien d'une souveraine, et surtout pas aux yeux d'Hadès. Je pousse un soupir, les jambes repliées sous moi. Une pâquerette est en train de subir ma rage profonde, à défaut de retrouver Menthé pour lui régler son compte. Je finis par abandonner la fleur dénuée de ses pétales et prends une grande inspiration pour tout raconter à Brook.

— Elle a raison ! m'exclamé-je ensuite, dépitée. Je ne suis qu'une gamine sans expérience pour lui. À quoi je m'attendais ? Sérieusement, je viens d'avoir dix-huit ans, il a des milliers d'années au compteur.

Elle me rejoint à côté de la fontaine en me fusillant du regard.

— Ne dis pas de conneries pareilles. Si ça se trouve, ce n'est pas ce que tu crois.

— La bonne blague ! Qu'est-ce que cette fille fichait dans sa chambre, alors ?

Elle hausse les épaules en soufflant sur les pétales arrachés. Une brise venue de nulle part les emporte, comme pour les éloigner de leur bourreau.

— Il est le Roi, chérie, alors il doit avoir des tas de servantes. Il voulait peut-être juste un petit déj' au pieu ?

Qu'elle le défende m'agace au plus haut point.

— Pourquoi tu le soutiens ?

— Ce n'est pas le cas, Coré. Je te dis juste que tu as peut-être tiré des conclusions hâtives. Parles-en avec lui, tu seras fixée.

Pour me prendre encore une salve de désillusions en pleine figure ? Non merci. J'ai envie d'oublier Hadès, son jeu ridicule de séduction, l'effet qu'il a sur moi. Je veux juste me sentir sereine l'espace de quelques minutes.

C'est trop demander ?

— J'ai besoin d'air, Brook.

— Tu ne bosses pas ce soir, on pourrait en profiter pour se déhancher sur la piste de danse comme de petites bombasses ! propose-t-elle en faisant quelques mouvements de buste.

— Il y aura Hadès. Je ne veux...

Une idée de génie me traverse l'esprit. Un large sourire fend mon visage et Brook grimace.

— Ça sent le mauvais plan...

— Non, tu as raison, on va s'amuser ce soir au Royaume des Morts. J'ai hâte d'y être !

J'ai surtout hâte que cet imbécile de Roi des Enfers me voie en compagnie d'un autre homme. Histoire qu'il comprenne qu'il n'est pas le seul à avoir le droit de passer du bon temps dans mon dos. Lui s'amuse avec ses divinités inférieures, alors pourquoi pas moi ?

D'un pas décidé, je marche à travers les jardins, suivie par Cerbère. Brook nous emboîte le pas en essayant de connaître mes intentions, mais elle verra le moment venu. Avant d'entrer dans le bâtiment, le chien s'arrête sur le seuil. Je ne l'ai jamais vu entrer.

— Merci d'être là, mon chien, murmuré-je en lui offrant un câlin.

Il me lèche le visage, puis s'éloigne en courant après un papillon.

— Il a super bien appris, commente Brook.

— Je crois plutôt qu'il ne peut pas entrer, en fait.

— Pourquoi ?

Parce que sa présence au sein du château causerait pas mal de soucis. Sa taille de canidé classique reste une illusion. En vrai, il est énorme et pourrait tout renverser sur son passage. Du moins, je crois que c'est la raison pour laquelle il n'entre pas. Comme ma meilleure amie ignore que Triade est en vérité un Gardien des Enfers, je hausse les épaules.

— Bon, tu me racontes ton plan ? s'impatiente-t-elle.

— M'amuser ?

— Mouais...

La tête haute, même si le cœur n'y est pas, je traverse la salle principale jusqu'aux escaliers dérobés. Du moins en ai-je l'intention, mais je constate la présence d'Hadès et de ses hommes accoudés au comptoir. Le Roi rit, entouré par les Nyx à l'humour très « bikers ». Des filles gravitent autour d'eux, tels des moustiques attirés par la lumière.

Est-ce que cette Ophély fait partie du lot ? C'est peut-être cette brunette qui lui colle au train ?

Je me retiens de lui envoyer une Ombre pour la démembrer.

— Coré, je me demandais où tu étais passée, lance Hadès en levant un verre d'ambroisie. Tu te joins à nous ?

Il continue d'être si beau, si majestueux et princier malgré ma colère contre lui. Il m'énerve !

— Ce n'est pas le moment, je vais dormir un peu avant de voir quelqu'un, ce soir.

Hadès se fige, son sourire étrangement faux à cet instant.

— *Quelqu'un* ?

— Oui, je vois un ami. Amuse-toi bien, je te souhaite une bonne journée. Surtout, ne t'étouffe pas avec le nectar.

Il se lève au moment où je passe devant lui.

— Ne t'approche pas ! lui ordonné-je.

— Qu'est-ce qui t'arrive ?

Mon pouvoir chatouille mes doigts, gonfle dans mon ventre, s'étire dans la réalité. Brook hurle au moment où une Ombre se dresse entre Hadès et moi.

— Coré, gronde Hadès, tous ici ne connaissent pas notre monde.

Il parle des brebis aux airs choqués et terrifiés qui observent le damné au milieu de la pièce.

— Oh, je suis certaine que tu te chargeras de faire oublier cette apparition aux demoiselles. Sur ce, salut !

— *Surtout, ne t'étouffe pas avec le nectar* ! répète Brook en partant dans une hilarité incontrôlée.

Elle pose son cocktail sur le comptoir, armée d'un immense sourire. L'activité du night-club est, comme d'habitude, effervescente. L'air sent la noix de coco, la clientèle s'amuse, une sorte d'euphorie plonge la réalité dans un autre espace-temps. J'ai envie de rejoindre les danseurs, mais avant, il faut que je m'exorcise.

— Tu as vu cette brebis près de lui, au comptoir, tout à l'heure ? grimacé-je. Après cela, dis-moi que la fille de ce matin n'est qu'une servante. Une servante qui se trouvait dans sa chambre... alors qu'il était à moitié à poil !

Voilà, j'ai encore envie de pleurer. Ou de hurler. Mon cœur se brise un peu plus chaque fois que je songe à cette histoire.

— Je le hais !

— Non, tu ne le hais pas, soupire Brook avec douceur. Sinon, tu ne réagirais pas ainsi.

— D'accord, je ne le hais pas, ris-je sans contrôle.

Une petite voix tente de me convaincre que j'extrapole la situation. Je commets l'erreur de lever les yeux et de croiser le regard d'Hadès, quatre tables au-dessus de la nôtre. Il s'est installé dans la salle principale pour m'épier, j'en suis sûre. D'habitude, il aime squatter la salle VIP. Je me détourne en vitesse en plongeant les lèvres dans ma boisson alcoolisée.

— Va quand même falloir lui parler, non ? Coré, arrête de faire ta tête de mule !

— Peux pas, j'ai soif.

Brook et moi passons l'heure suivante à engloutir des verres. Peu à peu, mon humeur change, mon monde devient bien plus agréable. J'arrive à penser à Hadès sans avoir envie de le noyer dans le Styx.

— N'empêche, sa tête quand tu l'as envoyé se faire voir, pouffe Brook en revenant pour la énième fois sur la conversation. C'était épique ! Je ne devrais pas me moquer de celui qui m'a ramenée à la vie, mais bon...

J'avale mon énième gin tonic en essayant de résister à une crise de rire, sans succès. Je passe une bonne soirée, à présent. Pour une fois, je me trouve de l'autre côté du comptoir et ça fait du bien. L'ambiance entraînante charge l'air d'une sorte d'énergie électrique.

Je lève la main vers Ariane, la barmaid, pour qu'elle me serve un autre verre. Ma meilleure amie préfère s'enivrer à la vodka. Je crois qu'elle tente de tester ses limites de morte-vivante pour voir à quel point elle arrive à combattre l'alcool. Chacun son poison, après tout.

— Tiens, ma belle, me sert Ariane en me souriant.

— Merci, tu es trop bien !

J'ingurgite le liquide d'une traite, la gorge anesthésiée par l'alcool. Je ferme les yeux, le temps qu'une sorte de vertige passe, puis regarde autour de moi. Le monde vacille. Les couleurs des spots sont plus intenses, les sons plus forts, aussi. Mon regard crochète encore la table occupée par les Nyx.

Qu'Hadès aille au diable, bon sang !

La métaphore me fait marrer. J'essaie de la raconter à Brook quand elle me demande pourquoi je glousse, et elle manque de s'étouffer avec son verre.

— Il te mate encore, me prévient-elle ensuite.

— Je sais, déclaré-je en portant mon attention sur lui.

Le Roi des Enfers apparaît en deux exemplaires, et quand je me concentre sur lui, j'ai mal au crâne. Peu importe. Je me sens plus détendue que jamais. La musique qui hurle dans tous les coins de la pièce et les faisceaux lumineux aveuglants ne me dérangent plus. En revanche, l'air sent la sueur, le vomi et l'alcool. *Où est mon parfum de noix de coco ?*

— Il est quand même trop beau, soupiré-je.

Hadès accapare toutes mes pensées quand il se saisit de son verre de bourbon pour en boire une gorgée. Le souffle coupé, je tente d'encaisser cette chaleur agréable au creux de mon ventre. Dans l'ambiance enfumée du Royaume des Morts, on ne voit que lui. Il dégage à la fois une majesté sinistre, une noirceur hypnotique et une force attirante.

— Qu'est-ce que tu as dit ? me demande Brook.

— Il est trop sexy, tu ne trouves pas ?

Elle se marre en s'affaissant pratiquement sur le comptoir, la tête posée sur son bras.

— Oui. Grave !

— Mais il n'empêche que c'est un enfoiré, reprends-je en fronçant les sourcils.

— Un *gros* enfoiré.

— Un *bel* enfoiré, ça conviendrait à merveille.

On se moque encore. Ariane s'arrête devant nous, profitant d'un peu de calme pour nous parler. Je la croise parfois quand je me rends dans la salle VIP pour prendre mon poste. Pardessus la musique, elle s'écrie :

— Alors, les filles, on noie quoi ? Le chagrin ? L'amour ?

— Les deux ! Tu veux bien m'en redonner un, s'il te plaît ? minaudé-je.

La barmaid secoue la tête en désignant les Nyx et sort aussitôt son téléphone portable.

— Désolée, ordre du patron, plus d'alcool pour toi, ma belle.

Scandalisée, je m'exclame :

— Quoi ?!

— Toi, par contre, continue Ariane à l'intention de ma rouquine préférée, il ne m'a rien dit à ton sujet.

— Mais j'hallucine ! interviens-je en claquant les mains sur le comptoir. Il se prend pour qui ? Je vais aller lui dire deux mots !

Malgré le sol inégal, je parviens à me mettre debout et à garder l'équilibre. Hadès peut se vanter d'être patron de night-club et dieu des Enfers, mais il devrait refaire des travaux. C'est un coup à tuer des gens.

Je marche dans sa direction, manquant de glisser sur une flaque de bière malodorante et de percuter de joyeux fêtards. Il me reste quelques mètres pour rejoindre le biker qui me fixe avec défi, quand une Ombre se matérialise devant moi. Rien à voir avec un damné. Le type plutôt grand, un peu plus vieux que moi, porte une veste de moto sans manches. Il n'appartient pas aux Nyx ni à aucun club que j'ai déjà vu.

— Salut, ma jolie, ça va ? Tu as l'air d'avoir besoin d'un peu d'aide.

Ma jolie ? J'incline la tête de façon à planter mon regard dans le sien. Il brille d'ivresse, comme le mien à cet instant. Puisque je reste silencieuse en essayant de garder mon équilibre, il continue :

— Tu veux un autre verre ? Je t'en paie un.

— Oh... oui, avec plaisir. Mais avant, faut que j'aille voir quelqu'un pour lui botter le cul.

— Un langage si grossier dans la bouche d'une fille...

Il expulse un rire gras et je ne peux m'empêcher de l'imiter. Soudain, je remarque qu'Hadès a perdu son air narquois. Ses traits couverts d'un masque impassible expriment une colère voilée. J'y vois une chance de lui faire ressentir ce qu'il m'inflige.

— En fait, allons boire ! décidé-je.

Et mon interlocuteur nous trouve une table vide. Il me commande un gin tonic, que je lève en direction d'Hadès avec un sourire condescendant. *Et toc !*

Le type entame la conversation. Je n'enregistre pas grand-chose en dehors de son odeur dégueu et de son prénom : Posey.

— Tu es Poséidon ? demandé-je tout bas.

— Euh... hein ?

— Non, laisse tomber. Je l'ai aperçu au centre commercial, désolée.

— Tu me parles un peu de toi ?

— Tu veux la version courte ou la compliquée ?

Puisqu'il hausse les épaules en avalant une gorgée de bière, j'enchaîne :

— À une époque, j'étais une déesse de la mythologie grecque qui gérait les Enfers auprès d'un mec super lourd. Aujourd'hui, je ne suis que Coré. Ah, et un Titan cherche à me buter.

Il fronce les sourcils, et comme je crains qu'il ne me paie plus de verre, j'éclate de rire.

— Je plaisante, Posey ! Enfin, pas pour mon prénom. Tu as une moto ? demandé-je en prenant une expression de mijaurée. J'ai vu tes bottes.

Le gars passe une main dans ses cheveux châtain, l'air tout à coup très fier de lui.

— Ouais, une Harley des années 70 que j'ai retapée moi-même. Tu aimes les motos ?

— Oui, j'en ai monté une, une fois.

Du coin de l'œil, je surveille Hadès. Ce dernier ne bouge pas d'un cil, aussi imperturbable qu'une statue. Dans le fond, j'espère qu'il débarquera et m'emmènera, qu'il me prouvera que je me trompe, que je compte un peu quand même. Une main s'agite devant mon visage. Je me reconcentre sur le motard.

— Pardon ?

— Ça te dit, une balade, je t'ai demandé ?

Ma nuque me chatouille, comme quand le président des Nyx m'approche. Avec espoir, je me tourne vers lui, mais je me heurte à une nouvelle désillusion. Il se trouve avec une fille qui glousse, debout devant lui. Elle porte peu de vêtements. Il doit beaucoup aimer ça.

— Oui, décidé-je. Je veux bien.

Qu'est-ce que je risque ? Ce motard humain n'est pas plus dangereux que Jason, et je sais invoquer les damnés.

— Génial, viens !

Il m'attrape par la main pour m'entraîner dans la foule. Dix minutes plus tard, je passe devant un groupe de Nyx postés à côté de la sortie du Royaume des Morts.

— Ça va, Coré ? me questionne Marcus, que je ne connais que de loin.

— Très bien. Passez une bonne soirée !

Je tire Posey en avant afin qu'il ne se pose pas de questions. Il risquerait de changer d'avis s'il apprenait que le président des Nyx a des vues sur moi.

— Des amis à toi ? hasarde-t-il en s'arrêtant devant une moto qui a connu des jours meilleurs.

Serait-ce du vomi sur le coin de la selle ?

— Je viens souvent ici.

— OK ! Pour trouver l'âme sœur ?

Oh, s'il savait que je l'ai déjà trouvée...

— Je n'ai pas envie de parler, je veux rouler, décidé-je.

Je veux que les mêmes sensations apportées par ma balade à moto avec Hadès m'étreignent.

— Ça roule ! En selle.

Lui aussi semble juste vouloir se mettre en route, bien que nos projets soient différents. Quand il tentera de fourrer sa langue dans ma bouche une fois qu'on se sera arrêtés dans un coin, je laisserai les Ombres me sortir du pétrin.

— On va chez moi ? J'habite une caravane dans le désert, à une dizaine de kilomètres. Je te ramènerai après, si tu veux...

Puisque je ne refuse pas, il sourit et grimpe sur sa vieille bécane. Je me glisse dans son dos, déçue de ne pas ressentir cette chaleur caractéristique propre à Hadès, visiblement. Je ferme les yeux très fort, imagine que c'est cet imbécile de dieu des Enfers... L'illusion réussit à me bercer un minimum. On quitte le parking dans un boucan monstre. La joue posée contre l'omoplate du type, j'ignore son odeur de tabac froid en me focalisant sur le cuir de son blouson. Le hurlement du moteur grésille dans mon crâne, les vibrations de la route me donnent la nausée. Je prends une grande inspiration, avalant de la poussière au passage. L'engin d'acier finit par ralentir. Je me dévisse le cou pour tenter de voir ce qui a gâché la balade. Le pilote s'arrête complètement et coupe le contact, alors qu'on a roulé à peine cinq minutes.

— C'est quoi ce bordel ? grogne-t-il.

Hadès. Il se tient assis, les jambes tendues de chaque côté de sa moto, au milieu de la route. Ses bras croisés sur son torse musculeux mettent en valeur ses biceps sous sa veste. Je le trouve à tomber lorsqu'il arbore sa mine furieuse. Un vieux lampadaire clignote au-dessus de lui, projetant son ombre terrifiante sur la route. Avec une grâce féline, il descend de sa Harley-Davidson et se dirige vers nous. Le biker à qui je suis encore accrochée n'a pas bougé, comme hypnotisé par l'aura dominante du Président.

— Qu'est-ce que ma copine fout sur ta bécane ?

Les mots n'arrivent pas tout de suite à mon cerveau. En revanche, ils s'incrustent dans celui du barbu.

— Quoi ? Elle m'a pas dit que tu étais son copain...

J'interviens, agacée par cette joute ridicule. Agacée, et un peu excitée aussi, je dois l'avouer. *Sa copine*. Ce mot vibre en moi avec douceur. J'aime l'entendre dans sa bouche.

— Je ne le suis pas !

— Coré ! s'insurge Hadès.

— Tu n'as pas besoin de moi, asséné-je. Va donc t'amuser avec tes autres conquêtes et laisse-moi tranquille !

Le pilote de la vieille Harley incline la tête dans ma direction. J'essaie de retenir mes larmes, parce que la scène de ce matin me revient en pleine face.

— Descends de là, je veux pas d'emmerdes, ordonne Posey.

De toute façon, je ne comptais pas rester. Je fais ce qu'il me demande, non sans me fracasser le fessier par terre. Les larmes me montent aux yeux, les forces me quittent. Je n'arrive plus à me lever.

— Tire-toi, lui somme Hadès.

Mon compagnon de soirée s'éclipse dans un boucan infernal sans se faire prier. Hadès se plante ensuite devant moi, les poings sur les hanches.

— À quoi tu pensais, Coré ?

La réponse me vient avec un naturel saisissant.

— À te faire du mal.

— Quoi ? lance-t-il, réellement surpris. Pourquoi ?

— *Pourquoi* ?

Je me redresse tant bien que mal. La déception brise mon cœur en morceaux. La douleur me donne envie de vomir. Brusquement hors de moi, je lui hurle :

— Tu te moques de moi ? J'en ai assez de tes jeux stupides !

Une Ombre se dresse face à Hadès. Une seconde suit. Puis une troisième. La seconde d'après, elles le percutent sans ménagement et l'envoient valser à plus de trois mètres. Il n'a même pas cherché à se défendre. Toutefois, il pare le second assaut en levant une main. Mes damnés percutent un bouclier invisible, le choc se répercute dans mes os.

— Coré, tu ne vas pas recommencer ?

— Je savais que c'était trop beau !

Maintenant, je pleure à chaudes larmes.

— Mais de quoi tu parles ?

— De Ophély ! rugis-je d'une voix brisée. Je l'ai entendue dans ta chambre, ce matin, quand j'ai voulu te rejoindre. Menthé m'a parlé de votre relation. Tu es vraiment qu'un gros enfoiré !

Je multiplie la présence des Ombres, même si son bouclier ne semble pas près d'éclater. Je cligne des yeux, la vision rendue floue par les larmes. Petit à petit, je me rends compte que la violence des damnés s'atténue.

En fait, ils disparaissent. La faute à ma migraine, à mon état émotionnel et à mes nausées.

— *Ophély* ? répète Hadès sans comprendre.

— Et maintenant, tu dis aux types qui me tournent autour que je suis ta copine ? Alors que tu couches avec d'autres nanas ? Je te déteste vraiment, Hadès !

Je me détourne, insensible à l'incompréhension sur son visage. Il ne m'aura pas.

— Tu te goures, Coré. Je n'ai pas couché avec la fille que tu as entendue dans ma chambre, elle était juste là pour me rendre un service.

— Quel genre de service ? sifflé-je.

— Je lui ai demandé de m'apporter quelque chose. Je n'ai jamais couché avec elle, cette divinité n'est même pas faite de chair !

Je me fige, à la fois honteuse et curieuse.

— *Elle n'est pas faite de chair* ?

— Non ! Elle se déplace dans les brises. Menthé t'a menti pour une raison évidente. Si tu étais entrée ce matin, tu l'aurais compris. Il faut que tu me croies ! Je ne te mentirais pas, je te jure...

Dans son regard, je perçois la vérité avec autant de violence que le désespoir et la peur. C'est la première fois que je le vois aussi vulnérable, aussi... perdu ?

— Je...

Encore une fois, je me sens ridicule. Dans le fond, je sais que la nymphe a jeté de l'huile sur le feu, mais elle n'a pas allumé le brasier. Ces flammes destructrices brûlent en moi, dévorent ma confiance depuis toujours. J'ai trop peu d'estime de moi-même.

Mes lèvres tremblent, je fixe le sol sans le voir. Hadès m'approche, ses mains se posent sur mes bras. Je frissonne à son contact.

— Qu'est-ce qui ne va pas, Coré ? Tu sais que si tu n'as pas envie qu'on soit ensemble, tu peux me repousser.

— Non, c'est pas ça...

— Alors, parle-moi.

Je lève les yeux, crochète les siens, aussi sombres que doux. Il n'a plus l'air furieux, et je ne suis plus ivre. Cependant, le froid nocturne du désert traverse ma veste en jean. Je recule, le temps de me concentrer sur les aveux cruciaux que je compte lui faire.

— Je ne suis pas Perséphone, je suis juste Coré Daniel, je n'ai rien de bien fantastique ! Je viens de fêter mes dix-huit ans, je suis immature sur certaines choses, j'ai... Je suis loin d'avoir *le* truc pour intéresser un dieu.

Les mains du biker remontent lentement jusqu'à mon cou, m'apportant une chaleur agréable. Le froid reflue, je suis entourée d'un doux cocon.

— Quel truc ?

— L'élément qui me rendrait importante à tes yeux. Je ne saurai jamais redevenir Perséphone.

Il pousse un soupir en secouant la tête.

— Qu'on soit bien clairs, je ne te demanderai jamais de redevenir celle que tu as été jadis. À chaque cycle, tu as un caractère différent, parfois un physique différent, tu n'as pas les mêmes angoisses, les mêmes phobies. Pourtant, c'est plus fort que moi, je développe des sentiments à ton égard à chaque fois. C'est inévitable. Et bordel, Coré, je t'interdis de ne pas avoir confiance en toi ! Ou en moi. C'est vrai que je ne suis pas le mec le plus stable de cette foutue planète, mais je t'ai toujours été fidèle.

Ses mots me touchent en plein cœur. Si j'ouvre la bouche, un couinement ridicule risque d'en sortir.

Sans crier gare, il me serre contre lui. Un geste empli de tendresse auquel je me raccroche, parce qu'il me fait beaucoup de bien. Je réalise que je me suis comportée comme une véritable imbécile, que mes doutes m'aveuglent parfois. J'espère qu'avec le temps, je parviendrai à maîtriser ce côté instable de moi-même.

— Si un jour tu te sens encore paumée, murmure-t-il, viens me voir.

— D'accord.

— Je ne supporterais pas de te perdre à nouveau.

La douleur dans sa voix si basse me procure des frissons terribles. Pour le coup, je suis de son avis. Si on parle de notre histoire, ça me briserait le cœur qu'on arrête avant même qu'elle ait réellement commencé. Si on parle de ma vie... c'est ma dernière, d'après ce que j'ai compris. Autant la préserver au maximum.

— Désolée de t'avoir attaqué, soufflé-je.

— Pas de problème. J'ai l'habitude. *Tu* as l'habitude de réagir comme ça dans chacune de tes vies.

Si je m'écoutais, on resterait ici pour l'éternité.

— Bon, on retourne au Royaume des Morts, assène-t-il en coupant court à cet instant romantique. Ou alors, tu préfères te balader ?

— Mon estomac ne supportera pas un long trajet à moto, grimacé-je.

— J'aurais dû attendre que tu gerbes sur ce mec. Putain, tu n'as pas idée à quel point je me contiens pour ne pas le retrouver et le tabasser !

Penaude, j'enfile le casque qu'il me donne.

— Fais-moi plaisir, la prochaine fois que tu veux me faire du mal, ne choisis pas un *loser*.

17.

La vibration de mon téléphone se déploie dans mon crâne, comme pour accentuer la douleur. Le karma, sans doute. Avoir agi comme une gamine me retombe dessus, évidemment. Je grogne, ouvre les paupières, les referme immédiatement au contact de la lumière. C'est décidé, je ne boirai plus jamais. Plus aucune autre goutte d'alcool ne viendra souiller mon organisme. Il me faut de l'aspirine.

Je redresse la tête en essayant d'ignorer les décharges électriques derrière mes yeux. Je dégage les mèches devant mon visage et contemple la pièce. Je me suis endormie dans la chambre d'Hadès, mais cette fois, c'était de manière consciente. Le biker n'est plus là, puisque la journée est déjà bien avancée. Je profite de son absence pour réfléchir à la situation malgré ma migraine.

Ah, Hadès…

Mon cœur s'emballe en repensant à sa déclaration. J'ai officiellement un petit ami. Un dieu qui s'intéresse à moi. Je bats des pieds et des jambes en poussant de petits cris excités, prise d'une joie primaire. Quelle chance d'avoir rencontré Hadès au moment où Lara brisait mon existence en morceaux !

Souriante, je me redresse. Cette journée promet d'être géniale. Les autres aussi, si on oublie que les Originels jouent avec mes nerfs et qu'ils veulent ma peau.

Le SMS d'Adon attire toute mon attention.

[On peut parler, rdv ce soir ?]

On dirait qu'il ne m'en veut plus. Du moins, il encaisse assez bien la situation pour m'accorder une chance. Je crois que le moment est venu de régler notre différend et de reprendre notre amitié là où on l'a laissée.

Je lui réponds que ce serait avec plaisir, mais que je bosse aujourd'hui.

[Cet après-midi, je suis libre], continué-je. **[Glace ou pâtisserie, ça te tente ? Comme au bon vieux temps ?]**

Impossible pour lui. *Mince !* Au bout du troisième SMS, on parvient à s'entendre pour un rendez-vous le week-end suivant. Ce sera long d'attendre, mais c'est toujours mieux que ce silence pesant entre nous. Cette réconciliation me met de bonne humeur.

Dans la salle de bains d'Hadès, je trouve une aspirine que je prends de bon cœur. Ensuite, je m'assure qu'il n'y a personne dans le couloir, puis je file dans ma chambre. À mon entrée, Brook vient d'enfiler une paire de bottes ultra sexy.

— Salut chérie, me lance-t-elle, je pensais que tu ne te lèverais jamais. Hadès t'a pompé toute ton énergie, cette nuit ?

Je pouffe en attrapant des vêtements propres.

— Salut. Il ne s'est rien passé cette nuit, ne te fais pas de films.

— Encore ? Tant pis, tu vas te contenter de mes propres histoires croustillantes. Devine qui n'a pas résisté à ce corps de rêve ? se pavane-t-elle en désignant sa silhouette.

J'en reste muette de stupéfaction.

— Tu t'es envoyée en l'air avec Léther ?

— Un peu, oui ! C'était génial. Ce mec est un enfoiré de première, il me prend la tête, mais qu'est-ce qu'il est doué au pieu !

— Donc... vous sortez ensemble ?

Cette fois, c'est elle qui se marre, et pour se moquer de moi, en plus !

— Coré, c'est un biker qui vit sur Terre depuis des siècles.

Je hausse un sourcil sans comprendre où elle veut en venir. Avec un soupir, elle continue :

— Évidemment que non, on ne sort pas ensemble. Entre nous, c'est juste physique.

— Parce qu'il est immortel et biker ? demandé-je, songeuse. Et alors ?

Elle se dirige vers la porte, tapotant mon épaule au passage avec sollicitude.

— Ton Nyx t'a attendue et t'attendra toujours, quoi qu'il se passe. Tu ne peux pas comprendre, tu es déjà liée à quelqu'un de façon permanente. Pas moi. Mais ça me va. Une relation sans prise de tête, c'est pile ce qu'il me fallait.

Sur ce, elle s'éclipse en m'envoyant un baiser volant. Sa manière de penser est tout de même ridicule. Je ne vois pas pourquoi Léther ne pourrait pas tomber amoureux de Brook. Elle est géniale, toujours gentille et loyale. Il ne sait pas ce qu'il perd.

Après ma douche, j'accède à la salle commune où l'on prend les repas en temps normal. Je m'attends à ce qu'à cette heure, il n'y ait plus rien sur la table, pourtant elle est toujours remplie de victuailles délicieuses. On dirait bien que je vais déjeuner et petit-déjeuner en solo. Aucun biker ne sera là pour me tenir compagnie. J'entre, encore plus affamée par les odeurs de la grande pièce.

Un courant d'air chaud me traverse tout à coup et un délicat parfum féminin chatouille mon odorat. La porte claque derrière moi, comme si quelqu'un venait de sortir. Un rire résonne dans le couloir. Bref. Intriguée, je jette un coup d'œil à l'extérieur. Rien. L'idée d'avoir été en présence d'un fantôme me fait frissonner. Pour une fille censée avoir été la Reine des Morts, je fais pitié.

— Un fantôme, murmuré-je pour me convaincre que je me trompe, n'importe quoi !

— Où ça ?

Mon hurlement doit résonner dans tout le Royaume des Morts. Sur le point de faire un arrêt cardiaque, je me tourne vers Hadès, appuyé contre le mur. Un sourire moqueur étire ses lèvres magnifiques que j'ai envie d'embrasser.

— Il faut que tu arrêtes de faire ce genre de truc !

— Désolé. Alors, le réveil ?

— Douloureux.

Il m'approche de sa démarche bien trop sexy. Bon, d'accord, le président des Nyx a réussi avec brio à m'attraper dans ses filets. Je ne le regrette pas du tout, cela dit. Ses mains entourent mon visage et il m'embrasse. Mes pensées s'entrechoquent, un bonheur immense me submerge. Une chance que mes doutes se soient dissipés. Cette histoire entre nous pourrait bien marcher… J'espère qu'elle marchera. Dès que nos bouches se séparent, je remarque cette lueur dans son regard, celle qui me fait me sentir incroyable. Qui me donne envie de croire que rien ne nous séparera jamais. C'est ça, l'amour ? Dans ce cas, je crois bien que je suis amoureuse d'Hadès.

— Donc, ce fantôme ? reprend-il en se laissant tomber sur une chaise.

— Il nous faut du sel, déclaré-je. Vite !

Je cherche le condiment sur la table.

— Du sel ? répète Hadès.

— Oui, contre les fantômes. Un jour, je suis tombée sur le blog d'une fille, sur Internet. Kendra, je crois qu'elle s'appelle, qui parle des esprits et ce genre de trucs.

— Kendra ? Mais de quoi tu parles ?

Consciente de divaguer, je cesse de parler. Hadès n'arrête pas d'attraper une grenade qu'il jette en l'air.

— Laisse tomber. J'ai senti une présence, là, dans la salle.

Je m'installe près de lui, optant pour une pomme, des pancakes et un café. En sa présence, ma peur s'envole.

— Oh, je vois. Tu vas t'en remettre ?

Je balaie son intervention d'un signe de la main.

— Je suis sûre que c'est l'esprit d'une femme, continué-je. Peut-être est-elle en peine…

Mon hypothèse l'amuse.

— OK, je me trompe, admets-je avec un sourire. Alors, dis-moi ce que c'est.

— Ophély, une Nymphe qui a choisi d'offrir son enveloppe charnelle au dieu Chaos afin de bénéficier de l'éternité. Elle s'est attachée au Royaume des Morts, alors depuis toujours, elle me suit partout. C'est à elle qu'on doit ces merveilleux plats.

— Oh. Brook sera ravie de le savoir. Elle se demandait comment toute cette nourriture apparaissait.

Moi aussi, en réalité, je suis soulagée. Quelle idiote d'avoir pris Ophély pour une prétendante. Encore honteuse de ma réaction d'hier, j'enchaîne sur un sujet intéressant.

— C'est donc Chaos, le responsable des réincarnations incessantes des divinités ?

— Oui. Il représente absolument tout : le vide, les divinités, les mondes, les réalités. Il est à l'origine de tout ce qui existe. Quand les hommes ont commencé à ne plus croire en nous, c'est lui qui a mis en place le système des renaissances par cycles. En nous donnant de l'humanité, il nous préservait de tomber dans l'oubli.

Je m'installe plus confortablement dans ma chaise.

— Sauf toi et tes frères.

— Sauf nous, oui, parce que nous sommes les premiers dieux de notre génération. C'est le cas aussi pour Crios. Il ne meurt pas, il ne renaît pas.

Puisqu'on aborde le sujet des Titans et de la mythologie, j'en profite pour poser les questions qui me turlupinent.

— Hadès, pourquoi je rêve de la torche de Perséphone ? Ça a encore été le cas, cette nuit. Parle-moi plus en détail du combat contre les Titans.

Hadès ne réagit pas tout de suite. Il vole la pomme que j'étais en train de manger et croque dedans.

— Tu rêves de cette torche parce qu'elle t'appartient, mais ça, tu l'as déjà compris. Le combat originel entre les Olympiens et les Titans s'est déroulé à la frontière du monde des vivants et des morts, donc aux Enfers. On a découvert que toi, Perséphone, tu étais capable d'ouvrir un passage sur le Tartare quand tu possédais cette torche. C'est Chaos qui te l'a forgée, et tu l'as utilisée lors du Premier Combat. C'est aussi lors de ce combat que tu es morte pour la première fois.

— Où est-elle, maintenant ?

— Entre les mains de Zeus, je suppose, grimace-t-il.

Il se lève, s'apprête à s'en aller, mais je le retiens.

— Tu ne t'entends plus avec tes frères, n'est-ce pas ?

— Trop de vies ont passé, Princesse. Le temps nous a séparés. Je dois y aller. Si tu as besoin de moi, appelle sur mon portable.

Au fil des jours, ma relation avec Hadès prend de plus en plus d'importance. On parvient à mieux se comprendre, on ne se dispute plus. Grâce à sa bague, je peux maintenant me permettre de sortir sans risque, alors il m'emmène souvent en ville. Quand il ne bosse ni pour son club ni pour le night-club ou les Enfers, on se balade à moto.

Le samedi suivant, il m'invite d'ailleurs à monter derrière lui pour participer à une virée avec ses gars. Avant de partir, les Nyx se réunissent devant le Royaume des Morts, ce qui fait beaucoup de blousons de cuir. Une trentaine d'entre eux font gronder leurs engins en pariant sur qui fera le plus de bruit.

Je m'installe derrière Hadès, les bras autour de sa taille. Cette position me semble tellement naturelle, maintenant. Comme si entrer en contact avec lui, le tenir contre moi était une évidence. Pourtant, ça fait à peine une semaine qu'on sort ensemble. Toutes les nuits, je m'endors près de lui quand je termine mes services à trois heures du matin. J'ai l'impression que ma vie a basculé de la meilleure des façons. Tout se passe pour le mieux.

Sa main presse la mienne. J'ai envie de croire que ses pensées suivent le fil des miennes.

— Eh, Roussette ! s'exclame Léther après être monté sur sa Harley, tu nous accompagnes ?

Brook, restée en retrait pour prendre l'air, secoue faussement la tête en signe de négation. La lueur ravie dans ses yeux ne me trompe pas, elle meurt d'envie de grimper derrière le vice-président. Je suis sûre qu'elle gravite autour des bikers dans l'attente de cette demande, justement. Elle peut me faire croire que son aventure avec lui ne représente rien, mais elle ment.

— Allez, insiste Léther, ce sera marrant...

— Bon, d'accord ! s'extasie-t-elle, tout à coup montée sur ressort. Si tu veux.

Il n'aura pas eu à insister bien longtemps. Quelques minutes plus tard, on file sur les chapeaux de roues. Direction Phoenix.

Je m'accroche à Hadès de toutes mes forces, profitant au mieux des sensations apportées par cette course effrénée. Autour de nous, les motos grondent, le sol tremble, le monde est pris d'assaut par cette armée de bikers. J'aime ça. J'aime appartenir à un club, à une famille, savoir que ces liens sont immuables. C'était ce qui manquait dans ma vie. Aujourd'hui, je ne regrette aucun des choix que j'ai faits, même si parfois les revers de la médaille sont mortels.

Une fois dans les rues de la ville, les bikers se séparent. Spax, Léther et Sphinx, le capitaine de route, partent chacun de leur côté en prenant la tête d'un groupe. Dix hommes suivent Hadès dans les longues avenues, se jouant des regards tantôt fascinés et tantôt terrifiés des passants. Accrochée à mon pilote, je me concentre sur mon bonheur et sur les changements positifs dans mon existence. Mon sourire ne me déserte pas une seconde. J'ai sûrement l'air d'une cruche, mais je m'en fiche.

Alors qu'on arrive à un croisement, une vague de pouvoir me transperce avec une telle violence qu'elle me coupe le souffle. Je me contracte autour d'Hadès, l'estomac au bord des lèvres. Il peine à garder l'équilibre, lui aussi a ressenti cette force. On évite l'accident in extremis grâce à ses réflexes surhumains. Quelques-uns de ses hommes tombent à la renverse, mais ils se relèvent presque tout de suite.

— C'était quoi ce bordel ? demande l'un d'eux en replaçant ses lunettes de soleil sur son nez.

L'attention des gens se concentre sur nous. Certains hésitent à venir à notre rencontre, bien conscients que se frotter au club n'est pas toujours une bonne idée. Je descends de moto, le corps parcouru par une brûlure semblant venir de l'intérieur.

— Rien de cassé de votre côté ? s'assure d'abord Hadès auprès des motards.

— Tout va bien pour nous. Tu sais ce qu'il se passe ?

Il enlève son casque, prend une grande inspiration, rive son regard plein de colère sur le ciel.

— Ouais. Quelqu'un essaie de s'introduire aux Enfers.

— Quoi ? interviens-je, choquée. Comment ?

— D'une manière ou d'une autre, Crios a réussi à s'introduire dans le night-club. Il faut partir.

Mon cœur continue de heurter ma poitrine avec virulence. Est-ce par le biais de Perséphone que j'ai senti l'impact de cette tentative d'intrusion ? Le téléphone d'Hadès sonne. En quelques mots, il ordonne à ses compagnons de prendre de l'avance, puis il décroche.

— Oui, on l'a senti aussi, lance-t-il après une poignée de secondes. On repart.

Je me penche sur lui pour demander :

— Comment va Brook ?

— Brook va bien ? enchaîne-t-il dans la foulée.

Il hoche la tête dans ma direction pour me signaler que c'est bon.

— C'est un coup des Originels, reprend Hadès. Préviens Léther, je veux que tout le monde soit au night-club dans la demi-heure qui vient.

Il raccroche et, à mon intention, soupire :

— Je me doutais bien que ces raclures allaient tenter un truc d'ici peu de temps. La balade est terminée. Écoute, ça chauffe du côté du Royaume des Morts, tu devrais rester en ville le temps que je m'occupe de ça. Je viendrai te rechercher ensuite, OK ?

— Tu n'as pas besoin de moi ? demandé-je, incapable de l'imaginer braver le danger seul.

— Non. Fais-moi confiance. Crios est là-bas, je ne vais pas te jeter dans la gueule du loup. Léther va déposer Brook, rejoignez-vous quelque part et prends du bon temps, d'accord ?

Je hoche la tête, même si je suis un peu déçue. Mais je comprends que le moment est mal choisi pour jouer les héroïnes.

— Fais attention à toi ! lui ordonné-je.

— Évidemment, je suis un dieu, je te rappelle.

Ça ne me rassure pas du tout. Malgré tout, je prends sur moi pour ne pas jouer la gamine. Je lui offre un dernier signe de la main avant qu'il reprenne la route en se fichant bien des limitations de vitesse. Je sors mon téléphone pour prévenir Brook que je vais voir Rudy et qu'elle peut me rejoindre chez Lara si elle le désire.

Mon petit frère adoptif me manque beaucoup trop, le voir me permettra de penser à autre chose qu'à Hadès et Crios. Autant profiter du fait que je suis à côté de mon ancien quartier pour lui rendre visite.

Quelques minutes plus tard, j'arrive devant chez Lara avec un poids sur le cœur. Revoir mon ancienne maison me file la nausée. Sentiment renforcé par l'angoisse qui refuse de me déserter à cause de ces imbéciles d'Originels. La journée avait pourtant bien commencé.

— Bon, arrête de ruminer, Coré, me morigéné-je. Rudy ne doit pas te voir comme ça. Sourire, joie, tout le bordel...

Voilà que je me parle à voix haute, maintenant. Résignée à ne plus penser à ce qui se passe du côté des bikers, je tape à la porte. Le jardin devant la maison est toujours aussi mal entretenu. J'ai de la peine pour les enfants. Je trouve toujours aussi incroyable que les services sociaux laissent des gosses à une femme comme Lara. Alors, histoire d'expulser ma colère, je frappe plus fort, cette fois.

— Ça va, gronde une voix inconnue derrière le battant, j'arrive !

Une adolescente que je ne connais pas ouvre avec un air agacé. Sûrement la fille qui a pris ma place.

— C'est pour quoi ?

— Salut ! Rudy est là ?

La fille habillée en gothique mâche un chewing-gum, blasée.

— Ouais, qui le demande ?

— Coré.

Elle hausse un sourcil, semble vouloir dire quelque chose, mais se ravise. La porte se referme à mon nez. Je patiente sans savoir si mon mini-gnome va débarquer ou si je viens de me prendre un vent. Dans le second cas, je ne compte pas lâcher l'affaire. À mon grand soulagement, Rudy sort de la maison en courant et se jette dans mes bras.

— Coré, tu m'as trop manqué !

— Toi aussi. Tout se passe bien chez Lara ?

Je le presse contre moi, heureuse de le revoir.

— Comme d'habitude, boude-t-il en reculant. Tu reviens vivre à la maison ?

Je secoue la tête en passant les mains dans ses cheveux. Lui joue avec mes mèches, des étoiles plein les yeux.

— Non, j'ai une nouvelle maison…

Ces étoiles s'éteignent illico.

— Oh, d'accord. Tu me montreras ?

Si j'ai envie de l'emmener à la barbe de ma mère adoptive et des services sociaux ? Oh oui ! Mais une vie au milieu des bikers morts et des divinités oubliées ne convient pas à un enfant.

— Un jour, oui. Tu viens ? On va manger une glace au parc.

Il me suit dans le petit square où on a l'habitude d'aller en sautillant et me raconte ses journées. L'école lui plaît de plus en plus, il adore y aller. Je pense que c'est davantage pour éviter Lara que par passion scolaire. Je le comprends, puisqu'à son âge, je m'évadais déjà par le dessin pour supporter la réalité.

— J'avais trop hâte de te voir, me signale-t-il en tournant autour des arbres. J'ai cru que tu ne reviendrais jamais.

Je marque un temps d'arrêt en attrapant de l'argent dans mon porte-monnaie.

— Ne dis pas de bêtises, je t'ai promis de revenir te voir. Allons chercher une glace.

Je lui achète un cornet au chocolat et m'en prends un en guise de consolation. Mais je suis tellement stressée que je ne tire aucun plaisir à le déguster. Mon portable sonne au moment où Rudy me raconte qu'il veut devenir dessinateur pour me ressembler.

— Tu me montreras tes œuvres ? lui demandé-je en sortant l'appareil. Attends une minute.

— C'est qui ? enchaîne-t-il en se mettant de la crème glacée partout.

— Brook. Excuse-moi, je dois répondre.

Même si je meurs d'envie de hurler au téléphone en lui demandant si elle a des infos concernant la situation, je me contiens en gardant mon calme. Mes doigts tremblent et ma voix aussi quand je réponds :

— Brook ! Quoi de neuf ? Je suis avec Rudy.

Le petit a l'air d'apprécier cette balade, inutile de la lui gâcher.

— Purée, ma vieille, c'est un truc de malade ! lâche-t-elle.

— Je sais, oui. Tu me rejoins au parc à côté de chez Lara ? Tu mangeras une glace avec nous.

— Oh oui ! s'exclame Rudy. Viens avec nous, Brook !

Il l'a déjà croisée plusieurs fois et semble autant l'aimer que moi. Tout à coup, le petit garçon aperçoit l'un de ses amis dans l'herbe et court jouer avec lui. Je profite qu'il s'éloigne pour passer aux choses sérieuses.

— Les Originels ont investi le bâtiment, d'après ce que j'ai compris, murmuré-je.

— Oui. C'est trop la merde. Je serai là dans un moment, ma vieille, Léther m'a laissé dans un coin paumé et je n'ai pas une thune. J'ai zappé de lui en demander. Il était tellement paniqué qu'il n'y a pas pensé...

Je m'installe sur le banc en balançant ma glace à la poubelle. Elle ne passe pas et me donne envie de vomir.

— Tu penses être là dans combien de temps ?

— J'ai des talons alors... une heure et demie ? Deux ? Aucune idée. Amuse-toi bien avec ton frangin, je vais me débrouiller. Profites-en, tu ne l'as pas vu depuis longtemps.

— Merci. À tout à l'heure. Si tu as un souci, appelle-moi, d'accord ?

— Ça marche ! Punaise, je viens de tomber sur une boutique de chaussures d'enfer ! lance-t-elle en articulant bien toutes les syllabes. Je crois que je serai là plus tard que prévu... Léther a intérêt de se faire pardonner, et je sais comment, maintenant.

Même si elle pouffe de rire, je n'ignore pas qu'elle essaie de me dissimuler sa tension. Elle a peur pour le biker, comme moi je crains pour la vie d'Hadès. J'interviens :

— Tu sais, il m'a avoué ne pas être un mort-vivant, annoncé-je. Je crois qu'il est plus puissant qu'il ne le laisse croire. Il s'en sortira.

— Oui, il n'a pas des yeux de zombie. Il t'a donné plus d'infos ? Il refuse de m'en dire plus, même après une partie de sexe particulièrement géniale.

— Non, désolée. On lui tirera les vers du nez.

Elle pousse un soupir.

— Je pense que tu as raison, Coré, il s'en sortira, et Hadès aussi. À plus, ma vieille.

Je me marre malgré la situation, et elle raccroche sans plus attendre. Rudy s'installe à côté de moi, les joues rouges, un sourire immense sur les lèvres.

— C'est bien, m'explique-t-il en posant sa tête sur mon bras, parce qu'Adon vient souvent me voir. La dernière fois, il m'a offert des bonbons.

Je ne suis pas étonnée. Mon meilleur ami – et j'espère qu'il l'est toujours – aime prendre soin des enfants du quartier. Il a dû se dire que comme je ne le faisais plus, c'était à son tour de prendre le relais. Pour ça, je m'en veux aussi. Avoir délaissé mon ancienne vie aussi facilement…

— Je suis désolée, Rudy, soufflé-je.

— De quoi ?

D'être une mauvaise sœur ? Et une mauvaise amie ? songé-je en pensant à Adon.

— Je viendrai te voir plus souvent, d'accord ?

— Oui, j'ai trop envie ! s'extasie-t-il. Dis, Coré, pourquoi tu as changé ?

Surprise, je secoue la tête sans comprendre. Rudy me regarde avec les sourcils froncés.

— *Changé* ? Comment ça ?

— Oui, tu es différente. Je ne sais pas en quoi, mais tu es différente. Tu as l'air d'une autre personne.

Je hausse les épaules sans savoir quoi répondre. Il reprend avec une vivacité d'esprit incroyable :

— Il paraît que c'est ça quand on devient adulte. Je suis pressé de devenir grand, je pourrai faire ce que je veux et ne plus habiter chez Lara. Peut-être même qu'on pourrait vivre ensemble.

Je lui caresse le dos avec tendresse en éclatant de rire.

— Avec plaisir !

Il termine son cornet de glace et demande :

— Pourquoi tu as une bague ? Tu es mariée ?

Je baisse les yeux sur mes doigts. L'anneau magnifique semble faire partie de moi-même, parce que je l'avais oublié.

Être l'épouse d'un dieu, même provisoirement, me fait encore tout drôle à l'intérieur.

— Tu as un amoureux ? insiste-t-il.

— Oui, je crois, réponds-je au bout d'une minute.

— Beurk !

Sa réaction me fait rire. Elle me détend aussi, j'ai besoin de cela.

— Comment ça, « beurk » ? m'exclamé-je en le chatouillant.

Ses rires m'emportent, j'en oublie le danger, le caractère surnaturel de ma vie. Tout redevient comme avant, de la meilleure des façons possibles.

On passe l'heure suivante à discuter. Il me raconte qu'à l'école, certains enfants se moquent de lui à cause de ses vêtements trop grands, mais que ses amis le défendent. De plus, le copain de Lara n'est parfois pas gentil avec lui. J'aimerais lui dire que tout ira bien, que la situation changera pour le mieux... seulement il en a encore pour un bout de temps à vivre chez cette mégère.

On repart doucement vers chez Lara en fin d'après-midi. Brook ne m'a pas rejointe malgré les deux heures écoulées. J'apprends par SMS qu'elle est « tombée » sur d'autres boutiques GÉNIALISSIMES et qu'elle a fait une liste d'articles pour la refourguer à Léther plus tard.

J'espère pour lui qu'il a fait des économies ces derniers siècles...

— Regarde, Lara nous attend, note Rudy quand on arrive devant la maison.

Je l'ai vue avant même qu'elle nous aperçoive. Je pose une main sur l'épaule de Rudy en me préparant à l'affrontement.

— Tiens, te voilà, toi..., grimace-t-elle à mon attention. J'ai plus tes affaires, fallait venir les chercher avant.

Au lieu de lui offrir une réponse cinglante, j'embrasse Rudy. J'attends qu'il soit rentré pour me tourner enfin vers celle qui ne mérite pas d'avoir autant d'enfants à charge.

— Je passerai de temps en temps pour m'assurer que Rudy et les autres vont bien. Si ce n'est pas le cas, ça ira très mal.

La femme éclate de rire en dégageant une mèche de ses cheveux.

— Ah ouais ? Tu vas faire quoi, prévenir les services sociaux ?

— Non. Je te ferai bien pire...

Je laisse flotter un sourire sur mon visage, le regard déterminé.

— Eh, Brandon, hurle-t-elle en direction de la maison, viens voir qui me menace !

Voilà que débarque le petit copain de la garce. Un mec qui se drogue et aime vider les réserves de nourriture. J'ai toujours tout fait pour l'éviter, parce qu'il me file la nausée. En me voyant, un sourire cruel lui échappe.

— Ah, c'est toi. Tu menaces ma femme ?

Je garde le silence en fixant Lara droit dans les yeux. J'ai à peine détourné le regard, histoire de montrer à mon ex-mère d'accueil qu'elle ne m'effraie plus. Ni elle ni son mec.

— Ouais, elle me menace, et je crois même que c'est elle qui a volé ma batte de base-ball signée !

— Quoi ? Cette conne ? Attends un peu, je vais la...

Une Ombre attrape Brandon par la gorge et le plaque brutalement contre le mur de la maison. Une autre bâillonne la bouche de Lara avant qu'elle puisse hurler. Jusqu'à aujourd'hui, je n'avais jamais utilisé les damnés pour agresser. Je craignais que les gens s'aperçoivent de mon anormalité. J'avais peur de finir dans une base militaire ou un labo. Le truc qu'on voit dans les films, quoi. Mais maintenant, je sais qui je suis. Je n'ai plus peur.

Je pousse un soupir détendu, alors qu'en fait, l'adrénaline parcourt mes veines. J'essaie de garder l'air détaché que prend Hadès quand ça chauffe pour son club. Je m'approche de la fausse blonde et plonge mon regard dans le sien. Elle panique. J'ignore ce qu'elle y voit, mais je perçois sa terreur au plus profond de son âme.

— Il se trouve que j'ai fait quelques petites découvertes sur mes origines, reprends-je. Ça ne vous regarde pas, alors je vais en venir à l'essentiel : je passerai de temps à autre, comme je l'ai signalé, pour m'assurer que les enfants ont tout ce qu'il faut. Si l'un d'eux porte des traces de coups ou des signes de malnutrition, je vous envoie dans un lieu où personne n'entendra jamais vos hurlements de terreur. C'est compris ?

J'attends surtout que Lara opine, parce que son copain est en train d'étouffer. Elle secoue la tête, terrifiée, ce qui me suffit à les libérer de l'emprise des Ombres.

— Un dernier point : si vous racontez ce qui s'est passé à qui que ce soit, le même sort vous attend. Passez une bonne soirée !

Jouer un personnage de mafia de série télé, c'est trop le pied. J'ai hâte de raconter cela à Brook, même si dans le fond, je suis terriblement sérieuse.

Je quitte le taudis de Lara, mais reste tout de même à proximité pour être à l'heure à mon rendez-vous avec Adon. Je lui envoie un SMS pour lui dire que je suis déjà là et qu'on peut se voir tout de suite, s'il le souhaite. Je reste devant chez lui en attendant sa réponse, au cas où il sortirait. À la place, il répond à mon message en disant qu'on se retrouve au square dans quelques minutes.

Je retourne m'asseoir sur le banc que j'ai occupé cet après-midi. Le soleil inonde le parc et il y a peu de passage. En général, les gens évitent de traîner dans le coin en fin de journée, parce que certaines bandes s'y réunissent. J'ai encore un peu de temps pour vraiment m'inquiéter.

J'attends, le cœur lancé à mille à l'heure. Adon tarde à arriver. Peut-être qu'il est parti nous chercher une glace ? Avant, on aimait bien traîner ici en se gavant de sucre. Je le vois mal me poser un lapin, ça ne lui ressemblerait pas. Je me dévisse le cou pour observer l'entrée du square, mais en dehors d'un promeneur avec son chien, il n'y a personne.

Un quart d'heure plus tard, j'envisage l'idée qu'il m'ait réellement oubliée. Je l'ai sans doute mérité. J'espère que dans cette vie, il trouvera la réincarnation d'Aphrodite. Elle le traitera avec plus d'implication et de respect.

Je bloque mon sac à main sur mon épaule et me dirige vers la sortie sous le couvert des arbres. Tant pis pour moi, je suppose. J'envoie un SMS à Hadès en le prévenant que je vais prendre un taxi. Toujours pas de réponse, comme à mes messages lui demandant comment ça se passe au Royaume des Morts.

Je pianote sur mon téléphone à la recherche d'un numéro de taxi quand un léger frottement dans mon dos m'oblige à me retourner.

— Adon ? m'exclamé-je avec un peu trop d'entrain.

— Euh... nan.

Colin se tient à quelques mètres, la mine nerveuse, un peu trop blafarde pour qu'il aille bien. Mon grand frère d'accueil semble avoir perdu du poids. Ses vêtements trop larges tombent sur son corps décharné. La veste de motard sans manches qu'il porte m'interpelle.

« Prospect », annonce-t-elle. En voyant la tête de bélier qu'utilisent les Originels en guise de patch, je me rappelle soudain qu'il a décidé d'entrer dans leur club.

Euh… comment ai-je pu oublier cela ? Je me rends compte que ces derniers jours, je n'ai pas pensé une seule seconde à Colin ou à son choix d'entrer chez des bikers sociopathes. Je peux le jurer, ça n'a rien à voir avec le fait qu'Hadès occupait toutes mes pensées. Non, il y a autre chose, je le sens. Maintenant que je m'en souviens, j'ai la terrible impression qu'on m'avait arraché ce souvenir…

— Colin. Tu vas bien ?

— J'essaie. Au fait, la batte de Lara, elle valait que dalle. J'ai pu à peine en tirer dix dollars au prêteur sur gages. Tu parles d'un trophée !

Je hausse les épaules en essayant d'ignorer une angoisse profonde qui germe lentement au creux de mon estomac. Le rockeur ignore sans doute dans quel guêpier il s'est fourré lorsqu'il s'est mis en tête de rejoindre les Originels. Par la suite, il ne sera qu'une âme humaine de plus qui sera forcée de croire en Crios, et ce dernier tirera sa force dans cette croyance. J'enfonce les mains dans mes poches, gardant une distance de sécurité avec lui.

— Elle n'a jamais eu de choses de grande valeur, réponds-je.

— C'est clair, même elle, elle n'en a aucune. Tu as l'air d'aller mieux. Tu t'es trouvé un endroit où crécher ?

— Oui, je m'en sors bien. Et toi ? Tu veux toujours devenir un membre des Originels ?

Il s'échoue sur le banc, la tête renversée en arrière. Lui aussi vient d'enfoncer les mains dans ses poches. Il a l'air complètement blasé.

— Oui, je suis encore au stade de prospect.

— Je connais d'autres clubs de motos sympas. Ce serait peut-être moins dangereux de les côtoyer ?

Il se marre en tournant son regard épuisé vers moi.

— Tu parles de celui d'Hadès, les Nyx ? Ouais, Coré, j'ai

entendu les rumeurs qui courent en ville. Tu es sa copine, c'est ça ? Tu as tiré le gros lot, pas mal !

Je profite du fait qu'il soit intéressé par le sujet pour surenchérir :

— Oui, je pourrais lui glisser un mot pour toi. Qu'en penses-tu ?

— Tu ferais ça ? demande-t-il, réellement surpris.

— Bien sûr, on a été dans le même bateau, toi et moi. Normal que je t'aide si tu en as besoin.

Il se lève et me rejoint, surexcité. Quand il me prend brièvement dans ses bras, j'en reste muette de stupéfaction.

— J'ai toujours su que tu étais une chouette fille. Franchement, merci pour la proposition, mais je vais devoir refuser.

— Oh, pourquoi ?

— Parce que j'ai des engagements. Et si je suis là, c'est surtout parce que Crios a juré de me faire passer sergent d'armes si je réussissais une mission. Faut dire que le sien a clamsé la semaine dernière, sur la route du Royaume des Morts.

J'ouvre la bouche, stupéfaite de la tournure que vient de prendre notre conversation. Mon angoisse, que j'avais réussi à ignorer, revient au galop, plus brûlante qu'un tisonnier.

— Une vraie chance pour moi, reprend-il en reniflant. Je suppose qu'Hadès ne me proposera pas un grade aussi prestigieux, hein ?

Je garde le silence parce que oui, pour qu'un humain détrône Léther à son poste, il faudrait y aller.

— Colin, comment savais-tu que j'étais ici ? murmuré-je, prise d'un doute terrible.

Il sort un téléphone de sa poche en l'agitant avec un grand sourire. Je reconnais le portable d'Adon.

— Puisque le plan initial de Crios n'a pas fonctionné, on est passés au plan B.

Je recule de plusieurs pas, prête à faire usage de mon don contre Colin si cela s'avère nécessaire.

— *Le plan B* ?

— Ouais. Désolé, Coré. Si ça n'avait tenu qu'à moi...

Une douleur monstrueuse traverse ma poitrine. Le souffle coupé par le choc et par ce qui vient de me transpercer, je suis incapable de faire le moindre mouvement en regardant la pointe de la lance qui ressort de mon corps. L'agresseur que je n'ai pas entendu approcher derrière moi arrache son arme de ma chair meurtrie. Là encore, je ne peux pas crier. Juste pleurer sous le coup d'une souffrance lancinante. Mes genoux frappent le sol, ma vision se trouble.

— On se barre !

Colin me lance un dernier coup d'œil navré. *Comme si ça pouvait suffire à justifier un meurtre*, pensé-je entre deux vagues de désespoir. Il dissimule son visage derrière sa capuche et disparaît entre les arbres. Je m'étale de tout mon long, dépourvue de force. Le sang s'échappe de mon corps avec la même intensité que ma vie. La douleur reflue pour laisser place au froid. Autour de moi, des Ombres apparaissent.

À moins que j'hallucine ? Je ne vois presque plus rien.

En revanche, je les entends. Elles pleurent. Leurs lamentations résonnent dans mon crâne. Soudain, une brise chaude caresse ma main tremblante.

— Oh, Perséphone, tu n'as pas conscience de ce que ta mort va engendrer...

Par-delà le timbre féminin et musical d'Ophély, j'entends quelqu'un crier. Je crois reconnaître la voix d'Adon, mais je n'en suis pas sûre. Je ne suis sûre de rien. Je n'ai même plus conscience de la réalité terrestre. Je flotte maintenant dans une sorte d'obscurité agréable. Le sentiment de plénitude ne dure pas.

Parce que *lui*, je l'entends avec netteté.

Le hurlement d'Hadès, qui comprend que je viens de mourir.

18.

Un grondement atroce, accompagné de hurlements de douleur, m'arrache à l'inconscience. Je me redresse, le corps en feu, la bouche poissée de sable. Prise de quintes de toux, je tente de reprendre mon souffle. Mon estomac se révolte et je vomis un liquide noir goudronneux que le sol aspire. Pendant une minute, je ne bouge pas, essayant de rester lucide, de ne pas sombrer à nouveau… quand enfin je parviens à respirer normalement, j'observe autour de moi. Le mugissement continue de me broyer les tympans. Il provient d'un fleuve en colère aux eaux ensanglantées. Sur l'écume blanchâtre, des visages se forment, transis par la souffrance et la peine. Leurs lamentations griffent ma peau et mon âme. Une tristesse atroce me chope aux tripes quand je reste concentrée trop longtemps sur la surface bouillonnante. Les larmes aux yeux, je me détourne. Le ciel rouge glauque n'a rien de magnifique, l'air sent le feu et le soufre. Je sais où je suis. Bon sang, ça me brise le cœur. Je pose une main sur ma bouche pour étouffer un sanglot.

— Ne te laisse pas attendrir par les plaintes des noyés. Nombreuses sont les âmes à s'être fait piéger dans le lit du Styx.

Je bondis en arrière. Là, à quelques mètres, un vieillard se tient debout sur une barque à moitié immergée. Autour de lui se déploie une brume épaisse qui rampe au sol et sur l'eau. Il porte une longue toge déchirée à certains endroits. Son visage reste invisible sous sa grande capuche grise. Les déchirures du tissu laissent entrevoir un corps pâle d'une minceur cadavérique. J'essaie de me focaliser sur ses traits, et peut-être qu'en me concentrant, je les verrai... mais il n'y a que du noir aussi intense que la mort.

Comme celle qui vient de me frapper à l'instant dans le parc.

J'essaie de me lever. Je glisse sur le sable noir mouvant d'où dépassent des morceaux d'ossements.

— Je ne suis pas morte, soufflé-je en oubliant les cris des âmes sous l'eau. C'est impossible ! Non...

L'inconnu frappe par terre à l'aide d'un bâton qu'il tient à la main. La seconde d'après, je me retrouve assise dans sa barque. Le fleuve qui se jette contre la coque abîmée m'éclabousse d'une eau malsaine. Pour ne pas tomber sous le coup de la surprise, je m'agrippe au bois rongé par les millénaires.

— Que faites-vous ? Laissez-moi descendre !

Trop tard, l'embarcation se met en mouvement sans que le vieil homme n'utilise de rame.

— Impossible, annonce-t-il en me faisant face de toute sa hauteur. Je te mène là où tu dois te rendre.

La peur de chuter m'empêche de céder à la panique. Alors, je la ravale et serre encore plus les doigts autour de la coque.

— Quoi ? Où ça ?

— Les Juges des Enfers décideront de ton sort. Ils t'attendent.

— Non. Oh non, pitié...

Une vague s'écrase contre la barque, menaçant de la renverser. Mon cri dissimule un instant les pleurs des âmes sous la surface. Je ferme les yeux, tente de respirer lentement, de garder le contrôle. Nullement impressionné par le ballottement, l'inconnu continue :

— Le Tribunal des Morts décidera de l'endroit où tu iras. Ton cycle est terminé, Perséphone, il est temps pour toi de traverser le Styx et de trouver le repos éternel.

J'ouvre les paupières, frappée par une certitude. Il se trompe. Je ne peux pas mourir, pas maintenant.

— Ramenez-moi. Je vous donnerai tout ce que vous voudrez !

— Je ne peux pas.

Sourd à mes prières, l'homme ne cesse de manœuvrer le bateau.

— Je dois retourner auprès d'Hadès. Ce sont les Originels, les coupables ! Crios m'a assassinée !

— Peu importent les circonstances de ta venue, tu n'as plus à t'en inquiéter.

Quand enfin l'embarcation percute l'autre côté du fleuve, je comprends qu'il n'y a aucun moyen de négocier ma situation. Du moins, pas avec lui. J'ai compris qui il est. Je m'en souviens, les informations me traversent, les images aussi. Comme un vieux film en sous-titré.

— Vous êtes Charon, n'est-ce pas ? Le Passeur ?

— Nos chemins se sont croisés par le passé. J'aurais aimé ne pas avoir à te conduire ici.

La gorge nouée, je lutte contre les larmes. Un clignement de paupières plus tard, je me retrouve debout sur l'autre rive et Charon disparaît déjà derrière un mur de brume. Je me retourne, transpercée de milliers de frissons. Dans mon dos s'ouvre une grotte obscure. Il n'y a aucune autre issue, je me trouve visiblement sur un îlot de galets.

Soit je plonge dans le Styx pour tenter de retourner de l'autre côté, soit j'entre là-dedans... et comme j'entends encore les âmes prisonnières des flots, la première option ne me semble pas judicieuse. La seconde non plus, en réalité.

— Hadès ! hurlé-je en mettant mes mains en porte-voix.

Mon cri se meurt dans le brouillard de plus en plus épais. Bientôt, je ne verrai plus l'entrée de la grotte. Mon instinct me pousse à avancer. Dès que je mets un pied à l'intérieur, une lumière aveuglante m'éblouit. Je détourne la tête en grimaçant.

— Nous t'attendions.

L'éclairage reflue jusqu'à ne plus briller que de manière tamisée dans une immense salle ronde aux murs de pierre. Face à moi, trois hommes patientent, installés sur des trônes de granit. Ils semblent eux aussi fabriqués dans la roche, ils en ont la couleur, la dureté, l'immobilité. Les flammes de quelques torches se reflètent sur leurs visages taillés. Ils ne dégagent ni animosité ni quiétude. Ils puent la neutralité à cent mètres.

Mais c'est normal. Ils sont là pour être neutres.

— Ici, déclare le premier qui tient un sceptre en or dans une main, demeure le Champ de la Vérité. Nul mensonge ne peut pénétrer ces murs. Livre-nous ton nom.

Je jette un coup d'œil par-dessus mon épaule, possédée par l'idée soudaine de fuir cette situation. L'entrée dans mon dos a disparu, il ne reste qu'un mur. Je comprends que je suis bloquée en constatant l'absence d'issue. Nerveuse, j'enfonce les mains dans les poches de mon jean. Comment puis-je entendre mon cœur marteler ma poitrine, alors que je viens de mourir ? Ça me dépasse.

— Je m'appelle Coré Daniel.

Mes larmes coulent en silence. Cette situation est immuable. Je le sais, Perséphone le sait.

— Nous sommes les Juges des Enfers, de nous dépend ton lieu de repos éternel, déclare le second, qui porte une couronne sertie de rubis sur le crâne.

Je secoue la tête, la gorge prise en étau. Ma supplication franchit mes lèvres dans un couinement.

— Non, je ne suis pas... il faut que j'aille sur Terre. Je ne suis pas prête à abandonner mon existence !

Le sol tremble sous mes pieds. Tout à coup, une console aussi large qu'une bassine s'élève du sol jusqu'à moi. L'eau transparente à l'intérieur forme de douces volutes. Mon visage désespéré se reflète sur la surface. D'un revers de bras, j'essuie mes joues humides. Ce n'est pas le moment d'être faible.

— Plonge la main à l'intérieur, m'ordonne le juge au sceptre.

— Pourquoi ?

— Fais-le.

Je laisse couler plusieurs secondes, juste pour voir si ces molosses vont me forcer ou pas. Aucun ne bouge, ils semblent scellés à leurs trônes. Des toiles d'araignées s'accrochent à leurs corps, signe qu'ils ne doivent pas bouger souvent. Contre toute attente, je me dirige vers le mur derrière moi pour le palper. Il doit exister un bouton pour ouvrir la porte. Je ne peux pas rester dans cette pièce.

— Perséphone.

— Vous connaissez mon nom ! riposté-je, agacée, alors votre laïus sur la vérité, c'était bien utile. Je sortirai d'ici.

— Nul ne sort sans notre autorisation.

— Alors, donnez-la-moi.

— Non.

Je hausse les épaules. Après un moment interminable et des écorchures aux doigts, je fais volte-face en direction des Juges.

— Vous ne comprenez pas ! Je ne peux pas laisser Hadès, pas encore.

Pas après avoir vu la souffrance causée par chacune de mes morts, alors que celles-ci étaient passagères. Là, je pars pour de vrai, sans billet de retour.

— Ton cycle s'achève.

Le juge qui semble mener l'audience parle avec calme, sans émotion particulière. Une araignée dégoûtante escalade son sceptre, puis remonte le long de son bras figé. D'un coup de colère, je frappe contre la roche. Bien sûr, mes mains prennent cher sous le choc.

— Laissez-moi sortir !

— Plonge la main dans cette eau, et laisse-nous juger de tes actions sur Terre afin de savoir dans quel lieu tu iras.

Ils n'en démordent pas. Désespérée, en rogne aussi, je m'approche de leur bassine en pierre. Les doigts tremblants, je m'exécute. Je sais que dans le fond, je ne peux échapper à ma sentence. Tous meurent un jour, et mon heure est arrivée. Même si l'admettre me file des douleurs lancinantes dans l'estomac.

Le liquide chaud chatouille ma peau, là où il aurait dû brûler mes plaies. Mais il ne se produit rien. Je reste immobile, dans l'attente d'une réaction de la part des hommes. Enfin, si on peut appeler ces êtres surpuissants des hommes, parce que leurs auras avalent tout l'oxygène.

— Laissez-moi retourner auprès d'Hadès, soufflé-je. Je vous en prie...

J'imagine qu'ils sont habitués à ce genre de discours. Je songe à Hadès, à la douleur que j'ai perçue dans son hurlement juste avant que je meure. À mes sentiments pour lui, à ce besoin de le revoir. Je ne peux pas le perdre. Ni lui, ni Adon, ni Brook. J'enlève la main de la console, espérant que ça changera quelque chose. À mon grand désarroi, le juge avec la couronne annonce :

— Coré Daniel, tu es une âme pure. Je décide que ta place est aux Champs Élysées.

— Mon avis est le même, déclare un autre. Nous te souhaitons bon voyage...

— Quoi ? Non ! J'ai fait ce que vous vouliez, laissez-moi partir !

Je me précipite dans leur direction. Un mur invisible me coupe dans mon élan, mais je hurle :

— Je suis Perséphone ! Ma place est aux côtés d'Hadès !

— Nous savons qui tu es et qui tu as été, intervient le troisième, resté silencieux jusqu'à maintenant. Cela ne change rien. Même les dieux ont une fin, tu dois accepter la tienne.

Hors de question, bordel ! Je serre les poings en les fusillant du regard. Des Ombres humanoïdes apparaissent autour du troisième juge, pareilles à celles que je suis capable d'invoquer. Il me vient l'idée d'appeler mes damnés à l'aide.

Après tout, qui ne tente rien n'a rien...

— Non, déclaré-je, je refuse votre offre.

Un silence de plomb s'abat sur la pièce. Je me dresse devant les Juges des Enfers, ces êtres qui pensent pouvoir choisir ce qui est le mieux pour moi. Mon pouvoir parcourt mes veines. Doux, puissant. La porte dans mon esprit s'ouvre, deux mondes s'entrechoquent. Du coin de l'œil, j'aperçois mes Ombres qui glissent sur les murs. Discrètes, elles m'entourent, me protègent.

— Ton pouvoir, reprend le juge au sceptre, ne servira à rien ici.

J'ignore encore ce que je compte faire. En tout cas, je ne mourrai pas sans me battre.

— Coré Daniel, ne nous défie pas ! me prévient celui à la couronne.

— Je suis... Perséphone. Pas seulement Coré.

Les silhouettes sombres envahissent de plus en plus la pièce, elles déferlent comme une marée noire prête à tout dévorer. Mon pouvoir de déesse se déploie sous ma peau.

— Laissez-moi partir, demandé-je une dernière fois.

— Non.

Tant pis pour eux. J'ai bien conscience de n'avoir aucune chance contre ces êtres. Peu importe, pourtant. Je n'ai plus rien à perdre, alors autant laisser libre cours à ma rage, à mon sentiment d'injustice. Je prends une grande inspiration et laisse mes pensées s'évanouir. Ne reste que le vide, mon désarroi.

— Maintenant ! hurlé-je.

Les damnés à mon service se jettent sur les Juges, toujours assis. Quand elles percutent violemment un mur opaque et noir qui vient de se matérialiser, une vive douleur me frappe. Elle m'ébranle, manque de me déconcentrer. Je garde malgré tout le contrôle, puisant davantage dans mes forces. J'envoie encore plus d'âmes dans la grotte. Toute une armée. J'en enverrai autant qu'il le faudra pour être entendue. Même lorsque mon crâne m'élance, je ne baisse pas les bras. Ni quand le sang coule sur ma bouche, puis sur mon menton.

— Laissez... moi... retrouver... Hadès !

— Minos, prononce simplement le juge à la couronne.

Le dernier membre du trio infernal lève la main. Comme si brusquement on m'arrachait l'âme, je me sens éjectée de mon propre corps. Mes Ombres hurlent, leur douleur se répercute dans mon esprit. Je tombe à genoux, dénuée de force, seule. Il n'y a plus aucun damné autour de moi, je n'arrive plus à ouvrir la porte pour les appeler. La souffrance dans ma tête me tire un sanglot, au même titre que le désespoir.

J'ai échoué.

— Non. S'il vous plaît...

— Ne pense pas que ton sort nous rende indifférents. Le monde des dieux grecs se meurt, annonce Minos, et nous finirons tous par disparaître, par tomber dans l'oubli. Mais l'ordre des choses doit être maintenu, nous ne pouvons lutter. Ni toi ni nous, Perséphone.

Je ne trouve rien à répondre. Ils ont raison, je sais bien. N'empêche que ça me tue.

— L'ordre des choses ? finis-je par murmurer. *Qui* l'établit ? *Qui* prétend qu'il est fixe ?

— Des forces bien supérieures à nous tous.

— Alors, je les combattrai... Hadès et moi les combattrons.

— Je reconnais bien là la Reine des Enfers. Crois-le, nous sommes peinés de te voir partir, toi aussi. Nombre de dieux ont tenté, avant toi, de se dresser face à la Mort.

J'essaie de me relever, mais n'y arrive pas. Alors que je tente d'étouffer encore une fois ma détresse, le sol tremble sous mes genoux. Je comprends que ce phénomène n'a rien à voir avec les Juges, car ils s'échangent des regards incertains. Je crois entendre un vrombissement familier. Mon cœur rate un battement. Un autre quand le moteur d'une Harley s'insinue dans ma conscience. Je me redresse, envahie par un nouvel espoir.

Lorsque le mur explose en morceaux, j'ai à peine le temps de me rouler au sol pour éviter les débris. Le souffle court, je lève la tête face au trou béant creusé dans la roche. Il laisse entrer la lumière sanglante, l'air poissé de soufre et, je dois l'admettre, l'espérance. Les Juges se lèvent, pointant un doigt accusateur en direction de la moto.

— Tu n'as pas le droit ! hurlent-ils à l'unisson.

Leurs voix font trembler ce qu'il reste de la grotte.

— Désolé, les gars, Coré reste avec moi. Si elle meurt, je laisse tout tomber. Les Enfers devront se trouver un autre Roi. Un truc me dit que ça bouleverserait bien plus de choses que la résurrection de ma déesse, non ?

Mon Hadès. Installé sur la selle de sa Harley habituellement exposée dans la salle VIP du night-club, il défie son auditoire avec un sourire en coin. Je le trouve tellement beau.

Tellement… *lui.* Les Juges ne bougent pas, comme s'ils réfléchissaient à une façon de contrer la menace.

— Chaos ne le permettra jamais, le prévient Minos. Tu regretteras ce choix.

— Ne faites pas comme si mon comportement vous étonnait. On parle de Coré, là. Vous pensez que je vais la laisser partir à jamais ? Il n'y a toujours eu qu'elle. La seule raison pour laquelle je n'ai pas abandonné les dieux jusque-là, c'était la certitude que je la reverrais malgré ses morts répétées.

Ma poitrine se serre. Je reste immobile, sans savoir quoi faire, jusqu'à ce qu'il me tende sa main. De peur d'être arrêtée par les Juges, je me précipite vers lui. Je le rejoins sans encombre, alors que j'imaginais devoir batailler pour cela. Les divinités n'ont pas bougé. Quelle existence terrible ce doit être que de rester toujours dans cette pièce, de voir passer les âmes, de décider de leur sort, et le tout sans jamais aucune distraction. Au fond, comprendraient-ils mon point de vue s'ils connaissaient la vie sur Terre ? S'ils étaient déjà tombés amoureux ?

Hadès me fait grimper derrière lui sans effort. Minos me fixe de ses traits impassibles. Je n'arrive pas à déchiffrer ses émotions.

— Je ne voulais pas cela, me sens-je obligée d'intervenir par-dessus le grondement de la moto.

Hadès démarre en trombe, j'ignore si le juge me répond. La roue arrière de la Harley soulève un nuage de poussière tandis que je me cramponne de toutes mes forces, les yeux fermés. Dès qu'on est assez éloignés de la grotte, je lance un coup d'œil par-dessus mon épaule.

— Pourquoi les Juges ne nous poursuivent-ils pas ? demandé-je, troublée par la facilité de la situation.

— Parce que je suis le Roi ! répond mon pilote en éclatant de rire.

Je resserre mon étreinte autour de sa taille, la tête posée contre son dos. Je pensais ne plus jamais le revoir. Je comprends que je n'aurais pas supporté le choc. Mes sentiments pour lui, plus réels que jamais, crépitent dans chaque cellule de mon corps. Une joie intense fourmille en moi, accélère les battements de mon cœur. Je souris, plus heureuse et soulagée que jamais.

La moto longe le Styx pendant un temps indéterminé. Étonnant, parce qu'avant d'entrer dans la grotte, je me trouvais sur un îlot. On dirait que la réalité se modifie, qu'elle se déroule au fur et à mesure de l'évolution de la Harley. Le Styx aussi change. Il a perdu de sa colère, les visages tristes sous la surface restent invisibles. Même l'air est moins agressif pour la gorge.

Hadès ralentit bientôt et on s'arrête sur la rive dévorée par la brume. Je descends de la moto, encore secouée par ce qui vient de se passer, les cuisses en compote et les bras douloureux. Hadès se positionne face à moi, sa majesté habituelle me happe. Elle repousse mes angoisses, renforce la certitude que je suis en sécurité avec lui.

— Hadès, je...

Avant que je puisse ajouter quoi que ce soit, il m'embrasse. Je tente de le repousser à cause du sang sur mon visage et de mon état physique général peu glorieux, mais on dirait qu'il s'en fiche. Alors que le ciel se déchire sur un coup de tonnerre, je lui rends son étreinte. Plus rien n'a d'importance en dehors de ses bras, de sa bouche, de ce baiser. Mon cœur s'emballe, mes pensées aussi. Quand je suis à deux doigts de sombrer dans une sorte de douce léthargie, il me libère de son emprise. Je reviens à la réalité avec difficulté.

— Qu'est-ce qui s'est passé ? me demande-t-il.

— J'ai été trahie par l'un des adolescents qu'avait accueillis Lara par le passé, lui avoué-je. Colin a rejoint les hommes de Crios, c'est à cause de lui si je suis morte.

En parler me donne envie de pleurer. À la place, je serre les mâchoires, ravale mes larmes. Ce n'est pas le moment de craquer.

— L'attaque au night-club était une diversion, je l'ai compris quand je t'ai sentie... partir. Je n'aurais pas dû te laisser seule. Je te jure que Crios le paiera de sa vie.

Dans ses paroles suinte une vérité dévastatrice. Hadès pose ses mains dans mon cou, son pouce effleurant le sang qui a coulé sur mon visage lors du déchaînement de mon pouvoir. Il me sourit, même si ça ressemble plutôt à une grimace désespérée.

— Tu t'es révoltée contre les Juges.

Ce n'est pas une question. Sa fierté me met mal à l'aise. Je reste persuadée que c'était une mauvaise idée.

— Possible...

— Tu es bien ma Perséphone.

J'accepte ma nature à part entière, même si je ne dois pas oublier ma partie humaine. Hadès me prend dans ses bras et me serre contre lui. Son parfum berce mes sens, bien moins écœurant que l'odeur de soufre. Quand ses lèvres se posent sur mon front, mes larmes coulent. Je ne suis pas prête à laisser cette histoire naissante derrière moi.

— Et maintenant ? murmuré-je.

— Repars avec moi.

— Est-ce qu'on peut ? Je croyais que c'était ma dernière vie.

Il hoche la tête et lance un bref coup d'œil par-dessus son épaule.

— On peut, oui, mais ce ne sera pas une histoire de réincarnation, cette fois. Si tu reviens sur Terre, ce sera par résurrection, comme pour Brook et les membres de mon club. Ce qui signifie que tu seras attachée à moi à tout jamais...

— Je croyais que tu ne pouvais pas me ressusciter ?

— Avant, c'était le cas, parce que tu ne vivais pas ton dernier cycle. On dirait que la donne a changé grâce à ce détail. Comme s'il n'y avait plus vraiment de règles. J'ignorais que c'était possible, moi aussi. Je n'ai jamais fait revenir une divinité qui vivait sa dernière existence. Crois-le, j'ai été aussi médusé que toi de pouvoir t'arracher aux griffes des Juges.

Il me libère en faisant un pas en arrière. Une expression déchirée traverse ses traits habituellement assurés. Il passe une main dans ses cheveux et, encore une fois, regarde derrière lui. Il doit s'attendre à voir débarquer quelqu'un ou quelque chose. Les Juges, peut-être ?

— Je ne comprends pas où est le problème, Hadès.

— Le problème, c'est que ce que tu craignais arrivera : ton existence se figera, tu auras cet âge pour toujours, tu ne vieilliras plus et surtout, tu dépendras de moi. Tu ne pourras plus jamais me quitter, parce t'éloigner de moi trop longtemps risquerait de détruire ton âme et ton corps... Non seulement tu n'auras jamais la chance de fonder une famille, mais tu seras prisonnière de ta propre mort. Tu comprends ce que ça veut dire ?

Je hoche la tête. Le mythe d'Hadès et Perséphone se répète, mais d'une façon différente.

— Pour ce qui est du fait de ne plus vieillir et de ne plus pouvoir enfanter, ce sera le cas que je choisisse de mourir ou de revenir, constaté-je. Pour le reste, je composerai avec, même si j'ai l'intuition qu'avec toi, je ne pourrai pas me sentir prisonnière. On se dispute souvent, c'est vrai, mais je crois que je suis...

Je me tais, prise de bouffées de chaleur. Ce que je m'apprête à lui dire est plutôt délicat, dans le sens où ce sera ma première déclaration. Comment avoue-t-on ses sentiments au dieu des Enfers ?

Amoureuse de toi, allais-je ajouter.

Mais un hurlement aigu déchire mes oreilles. Hadès pousse un grondement. Il m'attrape par les épaules pour me plaquer contre lui.

– Prends une décision tout de suite, Princesse. Une Érinye arrive et elle est de très mauvais poil.

Au moment où il prononce ce mot étrange, surgit dans mon esprit l'image de créatures mi-humaines, mi-oiseaux. Dans les souvenirs de Perséphone, ces choses n'ont de femme que la poitrine, le visage et les hanches. Des serpents remplacent leurs cheveux, leurs yeux crachent des flots de sang et leurs bras sont en réalité deux ailes terminées par des griffes acérées. Je crois bien les avoir dessinées, une fois.

– Les Érinyes ?

– Des Gardiennes des Enfers, elles régissent aussi le destin. Si ton sort était de mourir, pour elles, tu dois mourir. Alors, fais le bon choix...

En réalité, j'ai choisi. Je savais déjà ce que je voulais dès l'instant où j'ai posé les yeux sur Hadès. Je suis Coré, réincarnation de Perséphone, épouse du dieu des Morts, Reine des Enfers. Je le resterai toujours.

– D'accord ! m'exclamé-je au moment où l'ombre d'un oiseau énorme m'écrase. Je te choisis toi, ça a toujours été toi.

Une créature venue d'une autre époque, pourvue d'ailes noires immenses et de cheveux venimeux me pousse à détourner mon attention d'un Hadès ravi. Malgré le cri perçant qu'elle libère, je peux entendre les serpents siffler sur sa tête.

– Ainsi soit-il, crie Hadès. Monte, ça urge !

Mon biker saute sur sa moto avec une dextérité à faire pâlir un félin et fait gronder le moteur. Je me jette derrière lui, les bras bien serrés autour de sa taille. Je lève le nez pour constater que l'Érinye n'est plus seule : deux de ses congénères l'accompagnent.

La Harley bondit en avant, les pneus dérapent sur le sol. On s'envole en direction du Styx à une vitesse affolante. Si Hadès continue dans cette direction, on va se noyer dedans !

Ou pas.

Le fleuve se déchire en deux, ses eaux colériques se fracassent contre les rives, avant de rouler sur elles-mêmes sous forme de vagues qu'on aurait enfermées dans une bulle de verre. Les âmes prisonnières hurlent de plus belle. Leurs sanglots me transpercent. Je ferme les yeux pour tenter de les ignorer. La moto écrase os et cadavres putréfiés qui reposent au fond du Styx. Un haut-le-cœur menace de me faire lâcher prise. Le pilote ralentit et pose une main sur les miennes. Je comprends le message : « Tiens bon ! »

Évidemment que je vais tenir bon, je compte revenir chez les vivants.

On rejoint la rive opposée en une poignée de secondes qui m'ont paru interminables. Le véhicule se joue des creux et des bosses, prenant toujours un peu plus de vitesse. Le brouillard s'efface sur notre passage et semble même nous dessiner un chemin. Les femmes-oiseaux continuent de nous survoler, l'une d'elles pique dans notre direction. Le pilote l'évite in extremis en effectuant un dérapage à quatre-vingt-dix degrés. La course effrénée et la peur liée aux Érynies transforment mon corps en compote. Mes muscles tendus menacent de s'arracher. Je me cramponne plus fort, même si mes bras vont lâcher. Un courant d'air froid dans mon dos m'apprend qu'une autre créature du ciel m'a frôlée.

J'aperçois enfin quelque chose qui me soulage : à cent mètres, un triangle de lumière forme une ouverture sur une autre réalité. *Ma réalité.* Celle dans laquelle j'ai grandi, celle que je refuse de quitter. Le Roi accélère jusqu'au dernier moment, puis il freine de façon à ce qu'on n'arrive pas trop vite devant la porte. La moto traverse le passage sans aucun mal. L'engin, qui a quand même pris trop de vitesse, se fracasse dans le mur du bureau d'Hadès.

Si je reste en un seul morceau, c'est uniquement parce que le dieu des Enfers m'a entraînée au sol avant l'impact en me prenant dans ses bras. Bien que le souffle me manque et que la souffrance dans mon corps décuple, il amortit grandement les dégâts. On n'a pas le temps de se remettre de l'accident que déjà, une silhouette ailée traverse la porte.

— Merde ! gronde Hadès.

Il se jette sur le battant d'acier pour la claquer d'un coup d'épaule. Le passage menant aux Enfers se referme. Je reste immobile sur le sol, les mains tremblantes. J'aimerais me lever, intervenir, mais mon estomac se retourne. Je vomis une, deux, trois, quatre fois... pendant que mon petit ami se dresse entre moi et l'Érynie. Je lève les yeux sur l'affrontement qu'il va y avoir. L'air chargé de tension me prend à la gorge comme une main invisible glaciale.

« Glacial » est le mot qui résume cet instant précis. J'ai tellement froid. Mes os gèlent, mon sang aussi. J'ai l'impression de mourir une seconde fois.

— Hadès ! Tu as défié les Juges et ramené cette âme dans un monde qui n'est plus le sien.

— Tu ne me la prendras pas, Mégère, alors accepte la situation. Coré reste avec moi, un point c'est tout ! Retourne aux Enfers, fais donc ce pour quoi tu existes : venge ceux qui demandent à être vengés, et laisse les autres tranquilles. Ici a lieu un combat qui demande toute mon attention ! Plus grand encore que le serait le nôtre.

Il désigne la porte du bureau qui mène à la salle VIP.

De quoi parle-t-il ?

— Tu n'as pas le droit de ramener de divinité à la vie.

— Pourtant, je l'ai fait. Crios m'a défié dans un combat à mort, je n'ai pas le temps pour ces conneries !

Je parviens à me redresser sur un bras, même si chaque parcelle de mon être hurle de douleur. Je prends appui contre le mur, tente de parler... sans succès. Je n'arrive pas à dire à Hadès de ne pas affronter Crios, lui dire que ça n'en vaut pas la peine. Mégère éclate de rire en battant des ailes. Autour de nous, des feuilles volantes se répandent telle une pluie annonciatrice de malheur.

— Peu m'importe ton propre destin, Hadès, je veux récupérer cette âme.

Un couinement misérable franchit mes lèvres. Le dieu pivote légèrement dans ma direction, essayant de voiler son inquiétude avec un sourire.

— Mégère, bon sang, tu ne me simplifies pas la tâche. Laisse-moi au moins lui dire au revoir.

Surprise qu'il baisse les bras si facilement, la créature penche la tête.

— Je te donne deux minutes.

Mon biker s'agenouille à ma hauteur, son visage couvert d'un masque froid. A contrario, sa main chaude vient se glisser dans mon cou. Je ne peux toujours pas bouger, même si le bout de mes doigts est moins engourdi. Sa bouche frôle ma joue. La chaleur de son amour me submerge, tente de chasser ce froid terrible dans mes veines.

— Princesse, murmure-t-il à mon oreille, je vais avoir besoin de toi.

Je savais qu'il ne me livrerait pas à l'Érinye, cependant j'ignorais quel plan il avait derrière la tête, jusqu'à ce qu'il me l'expose en quelques mots.

— Hadès, intervient alors la femme-oiseau.

Le dieu s'écarte pour laisser la créature me dominer de toute sa hauteur. Je plante mon regard dans ses yeux ensanglantés, certaine que plus jamais je ne verrai une telle horreur de ma vie. Ils trahissent tant de colère, de besoin de vengeance.

– Ta place est chez les Morts, ô Perséphone. Les Juges t'attendent. Une autre audience aura lieu, mais elle ne sera pas aussi impartiale que la première, ricane-t-elle.

Les Juges. S'ils me récupèrent, j'imagine que je n'écoperai pas d'un voyage vers un monde meilleur. Comme si Mégère lisait dans mes pensées, un sourire cruel étire ses lèvres. Je remarque que ses dents sont aussi effilées que des aiguilles. Hadès ouvre la porte en acier, laissant entrer dans la pièce une odeur de soufre.

– Mégère, soufflé-je, tu vas devoir partir toute seule.

Son sourire se fane, son corps se tend. Déjà, j'ai ouvert la porte aux Ombres dans mon esprit. Peut-être que physiquement, je suis limitée, mais psychologiquement, je parviens encore à me défendre. Le pouvoir de Perséphone inonde mon esprit, recouvre mon enveloppe charnelle de milliers de fourmis. Dans le dos de l'Erynie, Hadès sourit. Sa fierté décuplerait presque ma force ! Le sol tremble, d'abord de manière imperceptible, puis jusqu'à faire bouger les meubles.

– Non ! hurle la créature en levant ses griffes afin de les abattre sur moi.

Avant qu'elle puisse me toucher, une masse noire, semblable à un boulet de canon, la percute sans ménagement. Incapable d'échapper aux damnés, elle frappe le mur et s'échoue sur les débris de la moto. Le choc ne la met pas K.O. pour autant, puisqu'une seconde plus tard, elle pique dans ma direction à la vitesse d'une comète. Le coup de pied que lui envoie Hadès la coupe net dans son élan. Le souffle court, Mégère traverse le passage. Le dieu des Enfers referme la porte sans attendre, recule d'un pas, tend la main et prononce quelques mots dans un dialecte inconnu. Une lumière aveuglante envahit la pièce, m'obligeant à détourner le regard. Des bruits de verrou résonnent dans le bureau, suivis d'un silence soudain.

— Tu peux te lever ? me questionne mon biker en essuyant la sueur sur son front.

Un gros coup dans la porte me tire un sursaut. J'ai encore beaucoup de mal à bouger, même si mon cas n'empire pas. Un bon point.

— Laisse-moi une minute...

— Tu as de la chance, les morts que je ramène ont habituellement besoin de quelques heures.

Son petit sourire me fait fondre.

— Faut que j'y aille, c'est le boxon dans la salle principale du night-club, lance-t-il. Crios m'attend...

— Tu ne mentais pas pour le combat à mort ?

— J'aurais aimé. Mais t'inquiète, je compte bien m'en sortir.

Pourtant, j'ai cette angoisse profonde qui me perfore. Son sourire confiant me soulage à peine, parce que je vois cet éclat morbide dans ses yeux. Son sourire chasse presque ma douleur, mes doutes, mes pensées les plus sombres. Il aspire toute ma négativité pour ne laisser qu'une certitude puissante dans mon âme : on est amoureux. Lui, à la manière d'un biker infernal, et moi, comme une jeune femme qui découvre son premier et véritable amour.

— Je t'envoie du renfort, m'annonce-t-il.

Hadès se lève et quitte la pièce sans un regard en arrière. Je n'ai pas le temps de le retenir. Cet instant trop bref ressemblait un peu trop à un adieu.

— Hadès ! hurlé-je.

19.

Je n'arrive toujours pas à me relever. Mes jambes refusent de répondre aux ordres donnés par mon cerveau, mon crâne pèse une tonne. Si c'est ça, revenir d'entre les morts, alors je ne suis plus certaine d'apprécier l'expérience. Je pose la paume de ma main sur mon front en expulsant l'air de mes poumons. Il faut absolument que je réussisse à bouger.

Je jette un coup d'œil à travers l'encadrement de la porte, me tordant en tous sens dans l'espoir d'y voir Hadès. Évidemment, il a disparu. Je retombe comme une masse lorsque je veux à nouveau me redresser. Bon sang ! Je déteste me sentir aussi inutile. À quoi cela sert-il d'être la réincarnation d'une déesse si je ne peux même pas aider celui que j'aime ?

Détends-toi.

Je sursaute au son de cette voix caverneuse venue de nulle part.

— Qui est là ?

J'observe la pièce avec attention. Il n'y a rien, hormis le bureau brisé, les centaines de feuilles par terre, la bibliothèque miraculeusement debout contre un mur, les livres qu'elle contient et l'aigle empaillé au sommet.

Une minute ! Il n'y avait aucun animal à mon arrivée.

L'oiseau, d'une taille impressionnante, pivote la tête dans ma direction. Mon souffle se coupe, une sorte de crainte me saisit. À ma connaissance, il n'existe qu'un dieu à qui l'aigle est attribué.

— Zeus ?

Que ferait le Roi des Olympiens ici ? Bon sang, Zeus, rien que ça ! J'ai un peu le sentiment de parler à Beyoncé.

Détends-toi, laisse ton énergie remonter à la surface. Tes pouvoirs t'aideront à aller mieux.

Il continue de s'exprimer par le biais de mon esprit. Je réalise qu'une force invisible m'empêche de respirer normalement. Elle imprègne l'air, le réchauffe.

Me réchauffe.

Hadès a besoin de toi. Ressaisis-toi, Perséphone.

Il a raison. Je m'extasierai plus tard sur le fait de rencontrer l'une des divinités les plus importantes de l'Ancien Monde. Je ferme les yeux, respire avec lenteur, me concentre sur mon corps en feu. Je m'oblige également à penser comme le ferait une Reine des Enfers. Comme je l'aurais fait à l'époque où j'étais l'épouse d'Hadès.

Comme une déesse.

Je refuse de voir Crios gagner, de regarder les miens mourir, de rester inerte pendant que l'on combat.

C'est ça, Perséphone.

Ce Titan va regretter de nous avoir défiés !

De m'avoir tuée dans cette vie et toutes les autres.

L'incendie reflue au profit d'une certaine douceur. Bouger les mains, les bras, les jambes ne me fait plus mal. J'ouvre à nouveau les paupières, inondée par mes dons divins. À un mètre de moi, perché sur la moto défoncée, l'aigle m'observe. Il tient dans son bec ma torche en bois sertie d'inscriptions lumineuses.

Sauve tes royaumes, m'ordonne Zeus à travers le rapace.

— *Mes royaumes* ?

La Terre t'appartient autant que les Enfers sont à toi.

Habitée d'une force nouvelle, j'attrape l'artefact. Au moment où mes doigts entrent en contact avec lui, le bout s'embrase. Les flammes de couleur violette se reflètent dans toute la pièce. C'est magnifique et un peu flippant.

— J'ai entendu Hadès dire que vous ne nous aideriez pas.

Il rit, toujours dans mon esprit. L'expérience est plutôt étrange.

Il était dans mon intérêt d'intervenir. Si Crios gagne ce combat, l'ère des Olympiens n'existera plus.

— Alors, restez pour nous prêter main-forte.

Une autre tâche m'attend ailleurs. Adieu, Perséphone.

— Non, attends…

Trop tard. L'aigle n'est plus là.

— Putain de merde ! s'exclame alors une tornade rousse en passant la porte. Coré, tu es là ? Nom de Dieu !

Brook se laisse tomber à genoux en s'échouant littéralement dans mes bras. Je lui rends son étreinte, cherchant encore une trace de Zeus. Peine perdue. Le rencontrer, même sous forme animale, me procure un sentiment indescriptible. Je comprends pourquoi il est le Roi des dieux. Il en possède l'aura.

Je me concentre sur ma meilleure amie en train de m'étouffer.

— Je vais bien, Brook, ne t'en fais pas. Je vais bien.

Pour le lui prouver, je me lève en l'éloignant avec douceur. En voyant la torche, elle fait un pas de côté ; comme si elle craignait que je la brûle. Quelle idée. Lorsqu'elle me fixe à nouveau, la terreur sur son visage me touche.

— J'ai cru que je ne te reverrais plus. Tu étais morte. Quand Adon est passé me chercher et qu'il me l'a dit... merde, Coré !

Ses larmes coulent.

— Je sais. Je suis désolée. Tout va bien, maintenant.

— Hadès t'a ramenée ?

— Oui.

— Ça signifie que tu es comme moi ?

J'ignore quoi répondre à cela, je n'ai pas encore trop réfléchi à la situation. Je tends la main, cherche les veines noires sous ma peau translucide, mais ne les trouve pas.

— Je ne sais pas.

— Coré ? m'interpelle une seconde personne.

Adon m'observe avec un air crispé, debout dans l'encadrement de la porte. Il se tient aussi raide qu'un piquet, les traits dévorés par l'inquiétude. Des cernes monstrueux dévorent son visage, des restes de panique incrustent ses iris. Il tente de m'offrir un sourire et je comprends que ma mort vient d'enterrer la hache de guerre. Plutôt ironique, non ?

Brook intervient, sans doute pour briser le silence.

— C'est lui qui t'a trouvée dans le parc. Il a aussi annoncé ta mort à tout le monde en arrivant au night-club, mais tous le savaient déjà.

Je hoche la tête, la gorge comprimée par l'émotion.

— Salut, Adon. Je suis contente de te voir. Tu m'as manqué.

Son regard s'humidifie. Étrange, je ne l'avais jamais vu pleurer jusqu'à aujourd'hui. Sans attendre, il dévore l'espace entre nous et me prend à son tour dans ses bras. On se retrouve tous les trois dans une position précaire puisque je tente de ne pas les cramer avec ma torche.

— Je suis tellement désolé, Coré, murmure-t-il.

— C'est oublié, on a plus important à faire.

Je peine à l'entendre parce que Brook me pose mille questions en même temps. Du genre : comment s'est passé mon retour ? Pourquoi une moto en pièces se trouve dans le bureau ? Pour quelle raison n'ai-je pas les yeux noirs comme elle et les veines sombres visibles ?

— On parlera de cela plus tard. Il faut monter, vite !

Un choc puissant contre la porte en acier les fait sursauter tous les deux. Ils se tournent vers le battant et le regardent comme s'ils ne l'avaient pas vu jusqu'ici.

— C'est quoi, ça ? s'exclame Brook.

Je remarque qu'Adon, au lieu de suivre la direction qu'elle désigne, fixe maintenant la torche incandescente.

— Mégère, réponds-je, une créature qui a voulu nous empêcher de quitter les Enfers, Hadès et moi.

— Oh...

— Tu m'étonnes, reprend mon meilleur ami avec une drôle de lueur dans le regard. Tu sais qu'aucune âme revenue de l'au-delà n'est jamais sortie par un passage comme celui-là ? Ça explique pourquoi tu n'as pas les mêmes particularités que Brook, qui a aussi été tirée de la mort par ton Roi.

D'accord, il ne peut pas s'empêcher de prononcer ces deux derniers mots avec morgue. Pour se rattraper, il me décoche un sourire désolé. Je comprends sa position, je ne lui en tiens pas rigueur.

— Il se trouve, reprend Brook à voix basse mais sans discrétion, qu'il sait tout. Tu y crois, toi ?

— Je t'entends, soupire Adon.

— Et donc, ajoute-t-elle en ignorant notre ami, qu'est-ce que tu tiens à la main ?

— Une torche, elle…

M'a été confiée par Zeus, m'apprêté-je à avouer, mais je me tais. Quelque chose me murmure que ce détail doit rester secret.

— … a des pouvoirs très spéciaux ? suggère Adon. C'est la Torche de Perséphone, un artefact unique qu'elle partageait avec sa mère Déméter.

Qu'il connaisse autant de détails sur la mythologie ne devrait pas me surprendre, vu qui il est. Mais, tout de même, j'en reste choquée. Avant, je passais mon temps à lui parler des mythes parce que je les adorais, et il semblait complètement à la masse. Il le faisait exprès.

— Toi, grimace ma rouquine en le désignant, va falloir qu'on parle.

— Où est-ce que tu l'as eue ? se contente-t-il de me demander. Elle est perdue depuis des millénaires.

— Comment tu sais tout cela ? rétorqué-je au lieu de lui donner une réponse.

Il hausse les épaules en se grattant la nuque, embarrassé.

— Les héros n'oublient pas leurs souvenirs lors des réincarnations. Et j'en suis un. Je sais que j'aurais dû te le dire, mais cette situation me foutait tellement le cerveau à l'envers. Tu sais, Coré, dès que je t'ai vue lors de notre première rencontre, j'ai su que tu commençais ton dernier cycle. Tu ressembles tellement à Perséphone. Je savais aussi que si Hadès te retrouvait, je n'aurais jamais ma chance. Que je ne l'aurais plus jamais…

J'aimerais lui dire que je suis désolée, mais mes sentiments pour le biker m'en empêchent.

— Attends, elle avait douze ans quand tu l'as rencontrée…, lui balance Brook, comment tu pouvais savoir qu'elle était Perséphone ?

— Elle lui ressemblait déjà beaucoup. Arrête de me mater de cette façon ! lui ordonne-t-il en grimaçant.

— Tu sais ce que j'ai envie de te faire ? crache-t-elle. Ta foutue jalousie a failli tout gâcher ! Vraiment, tu es un gros imbécile, Adon ! Peu importe que tu sois un dieu ou pas !

Elle lui balance plusieurs coups auxquels il est obligé de se soustraire en reculant.

— Ne me frappe pas ! Mais, stop ! Et puis, je ne suis pas un dieu, mais un *demi-dieu*. Brook, ne me force pas à riposter.

— J'aimerais voir ça ! Ce que je peux te détester à cet instant précis ! Tu es vraiment un enfoiré. Je t'en veux beaucoup.

Il s'apprête à répliquer quelque chose de cinglant, mais je les devance.

— S'il vous plaît, pas maintenant. Crios est dans le Royaume des Morts, je dois aider Hadès.

Cette petite parenthèse m'a permis de récupérer davantage d'énergie. Mes amis se reprennent, non sans dissimuler leur angoisse.

— OK, allons-y. C'est le boxon en haut, avoue Adon, il vaut mieux que Brook reste ici.

Scandalisée, elle s'exclame :

— Comment ça, je reste ici ?

— On est des divinités, espèces de grosse maligne. Toi, tu es humaine !

— Je suis morte, je te ferais dire...

— Ça ne change rien, tu n'as pas de pouvoirs.

Elle balaie la remarque, ses poings sur les hanches.

— Quels sont les tiens, imbécile ?

— Je suis plus résistant. C'est déjà ça.

Je profite de leur énième querelle pour détailler ma torche. Les gravures en bois brillent d'une lumière violette semblable aux flammes. Au contact de mes doigts, elles s'illuminent plus fort. On dirait que je partage la même énergie que cet objet. Je sais comment l'utiliser, les instructions me viennent naturellement.

— ... on s'en fout que tu sois une revenante, ça ne te protège pas de la mort, Brook, mais du temps qui passe ! Perséphone, dis-lui !

Qu'Adon prononce ce prénom me surprend. Pourtant, il ne semble pas s'en rendre compte, toujours occupé à se disputer avec ma meilleure amie.

— Il a raison, tranché-je. Brook, reste ici, il faut que quelqu'un s'assure que Mégère ne franchisse par la porte. Si c'est le cas, frappe-la avec ça.

Je lui tends une barre de fer trouvée parmi les débris. Choquée, elle s'en saisit en regardant le passage vers les Enfers.

— Tu veux que je l'utilise contre un truc qui s'appelle Mégère ?

— Oui. Je peux compter sur toi ? Si elle m'attrape, elle me ramènera parmi les morts. Je t'en prie, Brook.

Ma meilleure amie opine tout à coup, déterminée.

— OK, ma vieille, je m'occupe de te sauver les miches. Compte sur moi !

Je l'embrasse sur la joue, lui souris et me dirige vers la sortie, Adon sur mes talons. Une fois qu'on est assez loin du bureau, il intervient :

— Aucune chance que la Furie sorte des Enfers, n'est-ce pas ?

— Aucune. Ça occupera Brook pendant le combat.

— Bien joué, admet-il. Tu as un plan ?

En effet, sauf qu'il ne me plaît pas des masses. Dans l'escalier menant à l'étage, un gros choc m'oblige à me figer. Il y a l'air d'y avoir du grabuge là-haut.

— Comment Brook et toi avez fait pour descendre sans risquer votre peau ?

— Léther nous attendait à l'arrière du bâtiment, et il nous a permis d'utiliser un passage secret. Tu es certaine de ton coup, Coré ?

— Certaine. Si la situation tourne à la catastrophe, retourne chercher Brook et empruntez le passage secret pour quitter cet endroit, d'accord ?

À l'expression d'Adon, je devine qu'il ne m'écoutera pas.

— Aucune chance que je te laisse mourir une nouvelle fois. C'est moi qui t'ai trouvée dans le parc, j'ai assisté à ton exécution sans pouvoir rien y faire, parce que je n'ai pas été assez rapide. Ne compte pas sur moi. Que ce soit Coré ou Perséphone qui me le demande, je ne t'abandonnerai pas.

— Je suis heureuse qu'on soit amis, aujourd'hui, Adon ou Adonis, comme tu préfères. Et tu sais... avec Hadès, je suis...

Il lève les yeux au ciel.

— En couple ? J'ai saisi. Tu l'as toujours choisi lui, plutôt que moi.

Cette fois, il parle avec le sourire. On dirait qu'il s'est fait une raison.

— Je veux juste que tu sois heureuse, ma belle, OK ?

Bien. Un détail gênant de réglé. Maintenant, il est temps d'y aller.

— Hadès et Crios se battent à mort, lui apprends-je. Mais Crios reste un Titan, et souviens-toi, il a fallu l'union de tous les dieux de l'Olympe pour venir à bout de ces divinités par le passé. Même si j'ai confiance en ses capacités, il y a un risque qu'il échoue. Si c'est le cas, on mourra tous, Adon.

20.

La salle principale du Royaume des Morts semble avoir été victime d'un tsunami. Tables et fauteuils sont renversés, des débris de verre jonchent le sol, une odeur de brûlé empeste l'air, la poussière couvre toutes les surfaces et pique la gorge. Les miroirs ont été brisés, de même que le bar et les scénettes. Plus que le décor, les combats entre les Originels et les Nyx sont d'une rare violence.

Les humains contre les morts, comprends-je en voyant un type bondir sur Léther. Cet humain est pourvu d'une force incroyable malgré son statut de mortel. Léther pare son coup de chaîne in extremis, mais peine à esquiver une série de coups de poing. Non loin, Spax se retrouve aux prises avec deux ennemis fous furieux. L'un, armé d'un fusil à pompe, et l'autre d'une longue lame style machette. Je n'arrive pas à croire que de simples motards puissent prendre le dessus sur les Nyx, alors qu'ils n'appartiennent pas à la branche des divinités.

Je me dissimule derrière un canapé en cuir déchiré, imitée par Adon.

— Comment peuvent-ils être aussi forts ? demandé-je, paumée.

— Regarde, répond Adon en désignant un Originel mortel du doigt, ils reçoivent une aide psychique de Crios.

L'homme saute dans les airs à une hauteur incroyable pour atterrir sur le dos du vice-président. Ce dernier continue de se battre sans faillir malgré la difficulté, son visage pâle et ses yeux noirs traversés par une détermination extrême.

— On doit aider les Nyx !

— Je crois que le mieux, c'est de t'attaquer à Crios directement. Coupe la tête du serpent, Coré.

Les autres Nyx n'en mènent pas large. Certains, inconscients ou pire, restent immobiles sur le sol. Hypnotisée par tant de violence, mes pieds sont scellés au sol. À cet instant, je ne suis pas plus Perséphone que Coré. La triste réalité s'avère douloureuse, parce que dans le fond, je ne suis qu'une jeune femme perdue dans un monde de bestialité absolue.

— Eh ! Je sais ce que tu penses, me secoue Adon. Ce n'est pas le moment de douter de toi, OK ? Tu vas y arriver. *On va y arriver*. Il y a trop d'enjeux, surtout celui de voir l'existence des Olympiens réduite en cendres. Si ton Roi meurt, les Enfers seront affaiblis, y compris le Tartare, et les autres Titans sortiront. Là, ce sera la fin.

Je crève de trouille à l'idée de voir mourir mes amis. Plus encore face à la possibilité que les Nyx perdent et qu'Hadès y reste. Adon a raison. Alors, je m'oblige à me secouer.

Une masse sombre s'effondre entre mon meilleur ami et moi, m'obligeant à bondir sur le côté. Je recule, surprise par l'ennemi couvert de sang qui essaie de se relever. Il pousse un grognement de douleur, se redresse malgré l'état déplorable de son visage tuméfié, et regarde autour de lui avec rage. Quand il croise mon regard, le sien s'embrase.

— Toi ! Espèce de misérable pétasse, je vais te saigner à blanc !

Son poing s'abat à quelques centimètres de mes côtes, fendillant le carrelage au passage. C'était moins une. Si je n'avais pas esquivé, j'ose à peine imaginer l'état de ma cage thoracique.

— Arrêtez ! lui ordonné-je. Tout ça ne sert à rien, ce n'est pas votre guerre. C'est celle des dieux !

Je recule, insensible face aux morceaux de verre qui entament mes paumes. Mon adversaire continue d'avancer, résolu à en découdre. Je tiens toujours la torche, mais elle ne me sert à rien. Je lutte contre l'envie de l'utiliser pour me défendre, parce que je sais que je n'ai droit qu'à un seul essai avec elle. Je le réserve pour une créature bien plus dangereuse.

Adon bondit sur le dos de l'humain en l'insultant. J'en profite pour sauter sur mes pieds et passer à l'action. Au moment où mon ami est projeté contre un mur à quelques mètres, j'envoie mon pied entre les jambes du motard.

Une technique efficace, même contre les mortels pourvus d'une force herculéenne. Le type s'effondre à genoux, les yeux écarquillés, la bouche grande ouverte. J'attrape une pierre parmi les débris de bouteilles brisées pour lui asséner sur le crâne. Il s'effondre.

— Adon !

— Ça va, Coré, prétend ce dernier en peinant à se relever. Purée, on dirait que je suis passé sous un rouleau compresseur. Crios gagne en force, et ses larbins aussi. Ça ne veut dire qu'une chose : il est en train de prendre sa forme originelle.

— Quoi ? piaillé-je.

L'image d'un géant aux muscles surdéveloppés, debout au cœur du désert, me traverse l'esprit. Cette vision née de mes nombreux dessins et de mes rêves me file la nausée. J'espère de tout cœur l'imaginer, et non avoir affaire à un souvenir d'antan.

— Ça arrive quand un immortel a engrangé beaucoup de forces.

— Tu crois que c'est lié au fait qu'il a plus d'hommes ?

— Possible.

Sur la route du désert, l'autre jour, il n'avait pas autant de membres à ses côtés. Voilà pourquoi il ne m'avait pas attaquée depuis : il se fabriquait une armée !

Toujours cachée, je cherche Hadès du regard, même si je sais qu'il n'est pas là. Spax pousse un hurlement. Je tourne la tête dans sa direction. Deux de ses opposants sont morts, mais le troisième a pris l'avantage. Je tente d'appeler mes Ombres, mais pour le moment, je n'y arrive pas. Même si mon énergie revient, je me sens encore trop faible. Sans réfléchir et poussée par le besoin de le protéger, je me précipite vers lui. Son adversaire lui assène des coups de chaîne sans discontinuer, ouvrant des plaies monstrueuses sur le corps de mon ami.

Spax va mourir, il ne bouge déjà plus. Cette vérité atroce entrebâille un peu plus la porte psychique qui me sépare de Perséphone. Je laisse tomber mes états d'âme, mon humanité et mes valeurs pour protéger ceux que j'aime.

Peu importe ce que j'aurai à faire ou les actes à commettre.

— Eh, toi ! hurlé-je en attrapant l'humain par les épaules.

Il se retourne, prêt à me mettre un coup de chaîne. Avant qu'il puisse s'exécuter, ma main libre saisit son cou afin de le comprimer. Ce qui coule dans mes veines me donne une pêche d'enfer.

— Tu ne le touches plus ! grondé-je face au visage cramoisi de ma victime.

Il se débat, essaie de desserrer ma prise.

— Je suis Perséphone. À quoi t'attends-tu, humain ?

Je le soulève de terre. On dirait un ver sans défense, exactement comme l'ex-petit ami de Brook quand je l'ai attrapé de la même façon. Un insecte sur le point de mourir. Si je dois m'exécuter pour annihiler la force de Crios, alors qu'il en soit ainsi. Tant pis si je le regrette plus tard.

La peur prend possession de son visage, comme s'il lisait dans mes pensées. Des mots silencieux franchissent sa bouche, son regard se révulse peu à peu. Avant qu'il tombe dans l'inconscience, je le balance à travers la pièce. Son corps se fracasse contre celui d'un de ses comparses. Les deux tombent à la renverse sans plus se relever.

— Je reconnais bien là la Reine des Enfers, ricane Spax en respirant avec difficulté.

Il saigne beaucoup.

— Ça va aller, Spax. Adon ! Mets-le à l'abri, je me charge de trouver Hadès et Crios.

L'intéressé débarque en me fixant d'une drôle de façon.

— Attends, Coré...

— S'il te plaît, Adon. Fais ce que je dis. On n'a pas le temps de réfléchir.

J'ignore ce qu'il lit dans mes yeux, peut-être autant de désespoir que dans ma voix, mais il opine. La seconde d'après, il tire Spax derrière les débris en jurant entre ses dents. Quant à moi, je me précipite à travers la salle. Une onde de douleur me traverse lorsqu'une explosion détruit un mur et qu'elle projette des morceaux d'acier et de béton. Je ne ralentis pas. Résolue à en découdre, j'évite les attaques au mieux, j'en rends certaines à la vitesse de l'éclair et continue ma progression vers les jardins.

Mes jardins.

C'est là-bas qu'a lieu le combat ultime, je le devine jusqu'au plus profond de mon âme. Un élément m'y attire comme un aimant.

Une intense lumière orange aveuglante m'accueille avec la même violence qu'une chaleur poisseuse. Surprise, je m'arrête un instant. Une erreur de débutante, puisqu'on en profite pour se jeter sur moi. Je tombe en arrière en poussant un cri misérable, dominée par une femme magnifique aux longs cheveux blonds.

— Menthé ?

— Ne... m'appelle... pas... comme ça !

Chacun de ses mots s'entrecoupe de coups de poing monstrueux. Mon visage encaisse avec difficulté, la douleur embrase mon nez, mes mâchoires, mes pommettes. Je lâche la torche pour essayer de la retenir.

— Arrête !

— Je ne suis plus que Mentha ! entends-je la femme s'exclamer avec désespoir. Oui, tu as bien compris. À cause de toi, je ne suis plus rien !

De quoi parle-t-elle ? Bon, plus important encore, je dois me bouger. J'attrape ses deux mains pour l'empêcher de me frapper, essayant de retrouver mes esprits. Je crache une gerbe de sang, tousse et grommelle. Je n'ai pas traversé les Enfers et défié les Juges pour me faire massacrer par une nymphe. Une nymphe qui me fout sacrément en rogne. D'un côté, je crève d'envie de la buter. De l'autre, ses yeux emplis de larmes me touchent.

Encore une fois, j'oscille entre l'instinct de Perséphone et celui de Coré. Mais dans le fond, j'ai le droit de me trouver entre les deux. Parce que c'est ce que je suis, aujourd'hui. Une apprentie dessinatrice qui a autrefois été une déesse.

— Stop ! lui ordonné-je en comprimant un peu plus ses avant-bras. Ne me force pas à te faire du mal.

— Fais-le... vas-y ! Tu ne t'es pas retenue dans tes vies antérieures ! Hadès et toi, vous vous fichez bien de semer le chaos dans le cœur et l'esprit des gens !

Puisqu'elle menace une nouvelle fois de frapper en essayant de se dégager, je la fais basculer au sol d'un mouvement de hanches. À mon tour de me tenir sur elle, de la plaquer sur la terrasse sans qu'elle puisse se défendre. Il serait si facile de l'envoyer dans les ténèbres pour quelques heures.

Je ne m'exécute pas. Je ne suis pas un monstre. Ce n'est pas elle mon ennemie. Elle ne l'a jamais réellement été, en dehors de l'amour.

— Je suis désolée !

On dirait bien que je viens de la rendre muette. Sans rire, Mentha se fige de surprise. J'en profite pour continuer :

— Je suis désolée pour le mal que je t'ai fait en tant que Perséphone, pour les crises de jalousie, pour avoir répondu à tes attaques puériles dans cette vie et dans les autres.

— Quoi ? glapit-elle. Tu t'excuses ?

— C'est le bordel autour de nous, tu réalises ? On peut toutes les deux mourir, et c'est ce qui arrivera si Crios remporte la bataille. Tu sens l'air crépiter ? Tes poumons brûler à chacune de tes inspirations ? Le Titan se réveille ! Je ne te parle pas du président des bikers que tu as déjà croisé au sein du Royaume des Morts, je te parle de la créature mythologique capable de détruire tout un monde. Ce combat est un million de fois plus important que notre rivalité.

Je profite qu'elle se soit calmée pour essuyer le sang sur ma bouche.

— Alors, accepte mes excuses les plus sincères pour tout ce qui s'est passé, Mentha. Je ne suis plus celle que tu as connue, ou du moins, j'ai évolué à travers mes existences. Tu as encore le droit de m'en vouloir ou de me détester, et si tu veux te venger, OK... mais après tout ça, la suppliée-je en levant les bras pour désigner le décor macabre.

La blonde se redresse en position assise, l'air méfiante.

— Il faut que j'y aille, conclus-je. Si tu veux toujours qu'on s'explique ou qu'on règle ça plus tard, on le fera. Je dois aller aider Hadès.

Sur ce, je la plante là. Il existe des situations où il faut parfois s'écraser pour mieux s'élever. Des causes qu'il faut mener en mettant sa fierté de côté. Je traverse les jardins en courant, sans pour une fois m'extasier sur la beauté des lieux. Il n'a plus rien de beau. Les arbres ont brûlé, la pelouse a jauni, les fleurs sont mortes.

Une vague de pouvoir me traverse tout à coup, m'envoyant rouler au sol. On dirait qu'une bombe vient d'exploser. Son souffle m'a balayée. Étendue par terre, je me redresse avec une grimace. Le ciel a viré au rouge sang, ce qui ne me dit rien qui vaille. Des pétales de fleurs malmenées par un vent soudain tourbillonnent autour de moi, un chant macabre s'élève dans l'air. Le cri d'un aigle attire mon attention et j'aperçois l'oiseau en train de planer dans l'immensité rougeoyante. Je réalise alors que j'ai fait tomber la torche quand Mentha m'a attaquée. *La poisse, je suis trop nulle !*

– C'est ça que tu cherches ? intervient la nymphe dans mon dos.

Je fais volte-face. La jeune femme se tient debout, le visage impassible, l'artefact dans la main. Mon cœur s'accélère à l'idée que par vengeance, elle la brise. Mais à ma grande surprise, elle me la jette et je la rattrape.

– Un combat un million de fois plus important que notre rivalité, n'est-ce pas ? lance-t-elle d'un ton résolu. Que Chaos Tout-Puissant t'entende, dans ce cas.

Soulagée, je lui offre un sourire. Je préfère largement ce genre de relation, à celle plus toxique qu'on entretient depuis trop longtemps.

– Tu me surprends, Perséphone, continue-t-elle.

– Je dois admettre que toi aussi.

Elle s'apprête à ajouter quelque chose, mais n'en a pas le temps. La seconde d'après, elle s'écrase sur moi avec violence en me hurlant de faire attention. Quand j'ouvre les yeux, je découvre que l'obscurité nous entoure. Je papillonne des paupières, histoire d'être certaine d'avoir les yeux ouverts. Des milliers d'étoiles apparaissent autour de moi. Les points lumineux semblent se trouver à portée de main, pourtant je ne parviens pas à les toucher.

Oh non... Je sais exactement où je suis.

— Mentha, tu peux te lever ? Tu m'écrases.

Aucune réponse. Avec difficulté, je la bascule sur le côté. Mon cœur menace de s'arrêter à la vue de son visage blafard et du sang qui coule sur la ligne de son menton. La nymphe peine à rester éveillée. Aucune blessure physique ne l'a mise dans cet état, je ne comprends pas ce qui lui arrive.

— Ça va aller, d'accord ? Je vais te mettre à l'abri.

Comment ? Je me trouve toujours en plein milieu d'une constellation. Il n'y a rien derrière lequel je peux la traîner.

— Laisse tomber, Perséphone, souffle-t-elle. Je suis déjà morte.

— Quoi ? Non !

— Si, me détrompe-t-elle. Crios vient d'achever sa transformation et tu vas devoir lui botter le cul. En nous transportant dans sa réalité alternative... il m'a condamnée. Seuls les dieux et les déesses survivent à ce genre de connerie.

J'ignore quoi dire et quoi faire. Je suis la Reine des Morts, cependant rien ne me vient.

— Tu reviendras, tenté-je. Si tu veux, on se chamaillera, OK ?

Elle rit, s'étouffe, inspire avec difficulté. Je ne porte pas Mentha dans mon cœur, pourtant la situation me brise. Elle ne mérite pas de mourir.

— C'était ma dernière vie, comme toi, Perséphone. Je ne reviendrai pas. Je remercie tous les dieux pour cela. Les réincarnations sont des punitions terribles quand on doit les passer seule.

Des larmes m'échappent. Bon, j'avoue que je suis franchement triste. Avec du recul, la nymphe n'a pas l'air d'être la garce que je pensais.

— Alors, au revoir. J'aurais aimé apprendre à te connaître dans d'autres circonstances, lui avoué-je.

Elle expulse un dernier rire avant que son visage ne se fige pour toujours. Je reste immobile et silencieuse, lui rendant un dernier hommage. Au moment où je me dis qu'elle mériterait des fleurs, son corps s'évapore. Je recule, étonnée d'assister à la naissance d'un arbre au tronc argenté. Son feuillage violet se déploie avec la facilité d'une rose au réveil, aussi magnifique qu'odorant. C'est comme lorsque j'ai transformé les mourants de Crios en pétales de fleurs, mais en un peu différent. Je ne maîtrise pas encore ce pouvoir.

— Je dois admettre que je préfère ça à la menthe.

Du bout des doigts, je frôle l'écorce en ultime hommage. Puis, sans me retourner, je fonce à travers ce ciel plein d'étoiles en tenant la torche entre mes doigts. Dans la mythologie, on rattache Crios aux constellations, d'où le décor, je suppose.

— Perséphone !

Lorsqu'une créature de la taille d'un immeuble de six étages apparaît de nulle part et se dresse devant moi, je m'arrête net. Elle possède une tête de bélier, des cornes courbées vers l'intérieur et des yeux aux pupilles reptiliennes qui semblent me transpercer malgré la distance.

— Bordel...

Sur deux pattes terminées de sabots, Crios s'avance. Son corps humanoïde tout en muscles file les chocottes.

— Misérable vermine ! gronde-t-il d'une voix terrible. Je vais t'écraser !

Ce qu'il tente de faire, au passage. Deux bras me saisissent et je me retrouve projetée en arrière. Un torse familier amortit ma chute.

— Hadès !

— Salut, Princesse. Tu n'écoutes jamais, hein ?

On se relève déjà pour éviter un autre coup de sabot. Le sol invisible sous mes pieds se craquèle comme du verre.

— Je vais vous massacrer ! hurle le Titan.

Un autre coup et voilà que cette réalité constellée explose en morceaux. Je me protège le visage inutilement, croyant me prendre des éclats de verre. Quand j'ouvre les yeux, je me trouve à nouveau dans mes jardins, sous le ciel rouge sang. Le bélier géant nous observe, Hadès et moi, immobile, le museau retroussé de colère.

— Putain de merde ! s'exclame Léther derrière nous.

Je me retourne pour découvrir quelques Nyx qui nous ont rejoints, y compris Spax, soutenu par Adon. Une poignée de membres des Originels observent la scène, la bouche grande ouverte et les yeux emplis de terreur. On dirait bien qu'ils n'ont jamais vu leur chef sous cette forme.

— Les gars ! hurle Hadès. Va falloir la jouer serré. Vous êtes prêts à défoncer cette ordure et à lui montrer qui nous sommes ?

— Avec plaisir ! ricane Léther.

Crios éclate de rire.

— Vous croyez vraiment être de taille contre moi ?

Pour répondre à sa question, une balle de fusil à pompe le cueille dans la cuisse. Une bonne dizaine d'autres, tirées par les membres de notre club, l'obligent à reculer. La divinité pousse un cri. Pas de souffrance, non, mais de rage. Les projectiles l'égratignent à peine.

D'un mouvement rapide, il écrase ses deux poings au sol, créant un violent tremblement de terre. À nouveau, je me retrouve sur les fesses, le souffle coupé, le corps laminé par des élancements. Les bikers n'y échappent pas non plus, beaucoup geignent, se tiennent les côtes ou n'arrivent pas à se relever.

La main géante couverte de fourrure de Crios me frôle. L'un de ses hommes hurle de terreur au moment où il se fait saisir par la taille et soulever dans les airs. Avec horreur, je regarde le Titan dévorer le motard sans aucun état d'âme. Sa gueule poissée de sang s'ouvre sur un cri de guerre. Il profite du choc général pour avaler ses compagnons encore vivants. Hadès, debout près de moi, assiste à cela sans trahir la moindre émotion, l'attention rivée sur le Titan.

— Pourquoi il a fait ça ? couiné-je en reculant.

— Pour gagner en force. Il se nourrit de la croyance des humains envers lui. Au sens propre du terme...

— C'est dégueulasse ! s'exclame Adon.

J'ignorais qu'il nous avait rejoints ! Tant mieux, je suis contente qu'il aille bien.

— Tout le monde est sain et sauf ? demande Hadès sans se retourner.

— Impec, un jour comme un autre, répond Spax, essoufflé.

21.

Le temps se fige dans les jardins. Les secondes cessent de s'écouler, le monde semble retenir son souffle. Crios, lui aussi immobile, nous fixe de toute sa hauteur. *Qu'est-ce qu'il attend ?* La pression dans l'air grimpe avec l'aisance d'une araignée venimeuse, un filet de transpiration coule le long de ma colonne vertébrale.

Soudain, le monstre se met en mouvement.

Aussi rapide qu'un météore, il nous fonce dessus.

— Léther ! s'exclame le président des Nyx. Maintenant !

J'assiste alors à une autre transformation, cette fois dans le camp des gentils. Le sergent d'armes qui se tenait quelques mètres devant moi se liquéfie. Il perd ses couleurs, ses vêtements disparaissent et son corps devient transparent. Des vagues roulent sur toute sa silhouette devenue liquide.

Léther.

Léthé.

Bien sûr... Le fleuve des Enfers, nommé aussi « fleuve de l'oubli ». Il en est la personnification. Voilà pourquoi Hadès le chargeait d'effacer la mémoire des mortels. Ça me semble tout à coup logique.

Je recule jusqu'à rejoindre Spax et Adon.

— Comment un fleuve peut-il se réincarner ? demandé-je au sergent d'armes.

Aussi curieux que moi, mon meilleur ami attend également une réponse.

— Toute chose possède une âme, Coré, et ces âmes peuvent demander à Chaos de prendre forme humaine.

Le contraire de ce qui est arrivé à Menthé. Passionnant !

Je reporte mon attention sur le combat. Tel un mur impénétrable, Léther se dresse entre Crios et nous tous. Les poings du Titan frappent la surface aqueuse sans réussir à nous atteindre.

— Maintenant ! ordonne Hadès.

Le Roi prend le commandement. Un grondement plein de force soulève les membres du club qui se précipitent en direction de Crios, armes au poing. J'en compte une trentaine, et d'autres continuent d'affluer. À l'unisson, ils bondissent sur le géant, déterminés à le détruire.

Une vague d'espoir me submerge en remarquant que Crios vacille sous l'attaque commune. Cette fois, c'est de souffrance qu'il crie lorsqu'Hadès parvient à escalader son corps avec agilité, qu'il grimpe sur son épaule et lui plante une sorte de fourche dans le cou. Sous le choc, le Titan se débat, attrape le Roi des Enfers et le propulse dans les airs.

— Hadès !

Je l'imagine déjà se fracasser sur l'herbe, vu la vitesse avec laquelle il a été éjecté. Encore une fois, je me trompe. Un aigle immense surgit du ciel pour attraper mon compagnon dans ses serres géantes.

— Coré, attention !

Trop tard, je ne vois pas le coup arriver. Concentrée sur ce qui se passe au-dessus de ma tête, je ne peux me défendre à temps. Les doigts de Crios se referment autour de ma taille, aussi doux que deux étaux enflammés, et me soulèvent de terre. Je pousse un cri étouffé, essaie de me sortir de là, n'y arrive pas. Une série d'éclairs illuminent le ciel à cet instant. Le Titan esquive la foudre à une vitesse hallucinante, ainsi qu'une attaque aquatique de Léther. De sa main libre, il balaie le sergent d'armes sous sa forme originelle, le faisant exploser en milliers de gouttelettes.

— Léther !

Ma peur pour le sergent d'armes disparaît au profit de celle d'être dévorée vivante. Crios me tient à hauteur de sa gueule de bélier. Des morceaux de chair coincés entre ses dents me font frissonner, son haleine putride menace de me retourner l'estomac.

— Non ! crié-je.

Je serre les poings pour me forcer à ne pas hurler de terreur. Plutôt mourir que de donner ce plaisir à cette créature. Je sais que c'est ce que Crios attend de moi. Que je le supplie de me laisser en vie. Il ne le fera pas de toute façon. Alors, à quoi bon ?

— Je rêve de ce moment depuis des millénaires ! déclare-t-il avec excitation. Tu vas mourir, Perséphone, et cette fois, tu ne reviendras pas.

« La résurrection protège du temps, pas des accidents ou des meurtres », a dit Adon. Me voilà dans de beaux draps.

En bas, les bikers s'acharnent à essayer de me libérer. Ils me font penser à des fourmis contre un géant. Aussi forts soient-ils, ils n'y arriveront pas.

Tout à coup, Hadès retombe sur l'épaule de la bête, guidée jusque-là par l'oiseau. Non, pas un oiseau. Le Roi des dieux qui a pris forme humaine sur l'autre épaule du bélier. Son apparence semble en complet décalage avec la situation. Il ressemble à un mannequin masculin, de ceux qu'on voit dans les magazines. Là où son frère tient un sceptre magnifique terminé par deux fourches ensanglantées, lui serre entre ses doigts une arme lumineuse en forme d'éclair. Il n'a pas plus de vingt-cinq ou vingt-six ans en apparence.

— Perséphone, lance-t-il sur un ton presque moqueur. J'ai changé d'avis, finalement.

— D'accord ! Je ne vais pas m'en plaindre. Si vous pouviez l'empêcher de me manger...

— Attrape !

Il me lance un objet sombre que je saisis en plein vol sans trop réfléchir. Ma torche. Génial ! Je dois avouer que je n'y pensais plus. La seconde d'après, Hadès et Zeus abattent leurs armes dans la gorge de leur adversaire. À nouveau, Crios hurle en reculant. Mes compagnons de combat s'accrochent au Titan pour ne pas tomber.

Moi, je n'ai rien à quoi me retenir lorsque ses doigts se relâchent. Le vide me happe, plus meurtrier que la poigne du monstre. Désespérée, je plante alors la torche dans la paume épaisse de Crios.

L'artefact y pénètre comme dans du beurre.

À la base, je l'ai fait pour ne pas m'écraser. Peut-être qu'inconsciemment, je savais ce qui se produirait. Le temps s'arrête pour de vrai. Figée dans le vide, les mains autour de l'objet aux flammes froides, je combats une vague de terreur purement humaine.

— Eh ! Oh ! Que se passe-t-il ? crié-je.

Enfin certaine que je ne tomberai pas, je porte mon attention sur les deux dieux de l'Olympe. Même l'air dans mes poumons semble ralenti. Zeus intervient avec difficulté.

— Cette torche possède le pouvoir d'attirer les morts par milliers, m'informe-t-il. Quand je redonnerai au Temps son cours normal, peut-être pourrais-tu ouvrir une brèche sur le Tartare... ?

Affolée, je regarde Hadès. Alors que je m'apprête à lui dire que je n'ai jamais fait un truc pareil, il intervient :

— Tout se passera bien, me lance le biker. C'est de là que sortent les damnés. Pour ouvrir une brèche, il te suffit d'en appeler autant que tu peux. Le reste se fera tout seul. Je m'occuperai de guider les Ombres qui en sortiront en y entraînant Crios, comme un boomerang. Prête, Perséphone ?

J'opine. Ce plan a l'air facile, voire un peu trop. Une secousse fait trembler le sol et se répercute jusque dans mon âme. Crios pousse un cri de rage, soudain réanimé. Un orage monstrueux éclate, la foudre s'abat un peu partout. J'entends les bikers crier en bas, j'espère qu'ils arrivent à se mettre à l'abri. Touché au torse à de nombreuses reprises, le Titan recule, perd l'équilibre...

— Accroche-toi ! me prévient Hadès.

Oh, je m'accroche de toutes mes forces. Seulement, ça ne suffit pas. Ma prise faiblit, je ne sens plus mes doigts. Le vide m'avale sans sommation. Aucun cri ne franchit mes lèvres, car je suis bien trop terrifiée pour émettre le moindre son. À l'instant où j'imagine percuter l'herbe, une touffe de feuilles violettes me réceptionne. L'arbre de Menthé amortit ma chute, et je tombe presque avec douceur au pied du tronc.

— C'est la folie ! s'exclame Adon en m'aidant à me relever. Qu'est-ce qui se passe là-haut ? Ça va ?

J'époussète mon jean en levant les yeux. Crios résiste. Il reste debout malgré les éclairs qui lui tombent dessus. Je repense à ce que vient de me dire Zeus. C'est le moment d'intervenir. Tous les bikers se réunissent autour de moi. Ils ont cessé de lutter, ne pouvant rien contre le Titan, de toute façon. Les Originels encore vivants se tiennent à l'écart, menacés par un énorme chien à trois têtes. S'ils bougent un cil, le Gardien des Enfers n'en fera qu'une bouchée.

— Zeus en personne a daigné ramener son cul, ricane Léther en réponse à Adon. Dire que je pensais ne jamais le revoir.

Même en plissant les yeux, j'ai du mal à voir les Olympiens sur l'épaule de Crios. En me concentrant, je remarque Hadès en train de combattre avec son sceptre. Une véritable ombre mouvante, il se déplace vite et chaque coup atteint sa cible. Zeus, lui, se bat plutôt avec la foudre qu'il dirige vers les blessures sanguinolentes déjà formées sur l'épaisse peau grise de la créature. À mon tour de jouer !

— Écartez-vous, fichez le camp ! ordonné-je aux hommes. Je vais ouvrir un passage vers le Tartare, ça risque de vous blesser.

Voilà que les bikers se marrent, amusés par ma remarque. Les mecs et leur ego, sérieux ! Je hausse les épaules en courant vers la terrasse. Il me faut un maximum de place, un isolement parfait, beaucoup de concentration. Raison pour laquelle je demande à Adon de ne pas me suivre lorsqu'il me talonne.

— OK, je vais essayer de contenir les Nyx pour qu'ils te fichent la paix.

— Sans la violence, s'il te plaît.

Il roule des yeux, ça me tire un sourire. Ce petit instant volé me permet de récupérer le contrôle de moi-même, de ne pas trop flipper, aussi. Réfléchir ne sert à rien dans ce genre de situation. Une fois assez loin pour ne blesser personne, je prends le temps de souffler, de détendre mes muscles. J'espère que la torche restera plantée dans la main de Crios, auquel cas, je ne suis pas sûre de parvenir à guider tous les damnés venus du Tartare sur lui. Je tente de fermer mon esprit aux bruits. De ne plus écouter la foudre, les grognements de Crios, les chocs terribles contre le sol.

Juste le silence. Mon silence.

Peu à peu, le pouvoir de Perséphone chatouille mes doigts, mes bras, ma poitrine. Il est revenu ! Bon sang, j'en pleurerais presque de soulagement. Il me couvre telle une seconde peau protectrice, il souffle mes doutes, m'offre du courage.

Tout va bien se passer.

Cette pensée m'accompagne lorsque j'ouvre une brèche vers le Tartare. Cette fois, je ne me contente pas d'une déchirure psychologique que personne ne voit. Non, je l'imagine dans notre réalité, aussi large qu'un 4X4, aussi longue qu'une file de Harley-Davidson. Un vent glacial me saisit, plus froid que ce que j'ai déjà ressenti. Il me pique la peau, traverse mes os, menace de faire vaciller ma concentration. Je me force à ne pas flancher. Les Ombres à l'intérieur du passage m'observent, attendent mon ordre pour agir. Une dernière expiration et je les laisse s'échapper.

Par dizaines. Par centaines. Bientôt par milliers.

J'ouvre les yeux pour découvrir que deux colonnes de fumée noire m'entourent, tourbillonnent autour de moi, formant une sorte de tornade ténébreuse. Les lamentations des esprits retentissent, terribles, pleines de souffrance. D'un mouvement des bras, je leur ordonne de se jeter sur Crios. Avec la vitesse d'une infinité de flèches, elles obéissent. Mes Ombres percutent le molosse. Je ressens la collision dans tous mes os. La douleur explose dans mon corps, mes poumons se tordent. Mes genoux frappent le sol, je ferme les yeux pour essayer de contrôler cet afflux de pouvoir.

Maintenant, c'est à Hadès et Zeus de jouer. Maintenir le flot de damnés en continu, tout en gardant la brèche ouverte, demande une énergie colossale. J'ouvre les paupières pour m'assurer que l'ouverture est toujours là. Elle se trouve juste derrière le Titan qui continue de reculer sous l'impact des milliers d'Ombres. Un dernier effort et il tombera à l'intérieur.

Un dernier petit effort.

Je fais appel à toute l'énergie qu'il me reste. Le froid devient plus fort, mon nez saigne, le liquide coule dans mon cou. Il ne faut absolument pas que je faiblisse. Si Crios sort vivant de ce combat, il sèmera le chaos. Les mortels ne peuvent affronter un tel ennemi.

Je songe à mon petit frère pour lutter contre la fatigue. Rudy doit vivre en sécurité, de la meilleure façon possible.

Une souffrance fulgurante dans mon dos brise ma concentration. Les Ombres, au lieu de filer vers Crios, perdent leur trajectoire, s'échappent dans tous les sens.

— Coré, arrête ! m'ordonne Colin dans mon dos.

Mon traître de frère se tient debout, plus amaigri que jamais, aussi pâle qu'un cadavre. Ses cheveux tombent sans forme, ses yeux ne contiennent plus aucune lumière. Il tient une lance dans sa main. Peut-être celle qui m'a tuée dans le parc. Au moins, cette fois, personne ne me l'a plantée dans le dos. Il s'est contenté de me frapper.

— Tu es gonflé de revenir.

Je serre les poings, en proie à l'envie de le propulser dans le Tartare, lui aussi.

— Ne me force pas à te faire du mal, intervient-il.

— Colin, tu ne vas pas recommencer. Tu vois bien que Crios n'a rien d'un président de club de bikers ! C'est un Titan et il a dévoré certains de tes amis.

— Pour son bien. Pour le bien de notre club !

Alors là, on touche le fond. Il est complètement mordu, à ce stade je ne peux plus rien faire. Un coup d'œil par-dessus mon épaule me fait comprendre que la situation urge. La faille dans le ciel rétrécit. Si elle se referme, je n'arriverai plus à l'ouvrir.

— Tu es timbré, Colin.

— Je ne peux pas te laisser faire ça. Tu aurais dû rester morte.

Sa remarque me touche en plein cœur. Je recule, déçue.

— Fiche le camp ! lui ordonné-je. Je t'assure que je ne te laisserai pas faire, cette fois.

Pour seule réponse, il me fonce dessus. Sous son poids, je tombe en arrière. Ses mains empoignent mon cou, bloquent l'oxygène dans ma poitrine. Je tente de me dégager à coups de pied et coups de poing. Je me sens tellement affaiblie que je ne peux demander l'aide des damnés, pourtant présents autour de moi.

D'un geste rageur, je lève le genou pour frapper son entrejambe. Coupé dans son élan, Colin baisse la garde, desserre sa prise. J'en profite pour lui balancer un coup de boule dans le nez. Le flot de sang éclabousse mon visage.

— Tu es un enfoiré de traître ! crié-je en le basculant sur le côté. Punaise, je te déteste, Colin ! Je te hais tellement !

Mes poings frappent son visage, encore et encore. Je veux qu'il souffre. Qu'il regrette ce qu'il a fait. Qu'il cesse d'être cette machine meurtrière que Crios a fait de lui.

— Coré ! hurle quelqu'un au loin. Attention à Crios !

J'abandonne mes sombres desseins afin de me concentrer sur le Titan. Ce dernier court vers moi, aussi rapide qu'une locomotive furieuse.

Qu'il vienne. La trahison vient de doucher ma fatigue, la colère décuple mon énergie. J'ai besoin d'éteindre cet incendie de déception, de colère, de tristesse, né des actes de Colin. Ce fichu Titan va regretter de s'en être pris à ceux que j'aime. Il n'aurait pas dû changer cet adolescent qui n'aspirait qu'à devenir une rock star.

Je me relève, plus déterminée que jamais. Hadès tente de gérer les Ombres éparpillées dans les jardins.

Pourquoi ne filent-elles plus vers Crios ? La torche est-elle cassée ? Tombée ?

Non, remarqué-je bientôt. Elle est éteinte. Pour fonctionner, les flammes doivent briller. Je me sens liée à elle de manière inconditionnelle.

– Toi ! hurlé-je au bélier à deux doigts de me frapper. Retourne d'où tu viens et ne reviens jamais !

Sur ce, je lève les bras et concentre toutes mes émotions négatives sur lui. La torche se rallume comme par magie, nourrie par cette vague destructrice en moi. Les flammes violettes deviennent noires. Les Ombres, sensibles également à mon état d'esprit, répondent à mon ordre silencieux. Elles percutent le bélier avec autant de violence que possible. La brèche s'agrandit dans le ciel.

Quelque chose se brise en moi.

Au sens propre du terme.

Alors que le passage vers le Tartare continue de s'intensifier, une pression monstrueuse écrase mes côtes. Elle les brise. La souffrance résonne aussi dans mon crâne, ma vue se trouble. Je n'arrive plus à respirer, à voir convenablement.

On dirait que je meurs.

En clignant plusieurs fois des paupières, j'aperçois Crios qui recule. Il tente de contrer les damnés sans y parvenir. Un éclair d'une puissance remarquable frappe le géant, l'affaiblit. Hadès se matérialise à côté de moi, il passe ses bras autour de ma taille avant de reculer lorsque je hurle de douleur.

– Ça va aller, Princesse. Je suis là. Un dernier petit effort, tu y es presque. On y est presque.

Sa force brûlante caresse mon âme, mon cœur, et atteint les damnés, leur permettant d'être plus efficaces. Pourtant, à peine soulagée, je m'effondre par terre. Plus un gramme de force ne traverse mon corps. La douleur brûle mes organes, lamine mon crâne, déchire ma chair. Je n'arrive plus à contenir ni la brèche ni les Ombres.

Le silence s'abat brusquement autour de moi. Je deviens sourde. Sourde, et presque aveugle. Au moins, ne plus entendre le bourdonnement du combat m'apaise. Je me raccroche à lui l'espace d'une seconde, parce qu'il m'empêche de me dire que j'ai échoué.

— Perséphone ?

La voix d'Hadès brise ce silence. Honteuse, j'essaie d'ouvrir la bouche pour m'excuser.

— On a réussi, me souffle-t-il à l'oreille.

Cet aveu agit sur moi comme une bouffée d'air frais. Pas assez pour me garder éveillée, cependant. Je sombre dans les ténèbres avec un léger sourire. Ou une grimace, vu la tête que je dois avoir…

22.

— Ne crois pas que parce qu'elle t'a choisi, tu peux te permettre de jouer le malin avec moi, Hadès !

La douce voix d'Adon. Bon, d'accord, elle n'a rien d'agréable, surtout quand il ronchonne de cette façon. *Ah ! Mon Adon...* Lui et son humeur de chien m'avaient manqué. Dans le brouillard de ma conscience, je souris. Il n'y a rien de plus merveilleux que de se rendre compte qu'on vit encore, alors que la mort nous frôlait de près.

— Je ne joue pas, Adonis, rétorque mon biker avec son assurance habituelle. Jamais en ce qui te concerne, en tout cas.

— Abruti !

La réalité reprend le dessus sur cette espèce de léthargie dans laquelle je flotte. La pénombre de la chambre d'Hadès m'accueille, son odeur boisée, son énergie sécurisante.

— Je suis ravie de constater que tu énerves tout le monde, Adon, et pas seulement nous, réplique Brook en éclatant de rire.

L'intéressé baragouine entre ses dents. J'incline la tête vers le groupe installé au milieu de la pièce dans des canapés confortables. Il règne aussi un parfum agréable de café.

Bon sang, je meurs d'envie d'en boire...

— Coré, tu es réveillée ! Les dieux soient loués, s'exclame Adon en bondissant près du lit.

— Pas la peine, répond Hadès, vraiment pas.

— Sauf toi. Je parle des *vrais dieux*, ceux qui méritent cet honneur.

Ils continuent. Ces deux-là ne cesseront jamais de se comporter en ennemis, j'imagine. Des dizaines de vies passées et toujours la même relation conflictuelle. Des bribes de mes anciennes existences me reviennent par flashs. Chaque fois que les visions les concernent directement, elles sont pleines de tension. Je balaie mes pensées pour me concentrer sur le présent. J'entame une existence de morte-vivante, alors autant rester bien ancrée à cette époque.

— Comment tu vas, Coré ? demande Adon.

— Tant que je ne bouge pas, bien.

J'ai la troublante sensation qu'au moindre mouvement, mon corps va se disloquer. Brook passe une main dans mes cheveux avec un sourire lumineux.

— Tu es passée par une belle porte. Dans tous les sens du terme, se marre-t-elle. Ravie de te voir en vie.

Adon roule des yeux.

— Elle ne l'est plus vraiment, et toi non plus.

Je pousse un soupir agacé, ce qui les calme tout de suite. Une migraine continue de me labourer le crâne.

— Tu as réussi à envoyer Crios dans le Tartare, c'était impressionnant, reprend mon meilleur ami. Je te fais la promesse de ne plus jamais t'énerver.

— Commence tout de suite, alors, réplique Brook.

— Je vais te laisser te réveiller, OK ? reprend-il en ignorant l'intervention de la rouquine. On se retrouve plus tard ? Brook, amène-toi. J'ai envie d'un jus d'oranges pressées.

Les voilà tous les deux qui s'éloignent, encore en pleine dispute. Ma meilleure amie lui balance à la tronche qu'elle n'est pas serveuse, pendant que lui se vante d'être un héros.

— Et alors ? s'exclame-t-elle dans le couloir. Tu es toujours ce petit merdeux que je compte bastonner si tu m'énerves. Je sors avec un fleuve, tu crois que tu m'effraies ?

Dès que le Royaume des Morts avale leurs voix, je me concentre sur Hadès. Sans un mot, il s'allonge à mes côtés en posant sa main sur mon ventre. Son contact m'électrise à nouveau sous mon tee-shirt. Le bonheur de l'avoir près de moi vaut toutes les émotions du monde.

— Je peux bouger sans avoir mal ? demandé-je au bout d'un moment.

— Je t'ai guérie de tes blessures. Tente le coup...

En effet, je peux me mouvoir sans problème. C'est plutôt chouette, parce que j'ai ce besoin lancinant de l'embrasser. Soulagée, je me jette sur sa bouche, entoure mes bras autour de ses épaules et me plaque contre lui. Ses baisers me transcendent de toutes parts, ses doigts se glissent sous mes vêtements, dévalent mon corps, le réchauffent.

Là, dans ce lit, en sa compagnie, le monde peut bien cesser de tourner. Je veux que ces instants de tendresse ne s'arrêtent jamais.

— Je t'aime, Hadès.

Son sourire chatouille le creux de mes épaules, et je l'entends souffler :

— Et moi donc ! Merci de m'avoir choisi dans les Enfers, de m'avoir accepté, continue-t-il en caressant ma poitrine.

Cette existence de morte-vivante ne m'inquiétera pas vraiment tant qu'il restera avec moi.

Je lui réponds, en le pressant plus fort contre moi :

— Et maintenant ? Je resterai pour toujours une femme de

dix-huit ans qui sera sans cesse pourchassée par une Furie folle furieuse ?

Il se redresse pour que je puisse poser ma tête sur son torse. Tout en embrassant mes cheveux et en continuant de laisser des traînées brûlantes sur ma peau, il poursuit :

— Non, tu es bien plus que cela. Tu es ma copine, note-t-il avec un sourire en coin. Pas d'inquiétude pour Mégère, elle finira par se lasser.

— Tant mieux. Tu penses qu'à partir de maintenant, je pourrais m'occuper des morts aux Enfers ? m'enquiers-je en songeant à ma traversée du Styx.

— C'est ce que tu veux ?

— Oui, je souhaite essayer.

Lors de ma vie originelle, au cœur des Enfers, j'avais un rôle bien précis. Je reprends donc :

— Je peux m'occuper des bonnes âmes quand elles arrivent. Les soulager, les tranquilliser. Surtout les enfants. C'est ce que je faisais avant.

En posant ma requête, je me suis redressée et je remarque aussi que ma voix ne trahit aucun doute. Hadès, les bras sous sa nuque, m'offre un clin d'œil.

— Alors, ainsi soit-il. C'est Spax qui s'occupe des plus jeunes arrivants, normalement, mais tu l'aideras.

Je hoche la tête, à la fois galvanisée et un peu stressée par ce futur travail. D'après ce que j'ai compris, les morts ne dorment pas. Je pourrai donc composer avec mon job de barmaid et celui de médiatrice infantile des Enfers.

Morte et déesse, c'est un peu la classe absolue !

Mon regard tombe sur la bague au diamant violet, toujours autour de mon doigt.

— Hadès ?

— Coré ?

— Je ne suis pas prête pour ça, admets-je en lui rendant le bijou. Maintenant que Crios ne représente plus un danger, tu peux la reprendre. J'espère que tu ne m'en voudras pas.

Il récupère l'anneau en éclatant de rire.

— Je te l'ai dit, il n'était pas question de véritables fiançailles. Un jour, peut-être, accepteras-tu cette bague de manière officielle ?

Sans aucun doute, oui. En attendant, j'ai envie de vivre pleinement cette relation sans me poser de questions sur son évolution. Au jour le jour. Le temps se suspend encore au moment où il plonge son regard dans le mien. Je peux y lire tellement d'émotions, d'amour, de soulagement. Du bout des doigts, je caresse son visage et son cou. Il tressaille à mon contact, alimentant une chaleur brutale dans mon ventre. Portée par mes sentiments, je le chevauche pour plaquer ma bouche sur la sienne. Ses mains emprisonnent ma taille, se faufilent sous le tee-shirt des Nyx que je porte. Ses lèvres possèdent le pouvoir étrange d'effacer la réalité.

— Coré, souffle Hadès à mon oreille alors que j'ondule sur lui. Bordel, Coré, ne meurs plus jamais...

— Promis.

Son excitation décuple la mienne. Je souris sur sa bouche, consciente de réveiller ses instincts primaires. Ses instincts que je veux assouvir au même titre que les miens.

— Faut que je vérifie si mon corps est opérationnel et que ton pouvoir de guérison a bien fonctionné sur moi, fais-je mine de dire en retirant mon haut. Tu en penses quoi ?

Il pousse un ricanement qui ricoche dans mon être tout entier.

— Je pense que tu as raison, on n'est jamais trop prudents.

Il entreprend ensuite de me brûler vive sous ses baisers, ses caresses m'enivrent, son désir grandissant me fait tourner la tête. Je me consume sur lui, chaque partie de mon être alimenté par ce désir viscéral de sentir ses mains sur moi. Par tous les dieux, j'aime les effets qu'il me procure avec autant d'ardeur que j'aime cet homme. Pour la première fois depuis longtemps, je me sens à ma place dans ses bras.

Alors qu'il me libère du reste de mes vêtements, je décide aussi de me délivrer à jamais de ces émotions néfastes qui m'ont trop souvent freinée dans cette vie. Fini les incertitudes et la peur. Serrée contre son corps tatoué, lui entre mes jambes, je me laisse inonder par le plaisir, par son amour qui transpire dans chacun de ses gestes. Plus rien ne pourra nous arriver tant qu'on restera ensemble. Nos ennemis pourront bien affluer par centaines, aux côtés d'Hadès, je les affronterai tous.

Cette certitude ne me déserte pas, bien ancrée dans mon âme.

Une demi-heure plus tard, apaisée, la tête posée contre l'épaule de mon biker, je profite du silence.

— Tu souris, me fait-il remarquer en caressant mon dos nu du bout des doigts.

— Parce que je t'aime.

Parce que cette assurance coule dans mes veines, me donne de la force, de la joie, un avenir. Il dépose un baiser dans mes cheveux avec une douceur infinie. L'ardeur avec laquelle bat son cœur sous ma paume est à l'image de la sienne. Sans faille.

— Moi aussi, Perséphone.

Qu'il m'appelle ainsi ne me gêne pas. Ne me gêne plus. J'ai accepté ma nature, ma double identité. Je ne regrette pas d'avoir escaladé le mur d'enceinte du Royaume des Morts, le jour de la fête de mes dix-huit ans. Je ne regrette rien, pas même les combats, les douleurs, les leçons. Ils m'ont rendue plus puissante. Apte à accepter le monde des dieux et tous les désavantages qui vont avec.

— Pour Crios, c'est vraiment terminé ? demandé-je enfin.

— Vraiment. On ne risque plus rien. Et si lui et ses foutus frangins parviennent à sortir du Tartare un jour, on les affrontera.

Ce combat dans les jardins promet de ne jamais quitter ma mémoire. On peut qualifier cette aventure de complètement incroyable. Toutes ces personnes que j'ai rencontrées, les expériences vécues résonnent d'une drôle de façon dans mon esprit.

— Je n'imaginais pas Zeus comme ça, admets-je avec un sourire.

Hadès grimace, son attention posée sur la tenture du lit à baldaquin.

— Personne ne l'imagine comme ça.

— Tu le vois souvent ?

— Non, Coré. Il ramène son cul de mannequin quand il peut tirer avantage d'une situation, puis disparaît pour deux ou trois siècles. Tu le croiseras dans des revues débiles ou sur les réseaux sociaux. Les gens l'aiment bien... faut dire qu'il adore attirer l'attention sur lui.

Peu importe. Sans lui, on n'aurait pas réussi à battre Crios.

— Tu savais qu'il avait la torche ?

— Il a un tas d'objets magiques en sa possession, mais il ne peut pas les utiliser, parce que chacun d'eux appartient à une divinité. Je me suis fait la réflexion qu'il l'avait peut-être, oui, mais je n'en étais pas sûr. Je ne me voyais pas la lui demander pour ensuite lui donner quelque chose en échange. Il est comme ça, ce petit arrogant de mes deux.

J'espère quand même pouvoir le rencontrer à nouveau. Il m'intrigue.

— Si on descendait ? propose Hadès. Les mecs veulent te voir. Tu les as bluffés, ils picolent tous à ta santé.

J'éclate de rire.

— Laisse-moi prendre une douche, avant. Je te rejoins.

Une minute plus tard, seule dans la chambre, je ferme les yeux et respire profondément. Mon corps encore tendu réclame du repos. Je décrispe ma nuque, étire mes muscles.

— Coré, tu m'as trop manqué, intervient Brook en revenant dans la chambre comme une tempête.

Le tout en criant dans mes oreilles et en me serrant au point de me briser quelques os. Elle s'éloigne, laisse une main dans la mienne, m'examine d'un œil expert.

— Tu as l'air d'aller bien.

— Oui, grâce à Hadès.

— Ah, je vois ce que tu veux dire. Petite veinarde, va !

Elle hausse les sourcils de façon exagérée, un sourire coquin sur les lèvres. Je me marre, bien consciente du fil de ses pensées. Je lui balance un coup de hanche en dénouant mes cheveux.

— Bon sang, vous l'avez fait ! Je savais que ça arriverait. Tu me racontes ?

Je me retiens de lui dire que ma première fois avec Hadès ne date pas d'aujourd'hui.

— Jamais ! Je file à la salle de bains.

Pendant que je prends ma douche, Brook me relate sa version du récit de ce qui s'est passé pendant le combat. À travers la porte ouverte, j'écoute l'histoire un peu dingue. Lorsqu'Adon et moi sommes remontés afin de rejoindre Hadès pour le combat, elle est restée dans le bureau pour surveiller le passage vers les Enfers.

— La femme-oiseau n'arrêtait pas de frapper, et frapper encore contre l'acier, j'ai cru qu'elle allait le percer ! J'ai tellement flippé. Mais tu sais ce qui s'est passé ? J'ai gardé mon calme, et j'ai hurlé de toutes mes forces : « Fiche le camp, tu n'auras jamais ma meilleure amie ! Elle reste avec moi, ici sur Terre, espèce de pauvre folle à plumes ! »

Je ris.

— Ce n'est pas ce que j'appelle garder son calme. Tu l'as vraiment insultée ?

— Ouais, et devine quoi ? Ça a marché. Mégère a foutu le camp. Hop, de retour dans son nid de vautour.

Étrange que la créature des Enfers ait plié bagage aussi vite. Je m'attendais à ce qu'elle insiste pendant plusieurs jours, voire plusieurs semaines.

— Joli, commenté-je.

— Tu as raison, je suis assez fière de lui avoir fichu la trouille.

Elle me raconte qu'ensuite, le danger de Mégère écarté, elle est montée.

— C'est l'instant où tu as déchaîné tes pouvoirs de malade sur la créature aux cornes cheloues ! Si tu t'étais vue, s'exclame-t-elle avec une sorte d'adoration, c'était dingue, tu avais l'étoffe d'une véritable Reine, je te jure ! Rien ne pouvait t'arrêter. Vous aviez une allure folle, Hadès et toi. Tu dégageais tellement d'assurance.

À travers le miroir, mon reflet me sourit. J'aime être à la fois Perséphone, la déesse oubliée, et cette jeune femme humaine du vingt et unième siècle. Le mélange me plaît bien.

— Bref, alors je t'ai rejointe. Sur qui je tombe ? Cet enfoiré de Colin ! Adon m'avait dit que c'était à cause de lui que tu étais morte dans le parc. Il s'apprêtait à s'enfuir, le visage en sang, l'air terrifié. Figure-toi que je ne l'ai pas laissé faire. Ça non ! Adon l'a vu aussi, il s'est mis à le courser pour le buter.

Elle marque un temps d'arrêt, moi aussi. Avec tout ce qui s'est passé, j'ai oublié Colin.

— Que lui est-il arrivé ? demandé-je.

— Je me suis dressée devant lui et BAM ! Je lui ai envoyé mon poing dans la face. D'ailleurs, regarde l'état de ma main.

Elle me rejoint et dresse son poignet devant mes yeux, nullement gênée par ma demi-nudité. Il me reste un jean à enfiler. Ses doigts constellés de veines noires sous sa peau blafarde ne possèdent aucune trace de blessure. Cela dit, je connais Brook, donc je pousse un sifflement admiratif.

— Impressionnant.

— Oh, oui, si tu avais vu ça ! Le choc a fait vaciller l'abruti, il a reculé d'un pas et s'est écroulé. Et là, Adon l'a achevé sans ménagement. J'ai bien cru qu'il allait tuer Colin, mais un des bikers est arrivé, il l'a arrêté. Ensuite...

Sa bouche forme une sorte de grimace embarrassée.

— Ensuite ? insisté-je en imaginant le pire.

— Bah, tu comprends, tout le monde était sous pression, ce Titan foutait les jetons... Adon a déraillé et s'en est pris aux bikers. Mauvaise idée. Un type de deux mètres, à la barbe rousse et aux muscles à la Terminator l'a mis K.-O. d'une patate. C'est à ce moment-là que Crios a poussé un cri terrible avant de tomber au fond de la brèche dans le ciel. Et puis, après ça, tu t'es écroulée.

Elle se tait avec un large sourire, un peu essoufflée.

— Waouh, commenté-je, c'était intense.

— Dans tes jardins, il y a eu des orages énormes, mais rien comparé au tout dernier, m'apprend-elle. Tu sais le plus étrange ? C'était pile au moment où Hadès s'est disputé avec un grand blond super sexy, après le combat.

Intriguée, on retourne dans la chambre. Brook décide de se vernir les ongles avec un flacon qu'elle garde toujours sur elle.

— Tu as entendu de quoi ils parlaient ?

— Évidemment, tu oublies à qui tu parles. Je me suis planquée pour les espionner. Hadès s'est foutu en rogne quand l'autre lui a proposé de reformer l'ère des Olympiens en réunissant tous les autres dieux de leur génération disséminés sur la planète. Hadès l'a envoyé balader en lui hurlant que s'il acceptait, il serait obligé de retourner dans les Enfers pour y régner de manière permanente. Et qu'il ne voulait plus de cette vie-là. Il préfère qu'une autre religion ait pris le pouvoir, comme ça, il a moins d'âmes à gérer en bas. Le blondinet avait l'air super remonté, il a disparu dans une explosion de plumes, c'était impressionnant. Tu me dis qui c'est ? Je veux aussi que tu me racontes ton passage dans les Enfers, je...

Elle semble hésiter, puis termine :

— ... me rappelle de rien. Je pourrais peut-être me refaire le film à travers toi ?

— Plus tard. J'ai besoin de prendre l'air, OK ?

Elle opine en refermant son flacon de vernis et me rejoint pour m'entourer de ses bras. On reste ainsi une minute, à profiter d'une amitié sans faille dans un monde qui a bouleversé nos habitudes humaines.

— Je crois que si tu n'as pas de veines apparentes, comme moi, souligne Brook, c'est parce que tu es une déesse. Peu importe que tu sois revenue d'entre les morts, tu restes une divinité superpuissante. J'aurais aimé avoir cette chance pour ne pas me coltiner cette apparence et pour être plus libre de mes mouvements.

La tristesse traverse son regard. Je presse ses doigts avec douceur.

— Les effets secondaires se dissiperont bientôt pour toi, on pourra tout recommencer comme avant. Je t'inviterai même à voir le prochain défilé de ton choix.

— Alors ça, chérie, tu as intérêt ! Pour les effets secondaires, Léther me l'a confirmé aussi. D'ailleurs, je vais le rejoindre.

— Tout va bien entre vous ? demandé-je.

— Bah, c'est léger, sans prise de tête. Je ne sais pas trop si notre relation est sérieuse, mais je m'en fiche. Allez, à tout de suite, chérie.

Je hoche la tête. Un léger mouvement attire mon attention au sommet de mon armoire. Sans rien laisser paraître, j'offre un signe de main à ma meilleure amie. Elle s'en va, non sans avoir déposé un dernier baiser sur ma joue.

Je file m'asseoir sur le lit.

— Hadès m'a dit que vous n'interveniez que si la situation vous avantageait. Que voulez-vous en échange ?

L'aigle fait pivoter sa tête dans ma direction en battant des ailes.

Je pourrais dire que ses mots me chagrinent, mais il n'a pas tort, lance-t-il dans mon esprit. *Content que tu sois en vie, Perséphone. On m'a appris que tu avais défié les Juges des Enfers. Ce n'est pas donné à tous.*

Je me contente d'opiner en attendant la suite.

Venons-en à l'essentiel : je voudrais ta torche.

Surprise, je tourne la tête vers l'artefact posé sur la table de nuit.

— C'est vous qui me l'avez donné. Vous voulez la récupérer ? Allez-y.

Une poignée de secondes s'écoulent avant qu'il n'intervienne à nouveau :

Non, je voudrais que tu me la donnes. Elle t'appartient et elle ne pourra être à moi que si tu me l'offres.

Que pourrait-il bien faire avec cet objet ? Je prends la torche, caressant les symboles inertes gravés dessus.

— Pourquoi ?

J'ai besoin de discuter avec quelqu'un que tu as envoyé au Tartare il y a longtemps. Pour ce faire, je dois d'abord y accéder.

— Crios ?

Jamais. Qu'il reste là-bas ne me dérange pas.

Je devine qu'il ne me donnera pas plus d'informations.

Fatiguée par ces histoires de dieux aux voix impénétrables, je hausse les épaules.

— Prenez-la, accepté-je en me levant.

Sur ce, je lui décoche un dernier coup d'œil blasé et m'apprête à quitter la chambre.

Ton amie, me retient-il.

— Quoi, mon amie ? Vous parlez de Brook ?

Garde un œil sur elle.

— Pourquoi ?

Mais quand je cligne des paupières, je m'adresse au vide. Zeus est parti. Blasée, je quitte la chambre. Finalement, le Roi des dieux n'est pas aussi prestigieux que je le pensais. Je comprends pourquoi Hadès ne veut pas reformer l'ère des Olympiens.

Au rez-de-chaussée, au moment où je franchis la porte de la salle principale, le nombre de blousons de cuir noir me percute de plein fouet. J'en oublie Zeus, sa demande étrange et la déception de savoir qu'il n'est qu'un opportuniste. Il y a au moins cent, voire deux cents Nyx réunis ici. Ils s'amusent, crient, rient. La plupart se lancent des défis idiots, se battent pour s'amuser, certains jouent aux cartes sur les tables dressées. J'en vois même deux en train de flirter. Dès que les premiers regards se posent sur moi, quelqu'un hurle :

— Les mecs, Coré est là !

S'ensuit une salve de hurlements excités, des pichets de bière se lèvent, éclaboussent tout. On prononce mon prénom encore et encore. Bref, on dirait que je suis au cœur de cette fête, alors que Hadès m'a aidée. Sans lui, on n'aurait pas réussi à venir à bout de Crios. Gênée, je m'arrête avec un sourire. Brook débarque à mes côtés et m'envoie un coup de coude dans les côtes pour m'obliger à réagir.

— Merci, finis-je par dire, c'est sympa, les gars.

Je répète cette phrase un million de fois en traversant cette forêt de bikers. Beaucoup s'inclinent sur mon passage, soufflent le nom de Perséphone, me promettent une loyauté éternelle. Je n'en reviens pas de ce changement de situation.

À coups de coudes et de « excusez-moi », je me creuse un passage en direction d'Hadès. Le Président se tient debout, bien droit, les mains dans les poches, un petit sourire amusé sur les lèvres, le regard flamboyant. Je m'arrête, toujours happée par son énergie brûlante, son assurance tangible. Il me rejoint d'un pas tranquille, et chacun de ses pas impose un peu plus le silence sur son passage.

— Perséphone, tu n'as jamais autant apporté de lumière dans les Enfers que le jour où tu as défié ta mère pour me rejoindre en bas.

Sa main frôle ma joue, je ne peux résister à son regard magnétique.

— C'était il y a longtemps.

— Pourtant, cette lueur n'a jamais déserté ni le Royaume, ni mes hommes, ni mon cœur, répond-il d'une manière outrageusement sexy.

Je souris. Ses paroles me touchent au plus profond de mon âme. Jamais je ne me suis sentie aussi complète qu'à cet instant. Aussi vivante. Ce qui est ironique, ne nous le cachons pas.

— J'ai quelque chose pour toi.

Une couronne identique à celle brodée sur le patch des Nyx se matérialise entre ses mains. Faite d'or et de joyaux rouge sang, elle brille de mille feux. Les éclairages se reflètent dessus et la rendent encore plus belle. Mon cœur rate un battement.

— Quoi ? couiné-je.

— Les Enfers ont besoin d'une reine.

Hadès la pose sur ma tête, et je remarque qu'elle se place dans mes cheveux comme si elle avait été créée pour moi. Le souffle coupé, j'intériorise mes émotions pour ne pas pleurer sous le coup de l'émotion. Les bikers restent silencieux, j'entends donc mon cœur palpiter dans tout mon corps.

— À Perséphone, prononce Hadès sans me quitter des yeux.

— À Perséphone ! s'exclame tout le monde dans la pièce.

Non, à Hadès. À notre royaume. À cette nouvelle vie qui commence pour moi.

Mon biker me serre contre lui, et nous restons là plusieurs minutes, alors que la fête reprend autour de nous. Une sorte de bulle nous entoure.

— Qu'est-ce que tu as envie de faire, maintenant ? me demande-t-il.

Une idée me vient, elle refuse même de quitter mes pensées depuis quelques minutes.

— Je voudrais te présenter à mon petit frère, Rudy. Tu es partant ?

— J'espère qu'il n'est pas comme Zeus, grimace-t-il faussement.

J'éclate de rire.

— Promis. Je suis sûre qu'il va être ravi de te rencontrer.

Adon intervient tout à coup.

— Je viens avec vous, j'ai promis des bonbecs au gamin.

Déjà, mon meilleur ami file vers la sortie. Hadès sourit, même s'il tente de le dissimuler. Un truc me dit que malgré toutes les disputes entre Adon et lui, il l'apprécie. Enfin, ça, il ne l'avouera jamais. Je marche vers la sortie, mais mon Roi m'attrape par la main pour m'obliger à ralentir l'allure. J'en profite pour lui raconter mon entrevue avec Zeus.

— Que cherche-t-il, selon toi ?

— Quelqu'un ou quelque chose qui lui permettrait de refonder l'ère des dieux et de remettre le mont Olympe sur les rails.

Je me tourne vers lui pour le regarder et enregistrer chacun de ses traits dans mon cerveau.

— Ce serait terrible ?

— Les gens ne sont pas prêts à connaître notre existence. Ils ne le sont plus. Les époques ont changé. Mais quoi qu'il décide de faire, ce sera sans moi. Sans nous. Les Enfers ne se mêleront pas de son plan à la con.

Je suis bien d'accord, on a d'autres chats à fouetter. Genre, nous occuper de notre couple.

— Je suis la revenante la plus heureuse de l'univers, soupiré-je.

— Tu es plus que ça, bien plus. Je t'apprendrai à devenir une reine et à gouverner le Royaume des Morts.

Je souris, pressée de découvrir l'envers du décor. De rester aux côtés d'Hadès, de Brook, d'Adon, des Nyx. Ma nouvelle famille.

Brook me rejoint, les yeux pétillants de joie.

— C'était formidable ! Je veux aussi une couronne !

À Léther, qui l'a suivie, d'intervenir :

— Faut être une reine pour avoir une couronne.

— Je suis la reine de la mode et de la beauté, rétorque-t-elle en caressant ses cheveux avec prétention.

Il ne porte pas de lunettes, constaté-je lorsqu'il attrape Brook par la taille pour l'empêcher d'avancer.

— La reine Roussette va venir avec moi, j'ai un truc à lui faire.

Surprise, je m'arrête.

— Quoi donc ? demandé-je comme une idiote.

Brook rigole, Hadès et Léther échangent un coup d'œil amusé.

— Tellement d'innocence en toi, chérie, soupire Brook.

Mais elle regarde son biker avec une adoration qu'elle ne peut dissimuler. Alors qu'ils s'éloignent en se marrant, je sors à l'air libre, les joues en feu. Mais bientôt, une certitude m'étreint.

— Toi et les Nyx, dis-je avec un sourire, vous êtes les meilleures choses qui nous soient arrivées, à Brook et moi.

— Un truc me dit que ces prochaines semaines vont être intéressantes, se contente-t-il de répondre en regardant le mur, comme s'il voyait ma meilleure amie et son sergent d'armes dans la salle.

Je n'ai aucun doute là-dessus. Je n'ai jamais eu aussi hâte de débuter ma nouvelle vie...

Profitez d'offres exclusives et d'infos en avant-première en vous inscrivant à notre newsletter :
www.plumesduweb.com/newsletter

Retrouvez toute l'actualité de Plumes du Web sur notre site et sur les réseaux sociaux :
www.plumesduweb.com

www.facebook.com/PlumesduWeb
www.instagram.com/plumesduweb
twitter.com/PlumesduWeb
www.tiktok.com/@plumesduweb

ET

Découvrez dès maintenant de nouveaux horizons avec quatre autres livres déjà parus de notre

COLLECTION
OPALE

QUEEN OF ANARCHY

OCÉANE GHANEM

Romance fantastique post-apocalyptique – 3 tomes

Un univers post-apocalyptique fantastique mêlé de romance. Une héroïne badass traquée par un démon. Une guerre sans merci entre le Bien et le Mal.

L'apocalypse s'est déroulée il y a huit ans. Depuis, sur une terre délaissée par Dieu, les monstres chassent à découvert... Jaime vit dans la partie la plus pauvre du nouveau monde : South Village. Son destin ? Devenir une bonne épouse et enfanter. Mais aucune chance que cela n'arrive. Elle a beau être effrayée, elle est aussi déterminée à intégrer l'armée aux côtés de Keane, son meilleur ami – et la seule personne qu'il lui reste. Derrière les remparts qui protègent les Cinq Villes, elle va découvrir un monde mortel, malfaisant, qui n'aspire qu'au chaos. Pourtant, elle le sait, quelque chose gronde en elle, quelque chose qu'elle ne parvient pas à maîtriser. Et ce n'est pas cet enfoiré de Ciaran qui la contredira. Il est le seul à avoir deviné au premier coup d'œil sa différence.

Désormais, Jaime est en danger. Pour reconquérir son droit d'exister, elle va devoir faire face à ses plus grandes peurs et abandonner ses derniers rêves.

Qui est-elle vraiment ? Peut-elle se fier à Keane, qu'elle aime de tout son cœur, ou à Ciaran, le soldat sexy un peu trop perspicace ? Et surtout, quel est le rôle qu'on lui attribue dans cet échiquier géant ?

SAMANTHA MORGAN

AMPHORE et Damnation

Urban fantasy / Romance

21ème siècle, ère nouvelle.

Dans un monde où les humains possèdent un soupçon de dieu grec dans leur génome (et pas toujours le meilleur !), ma recherche de la vérité me cause encore des ennuis – merci le sang d'Athéna qui coule dans mes veines !

En résumé ? J'ai un mois pour découvrir qui a assassiné mon ami Albert Polinus, l'homme qui a réussi l'exploit de réconcilier Hermès et Éole. Pour m'aider dans cette tâche – ou plutôt me surveiller –, on m'a collé un des fils d'Arès comme coéquipier.

Alors que raison et réflexion ont toujours guidé ma vie, me voici obligée de collaborer avec un homme qui ne vit qu'à travers ses instincts et semble prendre un malin plaisir à me taper sur les nerfs.

Est-ce que j'ai le choix ? Évidemment que non.

C'est ça… ou c'est moi qu'on condamne…

CLARA NOVÉ

Le Crépuscule des Anges

Romance fantastique

Après plusieurs millénaires à errer sur Terre, Rémiel veut en finir : ange déchu pour avoir osé aimer une femme, il n'aspire plus qu'à accéder à son but ultime, mourir.

Et quand le passé frappe à sa porte, c'est pour lui l'occasion rêvée d'en terminer avec cette existence vide de sens.

La mission est simple : protéger une jeune religieuse. Simple, vraiment ?

En réalité, rien ne se passe comme il l'attendait et la tâche s'avère plus complexe que prévue : Ava est-elle vraiment ce qu'elle prétend être ? Et quel secret se cache derrière sa récente vocation ?

Entre l'attirance qui le pousse vers la jeune femme et un paradis à feu et à sang, Rémiel réussira-t-il à mener de front tous les combats ?

ELLE CATT

Ayden

Bitlit – 2 tomes

Une maladie mystérieuse, une famille qui cache plein de secrets, une nouvelle vie dont elle se serait bien passée !

Quand elle finit à l'hôpital suite à une crise, Ayden doit s'exiler à la campagne, chez une grand-mère dont elle a peu de souvenirs. Elle seule est détentrice d'un remède qui la soulagera de ses maux. Cette fameuse maladie qui touche les filles de sa famille depuis des générations, elle en est malheureusement victime...

Sa nouvelle vie commence alors, entre tisanes de plantes et rentrée scolaire. Alors qu'elle se fait de nouveaux amis, Ayden fait la rencontre de Cassandra Vesari, une jeune fille à part qu'elle prend sous son aile. Sauf qu'à côtoyer Cassie, elle se heurte à son frère, Luca. Froid, hautain, il semble la détester au premier regard, mais malgré leur animosité réciproque, il la fascine.

Entre sa grand-mère un peu loufoque et la famille Vesari, la jeune fille va découvrir un monde obscur dans lequel elle a un rôle majeur à tenir.

Au péril de sa vie. Et de son cœur...

Imprimé en France par
CPI Firmin-Didot
en octobre 2023
N° d'impression : 176513
Dépôt légal : novembre 2023